天方夜谭谋杀案

The ARABIAN NIGHTS MURDER

Dickson Carr John

[美] 约翰·迪克森·卡尔 著

覃学岚 译

外语教学与研究出版社
北京

京权图字：01-2019-3666

THE ARABIAN NIGHTS MURDER © The Estate of Clarice M Carr 1936
Simplified Chinese edition copyright © 2021 by Foreign Language Teaching and
Research Publishing Co., Ltd.
All rights reserved

图书在版编目 (CIP) 数据

天方夜谭谋杀案 ／（美）约翰·迪克森·卡尔（John Dickson Carr）著；覃学岚译． —— 北京：外语教学与研究出版社，2021.1
书名原文：The Arabian Nights Murder
ISBN 978-7-5213-2262-0

Ⅰ. ①天… Ⅱ. ①约… ②覃… Ⅲ. ①长篇小说－美国－现代 Ⅳ. ①I712.45

中国版本图书馆 CIP 数据核字 (2020) 第 265404 号

出 版 人	徐建忠
项目策划	张　颖
项目编辑	赵　氽
责任编辑	徐晓雨
责任校对	何碧云　黄雅思
装帧设计	人马艺术设计·储平
出版发行	外语教学与研究出版社
社　　址	北京市西三环北路 19 号（100089）
网　　址	http://www.fltrp.com
印　　刷	三河市北燕印装有限公司
开　　本	889×1194　1/32
印　　张	12
版　　次	2021 年 1 月第 1 版　2021 年 1 月第 1 次印刷
书　　号	ISBN 978-7-5213-2262-0
定　　价	56.00 元

购书咨询：(010) 88819926　电子邮箱：club@fltrp.com
外研书店：https://waiyants.tmall.com
凡印刷、装订质量问题，请联系我社印制部
联系电话：(010) 61207896　电子邮箱：zhijian@fltrp.com
凡侵权、盗版书籍线索，请联系我社法律事务部
举报电话：(010) 88817519　电子邮箱：banquan@fltrp.com
物料号：322620001

你们动不动就以先知的胡子发誓,
难道故事篓子就不能用胡子给我们
编一个离奇的故事吗?
——《天方夜谭》

我犹豫了一下;
最后终于听到了说得很慢但很清楚的三个字:
"络腮胡!"
说话的人好像有些上气不接下气。
——《巴勒姆[†]传》

[†] 理查德·哈里斯·巴勒姆(Richard Harris Barham,1788—1845),笔名托马斯·英戈尔兹比(Thomas Ingoldsby),英国牧师、小说家、幽默诗人,著有《英戈尔兹比传奇故事集》(*The Ingoldsby Legends*)。本书注释如无特殊说明均为译者注。

目 录

楔 子 ...1

上 侦办天方夜谭案的爱尔兰人
侦缉巡官约翰·卡拉瑟斯的陈述

第1章 凭空消失的"络腮胡" ...9
第2章 哈伦·拉希德的妻子 ...21
第3章 博物馆里的尸体 ...35
第4章 "得搞到一具尸体" ...50
第5章 匕首柜的钥匙 ...64
第6章 铁板一块 ...76
第7章 踢头盔的警察 ...90
第8章 祖拜妲的棺柩是空的 ...106

中 侦办天方夜谭案的英格兰人
助理厅长赫伯特·阿姆斯特朗爵士的陈述

第9章 青铜门前:伊林沃斯博士当了一回阿里巴巴 ...127
第10章 魔法上演:伊林沃斯博士当了一回阿拉丁 ...139

第 11 章 可怖的盖博博士：伊林沃斯博士当了一回
威廉·华莱士 ...152

第 12 章 电梯中所见：伊林沃斯博士当了一回魔鬼 ...165

第 13 章 十一个疑点 ...180

第 14 章 烹饪大全的秘密 ...196

第 15 章 来自伊拉克的秘密 ...210

第 16 章 演员的首次亮相 ...227

第 17 章 十一个疑点，十一个嫌犯 ...242

下 侦办天方夜谭案的苏格兰人

警司戴维·哈德利的陈述

第 18 章 黑夜的面纱揭开了，但凶手的面纱尚未揭开 ...263

第 19 章 偷走匕首的人 ...275

第 20 章 箭头状的钥匙 ...289

第 21 章 镜子上的指纹 ...305

第 22 章 米利亚姆·韦德去地窖的原因 ...318

第 23 章 公诉理由 ...333

第 24 章 不在场证明 ...352

尾　声 ...362

楔子

在位于阿德尔菲排房1号的那个大图书馆里，四个男人围坐在一张圆桌边上。在短短的几年时间里，在吊灯下的这张桌子上，曾经摆过一大堆供菲尔博士查验的稀奇古怪、令人咂舌的物证。比如那个会跳舞的发条玩具，这锡制小玩意儿的旋转舞姿曾为韦瑟比庄园案的侦破提供了线索；又比如那六枚让摄政街的波尔顿掉了脑袋的蓝色硬币。不过，这张桌子上还很少像今天晚上这样摆出来这么一批不相协调的物品。这些物品是那桩被称为天方夜谭谋杀案的案子中的物证，共六件，头一件是一本烹饪大全，最后一件是两副假络腮胡。

桌子上方的那盏强光灯颇有点儿聚光灯的效果。房间里已经生了火，以备通宵开会之需。除了这两处光源之外，别无其他亮光。基甸·菲尔博士登上自己最大的宝座，眉开眼笑地坐在上面，威风凛凛地冲着一张堆满雪茄和烈酒的茶几指手画脚。在法国南部待了四个月后，博士活力焕发，健康状况极佳。大家也许还记得，办完了关涉两个英国女孩的吉劳德投毒案这一棘手的案子后，他就去了戛纳。后来他又沿着蔚蓝海岸[1]闲逛了一阵子,部分原因是为了治疗自己的哮喘,但主要还是想健康、自然地放松一下。如今在灯光的照射下,他的脸色比以往任何时候都要红润。他戴着一副系着宽宽的黑丝带的眼镜,一双小眼睛在镜片后面闪闪发亮;咯咯一笑,他的双下巴连同他腰上鼓起的那些赘肉就会跟着动起来;他硕大的身躯就像"今日圣诞幽灵"[2]一样,大有要从房间里溢出之势。他一只手撑在手杖上,另一只手夹着一支烟味很浓的雪茄,指着桌上的那些物证。

"对,我很感兴趣,"他高兴地喘息着承认,"愿意听个一整夜,看是什么样的案子能把一本烹饪大全和两副假络腮胡给扯到一起。我注意到了,胡子一副是白的,另一副是黑的。可我要说的是,哈德利,其他这些物证是咋回事?"他指了指,"看着差不多同样说明不了什么问题嘛。那把弯刀我能理解,看上去足以致命。可这些照片呢?这一张看着像一组脚印。而这张嘛——嗯,看着像一张东方货摊或集市的照片,门上方一点点的墙上还溅了一大片黑色污迹。对吧?"

"所言极是,"哈德利警司正色道,"那是某个人拿煤砸墙时砸到的位置。"

菲尔博士停下了往嘴里送雪茄的动作,把头稍稍朝一侧偏了偏,于是他那一头蓬松的花白头发便盖住了一只耳朵。

---

1. 蔚蓝海岸(Côte d'Azur),一译科特达祖尔,指法国东南沿海一带,自18世纪开始,那里就成为上层人士的度假胜地。
2. 今日圣诞幽灵(the Ghost of Christmas Present),狄更斯《圣诞颂歌》(*A Christmas Carol*)中三个圣诞幽灵里的第二个,另两个分别是"昔日圣诞幽灵"和"来日圣诞幽灵"。

"拿煤砸墙？"他重复了一遍，"为什么？"

侦缉巡官卡拉瑟斯神情沮丧地插嘴道："没错，先生。这一点非常重要，除非警司对案情的复原分析全错了。此外，关于这片污迹，还请您注意一下这副黑色的假胡子。您瞧，首先它上面有用来粘假胡子的化妆胶水，更重要的是……"

"闭嘴行吗？"凭借才能已经当上伦敦警察厅助理厅长的杰出实业家赫伯特·阿姆斯特朗爵士大声吼道，"难道你看不出来全让你给说乱套了吗？你们两个，都给我闭嘴，现在听我来解释！菲尔，我们已到了山穷水尽的地步，万不得已，只得有劳你了。此案太离奇，别人都无能为力。"

"过奖了，"菲尔博士说，"继续。"

他环顾桌子，看了看自己的三位客人。尽管他们对这件事的讲述或者看法大相径庭，但他们都从大不列颠的不同地方赶来，聚集到了这张桌子周围。

约翰·卡拉瑟斯，爱尔兰人，是万安街侦缉巡官。他算得上一名新潮警官：年纪至多三十五岁，上大学时在学业和体育方面都是优等生，举止得体，想象力强，有时候甚至有点儿不着边际。不过他很快就学会了抑制这种天马行空的想象，虽然这种抑制往往搞得他有点儿不自然。他身上仅有一个特点不像爱尔兰人，就是有时候他能一眼看透别人的心思，让人感到不太舒服。另外，他生有一张瘦长、忧郁、幽默的脸，嘴角老是叼着一只烟斗，一双爱嘲讽人的眼睛上方，两道乌黑的眉毛连在了一起。

赫伯特·阿姆斯特朗爵士是个高深莫测的英格兰人，早已谢了顶，块头结实粗壮。他没准儿给那个人如其名的公牛博士当过模特。他这个人忠心耿耿、多愁善感、愤世嫉俗、和蔼可亲、喜欢唠叨、性子急躁、倔强固执，讨厌自己的种种优点，对自己五花八门的偏见却引以为豪。他的性情虽说暴躁，却毫不伤人，所以警队中有人（在背地里）戏称他为"唐老鸭"。最后还有一点，他无论何时都会是一个好朋友，这一点，至少天方夜谭谋杀案中的某个人可以作证。

这三人中的第三位，戴维·哈德利警司，来自特威德河[1]北端。他是菲尔博士最要好的朋友，而且博士对他的了解不逊于任何人；不过，菲尔博士也常常承认，你根本就无从知道自己在哪一点上会跟他站在一起。别看他表面上谨小慎微、稳重沉着、讲究逻辑，其实他也是个时而迟钝，时而机灵，时而处变不惊，时而方寸大乱的主儿。说到他的处变不惊、冷静自若，他曾单枪匹马闯进波普勒以东最臭名昭著的贼窝，用一把仿真枪将迈尔斯和贝利拘捕，然后背对着一个个伺机出击的戴着手指虎的拳头，从容不迫地押解着他们出来，这一经过至今都还为人津津乐道。这种冷静掩盖了一种过分敏感的倾向，有这种倾向的人，哪怕是别人无意间稍有怠慢或冷落，也会立马气不打一处来。他不喜欢丑闻，是一个非常顾家的男人，而且自尊心可能还太强了一点。虽然他会愤然否认，但他的想象力或许比另外两位都要丰富。最后一点，不论是不是自己的朋友，只要是遇上了大麻烦来找他帮忙的

---

1. 特威德河（Tweed R.），一条由苏格兰东南部流经英格兰东北部，最后注入北海的河流。

人，他一概不会拒绝。

菲尔博士看了看身边的这伙人，寻思起来。

"听我说，"赫伯特·阿姆斯特朗爵士使劲敲了敲桌子，继续说道，"韦德博物馆发生的这个案子必须得破。你肯定四个月没看过英国报纸了，对此案也是一无所知吧？好！这样更好！这是这个案件的所有记录，每一条都一字不差地摆在这儿了。我们这里有三个人全程参与了此案的侦办，大家都得意扬扬，但最后却一败涂地……"

"一败涂地？"哈德利说，"我觉得这么说有点夸张了吧。"

"好吧，但不管怎么说，从法律上说，是失败了。情况是这样的：这桩似乎天底下没有谁能够解释的谋杀案及其案发现场，先是差点儿让在座的卡拉瑟斯疯掉了。然后我就接手了，我们对案发现场有了一个解释，但这个解释对于凶案而言却是驴唇不对马嘴。之后哈德利又接了手，这回我们对凶案有了一个解释，可不论怎么看，它都完全说不通。这该死的案子就是他娘的得一层一层剥开的茧，每剥开一层，都会得到一种解释，剥到底后就仨字'认栽吧'。煤末儿！"阿姆斯特朗爵士苦涩地说道，"煤末儿！"

菲尔博士显得有点茫然无措了。

"这是在把我们当猴耍啊，"阿姆斯特朗越说越没好气了，跟吃了枪药似的，"但这些胡话，我们还是要从头到尾再说一遍。不管你喜不喜欢，这飞毯都非坐不可。我们每个人都要依次讲一讲自己掌握的案情，而且还要解答一下上一个人的讲述中遗留的问题。听完之后，你得说说我们到底应该怎么办。

说白了，就是你能不能看出什么道道，这个嘛，我还真有点儿怀疑。好了，卡拉瑟斯，开始吧。"

卡拉瑟斯显得有些不自在。他一边伸手去拿哈德利手肘边上的那摞蓝色封面的打印材料，一边用那忧郁而又幽默的目光环视了一下周围的这些人。接着，他叼在嘴里晃来晃去的烟斗后面露出了笑容。

"这案子恐怕叫我给搞砸了，"他说，"不过，先生，我好像也没有为此陷入不必要的麻烦，所以心情还算轻松。集市上的说书人就是像这样坐着说书的。先生，我建议您把杯子斟满，把帽子戴好，因为我们这就开始了。

"我的头一个预感是肯定发生了什么事……"

上

侦办天方夜谭案的爱尔兰人

侦缉巡官

约翰·卡拉瑟斯

的陈述

第1章

凭空消失的"络腮胡"

我的头一个预感是肯定发生了什么事,让我产生这个预感的是霍斯金斯巡佐——一位身着制服的巡佐,这一点必须记住——尽管如此,当时除了有人在墙上搞了一个荒唐的恶作剧这个情况之外,还难以看出其他任何端倪。还有,虽然我们办过不少万安街喧哗扰民的案子,尤其是在那些系着白领结的男士彻夜狂欢的时候,但为非作歹之徒中蓄着长长的白络腮胡的却很鲜见。

6月14日,星期五,晚上11点15分,我碰到了霍斯金斯。当时我在局里加班到很晚,可工作还是没做完;于是我打算去潘顿街的一个咖啡吧喝点咖啡,吃块三明治,然后再回来工作。我站在路灯下眺望着干草市场街稍作休息时,差点儿跟霍斯金斯撞了个满怀。他是一个老派警察,一向威严,留着一撮拿破仑三世式的八字胡。我从未见过他如此震惊,平日里的沉着一扫而空。

他气喘吁吁,把我拉到了阴暗处,说:"嘿!"

"长官,"霍斯金斯说,"他们称之为恶作剧的,二十五年来我可没少见,可我从没见过这样的恶作剧。那个人脸上还有长长的白络腮胡，即使那是假的！这里！"霍斯金斯恶狠狠地说道，"瞧！"他指了指自己的脖子，我看见领口上面有又长又深的抓痕，"您知道韦德博物馆吧，长官？克利夫兰街上的。"

和大多数人一样，我听说过韦德博物馆。我一直漫不经心地想着，哪天一定要顺便去那里面看看，不过还一次都没去过。不单是韦德本人要求，警方高层也曾三令五申，命令我们分局务必看好该馆。我想诸位肯定听说过杰弗里·韦德的大名，哪怕只知道他是一个有巨额银行存款的大佬。不过，巨额存款满足不了他的胃口。虽然我从没见过他，但我听到过人们对他的描述，说他脾气暴躁、行为怪异，并且是"世上头号爱出风头的人"。此外，我还知道他在圣詹姆斯区拥有一些地产，其中包括蓓尔美尔街的一片公寓楼。

大约十年前，他捐建了一个小型的私人博物馆（向公众开放），自任馆长。我一直听说这是一个具有亚洲或者说东方特色的博物馆，不过我记得在什么地方看到过一篇文章，说里面也展出了一些英国早期四轮大马车——一堆颇讨老头子欢心的大杂烩——还不错。博物馆位于克利夫兰街，广场对面就是圣詹姆斯宫。不过，它坐落在街道东头，隐藏在那些幽暗的小广场和看上去好像自18世纪就没住过人的建筑之间。就是在大白天，你也会发现这一带不是很热闹，没多大生气——回音倒是不绝于耳，简直太多了——到了晚上，你的想象力喜欢赋予它什么古怪的色彩，就可以赋予它什么古怪的色彩。

所以，霍斯金斯一提到这个地方，就激起了我的兴趣。我叫他别像被硫黄呛着了似的，好好喘口气，再告诉我出了什么事。

"当时我正在巡逻,"霍斯金斯打起精神说道,"顺着克利夫兰街往西走。时间大概是 11 点,长官。我要前往下一个巡逻点——蓓尔美尔街辖区——去跟那儿的警员交接,正好路过韦德博物馆。您见过那地方吧,长官?"

我曾路过那儿几次,而且还有点儿印象,那是一座两层的临街石头房子,两侧均有一堵狭长的高墙。此外,房子还装有高高的青铜门,门上饰有一圈铭文,可能是阿拉伯文,也可能不是,这正是这座房子引人注目之处。我和霍斯金斯都放下架子,不打官腔了,我觉得我们也没办法一直端着。

"所以我就在心里对自个儿说,"霍斯金斯哑着嗓子,以一种谈论机密的口吻继续说道,"我就在心里对自个儿说,我要去推推门,确保巴顿没有丢三落四。还好,长官,门都锁得紧紧的。于是,我想都没想,就拿手电筒四处照了照,您明白的,长官;我往上一照——"他停了停,"吓了一跳,千真万确。因为上面有人,就坐在墙头。一个又高又瘦,头戴高顶礼帽,身穿双排扣长礼服的老头儿。还有,他还留着长长的白络腮胡。"

我端详了霍斯金斯一会儿,不知道是该笑呢,还是该怎么样;此外,要不是对他十分了解,我早就敢断言这是一个精心设计的恶作剧了。可这家伙实在正经得要命。

"真的,长官,我没开玩笑!他就坐在墙头上。我用手电筒照着他,自然有点儿吃惊——他都那把年纪了,歪戴着帽子不说,还有点醉醺醺的,就像——但我还是大喊了一嗓子:'喂!你在那上面干啥呢?'然后我瞅了一眼那家伙的眼睛,不得不承认……"

"你也太神经过敏了吧,巡佐。"

"好吧,长官,您大可以嘲笑我,"霍斯金斯黑着脸说道,没好气地点了点头,"可惜您没见到他那个样子。他戴着一副大大的玳瑁框架眼镜,疯了似的怒视着我。那张长脸,那一脸不自然的胡子,还有从墙上垂下来的那双腿,又长又细,跟蜘蛛腿似的……突然,他跳了下来。'砰'的一声。我还以为他是要跳到我身上呢。长官,您见过传递募捐盘的教堂执事吧?他就是那副样子,唯一的区别就是他疯了。他摔了一个大马趴,但还是站了起来,然后对我说:'好你个大骗子,你杀了他,会被吊死的。我看到你在那辆马车里。'说完,他张开双手就朝我扑了过来。"

此时的霍斯金斯一没醉(他正冲着我的脸费力地喘气呢,所以一闻就知道),二也没那个想象力,凭空想不出这么个怪物来呀。

"十有八九是山中老人[1],"我说,"然后呢?"

霍斯金斯愧疚地说道:"最后,我只好给了他一拳,长官。别看他一副老态龙钟的样子,他可是个暴脾气,所以没辙呀,我只能来这一招了。为了省点事,我照着他的下巴来了一拳,他就倒下去了。接着我就发现了最奇怪的地方——他的络腮胡是假的。上帝可以作证,长官,此事千真万确。胡子是用

---

[1]. 1933年,美国导演戴夫·弗莱彻(Dave Fleischer,1894—1979)导演了一部动画音乐短片《山里的老人》(*The Old Man of the Mountain*),该片内容与此处情节有一些联系。

某种胶水粘上去的,整个儿脱落了。他的脸长啥样我没能看清楚,因为他想踢我,结果把我的手电筒踢到不知什么鬼地方去了,加上那段街道又有点儿暗。"

霍斯金斯的脸上不由自主地露出了一丝笑容。

"嗯,长官,我当时就想,'哎呀,只要您喜欢,这就是一件奇案啦!'转而又想,'我在这儿拿一个称得上相貌堂堂的老家伙束手无策(我当时是这么认为的),这家伙戴着一副假络腮胡,像块门垫似的趴在离蓓尔美尔街不到一百码[1]的地上!'唉,可以告诉您,这让我觉得自己有点儿像个傻子。我唯一能做的,就是叫辆警车来。这时我才记起来,我正要去见在蓓尔美尔街巡逻的詹姆森警员。于是我就盘算着,我去打电话的时候,可以让詹姆森来看守这个家伙。对了,长官,我把他从排水沟里扶起来,还把他的头靠在了马路牙子上,这样他就不会火冒三丈,疯得更厉害了。然后我就走开了,顶多才走了几十英尺[2]远,我就回头看了看——只是想确保他没事……"

"他没事吧?"

"不,长官,有事,"霍斯金斯回答得很严肃,"他不见了。"

"不见了?你是说他爬起来,夺路而逃了?"

"不,长官。他已经不省人事了,这一点我可以吻《圣经》发誓!我的意思是说他消失了。啐!"霍斯金斯很紧张地挥了一下手,绞尽脑汁地说道,"我跟您说的全是实话,都是真的,长官。"他庄重地挺直了身体,显然是有什么伤了他的自尊。

---

1. 码:英美制长度单位,1 码约等于 0.9144 米。
2. 英尺:英美制长度单位,1 英尺约等于 0.3048 米。

"您是才智过人的绅士,长官,我知道您会相信我的。可詹姆森警员呢,他不肯相信不说,还想拿自己的上司来取笑。'不见了?'他说,'去哪儿了呢?我猜是叫那些讨厌的小妖精给掳走了吧。''假络腮胡!'詹姆森又说,'屁的假络腮胡,瞎掰!没准儿他还穿着旱冰鞋,打着绿阳伞呢。回局里后,最好还是别说这一套了,哥们儿。'——可我还是说了,因为这是我的职责所在,我向来忠于自己的职责!何况,那家伙能消失到哪儿去呀?"霍斯金斯深呼吸了几下后,把憋在心里的怒火压下去了。"长官,您瞧,那家伙当时就在这儿,可以说是躺在街道中间,离哪扇门都有几英尺远。更重要的是,当时那么安静,只要有人靠近,我肯定听得见,也看得见,因为街上当时并没暗到伸手不见五指的程度,而且我发誓,我走了至多也就三十英尺远。可我啥也没看见,啥也没听见,才十秒钟的工夫,那家伙就——啐!如果这都不算是马斯基林[1]的魔法,长官,那我就不知道什么算了。不见了!他从不可能消失的地方消失了,这一点我可以对着《圣经》起誓。不过唯一让我头疼的是:事情就是这样,我该怎么办?"

我让他回局里冷静冷静,而我则去喝了一杯咖啡。虽然从情理上说,我应该把这一情况当回事,从中找出一些至关重要的东西,助我在伦敦西区一鸣惊人,可要真的认真思考凭空消失的"络腮胡"这个问题,我就会觉得自己是一个比

---

1. 马斯基林家族为世袭的英国皇家天文学家族,出了许多科学家、魔术师和知名人士。其中,约翰·马斯基林(1839—1917)被后世公认为"现代魔术之父",其孙贾斯帕·马斯基林(1902—1973)是二战时期著名的战争魔术师。

霍斯金斯巡佐还要傻的傻瓜。和霍斯金斯巡佐一样,我究竟该怎么办?从另一方面看,除非霍斯金斯真被一个复杂的恶作剧捉弄了,否则我们就必须承认这件事既滑稽好笑,又有令人不快的古怪。尽管我再三追问,霍斯金斯还是一口咬定,不管用什么办法,谁都甭想在他眼皮子底下一声不响地把那个"络腮胡"抬走;而且他也同样确信那个家伙已经不省人事了。那么眼下只有一事可做了:喝咖啡。

等我喝完咖啡回来,已经出现了新情况,对于这件该死的事会意味着什么,我愈发担忧了。霍斯金斯巡佐在门口遇到了我,他下班了,已经换上了便装。但他逗留了一会儿,压抑着幸灾乐祸的心情,伸出拇指指了指身后一脸阴沉的詹姆森警员。

"运气还不错,长官,"他大声说道,"现在轮到詹姆森去兜圈子,把自己兜得晕头转向了。"

"你的意思是说'络腮胡'又冒出来了?"

面色阴沉的詹姆森行了个礼,显得心神不安。"不,长官,不是同一个家伙。是巡佐离开不到五分钟后,另一个人就在韦德博物馆大吵大闹起来了。我遇到这个家伙时,他居然还想动手。"詹姆森很是愤愤不平,"我想您可以跟他谈谈。我没有控告他,不过您要是想找个理由拘留他的话,我可以指控他:这个浑蛋,他居然想拿手杖揍我。我只是请他安静下来,移步和您谈一谈。这会儿他就在您办公室。"

"怎么回事?"

"是这样,长官,"詹姆森稍微挪动了一下身子,说道,"巡逻途中——路过那个博物馆时——我看到那个家伙背对着我站在外头，手好像在青铜门上摸来摸去。他是个非常时髦的年轻绅士，身着晚礼服，身材魁梧，很有魅力，看着有点儿像电影演员。我喊了一嗓子，问他在干什么。他答道：'我想进去，这不是明摆着的吗？'我说：'我想你知道这是一家博物馆吧，先生？''没错，所以我才想进去嘛。这儿应该有门铃的，来帮我找找。'嗯，我跟他说博物馆已经关门了，里面黑灯瞎火的，劝他最好还是回家去算了。他转过身来，火冒三丈地对我说：'这关你屁事，我是应邀来看一个预展的；我还就赖着不走了呢，你打算怎么着？'我说，那我也许就只好助他一臂之力了。"詹姆森鼓起了腮帮子，"接着他来了一句——这种话以前我只在电影里听见过——他说，'哼，你这么放肆，我看你是找抽'（差不多就是这样），说完他就抡起手杖，想狠狠地给我一棍……"

"似乎有点儿让人发憷啊，"巡佐摸着胡子，沮丧地说道，"我绝不是揣着明白装糊涂，是真搞不懂，否则我不得好死。您呢，长官？"

"你接着说，詹姆森。"

"我抓住他的手杖，然后不用说，自然是温和地问他是否介意跟我走一趟，到警局回答巡官几个问题。他态度大变，安静下来了。什么方面的问题？——他想搞清楚这一点。我告诉他：'跟一桩失踪案有关。'我觉得他的神情虽然看上去非常古怪，但却跟我料想的不一样，丝毫看不出紧张和不安。另外，他一路上一个接着一个地问了我好多问题。我啥也没说，长官。这会儿他就在您办公室。"

诸位也知道，詹姆森的所作所为已经超出了自己的职责范围；但整个案子听上去已甚是不可思议，所以我很高兴他管了这闲事。我顺着走廊来到了我的办公室，推开了房门。

今天晚上，关于我们不得不涉及的这些人的性格特点，诸位会听到各种各样的诠释。我呢，只能给诸位说说我个人的一些见解。刚才一直坐在我的转椅上，见了我连忙站起来，仿佛一时之间手足无措的这名男子，本来就够引人注目的了，在我那间昏暗的办公室里则尤为抢眼。有一瞬间，他身上有种东西让我隐约觉得非常熟悉，熟悉到了我敢发誓以前一定与他见过面的程度。这一幽灵般的感觉挥之不去，最后我终于想明白了。我面前这名男子的形象就像无数中短篇小说里典型的主人公。他这个小说里的主人公，却奇迹般成了个大活人，又通过自身小心翼翼的努力而显得收敛又低调，达到了真实可信的境界（这一点，他自己也清楚）。比如说，他个高肩宽，棱角分明，英气逼人，这种长相深得女小说家的青睐；他那乌黑而浓密的短发下是有些乱糟糟的眉毛，下面有一双浅蓝色的眼眸；他甚至，我发誓，还晒出了一身古铜色的皮肤。随便套用一堆陈词滥调，什么完美无瑕的晚礼服啦，曾与猛虎搏斗的气概啦，用这些来形容他都没有问题。不过，最值得一提的还是他的神态。更趋荒唐的是，你几乎可以想象出他手腕一挥，说"嗬，侍从！"的样子——这会让你产生一个尴尬的想法，以为侍从会跳出来"啪"地来个立正。多亏了一种非常真诚的迷人风度，他看起来才不像是一个自命清高之人。然而在这层伪装之下，他似乎压抑着一种爱好吹嘘、活力四射和容易激动的可爱天性。那张棱角分明、晒成古铜色的脸上的浅色眼睛把我仔细打量了一番（他大约二十八岁），让我产生了一种感觉：在生硬的外表下面，他正掂量着什么，而且由于某种强烈的精神兴奋，他的内心正在颤抖。然后他用手杖向我致意，显然决定抱以亲切友好的态度，微笑时还露出了一口整齐的牙齿。

"晚上好，巡官。"他打了个招呼，声音恰如你期待的那样（再来点儿陈词滥调）。他摆出一副轻松的样子，环顾了一下四周。"我得提醒你一句，我以前可是进过警局的，连相当差劲的监狱我也进过几个。但不明不白就到了这种地方，还是头一遭。"

我投桃报李，他什么态度，我也什么态度。"噢，先生，如果您想增长见识的话，我们这儿倒是有一个非常不错的监狱。"我说，"您请坐。抽烟不？"

他又在我的椅子上坐了下来，还接了一支香烟。他身子有点前倾，双手叠放在手杖上，乱糟糟的眉毛下面，那双眼睛瞪着我仔细打量，看上去跟个对眼儿似的。不过，他还是又一次露出了笑容，等着我给他划火柴点烟。

"我不禁认为，"我给他划火柴时，他把握十足地继续说道，"你手下的那个警察有点儿昏头了。自然啦，我陪他走了这一趟——你也看见了，我这个人喜欢冒险，好奇心强，想看看会出什么事。"（一种虚张声势的怪癖。）"伦敦是个没劲的地方，巡官。可我还是不清楚自己去过哪里，犯过什么事啊。"他犹豫了一会儿，"罗伯特说是关于一桩'失踪案'什么的。"

"对。只是一点小事情，您怎么称呼？"

"曼纳林，"他说，"格雷戈里·曼纳林。"

"您的住址，曼纳林先生？"

"贝里街，爱德华大宅。"

"您的职业，曼纳林先生？"

"噢，就说是——雇佣兵吧。"

别看他直来直去，显得满不在乎的同时还有几分魅力，但我认为他的这番回答透着一股浓浓的酸味；不过我未置一词。他继续说道：

"咱们就来把这事彻底讨论清楚吧，巡官。没准儿你能给我个答案，反正我是完全不明白。你听我说，今天下午我收到了一份请柬——一个私人邀请——约我今晚11点到韦德博物馆……"

"我明白。这么说，您认识杰弗里·韦德先生喽？"

"其实，我还从没见过他。不过我想我以后会非常了解他的，因为我正巧是他未来的女婿。米利亚姆·韦德和我……"

"我明白。"

"'我明白'，你究竟什么意思啊？"他问，语气非常平静。

我也就这么随口一说，不想就让他的两撇眉毛皱成了V字形，他还半斜着眼疑神疑鬼地盯着我的脸看。但他控制住了自己的情绪，哈哈一笑说，"不好意思，巡官。我承认我是有点儿气恼。我到了那儿以后，发现那该死的地方一团漆黑，连个人影都没有——但我真不明白米利亚姆怎么会把日期给搞错了呢。她今天下午给我打电话，说要举办一个非常上档次的聚会，出席者包括爱丁堡的伊林沃斯——研究亚洲文化的学者——你也许听说过他，他是一个逢会就发言的牧师……此外，由于我在东方待过一段时间，所以米利亚姆认为——"

19

他的情绪突然变了,"天哪,我干吗要跟你说这些呀?总之,你干吗要问这么一大堆问题?万一你不知道——"

"再回答一个问题,曼纳林先生,就可以把事情理出个头绪来了。"我安慰道,"在博物馆举办这次聚会的目的是什么?"

"这个嘛,我恐怕不能告诉你。博物馆发现了一些东西,私密的东西。从某种意义上说,我们打算去盗墓……你相信有鬼吗,巡官?"

这家伙的情绪时好时坏,搞得人晕头转向,现在我们对彼此的态度又友好起来了。

"您这可是给我出了一道难题啊,曼纳林先生。不过今天晚上,我的一名巡佐差一点就要相信有鬼了;说真的,这也是把您请到这里来的原因。鬼会戴假络腮胡吗?"我看了看他,突然想吓他一跳,"这个鬼呀,当时静悄悄地躺着,然后在这名巡佐的眼皮子底下凭空消失了;他让人给弄走了。不过,这个鬼提出了一项指控……"

我瞎扯了一通,竭力掩盖着自己自欺欺人的事实,同时也纳闷曼纳林为什么低下了头,还在我的椅子上往下滑了一点点。他慢慢地低下了头,一副若有所思的样子;但是椅子嘎吱一声朝后一歪,我看到他的头正有气无力地偏向一边。银头手杖从他指间滑落,被膝盖挡了一下后,"咚"的一声摔在了地上。香烟也跟着掉了。我冲他大喊了一声,由于声音很尖,外面走廊里有人闻声冲了过来。

将格雷戈里·曼纳林先生的肩膀扭过来后,我看到他已经晕死过去了。

第 2 章

哈伦·拉希德[†]的妻子

我将死沉死沉的曼纳林拖到一张长凳上，让他躺平，然后叫人送了些水来。他的脉搏很微弱，看着他呼吸的样子，我不由得想，哪怕是这么身强力壮的人，心脏也脆弱得很。霍斯金斯巡佐匆匆地敲了一下门就进来了，他盯着曼纳林看了一会儿，接着又把目光移到了帽子、手杖和地上的香烟上。然后他把香烟捡了起来。

"瞧！"霍斯金斯凶巴巴地说道，他端详着香烟，而不是长凳上的人，"看到没，那家博物馆着实有些古怪——"

"说得是，"我说，"而且我们已经步入其中了，只有天知道是怎么回事。我要去那里探个究竟。你留在这里守着他，看能不能让他苏醒过来。他若开了口，把他说的每个字都记下来。刚才我一提到你那个朋友'络腮胡'，他就昏倒了……这个时辰，有没有法子可以让我进入博物馆？那儿有负责守

[†] 哈伦·拉希德，英文作 Haroun al Raschid，亦作 Harun al-Rashid，阿拉伯帝国阿拔斯王朝第五任哈里发，因与法兰克王国的查理曼大帝结盟而蜚声西方，更因《天方夜谭》(一译《一千零一夜》)生动地渲染了其许多奇闻轶事而为众人所知。在他统治期间，阿拔斯王朝国力强盛，经济繁荣，文化发达，步入了名副其实的伊斯兰黄金时代。

夜之类的人吗？"

"有，长官。老普鲁恩在那儿。博物馆一周有三个晚上开放，从 7 点开到 10 点；这是老头子一时心血来潮；您明白的，长官。在这三个小时里，普鲁恩充当接待员，过了这个点儿，他摇身一变就成守夜人了。不过，您从前门敲门他是听不见的。您要是想让他听见的话，得绕到后面去敲后门——走帕尔默花园路。"

帕尔默花园路，我记得是通往圣詹姆斯街的一条小巷，与后边的克利夫兰街平行。霍斯金斯承认，他没想过要把普鲁恩叫起来，理由是他没把这样不起眼的愚行与韦德博物馆这么体面的机构联系到一起。可是，就在我把一个手电筒揣进口袋、出去发动车子的时候，我突然产生了一个想法，觉得现在应该拿出点儿认真的态度，来对待"络腮胡"凭空消失这一事件了。

常识告诉我们，只有一种方式能让一个昏迷的人突然从一条空荡荡的街道上消失。这个方式非但谈不上雅观，甚至还可能极为滑稽，可我们干吗要指望犯罪方式雅观呢？你瞧，我已经把这事看作犯罪行为了，虽然之前我还觉得它荒诞不经。十一年前我进入警界时，头儿命令我摒弃的头一样东西就是幽默感；而且对于像我这样来自唐郡[1]的人来说，我已经在这么短的时间里尽了全力。

过了干草市场街，我继续沿着空寂无人的蓓尔美尔街行

---

1. 唐郡，位于北爱尔兰东南部、爱尔兰岛最东端。1973 年以后不再具备行政功能。

驶。在夜里这个点儿，像圣詹姆斯街街尾这么冷清的地方，伦敦怕是没有第二处了。月光皎洁，宫门上方的镀金大钟显示，此刻是零点5分。一路向西，克利夫兰街显得危险而又阴森。我没有听从霍斯金斯的建议绕到后面去，而是直接把车停在博物馆前面，然后就下了车，打着手电筒在漆黑的路面上展开了搜索。在马路牙子上，我看到了霍斯金斯用他那个破手电筒没能照到的东西：路面上有一个圆洞，洞口上有一个盖得不严的铁盖。

换句话说，那个凭空消失的疯子，肯定是让人顺着这个通到街面的煤窖洞口迅速弄走了。

诸位，别笑。你们没有像我这样，站在一个人迹渺无、死气沉沉、漆黑一团的广场中央，正对着博物馆那一扇扇笑得龇牙咧嘴的青铜大门，看见这令人困惑的场景。"络腮胡"已经溜回了煤窖里，就像神怪溜回了自己的瓶子里一样。我用手电筒照了照博物馆。这是一座结实的建筑，正面临街，约八十英尺宽，共有两层，是用抛过光的石块建成的。底层的窗户被石头遮住了，二层窗户则被法国风格的铁格栅罩住了。六级宽宽的台阶通往正门；门上方有一个门罩，撑在两根石柱上。在我手电筒光的照射下，青铜大门上闪烁着一簇阿拉伯文字。真是匪夷所思，伦敦的街道上居然塞进了这么一座房子，比《天方夜谭》中的情景还要怪诞。房子两侧均有一堵约六英尺高的高墙。从右墙头望去，可以看见外面一棵树的树梢，那很可能只是一棵伦敦悬铃木，但发挥一下想象力，也能轻而易举地把它幻化成某种更具异国情调的东西。

我回到那个通到街面的煤窖洞口，移开铁盖，用手电筒往洞里照了照。运煤滑板已经搬走了。酷暑时节，下面贮的煤很少，可谓所剩无几。在这种情况下，我做了一件似乎是情理之中的事情。我探身下洞——双手像做引体向上一样抓着洞口边沿，好将盖子复位盖好，以免某个脾气暴躁的上校回家晚了，失足掉进洞里——然后我才松开手。

下面有许多盒子和包装箱，一看就是胡乱堆放在这里的，我抓着洞口边沿悬在空中时，双脚差不多都碰到了它们。不过这些盒子和箱子起到了类似平台的作用，无疑某个人就是站在这个台子上把"络腮胡"从洞口拽下来的。此外，煤窖的门敞开着，可以通向地窖的其他地方：门的搭扣上挂着一把打开的大挂锁，钥匙还插在锁眼里。也是巧了，我踢翻了一个盒子，弄出了"轰隆"一声巨响，吓得我一下子跳到了地窖更大的那一边。

这地方潮湿、暖和，通风不畅。我用手电筒把刷白的墙面扫了一遍；地上堆着更多的包装箱，而且碎屑和细刨花几乎铺了一地。放眼地窖的尽头，有一个废弃的火炉，上面有几根裹着石棉的管子伸展出来：整个地窖，我判断，大约有一百英尺的进深。火炉后边一点点，后墙上有三个安得很高的活板窗。火炉左边有一个装煤用的大柜子，看着像一个高高的木棚，柜门朝向地窖的前端，里面还存放着堆积如小山的煤块。我正四处寻找"络腮胡"，期待发现老天才知道的真相，可就连储煤柜里都找了，还是连他的毛都没见到一根。不管怎么说，我愈发感到有些发毛了。这里就算没有"络腮胡"，肯定也有什么其他东西。我怕头撞到火炉管子,便伸手挡了挡头,就在这时,我发现了一个悬着的电灯泡,摸上去还是热乎乎的。这时,不知从什么地方吹来了一股风,我可以发誓,我听到了有人走动的声音。

朝右看去,有一段混凝土台阶。地窖顺着台阶的方向一直延伸向里。台阶修得跟座纪念碑似的,靠着一块木头隔板,隔板将这片相当狭窄的区域与另一边更大的储藏区隔开了。台阶背对着我来的那个方向。我拾级而上,关掉了手电筒,但作好了随时再打开的准备。台阶顶端有一道防火的钢门,漆成了木门的样子,还装了一个压缩空气阀,以防门会"砰"的一下关上。我小心翼翼地扭开了球形把手。这时,空气阀突然呼呼作响,吓得我停在半路,夹在了门缝里……

幽暗之中,我看到前方像是一个铺着大理石地板的大厅。大厅中央,有个人在手舞足蹈。

我没夸张,真是这样。我能听到那人在跳诡异的踢踏舞时,踢踢踏踏和翻空心筋斗的回声。朝博物馆的前端看去,大厅有一大半都在我的左侧;我能看见白色大理石楼梯的扶手。前面可以看到一盏电灯的微光,有如茫茫海湾中的一丝亮光。电灯虽一动不动,却让白色大理石地板显得阴森森的,煞是可怖,还在一个东西周围投下了一圈条状的光,因为电灯就放在那东西上——一口长方形的箱子,约七英尺长,三英尺高,上面那些崭新的钉头闪闪发亮。跳跃不定的阴影中,一个矮小的人围着箱子又是踢踏,又是蹦跳。更为怪异的是,这个小矮子居然是一身接待员的行头:穿着齐整的有黄铜纽扣的蓝色制服；戴着整洁的蓝帽，摇头晃脑时，漆皮帽舌还闪闪发亮。他跳完最后几步，那股兴奋劲儿在喘不过气的呼哧声中告一段落了。他踢了那口箱子一脚，天花板下面响起了隆隆的回声。而他开口说话时，却只是小声低语。

"哈伦·拉希德的妻子！"他相当温柔地说道，"呵，呵，呵！勇气！我称之为勇气！"

下面我就把我所见到和听到、却难以置信的事情给诸位讲一讲，绝对没有添油加醋。整个情形就跟动画片里没有生命的物体天黑后突然活了过来一样；而要说缺乏生气，我向来觉得，最缺乏生气的恐怕要数博物馆的接待员了。可他的鼻音是货真价实的。他呼哧呼哧地笑了几声后，一本正经地整理了一下制服，从口袋里掏出一个扁瓶，摇了两下，就仰头喝了起来。

我打开了手电筒。

光线穿过大厅，照在了他一起一伏的喉结上，他的红脖子皱巴巴的，像火鸡一样。他盯着我看时，胳膊猛地垂了下来。他眨了眨眼睛，好像很惊讶，但却一点也不慌张。

"你是——"他嘴里刚蹦出了两个字，就换了一种语气，"那边是谁？"

"我是警察。到这边来。"

缓过来神以后，他态度强硬起来了，摆出了一副恼怒和蔑视的样子。他一边往后退缩，一边又横眉怒目，但依然一点儿也不慌张，甚至还残存着刚才的那股兴奋劲儿。他拎起提灯，拖着脚走了过来，嘴里不停地咕咕哝哝，脖子摇来摆去。

我看到了一张瘦骨嶙峋的脸，上面全是皱纹和红斑，红斑都蔓延到了长鼻子的鼻尖上；他的眼镜戴得很低，都快滑到鼻尖了；他向上盯着我，眼睛都要挤扁了，头几乎偏到了一边肩膀上。他有点儿气不打一处来了。

"哦，你是，是啥来着？"他的语气极尽讽刺之能事。接着他摇了摇头，仿佛一个没有根据的猜疑得到了证实似的。他清了清嗓子："可以请教一下吗，像这样破门而入，是哪门子游戏？你究竟是何方神圣？敢问你这玩的是哪门子游戏？"

"别费口舌了，"我说，"今晚这里发生了什么事？"

"这里？"他问道，那口气好像我先前说的是别的地方，才换到这个话题似的，"这里？啥事也没发生。除非那些骇人的木乃伊从阴森森的箱子里跑出来了——反正我是没看见——哎呀，啥事也没发生。"

"你叫普鲁恩，对吧？行啊，你想背上一个绑架的罪名？不想的话，就告诉我那个戴玳瑁框架眼镜的"——我没提假络腮胡子，一提就作呕——"高个子老头儿怎么了？他大约一个小时前来过这里。你把他怎么了？"

他发出狐疑的声音，混杂着嘶哑的笑声。他盯着我看的时候，眼中的反抗意味似乎减轻了一些。

"你疯了，老兄，"普鲁恩先生很不客气地说道，"你听我说，你还没去过'狗与鸭'酒馆吧，对不对？'高个子老头儿戴着啥来着'——噢，要我说，别这么夸张！听着，我跟你说，老兄：你还是乖乖地回家去睡——"

我把手放在了他肩上。我自己都在想我是不是疯了,这让我直想拧断他那瘦巴巴的脖子。

"很好,那我们就把它作为谋杀案起诉呗,"我说,"不管怎样,都得有劳你随我去一趟警局……"

他整个人一下子吓瘫了,声音也尖厉起来了,"呀,这个,我说——别介呀!无意冒犯……"

"今晚这里发生了什么事?"

"啥事都没发生!我10点关门后,这里就一个人也没有了!"(最糟的是,这话听起来像是实话。)

"今晚11点这里原本打算举办一个预展什么的——是不是?"

他似乎有点开窍了。"噢,那个呀!那事呀!你干吗不早说呢?"这下他来劲儿了,"对,本来是要办一个的,但没办成,取消了。(哎呀,我跟你说,松手;我跟你道过歉了,不要见怪了,得啦!)没错,他们是要看一些东西的,而且伊林沃斯博士都要亲自来看,可见有多重要了吧。只是今天到了最后一刻,韦德先生——我说的是老先生——你不会该死到要去挨他的骂吧!——我说的是老先生,不是年轻的韦德先生——不得不出了一趟城。所以,今天下午他就把这事取消了。情况就是这样。这里压根儿就没来过人。"

"也许吧。不过,我们还是把灯打开,四处看看吧。"

"没问题。"普鲁恩呵呵笑道。他看了我一眼,说道:"坦诚地说,不过,只限于你和我之间,你以为这里出了啥事?有人投诉了不成?"我迟疑了一下,他得意扬扬地穷追猛打,

28

"没有，没人投诉。嗯？这不就结了嘛！没人投诉，你还这么非法闯入，莫非是收了人家的钱不成？"

"大半夜的，"我说，"你围着箱子跳舞，莫非是收了人家的钱不成？箱子里装的是什么？"

"那口箱子里啥也没装，"他宣称，还严肃而又得意地摇了摇头，"我就知道你一定会怀疑里面装着一个死掉的男人，可惜啊，里面连个死女人也没有。我这也就是跟你开个玩笑，那口箱子里啥也没装！嗯？"

我还没听懂他这番话是什么意思，他就摇晃着手里的提灯，拖着脚走开了，进入了暗处，消失在楼梯的另一边。接着就传来了一阵咔嗒声，沿着天花板的檐口亮起了一道柔光。隐蔽的灯泡发出月光一样柔和的光线，照亮了大厅。

这地方并没有因为开了灯，就变得不那么诡异了。大厅非常宽阔，也非常高大，地板全是大理石的，还有通往正门的两排间隔十英尺左右的大理石柱子。大厅一览无余，有着公共展览室常见的那种氛围。大厅后端，跟正门在一条直线上的是一座宽敞的大理石楼梯，楼梯上半段分开，分别通往两个开放式展厅，显然二楼就是由这两个展厅构成的。整个天花板清一色用的都是绿白相间的方形瓷砖，后来我搜集了诸多关于这个地方的稀奇古怪的资料，从中得知，巴格达的清真寺穹顶也是这样的颜色。

两面侧墙上有四道开放式的拱门，每面各两道；在拱门的上方，我看到用纤细的烫金字写着"波斯展厅""埃及展厅""东方集市展厅"和"八大天园[1]展厅"。除了这四道拱门和正面高大的青铜大门之外，还有三扇门。一扇——就是我进来的那扇——位于楼梯的左侧，如果你面对楼梯的话。另一扇一模一样的门，位于楼梯的右侧。第三扇几乎在右手边侧墙的最里端（以你面对楼梯时的角度看），上面有"馆长专用"几个烫金字，而且离标有"八大天园展厅"的那道拱门最近。

不过，我关注的是这个大厅里的展品，尽管其数量实在是少得可怜。右手边的侧墙上——仍旧是面朝尽头看——挂着几块巨型壁毯，上面的图案异常绚丽夺目，令人魂不守舍，你会发现自己在不停地扭头，看了又看。我不是很确定该怎样去形容。这些图案不仅色彩丰富、构图复杂，能让人浮想联翩，有迷幻的感觉（其实大部分图案如同一层层撒在地上的花卉），而且还具有既慵懒又活泼的特征，使这个地方显得更加诡异，愈发不真实。顺着大厅中央摆放着一排装着武器的扁平玻璃展柜；你的目光会本能地从壁毯转移到刀具上来。

接下来，你朝左手边的侧墙看去，倒是能松一口气。那排石柱和侧墙之间的展品本来应该是很不协调的，却不知为何看起来并不是很突兀：四轮大马车，也叫四轮马车，一共有五辆，在月光般朦胧的灯光下，显得又大又丑。正前方离我最近的是一辆漆得很俗气的敞篷厢式马车，看上去低矮又

---

1. 伊斯兰教中的后世极乐境界，又译"天堂""乐园"等。

笨重，解说牌上写着："制造者为吉列姆·布南，伊丽莎白女王的马车夫，将四轮大马车引入英格兰的第一人，时间约为1564年。挽绳是皮质的，以彰显皇家气派，不过车身尚未采用皮带悬挂。"……我接着往下看。有一辆17世纪的玻璃四轮大马车，一辆饰有红绿相间的波旁盾徽的镀金法国四轮马车，还有一辆门板上刻有"伊普斯威奇电报局"字样的

韦德博物馆一层平面图

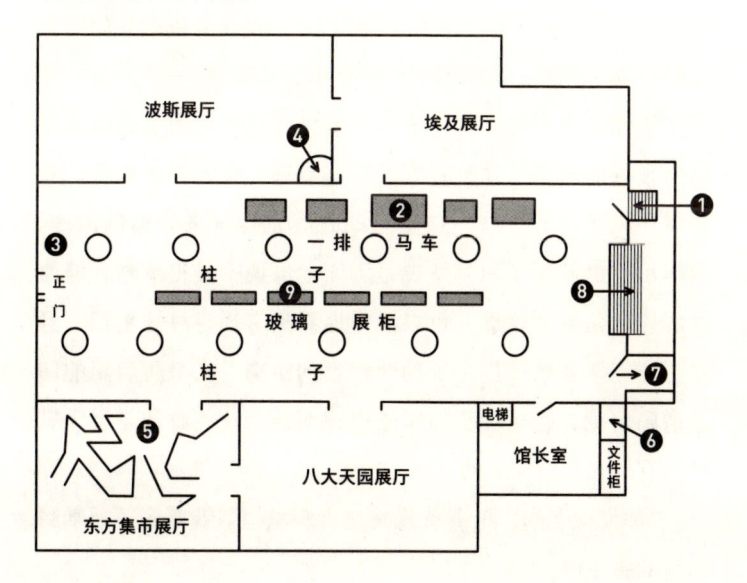

1. 从地窖通往博物馆入口的楼梯
2. 找到尸体的马车
3. 普鲁恩所坐的位置
4. 通往二楼的铁制旋转楼梯
5. 沾有煤末儿污迹的墙
6. 卫生间，有朝后院开的窗户
7. 通向博物馆后门的过道的门
8. 主楼梯，通往二楼
9. 匕首被取出的玻璃展柜

狄更斯时代的邮政马车。最后，在正中间的是一辆巨型马车，漆成了黑色，用黑色皮革罩得严严实实，只有几个像窥孔似的小玻璃窗，整个车身置于离地面足足五英尺高的拱形弹簧上。

我来回走动，脚步声在大厅里回荡，直到被一个阴阳怪气的声音打断。

"一样不少而且都没问题吧？"普鲁恩问道。他那皱巴巴的脸上，皱巴巴的眼皮开开合合。他把帽子歪到一边，简直不成样子了，还把双手放到了屁股上。"没找着被绑架的受害者吧？没死尸吧？我就说嘛！没有半点儿痕迹——"

他说了半截突然打住了，因为我已再次走到了前面离青铜门很近的地方，并且看到了一些痕迹。大理石地板上，有一串约六英尺长，从门口呈一条直线延伸过来的黑色污迹。我掏出手电筒照了照，发现是脚印；虽说不是很清晰，但通过脚印的角度和轮廓，可以清楚地看到有人进过这扇门，且在污迹逐渐变淡前还走了约两码远的距离。半个脚后跟的印迹清晰可见，鞋子尖头的印迹也很明显。这些脚印是因为鞋底沾有煤末儿而留下的。

"你发现了啥？"普鲁恩突然大声喊道。我听到了他啪嗒啪嗒的脚步声。

"这些脚印，"我质问道，"是谁留下的？"

"啥脚印？"

"你睁大眼睛看看。你不是说今晚这里没来过人吗？"

"呃，啊，"普鲁恩说，"就这个呀？我是说过10点钟博物馆关门后就没人来过这里了,也没说别的呀。我咋知道是咋回事呢?早一点的时候,这里有好几十人——你别笑——好几十!我们这儿可有人气啦,我可没吹牛!"

"你值班时的位置在哪里?我的意思是说,你是在哪里站着或坐着的?"

他指了指青铜大门左侧(以你面朝主楼梯的角度)的一把椅子。坐在这把椅子上,可以看到那些四轮马车右侧的大厅,还可以看到我上楼时所通过的那扇门的一大半。

"你坐在那儿,就没看到有人留下了这些脚印?"

"没有,没看到。"

"一个鞋底沾有煤末儿的人是怎么从大街上走进来的,我想,你能够给我一个解释吧?"

他那副薄薄的小眼镜后面掠过了一丝什么东西,他看起来很紧张却又好像下定了决心。他开口了。

"我问你,就问你一句,那是我该管的事吗?你给我听好了!那是你的事,那些脚印!"他提高了嗓门,"你要找的那具尸体指不定是活着时走进来的呢,嗯?搞不好是我拿刀子捅了他,嗯?然后随手把他扔到了其中一辆马车里,或者东方集市展厅的某个隔间里,也说不定是丢进了八大天园展厅或楼上的阿拉伯展厅呢……你就说要拿我怎么办吧。"

我气得嗓子都冒烟了,快步从那排四轮马车旁走过,任由普鲁恩在背后瞎扑腾。是中间的那辆马车让我收住了脚步,就是那辆有黑色遮罩、隐秘小窗和锃亮的黄铜门把手的巨大马车。挂在门把手上的解说牌上写着:"英国出游马车。19

世纪初为欧洲大陆观光而制造,可百分百地保护乘客的个人隐私。"

身后传来了普鲁恩的声音。"天哪!"他阴阳怪气地说道,"老兄,碰它的时候可要小心喽。里面有个死人!有一具奇大无比、血迹斑斑的尸体就躺在——"

接着他的嗓门突然提高,变成了一种刺耳的尖叫声。

我够到高处,扭开了门把手。有样东西头朝前冲了出来,差点儿砸到了我脸上。这东西看似要像玩偶匣里的小丑一样起跳,我还看见了它的眼睛。它跃过了我的肩头,不料鞋子被马车的踏板给挂住了,于是侧栽下去,扑通一声落到了大理石地板上。

一个高个子男人的尸体直挺挺地仰躺在地上,四肢没有完全张开,呈姜饼形;一同摔下来的,还有从他的一只手中脱落的一本棕色封面的书。这名男子已和姜饼一样,没有一丝生气了。他穿着一件长长的深色大衣,在他胸部的左侧,大衣被什么东西顶出了帐篷的形状,看起来很奇怪。我把那一侧的大衣拉开后,看到了插在湿漉漉衬衫上的一把刀子的白色刀柄。但吸引我目光且让我目不转睛的东西并不是这个,也不是他头上紧紧戴着的那顶高顶礼帽。

这场噩梦的巅峰是,这个死去的男子戴着假络腮胡:一副几乎已从他下巴上脱落的短粗、邋遢的胡须。不过,这副假络腮胡是黑色的。

第3章

博物馆里的尸体

我认为，诸位，理性的脑子也有不好使的时候：这时候直觉判断力处于瘫痪状态，就只能把眼前看得见的每一个细节记录下来，并慢慢加以消化。如果你觉得这话听起来太玄乎，或者（就一个警察而言）纯属胡说八道，那我可以告诉你，这是因为你不曾在半夜零点25分身处韦德博物馆，站在那个戴着假络腮胡的丑八怪身边。

我在检查每一个细节的时候都记下了时间。受害者应该在三十五岁到四十岁之间，尽管从装扮来看，他显得比实际年龄要大得多，就连假胡子也被细心地染上了些许灰色。他的脸虽说有点儿圆乎乎的，但无疑很英俊；哪怕已经死了，脸上也还流露出一股具有讽刺意味的冒失劲儿。他的高顶礼帽虽然破旧，却刷得很仔细，是被紧紧地扣在深色头发上的。他棕色的眼睛大张着，鼻梁很高，皮肤有点儿黝黑；留着两撇（真）黑色八字胡；脸颊和下巴上，还闪着快干胶水的光泽，黑色假络腮胡有六便士硬币大小的面积粘挂在左颌上；嘴张得很大。据我判断，他已经死了一到两小时了。

和礼帽一样，他的大衣也很旧，而且袖口都磨破了，但看得出保养得很仔细。我戴上手套，再次把那件大衣掀开。一根黑丝带绕了大衣领口一圈后，从大衣里面垂了下去，末端系着一副眼镜。大衣里面是晚礼服，也很旧，而且马甲还掉了一颗扣子；亚麻衬衫也穿旧了，就衣领是新的，但对他来说又太大了。虽然从他的神情来看，他肯定是当场就毙了命，但那截笨重的象牙刀柄是从他的胸口——比心脏稍高的位置伸出来的，约有五英寸[1]，浸在血泊里。我仔细检查了一下他张开的右手，还有他摔倒时从指间掉下去的那本书。书的封皮是磨砂小牛皮材质，平摊在地上，书页皱在一起，暗示这个谜团背后还有更见不得人的秘密。

我把书捡起来，看了看，是一本烹饪大全。

诸位，这一下真是疯到家了。这本书的书名是《埃尔德里奇太太的家庭烹饪手册》，我随手一翻，翻到的第一篇文章是一段小讲义，讲的是羊肉汤的正确做法。

我恭恭敬敬地把书放下，然后伸出一只手，攀上马车的上层踏板，朝里面看了看。在手电筒的照射下，看得出来车内是打扫过的，一尘不染。黑色的真皮座椅和木地板都干干净净，看不到刚才在这辆车的人留下的半点儿痕迹。他之前一定是呈跪姿，头朝下，脸颊靠在门上，所以从外面看不到他。地板上有一些血迹，别的就什么也没有了。

我首先要确定的是死者的身份，可这一问题又加剧了目前的混乱。这么说吧，除非霍斯金斯巡佐在描述时犯了两个

---

1. 英寸：英美制长度单位，1英寸等于2.54厘米，12英寸为1英尺。

惊人的错误，否则胸口上插着刀子的这个人，不可能是刚过11点时在博物馆外面攻击过他的那个人。死者个头高，没错；体形偏瘦，这一点也没错。把一件维多利亚时代的政治家青睐的老式双排扣长礼服与这么一件普通的长大衣混为一谈也是有可能的。可是，把白胡子和黑胡子，大玳瑁框架眼镜和系带眼镜都搞混了，这是怎么都不可能的。霍斯金斯再怎么粗心，在描述这最重要的两点特征时也是不可能错得这样离谱的。当然了，除非是有人出于某个荒诞的原因，来了个偷梁换柱，把这些都调换了一遍。

我跳下马车，刮了刮死者的鞋底，上面有厚厚一层煤末儿。

但现在还没到思考案件缘起的时候，更来不及思考"白络腮胡"为什么没冲着别人，而是偏偏冲着霍斯金斯疯喊"好你个大骗子，你杀了他，会被吊死的。我看到你在那辆马车里"。这个问题，必须先搁一搁。我把头转向了普鲁恩。

"你说得很对，"我说，"里面是有个死人。"

他站在几米开外的地方，一只手的手背在擦嘴，另一只手拿着那个装有杜松子酒的扁酒瓶贴在胸口，两只泪汪汪的眼睛正盯着我看。有那么一会儿，我还以为他要放声大哭了。没想到他却非常平静地说话了。

"这事我不知道，"他说，"上帝可以作证，我真的不知道呀。"

这嘶哑的声音仿佛是从很远的地方飘过来的。我一把夺掉他手中的酒瓶，并将他拽了过来。他全身都在哆嗦，跟筛糠似的。

"你还要坚持说今晚这地方只有你一人吗?"我说,"那样的话,你当然就要受到谋杀的指控了。"

犹豫了一会儿,他说:"没辙呀,长官。我还是得说——这里——我……没错,就我……"

"过来,再近点儿。你认识这个人吗?"

他将头扭到了一边,迅速掩饰住了自己的表情,速度之快,出人意表。"他?从来没见过。不认识。看着像个外国佬[1]。"

"看看这把刀的刀柄。以前见过吗?"

普鲁恩转过头来,直勾勾地看着我,泪汪汪的眼中透着一股犟劲儿。"见过,见过。跟你直说吧,这把刀我见过一千遍了。它就是这里的东西,所以我当然见过,现在充分发挥我的作用吧!来,我证明给你看!"他大声说道,好像我一直在怀疑他似的,还拽着我的胳膊,指了指大厅中央的展柜,"这把刀就是从这个展柜里拿走的。人们管它叫'阿曼弯刀'——是一种波斯匕首。你知道这东西吗?哈!我敢打赌,你不知道。阿曼弯刀,地毯推销员都会随身带上一把。刀身是弯曲的。阿曼弯刀,这个展柜里丢失的那种刀,是用来——"他就像重复套话一样,用着那种烂熟于心的抑扬顿挫的腔调,但当他意识到自己说了什么后,他眨了眨眼,然后打了个哆嗦,就住口了。

"这么说,你知道它丢失了?"

又是一阵犹豫。"我?不,不知道。我是想说我现在知道了。"

---

1. 原文为 dago,意为拉丁佬,是对意大利人、西班牙人或葡萄牙人的蔑称。

"我先打个电话,回头我们再来谈这事。这儿有电话吧?好的。顺便问一下,你还是坚称杰弗里·韦德先生出城去了吗?"

他还是一口咬定,语气斩钉截铁。他告诉我,馆长外出期间,博物馆负责人是罗纳德·霍姆斯先生。霍姆斯先生住得不远,就在蓓尔美尔街的一套服务式公寓里。此外,普鲁恩还以近乎病态的热情,建议我马上跟霍姆斯取得联系。他一边嘴里叽里咕噜,一边领着我穿过大厅来到了馆长室的门口。可他按了门边墙上的一个开关,进门看到屋里的情形后,吓了一跳;而且我可以发誓,这一情形,他和我一样都是第一次见。

房间里虽然没有尸体,但显然发生过什么相当暴力的事情。这是一个宽大舒适的房间,地上铺着库尔德斯坦风格的地毯。有两张桌子,一张很大,红木材质,摆在房间中央;另一张是放打字机的桌子,样子类似办公桌,摆在一个角落里,周围全是大大小小的文件柜。椅子都是红色真皮的。墙面上有摩尔风格的回纹装饰,上面挂的镶框照片看上去也有异国风味。红木桌上放着一本打开的小册子,旁边的烟灰缸里堆满了烟蒂。

不过,你首先注意到的还是房间里的那股穿堂风。左侧墙上靠里的地方,有一扇敞开的门,里面是一个小卫生间。卫生间后墙上,在洗手池上方有一扇很高的窗户,是打开着的。我四下瞧了瞧。红木桌前面的地毯上,一面便携小镜子的碎片散了一地。一块特殊场合铺在地毯上的小毯子被揉成了一团。不过,这才哪儿到哪儿啊,没说的还多着呢。

我走进来的那扇门的右边墙内装了一部电梯。电梯是双开门的，每扇门上都有一个小玻璃窗，玻璃窗后面都用金属丝加固了，这两扇门此刻是半开着的。其中一扇玻璃窗已被人砸碎了，一看就是从里面砸的。玻璃碎片溅落在地板上，地上还有一把斧头和一块先前挂在电梯门外的牌子，上面写着"故障"两个字。我注意到电梯的双开门外边有一根铁闩，这样一来，双开门就不仅可以从里面闩上，从外面也可以闩上了。看样子好像是有人被囚禁在电梯里过，而这个人又采取粗暴的行动，逃出来了。

我推开了双开门。在大厅那个方向的电梯壁上，些许光亮从高处通风口的长纱窗透了进来。梯内横着一口翻倒的木箱，除此之外，就别无他物了。

"我一直在跟你说，这事我可是啥也不知道啊，"普鲁恩无可奈何地说道，"今天晚上我没来过这个地方。这部破电梯已经坏了一个星期了；好像没谁修得了，而且上帝知道，我也没这本事。老爷子一直在为这事大发脾气，他断言是有人故意做了手脚，把它搞坏了。肯定不是他说的这么回事，不过电梯坏了挺好的，因为他坐电梯时总是毛手毛脚，甚至有两次脑袋都差点儿搬家了呢；要是他看到了这一团糟——哇！"

"老爷子？你是指韦德先生吗？顺便问一下，他长什么样？"

他瞪眼看着我。"长什么样？韦德先生啊，长相挺不错，虽说个子有点儿矮。他脾气火爆。特别爱出风头，哈！留着两大撇漂亮的白八字胡，很有军人风范。对了，还有权有势得很！——他刚在波斯待了两年，在那儿挖掘哈里发的宫殿，是政府正式盖章批准了的。对了，还有——"他突然打住，横眉竖眼，发起怒来了，"你干吗要知道这些？干吗不打电话？电话就在桌上，就在你鼻子下面。你干吗不用呢？"

那个一直令我困扰的模糊想法——说白了，就是隐隐觉得没准儿就是脾气火爆的韦德先生本人，戴了一副白色的假络腮胡在自己的博物馆搞恶作剧——似乎被"个子有点儿矮"这一描述给排除了。我拨通万安街的电话，跟霍斯金斯说了说这边的情况，要他派摄影师、指纹鉴识员和法医过来。缓过神来后，霍斯金斯以一种取得了重大发现的得意语气说道：

"曼纳林那家伙，长官……"

"把他也带过来。你没把他放走吧？"

"没有，长官。好的，我把他带过来，没问题！"霍斯金斯小声说道，"还有，我拿到证据了。他口袋里掉出了一张字条，长官。这张字条证明可能真的发生了谋杀案。您等着瞧吧。谋杀和共谋——"

为了让普鲁恩听到，我重复了一遍"证明存在共谋的字条"，然后"啪"的一声，果断地挂断了电话。"看来可以结案了，"我对普鲁恩说道，"现在你什么都不用说了，除非在我把你带走之前，你自己还想说。情况我们已经搞清楚了。所以是共谋杀人，对吧，而且是你谋杀了他？"

"不！谁说的？这话是谁说的？"

"干吗否认呢？在格雷戈里·曼纳林的口袋里找到了一张字条，可以说明一切。"

他的态度变了；这个名字好像真的把他搞得不知所措了。

41

"曼纳林？"他咕哝道，眨了眨眼，"拉倒吧！曼纳林！就他呀，怎么也轮不到他啊，他是最不……"

我迅速举起手示意他别出声，因为我们俩都听见了脚步声。卫生间的后窗大开着，声音好像是从外面传来的。我告诉普鲁恩，他要是弄出任何声响，就休想有好果子吃。说完，我走进卫生间，爬到洗手池上，朝窗外望去。

博物馆后面有一个带草坪的院子和一堵高高的墙，从后院的铁栅栏大门出去，就是那条叫帕尔默花园路的巷子。有人正在打开大门上的锁，准备迈进来。月亮依然高悬在天上，我能看清那是一个女人的身影。随手关上身后的大门后，她的步伐快了起来。她看见了我的头映在窗上的剪影，而且她显然期望见到有人在这儿，因为她挥了挥手。

"你待在这儿别动，"我对普鲁恩说道，"你要是敢出声——怎么走到后面去？"

看样子，他似乎一点儿也不想出声。要到后门去，他解释说，你得先去大厅，然后穿过楼梯右边的那扇门。出了门，是一小段通道，过了这段要经过他自己宿舍的通道，就到后门了。我穿过大厅，按照他指引的路线进入了那一小段阴暗的通道，不早不晚，这时候那女子正好也进了通道。她伸手去摸一盏吊灯时，我看见了她在月光下的侧影。然后灯就亮了。

诸位，还真是一名女子。传统意义上更漂亮的女孩子，我也见过不少，但如此魅力四射、让人魂不守舍的，还是有生以来第一次见到。你可以感觉到她的存在。有那么一刹那，我看见她在明晃晃的灯光下一动不动，踮着脚站着，高举着一只手，不停地眨着眼睛，以适应突然亮起的灯光。她披着一条深色的披肩，披肩下面是一身暗红色的低胸晚礼服。她个子不高，身材也一点不丰满——诸位，我说得不是太清楚，所以还要细细描绘一番，因为后来我同她就不只是一面之缘了——不过，在我看来，她给人留下的却是丰满的印象。她有一头似乎能反光的浓密乌发；仿佛打过蜡一般光滑的眼皮下面，是一双细长又明亮的黑眼睛；她唇色粉嫩，脖颈纤细。她的眼神似乎有些不自然，而且她无疑很紧张。不过，尽管这样紧张，但这名女子却极具活力——开朗活泼、笑容满面——这种活力使得她在那段通道里，像她那身红礼服一样鲜艳夺目。灯泡在她头顶上方摇来晃去，使得她一会儿在暗处，一会儿在明处。她顺着通道看了过来，盯着我。

"嗨，罗纳德，"她兴奋地开了口，"我看到了你这儿的灯光，可我没想到你会在这里，还以为你已经回公寓了呢，我正打算过去。出什么问——"她突然停住了，"你是谁？是谁在那儿？你想干什么？"

"小姐，"我说，"我是想搞清楚这个乱哄哄的地方到底出了什么事，这应该不算是好奇心过剩吧。你是谁？"

"我是米利亚姆·韦德。敢问你又是谁？"

听到我的回答后，她睁大了眼睛，接着又挪近了些，好看得更清楚一点。不过，在那双黑眼睛里，除了恐惧就是困惑。

"警察，"她重复了一遍，"你来这里究竟想干什么？出了什么事？"

"谋杀。"

一开始,她没反应过来,好像我该说的是"停车超过了二十分钟的限制"。好不容易明白过来后,米利亚姆·韦德大笑起来。她的笑声渐渐变得歇斯底里,一边笑一边打量着我。她攥得紧紧的双手,先是抬到了嘴边,接着又举到了脸颊旁。

"你是在开玩笑……"

"不是。"

"你是说——死人了?谁死了?肯定不是——?"

"这也正是我想知道的,韦德小姐。可否请你进来一下,看看认不认得死者?"

她睁大了眼睛,目光在我脸上扫来扫去,如同翻书寻找一句记不起来的话似的;长长的黑睫毛下,是紧张不安的神情,呆滞的目光中,又始终带有一种警惕性。

"当然可以,"她终于有点勉强地说道,"没问题,虽然我还是认为你是说着玩的。我想——我的意思是说,我还从来没有看到过一个——怎么说呢,会不会很吓人?你能不能给我透露点什么啊?是谁把你叫到这里来的?"

我领着她走出通道进入了大厅。还没等我指出来,她就看见了那件躺着的"陈列品",它的头冲着我们这边。看到她猛地往后一退时,只有一件事情我可以肯定:这并不是她期望看到的东西。然后她鼓起勇气,伸直了两条胳膊,走上前去,看了看那张脸,站住了。突然,她弯下了腰,像是要下跪似的,但马上又停住了。她的那张脸蛋在月光般的灯光下煞是可爱,只是此刻毫无表情,呆板得如同掉下男尸的那辆马车盖得严严实实的车罩。她虽然面无表情,但不知为什么,脸上却透露出一丝不易察觉的成熟老练。然后她的脸色有所变化,好像是在无声地哭泣;我觉得她有一瞬间泪眼蒙眬,不过只持续了那一短暂的片刻。

她僵硬地站了起来,以平静的声音说道:"不,我不认识他。我是不是还得多看几眼啊?"

这是什么逻辑?在我看来,正是因为地上这个家伙的模样看着有点儿像吃软饭的,他死后嘲讽的神态和他那磨损的晚礼服都有种风度翩翩的味道,我才向她透露了我所做的事情。

"别撒谎,"我说,"你要撒谎的话,我可就更难办了。"

她差点儿笑了,身体摇晃着。她的双手不停地在衣服两侧摩挲。"你真是好心,"她说,"可我没撒谎。他让我想起了一个人——仅此而已。看在上帝的份上,告诉我发生了什么事!他是怎么来到这里的?出了什么事?那把刀——"她用手指了指,看到刀子后她很激动,声音也变尖了,"这把刀是萨姆——"

"是萨姆——?"

她似乎没听见我说话,扭过头去,把目光投到了那口长长的,样子有点难看的包装箱上,它还躺在普鲁恩围着它跳舞的地方。但她把疑问装在了心里。等她转过头来时,已然近乎是一副卖弄风情的样子,但这种轻佻样子并没有改变她面具般的神情,也没有抑制住她胸口的剧烈起伏。

"我说,你别介意。如果你把我拽进来看尸体,你就不能指望我非常冷静、有条有理吧?说实话,我那句话什么意思也没有。萨姆——萨姆·巴克斯特,是我的一个朋友——他很喜欢这把刀。它就放在这儿的一个展柜里或别的什么地方。

萨姆一直想从我父亲手里买下这把匕首,挂在他房间的墙上,还说它有一种很丑恶——"

"别急,韦德小姐。咱们现在离开这里。"我抓住她的手臂,领着她朝楼梯走去,"你今晚到博物馆干什么来了?"

"我不干什么!我的意思是说罗纳德·霍姆斯——他是我父亲的助手——罗纳德今天晚上要在自己的公寓举办一个小型聚会,我是打算去那里的。每次我到这一带附近的时候,都会把车停在帕尔默花园路,省得停到大街上,招来某个警察说——总之,我把车停在那儿了,然后就看见了你这边的灯光,于是就以为罗纳德准是被什么事给耽搁了……"

她每说一个字,就会离那具男尸远一步,我则紧随其后,就像是在跟踪她似的。此刻她已经走过了大厅右侧的那些柱子。她伸出手来,摸了摸身后墙上一块高挂的波斯壁毯。她背靠着壁毯,壁毯上繁复而瑰丽的图案在她身后若隐若现。她还用纤细的双手在壁毯上面轻轻摸了摸,仿佛这能让她气定神闲。

"你要去霍姆斯先生的公寓参加一个聚会,"我把她的话重复了一遍,"可你的未婚夫不跟你一起去吗?"

见她犹豫了一会儿,我只好给了她一点提示。"你跟一个叫格雷戈里·曼纳林的先生订婚了,我说得对吗?"

"噢,对,谈不上正式的那种。"她一带而过,语速很快,而且含糊其词,仿佛这事一点都不重要,不过她又偷偷朝那具男尸瞟了一眼,脸上露出了惊慌的神色,"格雷戈[1]!我说,

---

1. 格雷戈(Greg)是格雷戈里(Gregory)的昵称。

这关格雷戈什么事？他没看到——那个，对吧？"

"我倒是认为他看到了……听我说，韦德小姐，我不想逼你，也不想故弄玄虚，搬出一些秘密来吓唬你。"虽说不明智，但我还是把那天晚上发生的事一五一十地告诉了她。她似乎在绞尽脑汁地回想，就像翻箱倒柜找东西一样，而且我可以发誓，我听见她嘴里蹦出过一句"地窖窗户"。但我没有理会，而是继续说道："重点在于，就一个戴假络腮胡的家伙凭空消失这件事，我东拉西扯了一通，我们都还搞不清楚状况——而你的未婚夫却晕过去了。你明白这是怎么回事吗？"

但她似乎把我这番话当耳旁风了。

"警察，"这次她说道，"你手下的一个警察看到了一个戴白——我说，'络腮胡'这个词怎么这么滑稽呀？——一个戴白络腮胡的男子，这名男子指控他是凶手？"她的声音越来越低，不知是什么原因，她比先前冷静了一些，思绪也回到了我前面问的那个问题上，"晕过去了？哦，这个呀！你是不明白。格雷戈晕倒是因为他——你只要认识他，就知道这事有多好笑！格雷戈在西班牙国民警卫队[1]服过役，隶属外籍兵团。他们每次在什么地方碰到麻烦时，就让他混入阿拉伯人中去当间谍，所以他是有过一段大好时光的……可是你瞧，他心脏不好，得服用洋地黄毒苷片[2]。就是因为这个，他才不

---

1. 国民警卫队（Civil Guard，西班牙语作 Guardia Civil，又称宪兵队）是西班牙国家级守卫力量的一个重要组成部分。
2. 一种用从玄参科植物洋地黄中提取的洋地黄毒苷制成的药片，是治疗充血型心力衰竭、慢性心功能不全等疾病的药物。

得不退役的。他要是用力过度，或者让人给惹急了，就会出问题的——你说过他跟那个警察动手了，对吧？就在上周，他还扛过一口大箱子上楼，因为罗纳德·霍姆斯跟他打赌说没人有那么大的力气，能独自把那口箱子扛上去。他非常强壮，扛着箱子上了整整两段楼梯后，心脏病发作，一脚踩空，箱子也脱手滑落了：里面装的是一些古旧瓷器，所以父亲大发雷霆。因为有人对他说了什么，他就晕过去了？这种想法真是荒唐。你明白的，对不对？"

"可他怎么把今晚的安排搞错了呢？他刚才还在这儿砰砰地敲门，你知道的，还口口声声说博物馆要开个什么会……"

她直视着我。"他可能没收到我的口信呗，仅此而已。今天傍晚时我给他的住处打过电话，他当时出去了，可他们说他几分钟后就会回来的，还答应转达我给他的口信。我说聚会已经取消了，改为到蓓尔美尔街罗纳德的公寓去……"

"这次聚会原计划有哪些人出席？"

"就我父亲——你瞧，我想让他在令人愉快的合适场合见见格雷戈，他们实际上还没见过面，格雷戈甚至都不认识我哥哥……"她这一大堆话都是在拼命放烟幕弹，可我并没拆穿她，而是由着她说，因为我希望她在气喘吁吁地发表长篇大论时，会一不小心把什么给说漏嘴。"我说到哪儿了？哦，对。就我父亲、格雷戈、罗纳德，还有伊林沃斯博士——就是那个苏格兰牧师，你知道的，他这个人正经得不得了，却对《天方夜谭》非常感兴趣……"

"《天方夜谭》？"

"对，你知道的。阿里巴巴和阿拉丁之类的。只是——这也是令我恼火的一点——听我父亲说，伊林沃斯博士对这些故事很感兴趣，但没把它们只当作故事来看，而是当作了真人真事。他甚至都不知道这些都是故事，还想追本穷源，考证它们的历史起源什么的。我记得自己曾试图拜读他发表在《亚洲杂志》上的一篇文章，探讨的是《天方夜谭》中人变鱼——白鱼、蓝鱼、黄鱼和红鱼的故事，你记得吧，说变成什么颜色的鱼取决于这些人是穆斯林，还是基督徒、犹太教徒或袄教徒。伊林沃斯博士进一步论证说，这象征的是 1301 年埃及的某个穆罕默德令其信奉伊斯兰教、基督教和犹太教的臣民所缠的头巾的颜色。看得我是云里雾里，不过我知道，这是一篇极有学问也极其枯燥的东西。"

她将手指扣在一起，摆出一副轻松自在的样子，内心却非常着急，迫不及待地想把我的注意力从某个话题上转移开。是哪个话题呢？

"请问，"我说，"在你父亲不得不离开之前，他们今晚要研究的是什么东西？"

"研究？"

"对。这不只是一个社交聚会，我可听说了。事实上，曼纳林先生亲口告诉过我，你们打算去盗墓。而且他还问我相不相信有鬼。"

有人在青铜大门上猛捶了一通，隆隆的回声把她吓了一跳。可是就在空洞的敲门声响彻整座博物馆的那一刻，我看到了她眼里的恐惧之色；让她恐惧的，正是我最后问的那个问题。

第4章

"得搞到一具尸体"

我赶紧过去,拨开了大门上的门闩。霍斯金斯进门时胡子都竖起来了,仿佛期待着会在门口发现一具尸体似的。跟他一块儿来的有分局的法医马斯登大夫、指纹鉴识员克罗斯比、摄影师罗杰斯,外加两名警员。我提醒他们注意别踩了煤末儿污迹,并让罗杰斯把这些污迹拍下来,然后又给他们下达了一些例行指令。马丁警员把门,柯林斯警员搜索一下现场(很可能竹篮打水一场空)。罗杰斯和克罗斯比马上就围着那具男尸忙活起来了,因为在这些例行工作没有完成之前,我是连受害人的口袋都不能检查的。

霍斯金斯把我拉到了一旁。

"我把那位爷——我是指曼纳林先生——带过来了,就在外面的车里,"他悄声告诉我,"要我现在就叫詹姆森把他带进来吗?"

"等会儿再说。他醒过来后说了什么没有?"

巡佐看上去有些发憷。"跟我说他心脏不好,还给我看了一小瓶药片。可是一说到被吓晕了,长官——嘿,他的态度就彻底变了。我跟他说起戴白络腮胡的老头儿对我干了什么时——"

"你跟他说了这个？"

"我也是没辙呀，长官！当一个人问起自己被拘留的理由时，我没法子可想啊……对了，长官，您以为这会让他紧张起来？不！他笑了，而且笑个不停。"霍斯金斯皱起了眉头，"看他那样子，好像晕厥给他卸掉了很多思想负担似的。后来，您打电话谈到谋杀案和戴黑络腮胡的男子时，他关心和激动得跟什么似的，一点也不像我这样惊恐。他还横插一杠子，一个劲儿地跟我们讲发生在伊拉克还是什么地方的一起暴徒谋杀案，说他曾协助警方调查，不过啊，"霍斯金斯神秘兮兮地挤着一只眼睛说道，"我也就跟您私下说说，我觉得他是个该死的骗子。您瞧啊，长官，有了这张字条，我们就可以把他抓起来……要我现在就叫詹姆森把他带进来吗？"

"我们得先敲定一些事情。过来，告诉我这个人与那个在博物馆外边想勒死你的家伙是不是同一个人。"

霍斯金斯急切而笨拙地走过来了。米利亚姆·韦德此时仍旧靠在壁毯上，我冲她做了一个放心的手势，巡佐一看见她，就吹了一声口哨。当我告诉他她是何许人时，从他的表情可以清楚地看出，他认为自己不应该吹这声口哨，这么做不是个好兆头。然后，他就把目光投向了尸体。

"不，长官，"他眯着眼睛凝视片刻后，大声说道，"不是同一个人。"

"你确定吗？"

"百分之百确定，长官！您瞧这儿！这家伙的脸圆乎乎的，而且鼻子跟犹太人的鹰钩鼻差不多。而从墙头跳下来的那个老头儿——"

"听着,你确定他是个老头儿?"

霍斯金斯鼓起腮帮子说道:"唔——不,长官,不是可以发誓的那种确定,您懂的。这个问题我也一直在寻思来着,现在您又问起了。不过下面这一点我是很清楚的,他生了一张又瘦又长的马脸,鼻子有点儿扁平。一点也不像这个家伙。我发誓,他们俩不是同一个人。"他又来劲儿了,"长官,还有什么指示?虽然我下班了,但既然我从某种意义上说卷入了此案——"

好了,这一点似乎确定了,有两个戴假络腮胡的人曾在此处游荡过。我不能确定的是,这一点是使案情更趋明朗了呢,还是越发扑朔迷离了;很有可能是越发扑朔迷离了。它呈现的是这样一幅可怕的景象:一帮戴着假络腮胡的俱乐部成员于一个月黑风高之夜在一家东方博物馆聚会。这该不会是……

"让我看看那张字条。"我说。

霍斯金斯小心翼翼地拿出了字条。这是一张普普通通的便笺,折叠两次后成了一个压得很紧的正方形,有一面脏兮兮的。我打开了字条。上面的字是普通的打印体,标题很随便,就"星期三"仨字,接着就是下面这段相当不同寻常的话:

亲爱的 G,

得搞到一具尸体——一具真尸。怎么死的无所谓,但得搞到一具尸体。谋杀的事我来想办法——那把象牙柄的阿曼弯刀可以解决问题，要不勒死也成，如果勒死看上去更好的话（后面的几个字被"×"划掉了，然后就结尾了）。

我想动动脑筋，搞明白字条的意思。霍斯金斯看出了我的心思。

"这家伙有点儿信口开河，对吧，长官？"他问道，"谋杀——瞎吹！——以为就像'在里昂和你相聚喝茶'那样简单啊？"

我说："他娘的，霍斯金斯，这字条有问题。这上面的话听上去就像是一个凶手在求上天帮着杀人，你读到过比这还不靠谱的东西吗？"

沉思了一会儿后，霍斯金斯回答道："唔，长官，一个凶手应该怎样去求上天帮着杀人，我不能说我很清楚。这字条读起来吧，确实让人觉得他好像应该更上心一点才对。不过，我得承认，这些话实在是不堪入目。"

"你在哪儿找到的？"

"我上下晃动曼纳林先生的胳膊想把他叫醒时，字条从他的外套口袋里掉出来了。关于这张字条，我半个字都没对他说，我觉得这件事还是应该让您来拿主意。不过，我有一个问题：象牙柄阿曼弯刀是什么玩意儿啊？"

"得搞到一具尸体——一具真尸。"这句话不管怎么说都够难听的。在霍斯金斯的跟随下，我走到陈列那排玻璃展柜的大厅中央，寻找匕首失窃的那口展柜。轻而易举就找到了。

在正数第三口标有"近代波斯"字样的展柜里，深蓝色的天鹅绒上有一个空空的凹痕，呈一把弯匕首的形状，长度在十英寸左右。展柜是封闭的，而且看不到铰链的踪影。我很纳闷，我这个人往往一进博物馆就爱这样纳闷：这些玻璃展柜是怎么打开的呢？我戴上手套，仔细地检查了一遍。展柜一侧的木支架上有一把很不起眼的小锁，上面没插钥匙。显然，这一侧可以像门一样整个儿地打开，可眼下却是锁着的。因此，想必是谁拿走了匕首，钥匙就在谁手里，也就直接把嫌疑指向韦德家的人或他们的合伙人了。"得搞到一具尸体——一具真尸。"如此看来，谋杀不过是某个超乎想象的大计划中的一个小把戏而已？

当然，这一证据直接指向的头一个人就是普鲁恩这糟老头儿了。这正是难题所在。我不相信，就算我是陪审员，我也不会相信普鲁恩知道这起谋杀案的任何情况。

"我们得干活了，"我对霍斯金斯说，"去找你的朋友普鲁恩，就是你跟我说过的那个看门的，他这会儿在馆长室。把他带到别的地方去——那个房间我要用来讯问其他证人——好好盘问一下他今晚发生的一切。问问他关于这把匕首的事情：他是什么时候知道匕首不见了，以及有关的一切情况。你看见那边的那个包装箱没？搞清楚普鲁恩今晚围着它跳舞的原因，还有他提到的'哈伦·拉希德的妻子'是什么意思。"

霍斯金斯自然也想知道哈伦·拉希德是谁，这事跟他妻子又有什么关系。我依稀记得，哈伦是8世纪左右巴格达的一个哈里发，《天方夜谭》中那个喜欢微服出巡探险的著名人物。有人曾告诉我，哈伦·拉希德可译作"正直的哈伦"，意思是"正统的亚伦"——这似乎颇令人失望。[1]诸位或许可以设想他有一个妻子，起码这样就有了一个明显的线索。曼纳林说起过博物馆里的一个发现，一桩不能与外人道的事情，还说从某种意义上说，他们打算去盗墓。有没有这样一种可能：杰弗里·韦德（普鲁恩曾描述过他"挖掘哈里发的宫殿"）已经发现了，或者说他自认为已经发现了哈伦·拉希德妻子的棺柩？不过，普鲁恩曾得意扬扬地宣称箱子里啥也没有，这一点也得考虑进去。诸位再试想一下，那口箱子旁边就有一具戴着假络腮胡、一只手中还拿着一本烹饪大全的尸体，这样一来不就都对得上了嘛……

我跟霍斯金斯提到了这一新的可能性，他盯着那个大包装箱看了看，压低嗓门说道：

"长官，您是说，"他问道，"是一具木乃伊？电影里那种可以站起来四处走动的木乃伊？"

我指出哈里发都是穆斯林，他们和别人一样也是装在棺柩中下葬的，听了这话，霍斯金斯好像放心了。在他看来，木乃伊非常可疑。他以类似音乐厅歌曲的表现方式，表达了自己的大致观点：它们虽然死了，却不肯乖乖躺下。

"只要不是木乃伊，"霍斯金斯说，"有什么要我做的，您尽管吩咐，长官。把它掘出来，是这个意思吗？"

---

1. "正直的哈伦"原文为"Harùn er Raschid"，其中"Raschid"意为"正直者"，是其父马赫迪赐予他的称号；"正统的亚伦"原文为"Aaron the Orthodox"，亚伦是摩西的兄长和代言人，也是古以色列人的第一位祭司长。

"是的,如果普鲁恩不肯开口的话。馆长室里有一把斧头。假如从普鲁恩嘴里套不出什么东西来的话,你就把箱子劈开,但要小心一点。我们要找到一个对这个地方了如指掌的人……"

"噢,长官,就算韦德老爷子不在,也肯定有个人负责吧。您不能给他打个电话吗?"

罗纳德·霍姆斯。不过,有个主意比给他打电话还要好一点。按照米利亚姆·韦德的说法,罗纳德·霍姆斯这时正在举办一个派对,与博物馆有关的人很有可能都在参加。而且他住得不远,就在蓓尔美尔街,走过去用不了五分钟。如果我抽出十分钟的时间,趁他们没得到消息之前赶过去,没准儿就可以把事情搞个水落石出了。

"这儿交给你了,"我对霍斯金斯说,"我应该不会去太久,而且还会把霍姆斯带回来。假如找到了证人,这个地方够大的,可以把他们分别安排到独立的隔间里。同时,把那个女孩子带到馆长室去,交给马丁看管。不要让她跟任何人接触,别让曼纳林靠近她,就算他大吵大闹也不行。与此同时——"

"那位小姐人呢?"霍斯金斯突然问道。

我们俩都急忙转过身去。波斯壁毯前站着的人不见了,我突然觉得自己像坐在失控的汽车里。她不可能是从正门跑了,马丁警员把青铜大门守得死死的。我急忙穿过大厅冲向馆长室。门关上了,可是我隐约听到里面有含混不清的说话声。是在对普鲁恩说吗?隔着那扇钢门,我一个字也听不清,好在就在我头顶上方,也就是钢门一侧的上方,有通向墙另一边的电梯井的通风口。

我迅速推开了那扇门,正好听清了一句话。

可是,整件事都再度显得古怪而又荒唐。米利亚姆·韦德坐在红木桌后面,俯身在电话上方。我听到的那句话是"白厅0066。我找哈丽雅特·柯克顿"。不过,她在话筒上盖了一块手帕,显然是想进一步伪装自己的声音,因为她已经在用一种颤抖的浑厚女低音说话,与平日的语调迥然不同。见到我以后,她"啪"的一声挂了电话,愤怒地站了起来。

"你!"她喘着粗气,大声说道,"你这个——可恨的——该死的——小人!打探,打探……"

"好啦,好啦。"我说。碰上这种喧闹货色,我总忍不住要来两声"好啦,好啦",此刻她看上去就像飞扬跋扈的麦瑟琳娜[1],可惜她的措辞让这一形象大打折扣。"你在打电话啊。为什么要挂掉呢?"

"这不关你的事。"

"在目前的情况下,我不得不问一下,刚才你是在给谁打电话?"

"你不是听见了吗?打给哈丽雅特的。她是我最要好的一个朋友。她跟我一块儿坐船回国的。她——"

"听见了,可是你给最好的朋友打电话时,通常都会伪

---

1. 一译梅萨莉娜,罗马皇帝克劳狄一世(Claudius)的第三任妻子。她野心勃勃,多次谋害亲贵,个人作风骄奢淫逸。公元48年,她在丈夫外出期间与情夫盖乌斯·西利乌斯举办了一场婚礼。克劳狄一世得知后,逮捕并处决了她的情夫以及参加婚礼的人员。麦瑟琳娜被赐自尽。

装自己的声音吗？听着，韦德小姐，现在可不是开玩笑的时候——"

我满以为她会拿起青铜烟灰缸砸我的脑袋，没想到她却克制了这一冲动，双手按在丰满的胸脯上，刻意以一种冷淡轻蔑的语气，直言不讳地说出了接下来我可以采取的行动。

"白厅0066，"我问道，"是谁的电话号码？不说你也知道，我是可以通过总机查出来的。"

"是罗纳德·霍姆斯公寓的。你不信，是吧？"（我已经拿起了电话号码簿。）"你不会信的。可事实就是如此。"她有点儿泪眼蒙眬了，"我说，你非得把我扣留在这里不可吗？你以为跟外面那——东西，还有其他乌七八糟的东西待在一起，我舒服吗？你就不能放我走，或是让我再打一个电话吗？你就不能让我跟我哥哥联系一下吗？"

"你哥哥现在身在何处？"

"在罗纳德的公寓里。"

她要是想跟她哥哥联系的话，为何不直接找他却找哈丽雅特·柯克顿呢？这个问题太明显了，我连问都没问。不过关于那个电话号码，她说的倒是实话：蓓尔美尔街摄政王公寓大楼罗纳德·霍姆斯，号码簿上登记的是"白厅0066"。放下号码簿后，我才第一次发现普鲁恩不在房间里，但她早就预料到了这一点，所以显得很冷静，那股傲慢劲儿让人看了心里很不舒服。

"他在卫生间，"韦德小姐解释说，"是我说要打电话，让他进去待着的。好了拉弗尔斯，老伙计！现在你可以出来了。"

普鲁恩打开门,旁若无人地拖着步子走了出来,他看起来既有点闷闷不乐,又有点不好意思。从他的眼神可以看出,他对韦德小姐的态度近乎倾慕。他似乎在找一个谁跟他说话,就骂谁一顿的由头。我冲霍斯金斯和门口的马丁警员招了招手,示意他们过来。

"交给你了。马丁,你待在这里,看好韦德小姐,直到我回来为止。那部电话不能再用了,明白吗?"韦德小姐已经板着脸在一把红色皮椅上坐下了,我转过头去对她说道,"不介意的话,请你在这儿放松地待上几分钟。我们正在跟你哥哥联系,而且会把他带到这里来的;然后就万事大吉了。我很快就回来。"

我出门时听到她在骂骂咧咧,那个骂法要是让我住在贝尔法斯特[1]的叔叔阿姨听到了,肯定会狠狠批评一通的。路过出游马车时我停了一会儿,大伙主要是在这儿忙活着。罗杰斯已经完成了尸体位置的拍照工作,但克罗斯比还在忙着搜寻指纹,马斯登大夫也还在做一次全面的检查。匕首已经从伤口处拔出,克罗斯比用一块手帕拿着它给我看了看:一把杀气腾腾的弯刀,刀身长度接近十英寸,双刃都很锋利,刀尖有如针尖。他们已经把它擦干净了。

"这上面有很多指纹,长官,"克罗斯比指着象牙刀柄汇报说,"但都弄脏了,而且还一层叠一层,好像有好几个人碰过。我会放大看看能否找到清晰一些的指纹。这辆马车里倒

---

1. 贝尔法斯特(Belfast),爱尔兰语作 Béal Feirste,北爱尔兰首府。

是有一些清晰的指纹……这儿还有一样别的东西。这个家伙的名字似乎叫'雷蒙德·彭德雷尔'。这两张名片从他的马甲口袋里露了出来，还有，他的帽子里面印的也是这个名字。"

他拿出了两张带有血迹的名片，上面的"雷蒙德·彭德雷尔"几个字，是在街角某个立等可取的名片店印制的。我看了不爱说话的马斯登大夫一眼，他咕哝了几句。

"没多少可以禀告的，"马斯登说道，"是这把刀子要了他的命，直扎心脏，当即就毙命了。"他僵硬地站了起来，"死亡时间——嗯，你是什么时候发现他的？12点25分。这样的话，现在还不到1点一刻，我判断他是在10点半到11点半这段时间死去的，虽然可能有点误差。"他迟疑了一下，"听我说，卡拉瑟斯，虽然我不擅长这个，但我还是想给你一点提示。看到那把刀子的形状没？没有医学知识的话，很少有人能精准地把这样一把刀插进心脏。一刀扎得这么准，不是鬼使神差撞了大运，就是凶手对从何处下手心中非常有数。"

我跪下来，把死者的口袋都检查了一遍。除了七便士的铜币、一包还剩十支的香烟和一张破损的报纸剪报外，就什么也没有了。剪报是从某个八卦栏目上剪下来的，靠近版面的顶端，报纸上印的日期是：5月11日（"5"只能看到半边），是一个多月前的报纸。内容如下：

年轻貌美、特立独行、令女主人谈之色变的米利亚姆·韦德小姐，今天从气候严酷的伊拉克回到了英国。一年半前，在她尚未出国时，有传言称她与阿布斯利勋爵之子"萨姆"·巴克斯特已订婚,此人过去曾是个呜噼艺术家[1](见1931年5月9日本栏目),现在却是开罗英国公使馆一颗冉冉升起的新星。下周的人物是韦德小姐之父杰弗里·韦德,他的身份是学者兼收藏家,留着长长的八字胡,在学术会议上经常可以看到他火冒三丈的样子。他相信巴格达的哈里发宫殿遗迹可以——

我将剪报折起来,把它和在曼纳林身上找到的那张邪恶的字条一起夹到了我的笔记本里。对于谁是呜噼艺术家,是阿布斯利勋爵还是他儿子,这张剪报说得并不清楚,但我们可以理解为后者。这又是另外一层联系。关于雷蒙德·彭德雷尔是何许人,住在哪里,衣服上没留下任何线索。那套礼服闻着有一股樟脑味儿,仿佛在有樟脑球的衣橱里放了好久,而且内侧口袋上还贴着标签:"巴黎,马勒塞布大道27号,英国裁缝,戈迪恩。"就这些。

我先给罗杰斯和克罗斯比下了指示,让他们到馆长室的电梯周围那一团糟中去寻找蛛丝马迹,然后我就出门去找罗纳德·霍姆斯了。门外,一辆警车停在路边,格雷戈里·曼纳林和詹姆森警员在车里吵得不可开交。我不想卷入其中,便从他俩身边匆匆而过,然后沿着蓓尔美尔街奔东而去。在人行道上寂寥的昏黄微光下,整座城好像空无一人,远处传来的汽车喇叭声宛若近在耳畔。蓓尔美尔街是一条小巷子,通到大街的巷口有一道隧洞似的拱门。我走到那道拱门处,

---

[1] 原文为 whoopee-artist,"whoopee"的本意是兴奋得大喊大叫,也有肆意狂欢的意思。这里采用音译。

看到黑压压一片杂乱拥挤的建筑中有一栋又高又窄的公寓楼，闪着"摄政王公寓大楼"几个霓虹灯大字。一走进大楼就能看到一个狭长的门厅，尽头是一部自动电梯。我没看到门童的身影，不过有一个昏昏欲睡的年轻侍应生在冲着一部电话交换机打哈欠，准备下班了。看来还不能亮明我的身份。

"霍姆斯家的派对，"我说，"还在进行吧？"

"是的，先生，"无精打采的侍应生说道，他试着表现出一些军人式的机敏，伸手去拿电话线准备插入交换机，"您的大名？"

我玩了个障眼法。"等一下！别通报我来了。我会上去使劲敲门并声称自己是警察。我这就上去了，房间号是 D，对吧？"

他乖乖地咧嘴一笑，说是 E 号房间，还说我会听出来的。进了电梯后，我停下来，摆出了一副顺便问一下的姿态。

"他们在上面待了多久了？"

"一晚上了，"侍应生答道，"至少从 9 点就开始了。小心脚下，先生。"

嘎吱作响的电梯摇摇晃晃地升到二楼并停住后，我还真听出来了。我所在的走廊又暗又窄，刷着绿色的漆，大小只够在里面转个身而已。走廊另一头的一扇门里，传来了微弱但热忱的口琴旋律，在带有宗教色彩的昏暗灯光下，还听得到有人在虔诚地和着旋律慢慢哼唱，声音低沉。微弱的和声庄严地唱道：

我们是弗雷德·卡尔诺的大军[1],
是雷格泰姆的步兵,
打不了仗,行不了军,
能派上什么用场?
可当我们到了——

我用门环把门敲得山响,里面的人显然以为是有人来抗议他们太吵,因为歌声像被噎住了似的停了下来。随后传来了沙沙的关门声和脚步声。开门的是一个瘦子,手里拿着一个玻璃杯。

"我找,"我开口说道,"罗纳德·霍姆斯先生……"

"我就是,"他说,"什么事?"

他侧身站着,所以灯光照进了走廊。他戴着一副大玳瑁框架的眼镜。

---

1. 弗雷德·卡尔诺,原名弗雷德里克·约翰·韦斯科特(Frederick John Westcott, 1866—1941),喜剧演员兼制作人。当时弗雷德·卡尔诺的剧团家喻户晓,他与查理·卓别林(Charlie Chaplin)和斯坦·劳雷尔(Stan Laurel)等组成了所谓的"弗莱德·卡尔诺的大军"。这一词语也被用来泛指混乱的组织和团体。后来,又成了第一次世界大战期间新招募的英国军队的绰号,诞生了歌曲 *We Are Fred Karno's Army*,曲调基于教会音乐 *The Church's One Foundation*。

第 5 章

匕首柜的钥匙

霍姆斯退回房间时,我跟了进去。房间很小,没什么东西,收拾得挺整洁,不像是音乐会的现场。从对面一扇关着的门里,传来了一阵笑声,夹杂着认真用口琴吹奏出来的几个试探性的音符。这里仅有的光亮来自一盏大灯,这盏配有黄色灯罩的灯在一张擦得亮亮的桌面上投下了自己的倒影,也照亮了东道主的脸庞。

霍姆斯略微有点好奇,眉毛微微上扬,除此之外就没有别的反应了。他中等身材,体形清瘦,有点儿驼背。粗硬的鬈发略微发黄,剪得短短的,紧贴在长长的脑袋上。镜片后一双淡蓝色的眼睛打量着我。他的脸又瘦又长,五官分明,神情颇为歉疚。穿的是深色正装,内搭一件硬领衬衫,脖子里系着一条皱巴巴的深色领带。他的年龄或许在三十出头;不过,当他转头面向灯光时,我看见他热得发亮的额头上刻满了细细的皱纹。尽管没醉,但他看上去却像喝了几杯似的。他清了清嗓子,挪了挪身体,低头看了一眼手中的玻璃杯,修长的手指晃了晃杯子,接着又把头抬了起来。他客客气气的话语中,有一种介于深感抱歉和硬挺到底之间的奇怪感觉。

"怎么了？"他催问道，"有什么问题吗？听着，我不认识你吧？我觉得咱俩好像见过——"

门后传来了一个女人的声音。一开始语调很正常，然后突然就高上去了，最后变成了一种怨中带喜的号叫。"是你吗，林基？"那个声音喊道，"林基，你这头蠢驴！我说，是你吗？"接着便是女人为了虚张声势而用脚后跟猛踢木头家具的声音。

"里面的人别吵！"没想到霍姆斯扭过头去，大声吼道，"不是林基。"说完又转过头来等我回应。

"对吧？如我所说，您看着挺面熟的，可是——"

"我觉得咱俩以前没见过面，霍姆斯先生。我是侦缉巡官卡拉瑟斯，到这儿来是想问问你今晚韦德博物馆发生的事情。"

大约有十秒，霍姆斯一动不动地站着，只有灯光映出了他脑袋的轮廓。

"不好意思，我去去就来。"他简短地说道。

这家伙动作真快，我还没来得及开口，他就放下了手中的玻璃杯，顺顺当当地走到了里面那扇门的门口，把门打开钻了进去，不见了踪影。我匆匆一瞥，只见里面烟雾缭绕，沙发上还横着一双女人的长腿。我听见他在里面说了些什么，不超过六个字；然后他就又出来了，并随手带上了门。

"他们太吵了，"他充满歉意地解释道，"吵得我们都听不清对方说什么了。这下好了，巡官。我觉得我没太明白您的意思。您来这儿是想问问我——"他停顿了一下，"天哪，出的是啥事？不是被盗了吧？"

"不是。什么也没被盗。"

"那——您是说失火了？"

"不是。"

霍姆斯从胸前口袋里掏出一块手帕，小心地擦了擦脸。那双温和的眼睛在手帕上下左右不断移动时滴溜溜乱转，似乎在端详我。然后他露出了笑容。

"哎呀，听您这么一说，我自然就如释重负了，"他说，"不过，我还是一头雾水。呃——您要来一杯威士忌苏打吗，巡官？"

"谢谢，先生。"我回答说。我是急需来一杯了。

他一边说着，一边拿着自己的玻璃杯走向一个餐具柜，然后取出了另一只玻璃杯，朝每只杯子里倒了足足三指高的威士忌。"我们好像还是在误解对方的意思，"他清了清嗓子，继续说道，"据我所知，今晚博物馆什么事情也没发生，除非韦德先生意外地回来了。我没去过博物馆。我——真是见鬼，您别搞得这么神秘兮兮的。出了什么事？"

"凶杀案。"我说。

他刚开始按苏打水瓶的压杆，可是杯子却完全偏到一边去了，苏打水嘶嘶地洒到了橡木餐具柜上，他立刻掏出了手帕，而且在擦柜子时似乎还趔趄了一下。等他转过身来时，他的太阳穴上浮现了些许螺旋形纹路。

"看我笨手笨脚的，"他轻声嘀咕道，"怎么可能——您是在开玩笑吧，还是想要——？敢问是谁被杀了？这到底是怎么回事?"

"一个叫雷蒙德·彭德雷尔的男子。他今天晚上被人用一把象牙柄的匕首捅死了,这把匕首来自博物馆的一个展柜。我在大厅中那辆大型封闭式出游马车里发现了他的尸体。"

霍姆斯倒吸了一口凉气,哆嗦了一下,这才镇定下来。他的目光依然温和,但充满了困惑。此时我才注意到,餐具柜上方的墙上,有一幅镶框照片。照片上的男子置身林地,身着长袍,而且还戴着非常精致的白色络腮胡。这个案子不管你从何处着眼,都会看到络腮胡:对我来说,络腮胡已经变成了一场噩梦,一种无法摆脱的困扰。

"彭德雷尔,"霍姆斯重复地念着这个名字,其语气我可以发誓,是真的很茫然,"雷蒙德·彭德雷尔!这名字对我来说毫无意义。这事究竟是怎么发生的?他在那儿到底要干什么?是谁杀了他?莫非您也不知道?"

"这一连串问题,随便哪一个的答案,我们都不知晓,霍姆斯先生。不过,你也许可以协助我们找到答案。关于杀害这个男子的那把匕首……"

一听到匕首,霍姆斯的眼神第一次显得有些犹豫了。"是一把象牙柄的弯刀,听普鲁恩说,名叫'阿曼弯刀'……"

"普鲁恩!"霍姆斯一声惊叫,好像忘了什么似的,"呃——对,那是当然。普鲁恩跟此事有啥关系?他说了什么?"

"他一口咬定今晚除了他自己,没人去过博物馆。所以,当然了,看来情况对他不利呀。"我停了一会儿,好让他领会这句话的含义,"好了,来说说那把匕首吧。谁手里有大厅里那些展柜的钥匙?"

"我有。可匕首要是被人偷——"

"还有别的人有吗?"

"哦,韦德先生当然有啦。不过——"

"匕首不是被偷走的,而是被某个有钥匙的人从展柜里拿走的,而且他拿走后又把展柜锁起来了。"

霍姆斯的语气非常平静。他机械地从餐具柜上拿起了两个玻璃杯。我则做了一个谢绝的手势,毕竟谁能跟一个已被自己这样指控的家伙一起喝酒呢;但他简短而清醒地说道,"别糊涂了!"接着又以同样低沉的声音继续说道,"那么肯定有一把复制的钥匙。我只能告诉您,我可没干这事,而且我这辈子从没听说过名叫雷蒙德·彭德雷尔的人。我和我的朋友们一晚上都在这里——"

"顺便问一句,跟你在一起的都有谁呀?"

"韦德先生的儿子杰里·韦德,我们的一个名叫巴克斯特的朋友,还有柯克顿小姐。我料想您不认识他们。我们一直在等韦德小姐和她的一个名叫曼纳林的朋友。"

"还有别人吗?"

"眼下没别人了。先前有,但他们已经走了。您看,要我把杰里·韦德叫过来吗?"

我把目光投向另一个房间那扇关着的门。此时,这个房间里面出奇的安静,自从霍姆斯刚才短暂地进去一次后,就一直是这样了。有一刻,那个女人曾打算来一曲《水手巴纳寇·比尔》,可刚飙了第一个高音就传来了嘘声,说明有人不想她出声,硬是让她打住了。

"不好意思,我去一下就回来。"我对霍姆斯说道。我走到门口,敲了两下,将门打开了。

房间里起初鸦雀无声,让人心里发毛,继而传来了各种各样的声音,给我感觉像是进了鹦鹉棚。这个房间几乎和另一个一样小,灯光也差不多亮,而且青烟弥漫。对着门的一张沙发上,蜷坐着一个瘦削的长腿金发女郎,她正高兴得眼睛一眨一眨的,直直地端着一个鸡尾酒杯,手肘撑在沙发的扶手上。她的脸蛋白里透红,生着一双瓷蓝色的眼睛,如同你在拉斐尔前派的油画中见到的人物一样高尚纯洁、热情奔放;此外,她还有个身体突然前倾的习惯,仿佛被魔鬼推了一把似的。

桌子上密密麻麻立着很多瓶子,瓶子后面站着一个小伙子,长得矮胖壮实,有着一头火红色的头发,穿着一身极得体的晚礼服。他嘴角叼着一支香烟,一边眯起一只眼睛避免被烟熏到,一边端详着手上一个黏糊糊的鸡尾酒调酒器。我一进门,他就猛地转过身来瞪着我,试图摆出一副冷酷庄重的表情,可惜早前有人从巧克力盒上取下一根长长的红丝带,用安全别针斜斜地别在了他的胸前,使这副表情多少打了一点折扣。而且,他还受到了惊吓。

第三个人正坐在一把矮椅子上擦口琴。我只能这样来描述他:一个长了老头子面孔的小伙子。虽然他顶多也就二十八九岁,但只要他露齿一笑或埋头看书,脸上就会皱纹密布。除了我们的朋友菲尔博士以外,我想我见过的最和颜悦色的人就是他了。他看上去容易激动,即使手动都没动一下,看着也像是要打手势似的。这个矮冬瓜身穿一件旧花呢大衣,一头黑发梳成了德国式发型,他在椅子上朝后一躺,友善地挥了挥手。

沉寂了一会儿后,鹦鹉棚才恢复了生气。哈丽雅特·柯克顿向后一甩头,像是获得了令人愉悦的灵感似的,引吭高歌起来,口张得都可以看见拉斐尔前派笔下人物的扁桃体了。歌声似乎快把天花板震裂了。

"是谁在敲我的门?
是谁在敲我的门?
是谁在敲我的门?"
漂亮的少女问。

红发小伙子挺直身子说话了,他的嗓音由于喝多了威士忌而变成了男中音:"我说,这么横冲直撞地闯进来,是最不正当的……"

那个老气横秋的小伙子平静地伸出手来,神情阴郁,仿佛要对我催眠似的。"'你休要说是我干的,'"他以低沉的声调宣称道,"'别冲我晃你那血迹斑斑的头发。'"[1] '尤金·阿拉

---

1. 本句引语出自莎士比亚《麦克白》(*The Tragedy of Macbeth*)第三幕第四场麦克白的一句台词,原文为:"Thou can'st never say I did it. Shake not thy gory locks at me."。

姆走在中间,两腕戴着手铐。'[1]'喂,萨米,萨米,咋不弄一个不在场证明呢?'[2]"接着他狠狠地吹了一下口琴,咧嘴笑了笑,以自然的语调补充道:"晚上好,老兄。请坐,喝一杯。苏格兰场那些戴假络腮胡的家伙都还好吧?"

在这叽里咕噜的胡话中,插进来了霍姆斯平静、稳重而又尖厉的声音。他说:

"看在上帝的份上,都别瞎吵吵了。"

就像被劈头盖脸泼了一瓢冷水一样,这伙人很快就戛然无声了。老气横秋的小伙子悄悄地把口琴放在自己的椅子旁边,抬起了头。

"哟嗬!"停顿了一下后,他说道,"我说,这是怎么啦,罗恩[3]?你这话听起来像是要防止炸锅呀。"

"抱歉,打扰各位的雅兴了,"我对他们说道,"可这件事情很重要。你们当中有没有谁认识一个叫雷蒙德·彭德雷尔的人?"

红发仔看上去完全懵了。矮冬瓜张开了嘴,斟酌了一番,

---

1. 尤金·阿拉姆(Eugene Aram, 1704—1759),英国著名的语言学家,同时也是臭名昭著的凶犯。在发现了至交丹尼尔·克拉克与自己的妻子有染后,于1744年将其杀害,警方虽有所怀疑,但终因证据不足而使他逍遥法外达十四年之久。这桩谋杀案直到1758年才得以告破。很多文学作品都涉及过尤金·阿拉姆,如托马斯·胡德(Thomas Hood, 1799—1845)的叙事诗歌《尤金·阿拉姆的梦想》(The Dream of Eugene Aram)。本句引语出自这首诗歌的最后两行。
2. 本句引语出自狄更斯《匹克威克外传》(The Posthumous Papers of the Pickwick Club)第34章结尾处萨姆父亲的一句话,原文为:"Oh, Sammy, Sammy, vy woren't there a alleybi?"。
3. 罗恩(Ron)是罗纳德(Ronald)的昵称。

又合上了，不过看他那样子，他就是说了什么，也不会有任何启发。可哈丽雅特·柯克顿的确知道这个名字，这一点我敢肯定。她看上去醉得轻一点。虽然她一动未动，依然坐在那儿，胳膊僵硬地撑在扶手上，但在她身旁灯光的照耀下，我还是看见她紧握玻璃杯杯颈的手指的指甲上出现了白块。不过现在还没到我摊牌的时候。

"没人吗？"我催问道。

没人开口，在这样的沉默中，我嗅到了一股背水一战的奇怪味道。此时，霍姆斯又以批评的语气插话了：

"卡拉瑟斯巡官告诉我，彭德雷尔这个人被谋杀了。别打岔。他是今晚在博物馆被人捅死的——巡官，我若是说错了，还请您纠正——凶器是一把象牙柄的刀子，是从博物馆的一个展柜里拿出来的。"霍姆斯字斟句酌，一字一顿地说，"我跟他说了，今晚从 9 点开始，我们全都在这里，可他似乎还是认为——"

"谋杀——"红发仔重复了一遍，还用一只发抖的手在脸上抹了几下。他已经喝得酩酊大醉了，但这件事似乎就像车祸时的撞击声一样把他惊醒了。他把手伸到脸上，做了一个很奇怪的动作，既像是要抹掉什么东西，又像是要找到什么东西。他的五官被太阳晒得发红，一副放荡的容貌，但人看着还不坏。他呆滞无神的棕色眼睛锐利起来了。"谋杀！上帝呀，太可怕了！您是说凶案就发生在博物馆里？什么时候？什么时候的事？"

他开始用指关节敲桌子。但霍姆斯还是一如既往地以柔和的声音说道：

"可他似乎还是认为我们是一帮恶棍。噢，对了，请允许我给大家作个介绍。柯克顿小姐，这位是卡拉瑟斯巡官。巴克斯特先生，"他冲正嘀咕着象牙柄刀子的红发仔点了点头，"还有小韦德先生。"那个老气横秋的小伙子以客气但嘲讽的态度鞠了一躬，霍姆斯继续道："所以，他问各位问题时，还请大家不要胡说，不然的话，就算我们看起来有所谓的共同不在场证明，也有可能会惹上麻烦。"

"我们当然有共同不在场证明啦，"哈丽雅特·柯克顿哈哈一笑说，不过声音有些发抖，"这起凶案究竟关我们什么事？"

小韦德挥了挥手，示意大家安静。他眯起了妖怪般的眼睛。"这颗腐朽的心痒了，"他慢条斯理地以精练的语言说道，这样的说话方式与他激动的动作形成了鲜明的对比，"恨不得对一个毫无意义的谜团也要研究一番。闭嘴，浑蛋！"他拿起口琴，吹了一个长音，以壮声势。瞪了萨姆·巴克斯特一眼后，他又回过头来对我说："好吧，第一个问题——"

"行了，小老头儿，听我说，"巴克斯特插嘴说，"我问了一个问题，巡官还没回答呢。他是什么时候被杀的？"

"他遇害的时间，"我慢吞吞地说道，"在10点半到11点半之间。"

"您是说晚上？"巴克斯特怀着一种病态的希望问道。

"我是说晚上。"

房间里沉默了一阵。巴克斯特坐了下来。我没有急着问他们问题，因为不逼他们，他们说的话才会露出更多的马脚。年轻的杰里·韦德——他们称他为小老头儿——似乎觉察出了这一点，别看他表面上随和而又随意，内心其实比霍姆斯还要着急。他显然在打什么主意；在他把口琴贴着牙齿，轻轻地来回移动时，我从他的眼睛里看出，这个主意已经开始闪现，并且成熟起来了。

"巡官，"他突然开口说道，"这个彭德雷尔是何方神圣，长什么模样？"

"我们不知道他的身份。除了两张名片外，他身上没有任何证明身份的证件或标志。事实上，他口袋里什么也没有，除了一份与米利亚姆·韦德小姐有关的剪报……"

"该死——"柯克顿小姐欲言又止。

巴克斯特抬起了头，目光冷酷。"风就是从那儿刮过来的，对吧？"喝多了威士忌的男中音问道，这一句话说得更为圆滑，几乎可以称得上外交口吻了。这种口吻与他衬衫上别着的那根巧克力盒丝带格格不入，很是荒唐可笑。"不好意思啊，巡官。您继续。"

"至于他的体形和外貌嘛，身高在六英尺上下，脸偏圆，鹰钩鼻，橄榄色皮肤，黑色的头发和胡子。这些信息对你们有没有用？"

至少对那三名男子来说，这些描述显然没有任何意义；或者说，在我看来是这样的。韦德的眼神渐渐黯淡无光了，而且他还老眨眼。不过，我的下一句话产生了非常明显的效果。"我看到他最后的样子是被一把匕首刺穿了胸膛，"我继续说道,"戴着一副黑色的假络腮胡——"

韦德跳了起来。"黑色络腮胡!"他惊叫道,"您说的是黑色络腮胡?"

"没错。实际上,"我说,"你以为是白色络腮胡,对吧?"

对方阵脚大乱了。"我亲爱的巡官,"他老气横秋地咧嘴笑了一下,答道,"我郑重地告诉您,络腮胡是什么颜色对我来说无所谓。我的心思不在络腮胡上,甚至连想都没想过。可是您那么强调'黑色'二字,害得我以为其中有某些不祥的意味,好像我们大家都要上断头台似的。"(这个小妖怪的想象力比其余几个人的都要丰富,而且我认为他如果专门去撒谎行骗,肯定可以成为一个撒谎专家。)"一具戴假络腮胡的尸体!还有别的东西吗?"

"眼下,我们还是谈谈络腮胡吧。"我建议道。现在是进攻的时候了。"这个案子是一场噩梦,我们还是把其中的一些问题弄明白为好……比如,霍姆斯先生,外面那个房间里——餐具柜的上方——挂着一幅照片,照片上的人穿着一件长袍,戴着白色的络腮胡。看起来有点像是一幅业余戏剧协会的照片。照片上的那个人是谁?"

霍姆斯张开嘴,迟疑了一下,又瞟了对面一眼。是杰里·韦德回答了这个问题。"噢,那个啊?"他满不在乎地说道,"是我。"

第 6 章

铁板一块

"您说得很对,"韦德继续说道,"那是我在牛津大学戏剧协会参加活动时拍的一幅照片,您也看到了,我扮演的是李尔王这一著名角色。没让您感到惊讶吧?您好好看看我这副干枯的面孔就不会惊讶了。人们告诉我,说我一天比一天看着年轻……您对这幅照片怎么这么感兴趣?您不会见到一个戴络腮胡的人就追捕吧?"

"我是这么打算的。我们来玩个公平游戏,我呢,告诉你们我已经掌握的情况,你们则要尽最大努力来协助我。"我环视了一下这帮人。听到黑色络腮胡后,哈丽雅特·柯克顿的表情已经和其他人一样茫然。连霍姆斯也不像先前那样文质彬彬却目中无人了,他也开始老老实实地干瞪眼了。我继续说道:"案情太离谱、太不明朗了,所以必须有人提供一个合理的线索,哪怕是证明无罪的线索也成。"

"今晚11点多一点,万安街分局的一名巡佐路过韦德博物馆时,一个穿双排扣长礼服、戴玳瑁框架眼镜、双颊上粘着白色假络腮胡的高个儿男子坐在墙上冲他咆哮。这男子大声喊道:'好你个大骗子,你杀了他,会被吊死的。我看到你在那辆马车里。'然后便像个疯子似的朝巡佐冲过去,还企图将巡佐掐死。为了让他安静下来,巡佐只好把他打晕了。接着,在巡佐去求援时,这个不省人事的家伙——看起来是昏迷了——从一条空荡荡的街道中间消失不见了。"

听到这里,这帮人周围弥漫着一种紧张气氛。哈丽雅特·柯克顿不由自主地大笑起来,用那双瓷蓝色的眼睛盯着我,还用双手蒙住了嘴。

"我从没听说过圣詹姆斯街那一带出现过小精灵啊,"小韦德若有所思地说道,"不过,也许是我弄错了。请接着讲。"

"几分钟之后,来了一个非常妄自尊大的年轻绅士,开始猛敲空无一人的博物馆的大门,搞得鸡犬不宁,所以被带到警局了。他说自己叫格雷戈里·曼纳林,还说他和米利亚姆·韦德小姐订了婚。"(听到这里,巴克斯特的脸色变得很难看,但霍姆斯只是点了点头,韦德则依旧是一脸严肃。)"他还称受到了邀请,来参加博物馆今晚的一个预展,预展是杰弗里·韦德为爱丁堡的某个伊林沃斯博士而举办的……"

"难怪曼纳林没来这里呢,"霍姆斯说道,"敢情人在警局,呃?"他以梦幻般的快乐神情盯着天花板,"对了,巡官,博物馆里没人,这一点很好解释。我们给曼纳林的公寓留了口信。您知道的——"

"没错,"我说,"这一点已经有人解释过了。我听说韦德先生突然有急事得去……"

巴克斯特坐了起来。"这事您是怎么听说的?"他厉声问道,"是不是曼纳林说的?"

"这个回头再说。这事是真的吗,霍姆斯先生?"

"的确如此,不过严格说来算不上是突然有急事。是这么回事,韦德先生最近才刚从伊拉克回国。他在那儿待了两年,与里昂的莫雷尔一起,在巴格达城外底格里斯河西边的平原上做一些研究工作。您知道的,那儿是哈里发的旧城遗址。现在的巴格达是在东边。不幸的是,有些废墟正在被清除,而那个地方大部分都是墓地,所以他们在挖掘方面与当局产生了一些矛盾。在两年的时间里,韦德先生发掘了很多东西,大部分都用船运到了我这里。其中有一件东西原本计划是紧随其后用船运回来的,而且本该是这周初就运抵这里的。这件东西体积有点大,是一块从一座很像巴别塔的塔上弄下来的撒拉逊人砌砖的碎片,上面还刻有文字——算了,我不想说这些让您分心了——"

"没让我分心。接着说。"

霍姆斯好奇地看着我。谈到砖块时——他认为那些是波斯砖——他温和的眼神中流露出一种类似狂热的神情。他犹豫了一下,清了清嗓子,继续说道:

"好了,情况就是这样。我说过了,这批货按说星期二就该运抵英格兰的。后来我们接到消息,说是船在途中延误了,要星期六才能到。今天,我们又听说下午船就要靠岸了。所以没辙啊,韦德先生必须亲自前往南安普顿,监督这一大箱货的上岸工作——因为其中有一些是砖瓦,您懂的,是易碎品——然后亲自把这箱东西带回伦敦。他说今晚的聚会可以顺延,推到星期六或星期日再开也不迟。"

"我明白了。还有几个涉及个人的细节问题需要请教一下。韦德先生是什么时候回到英格兰的？"

"大约是三周以前吧。我想是5月20日那一天。"

"而米利亚姆·韦德早到了一个星期，是在11日前后吧？"

巴克斯特又站了起来。他猛地抓起一瓶苏格兰威士忌，往一个鸡尾酒杯里倒了好多，然后拿着这个杯子指着我。"这是什么把戏？"他问道，"要我说啊，你们警方的这套程序真他娘的太滑稽可笑了。米利亚姆跟这事有啥关系？她整个晚上都待在家里，跟一个插着匕首、戴着假络腮胡的家伙有啥关系？我们中都没人听说过他。"

他们全都在直勾勾地盯着我看，于是我暂时岔开了话题。

"与其说我是在问韦德小姐的情况，"我说，"还不如说是在了解曼纳林先生的情况。"我这么说是为了谨慎起见，因为我还不想把她牵扯进来，"是这样，曼纳林先生与韦德小姐订了婚，可据我了解，他既没见过她父亲，也没见过她兄长。这是怎么回事？"

口琴后面，小老头儿韦德那双明亮敏锐的小眼睛死死地锁定在我身上。他有点像搞突然袭击似的开口了。

"啊哈！这是推论，我懂了。您是在想，严厉苛刻的父亲和嘴脸狰狞的兄长，两人都想拆散这桩在花园墙外偷偷猖獗起来的令人厌恶的姻缘。'你这不得好死的浑蛋，凭你那卑贱的血统，也想跟我堂堂老韦德家的血脉结合，你就做梦吧！'真是刺激，巡官。我坚定地重复一遍——刺激。不过我倒是觉得情况正好相反。"他皱了皱眉头，"事实上，我们这帮人中,唯一称得上出身名门的就是曼纳林。是一个了解他家世的人跟我老爷子说的。从我得到的信息判断,曼纳林是天底下最会忽悠人的骗子,不过他祖上确实有人参加过历史上极为著名的战役。这一点我乐意信以为真,因为现在我知道那些什么骑马冲进战场,一剑就砍下了三百颗人头的弥天大谎,都是什么人编出来的了。曼纳林家族的风格隐约可见……不,我觉得我老爷子对这桩婚事会相当满意,而上帝知道我根本就不介意……"

巴克斯特气得牙齿咯咯作响。

"别激动,萨姆,"杰里·韦德平静地说道,"我可是站在你这边的,老弟,但那倔丫头非得自己拿主意不可。言归正传,巡官,我们家老爷子没见他纯属意外。您也知道——"

"噢,闭嘴,你——你这个老气横秋的侏儒!"哈丽雅特·柯克顿突然大声说道。韦德有点儿脸红了;我感觉到这句话戳到了他的痛处。沉默了一阵,韦德坐了下来,柯克顿支支吾吾的,自己也脸红了。

"对——不起,小老头儿,"她继续说道,"我并不是要——只是,我说啊,你简直是胡说八道!"她转身对我说:"米利亚姆是在回国的船上认识曼纳林的,我当时跟她在一起。说真的,我有点搞不懂他这个人。后来我们一到英格兰,米利亚姆就被打发到诺福克去看望一个姨妈,在那儿待了两周——"

"打发?"我迅速追问道,有点儿太沉不住气了。

"那个,谁不隔三岔五地去看姑妈姨妈呀?"杰里·韦德插嘴道。听他那语气,这是理所当然的事情。(这块挡箭牌随时都准备横插一杠子。)他咧嘴笑道:"我知道,放到侦探小说里,这个动机令人难以置信,可事实就是如此。"

"你先等等,先生……柯克顿小姐,你说的'打发'是什么意思?"

"什么意思也没有!这是个极正常的词语,不是吗?老天,我会有什么意思呢?她父亲觉得自己回国之前,她可以待在她姨妈家——她母亲已经不在了,您知道的——何况她姨妈在码头等着呢,她根本就溜不掉。而且顺便也把我带去了。"她那极端无辜的脸上露出了一副伯恩-琼斯[1]看到都会想画下来的表情。"您刚才问起了格雷戈·曼纳林,对吧?唔,他打过电话说想见她。后来,两周后她回到了这里,格雷戈本来打算以最佳状态——在海德公园米利亚姆的住所——拜见老人家的,只是那天下午他到得太早了。于是他没事干就炫耀起来了,跟玩杂耍似的搬起了满满一大箱子老掉牙的瓶瓶罐罐什么的,结果一失手,把箱子里的东西摔了个稀巴烂。"说到这里,她脸上似乎流露出恶作剧般的表情,她睁大双眼,眉开眼笑道,"噢,要我说啊,简直是乱成了一锅粥!所以我们就想,最好是把他从房子里弄出去,等老人家冷静下来后再回来。后来她给他打了个电话——"

柯克顿突然停下来,擦了擦额头,记起了什么。她的表情又起了变化,这一次变成了恐惧。

---

1. 爱德华·科利·伯恩-琼斯爵士(Sir Edward Coley Burne-Jones, 1833—1898),英国画家、图书插画家、彩色玻璃和马赛克设计师,拉斐尔前派成员。

"米利亚姆人呢?"她尖声问道,语气很生硬。我没有回答,于是她伸手指着我说,"米利亚姆人呢?给我听好了,你们这些家伙。你们记得吧——就在刚才——罗纳德说过,有个女人打电话来找过我——声音经过了伪装——然后又突然挂掉了。是谁打来的?米利亚姆怎么啦?您问的这些问题为什么全是涉及她的?"

我看了他们一眼,然后哈哈一笑。

"我一谈到曼纳林的时候,"我对他们说,"你们就好像老是想把话题扯回到韦德小姐身上。明说了吧,反正藏着掖着也没什么好处。我们掌握了证据,可以证明今晚这件事,他很可能脱不了干系。"

我此话一出,他们全都哑口无言。出现了一阵沉默,我(很不妙地)感到这种沉默,是一种方寸大乱而又疑窦丛生的沉默。罗纳德·霍姆斯从我身后的那扇门慢吞吞地走进了房间,仿佛是要来掌控局面。他在一把椅子的扶手上坐下来,把玩着手中的玻璃杯,眼睛看着自己晃来晃去的鞋尖。

"证据,"他与其说是在问,还不如说是在陈述,"啥证据?"

"回答这个问题之前,我倒是想先问你一个问题,今晚被你们取消了的'预展',原本要展出的是什么?你们打算打开哈伦·拉希德妻子的棺柩,这说法是真的,对不对?"

"哦,天——!"没等巴克斯特叹息完,霍姆斯就打断了他。后者似乎大吃了一惊,但说话的语气却很平静。

"不,不是真的。敢问您到底是从哪里听到的这个说法?是从曼纳林那里吗?"

"有一部分吧。首先,他说你们准备去'盗墓'。"

"别紧张,老兄……"霍姆斯看着天花板,"这是为什么呀?他干吗要跟您这么说呢?不,我没发昏;是这道深奥的难题激起了我的兴趣。哈伦·拉希德妻子的棺柩!"

"先别管这道深奥的难题。你说说这不是真的。我劝你再好好想想,霍姆斯先生。"

他转过身来,面带苍白的笑容,那笑容里充满了怀疑,看着就像是在做鬼脸。"咱俩都再好好想想吧,"他建议道,"告诉我,您了解巴格达吗?"

"不了解。"

"哈伦·拉希德最宠爱的妻子祖拜妲[1]——我猜您指的是这一位——她的陵墓就在旧城的这片墓地里,距离马鲁夫教长的墓穴不远。这是巴格达的主要遗迹之一,修建于一千多年前,好几任穆斯林统治者还小心翼翼地修复过。谁都没见过祖拜妲的棺柩。穆斯林很少允许人直观其面目;人们拜谒麦地那的穆罕默德陵时必须隔着栅栏瞻仰,而且只能看到这位先知陵墓的外围。关于祖拜妲,除了她被安放在一口外面套着金棺的铅棺里之外,就没人知道更多情况了。至于认为有人可以——不,不,断不可能!"

他更猛烈地摇了摇头。

---

[1] Zobeide(英文亦作 Zubaidah)是阿拔斯王朝最有名的公主,既是哈伦·拉希德的妻子,也是他的堂妹。她极为慷慨、乐善好施,曾出资在巴格达到麦加和麦地那的朝觐路线上修建了不少的休息站及服务区,而且每个休息区都配有水井或蓄水池,麦加城外的祖拜妲井就是以她的名字命名的。

"试想一下某个人从圣保罗大教堂偷走纳尔逊[1]的棺柩，或者从任何一个公共纪念馆偷走任何一个公众人物的棺柩，这已经足够令人毛骨悚然了，不过和亵渎神圣一比就算不了什么了——天哪，那可是穆斯林的圣陵！这和古埃及不一样，您知道的；这是一种仍有人信奉的宗教。再说了，根本就不可能去盗这样一座墓……"他双手一摊，还耸了耸肩。尽管他眼镜后面的双目炯炯有神，但我觉得他盯着其他人补充下面这句话时的表情有点儿夸张，"这岂不是荒唐！我真搞不懂，曼纳林怎么会有这样的念头？"

"不过，我倒希望确有其事。"巴克斯特喜忧参半地说道。刚才那一大杯酒下肚后，他的脸色看着好多了。他双手插在口袋里，坐了回去，盯着酒瓶说："要我说啊，如果真有此事，事情就非常刺激了。我记得那座用砖砌成的陵墓，它的顶部是锥形的。我从开罗飞过去的时候，老爷子亲自带我去瞧过。这可就有意思多了，比起摆弄——"

"摆弄什么？"我问道，"不是棺柩的话，那你们要查看的是什么？"

霍姆斯看了其余的人一眼，眼神很古怪。"听说过安托万·加朗[2]吗，巡官？"

---

1. 霍雷肖·纳尔逊（Horatio Nelson，1758—1805），英国著名海军将领及军事家。他在1805年的特拉法尔加战役（Battle of Trafalgar）中击溃了法国及西班牙组成的联合舰队，迫使拿破仑彻底放弃海上进攻英国本土的计划，但自己却中弹阵亡，最后长眠于圣保罗大教堂的一个地下石棺内。
2. 安托万·加朗（Antoine Galland，1646—1715），法国东方学家、翻译家与考古学家，第一位将《天方夜谭》翻译成欧洲语言的人。

"没听说过。"

"可他的成就世上无人不晓。他在 1704 年到 1712 年间把阿拉伯文的《天方夜谭》译成了法文,而这套译本现在落到了我们手里。韦德先生对《天方夜谭》特别感兴趣,因为他也认为这些故事是直接从叫作《赫扎尔·艾福萨纳》或《一千个故事》的波斯故事集里搬过来的,虽然它们从头到尾讲的都是阿拉伯人的事情。所以,当他有机会买到加朗译本的前两百页原始译稿、注释和插补文字后——"

"等一下,"我说,"你的意思是说,召集这次聚会,只是为了看一些手稿?"

此时此刻,我不得不很遗憾地说,一向自以为冷静理性的我意识到了自己对今晚这荒诞不经的闹剧确实兴趣盎然,而且还觉得霍姆斯的解释让人大失所望。霍姆斯环顾了一下四周,似乎有些惊讶。

"对,那是当然。伊林沃斯博士会来这里,就是为了这个。有了注释和插补文字,您明白的……"

"就这些了?"

杰里·韦德刚才一直饶有兴趣地看着我们,神情愉悦而又持重,此时则向前倾了倾身子。"握个手吧,巡官,"他提议道,"我跟您有同感。这么说吧,在您那身警察制服下面,跳动着一颗孩子读《金银岛》时的心,我理解您的心情,真的,不理解的话我不得好死,您是被人从您的棺材梦中惊醒了;另外,要是这个讨厌鬼有一点点——"

"反正,我还是有分寸的。"霍姆斯说。他冷冰冰的语气让我猛然清醒，回过神来了。"别忘了，毕竟出了凶杀案，真的死人了。"他愁眉苦脸地回过头来对我说，"您刚才问，'就这些了？'哎呀，老兄，难道您不明白……那可是加朗的手稿啊！"他做了一个莫名其妙的手势，好像我问他的是"什么是文明？"之类的难以回答的大问题。"历史的探照灯将会——"

"历史的灯就拉倒吧，"杰里·韦德说道，"我才不信这个邪呢。'出了凶杀案'，行啦。仅仅因为我们没有为一个从来都没听说过的人的死而感到伤心难过，卡拉瑟斯巡官就对我们恶眼相向，这可不合常识。我也不拐弯抹角了，直说了吧，这件事还真是有意思；《天方夜谭》里的故事居然变成了现实。你的问题在于，你对这些故事一点都不感兴趣。你只对一个苏丹如何谋杀了六个妻子这样轰动的传说感兴趣，因为从中可以一窥1401年银匠哈桑生活的时代巴士拉城的婚姻习俗。我已经从你和老爷子口中学到一点皮毛了，所以不仅能聊上几句，而且连帮林基[1]·巴特勒写一部侦探小说都不成问题了。可实际上，关于亚洲人我真正了解的并不多，也就是有个大概的印象罢了：他们的穿着很滑稽，喜欢谈论真主。这就够了。我分不清谁是波斯的穆斯林，谁是印度的印度教教徒。不过有一点我还是知道的：如果不小心，妖怪就会把我掳了去，此乃刺激人生的奥秘。"

"小心，韦德先生，"看到他兴奋地从椅子上跳起来，并

---

1. 林基（Rinkey）是理查德（Richard）的昵称。

用手指着霍姆斯时,我插嘴道,"听你这话的意思,你是说你与博物馆——没有瓜葛喽?"

霍姆斯微笑道:"是没有。这小老头儿的唯一工作就是看书,一本接一本地看那些没屁用的传说故事,这也就造就了他现在这种心态——心理学家称之为防御机制。他动不动就胡思乱想,在他想象出来的世界里,一切司空见惯的东西全都有点儿失常:牧师们一个个都在爬教堂的雨水管,伦敦市长看到皇家仪仗队想通过圣殿关[1]时出人意料地说'不行'。简直是胡扯!我跟他说过一百遍了,东西不会仅仅因为倒着摆放就更有趣。而且事实就摆在眼前,小老头儿,那并不是真实的世界。"

"不是吗?"我说,"我倒是倾向于同意韦德先生的看法。"

一阵沉默后,哈丽雅特·柯克顿以焦虑、茫然而又愤怒的语气咄咄逼人地质问我,"喂,你为什么不告诉我们找我们的原因?"她大声喊道,"你为什么迟迟不说?我——我——不知道为什么,总觉得有什么地方很不对劲。你说啊!"

我说:"小姐,这是因为你们当中可能有人在撒谎。说到怪异之举,比起一个博物馆接待员围着一只包装箱跳舞,嘴里还念念有词地提到哈伦·拉希德的妻子来,一个牧师爬雨水管就小巫见大巫,不足为怪了。再比如,一具尸体的手里拿着一本烹饪大全,听起来又如何呢?现在,你还确定你没

---

1. 圣殿关(Temple Bar),一译坦普尔栅门,是威斯敏斯特市西侧通往伦敦市的主要仪式性入口。按照礼仪,君主在入城前会在圣殿关外稍作停留,以接受伦敦市长献上的象征城市忠诚的珠剑。

有什么要对我说的吗?"

"没有!"

我简要地说出了实情。巴克斯特低声嘀咕了几句,还砰砰地敲了一通桌子。不过,最让他们乱了手脚的是,我提到了那本烹饪大全。霍姆斯依然强忍着,装出一副若无其事的样子,但苍白的脸上已露出了怒色,他把头扭向了杰里·韦德。

"要是我不清楚——"他说了半截,又把话吞回去了,"听起来,像是你的荒唐之作啊。一本烹饪大全!我觉得你十有八九跟此事有关联。"

"放松点,罗恩,"出人意料地,巴克斯特骤然以一种权威的口气说道,他把脖子伸了过来,"不过听好了,小老头儿,我的意思是说——你跟此事无关,对吧?毕竟——"

"信不信由你,我压根儿就不知道这事。"杰里·韦德回答得毫不含糊。(不过他看上去却很不自在。)"一本烹饪大全,就我的风格来说,根本就不够档次。啊,上帝帮帮我们吧!得想出个办法来。离我远点儿,让我好好想想,行吗?依我看,那家伙不会是个什么外国厨子吧?"

"咳,他要是厨子的话,"巴克斯特嘟囔道,"就犯不着带着某某夫人的家庭食谱到处跑了吧?我的意思是说,在卡马尼奥拉蛋奶酥之类的精美食品的制作方法上,那本书给不了他多少帮助,那些东西,做厨子的似乎都晓得吧。除非上面有密码或暗号之类的东西,比如,'牛排和洋葱'表示'赶紧逃,已完全暴露',说不定这是个极好的法子——"

霍姆斯坐不住了。

"你们这些人是喝醉了，"他强作镇定地说道，"还是自然而然表现得跟孩子似的，还是根本不过脑子，没认识到事态的严重性啊？"

"我们都快吓傻了，"杰里·韦德同样镇定地回答说，"如果你想听实话的话。是不是还有什么底牌没亮出来啊，巡官？如果牧师爬雨水管这种事没讨论出一个结果——"

他突然停住了，目光投向了门口，大家也跟着他看了过去。我当时正好站在门的一侧，此时新来的这个人并没有看到我。因为探进房间里的，只是一顶警察的头盔。

此人是个大块头警员，佩戴着执勤的白袖章。他瞪着房间里的人。

"谁有三英镑六便士？"他问道，"我要付出租车的车费。他妈的！——多不寻常的一个夜晚啊！要出大麻烦了，所以别目瞪口呆了，拿出三英镑六便士来，行吗？"

第7章

踢头盔的警察

在看到我之前,或者说在我来得及反应之前,新来者便非常严肃地摘掉头盔,像抱足球似的抱着它,接着一脚把它踢到了房间的另一头。头盔险些碰到了灯,击到墙上后弹回来,差点儿滚到了我脚边。哈丽雅特·柯克顿尖叫一声,站了起来。

"从这儿滚出去,你这蠢货!"她大声说道,"这儿有一名真——"

新来者猛然转过身来。我看见了他衣领上的编号,也就明白是怎么回事了。他是个年轻力壮的小伙子,生着一张和善友好的圆脸,眼下却大汗淋漓,愁容满面,显得无精打采。他快成秃瓢的脑袋上顶着稀稀疏疏几缕黑发,有几根垂在额头上。他一直在用白袖章擦额头,眼角有不少愁纹,一双浅灰色的眼睛充满警觉,不像往日那般昏昏欲睡,充满善意的嘴角也耷拉着。他看着既干练又懒散,而且不知怎么的,还有点危险,不过还算不令人讨厌。一看到他,我对这场噩梦,不说全部,起码是其中的一部分,就心中有数了。此外,我也知道该如何把最伤脑筋的几块碎片拼到一起了。他看到我后愣了一下，飞快地环视四周，然后挺直了身子，显然是想要像换个面具一样转换一下自己的表情。他缩起下巴，并把有点儿沮丧的目光转向我这边；要是更进一步的话，他恐怕就要把拇指戳到想象中的马甲的袖孔里去了。

"好了！"他的声音都变得粗哑起来了，"好了……"

"这一套也太烂了吧，"我说，"我是万安街警局的。你是哪个分局的？"

他依旧一动未动，使劲儿喘着气。"没错，"他答非所问，"没错，那是当然。你知道的——"

"根本就没有ZX105这样的编号。你是谁？从哪里搞来的这身制服？为什么要冒充警察？"

"谁给我一支烟吧。"对方半扭过头去，请求道。他在空中晃了几下胳膊。"咋的啦，警官？就是开了个玩笑嘛。我叫巴特勒——理查德·巴特勒。我可是个很正派的公民，从某种意义上说。"他竭力想挤出一个笑容，却显得很不自在，"有什么好大吵大闹的？参加一个化装舞会又不是什么伤天害理的事。"

"哪里的化装舞会？"

"林基，看在上帝的份上，别瞎说，"哈丽雅特·柯克顿呜里哇啦地说道，她坐卧不宁，几乎要在沙发上跳上跳下了，"他一直在跟我们说一桩估计是发生在博物馆的谋杀案；我们也跟他说了，我们对此一无所知，而且连博物馆附近都没去过，可他还是认为——"

"噢。"巴特勒说道，眼睛依旧盯着我的肩膀。

"哪里的化装舞会？"

"呃？噢，嘿，就是几个朋友——"他又迟疑了一下，脸色也阴沉下来了，"听着，你这样看着我究竟是他娘的什么意思啊，好像我杀了人似的？为什么我一走进来，就全冲我来啊？"

"我待会儿就告诉你，先生，如果你愿意跟我走一趟的话。我就要离开这里了，如果你愿意随我去韦德博物馆几分钟——"

巴特勒重复地"噢"了一声，声音还是很沉重。他的肩膀在紧身制服下面缓缓动了几下。"假如我不愿意呢？"

"你不必去，你知道的，"霍姆斯冷冷地插嘴道，"如果我给韦德先生的律师打电话——"

"嗯，先生，巴特勒先生是挺重的，"我说，"不过我觉得把他带走还是不成问题的，而且我可能还真得斗胆会一会你们的律师呢。还有，"我看了霍姆斯和杰里·韦德一眼，说道，"我想有劳你们二位也随我走一趟。"鹦鹉棚开始炸锅了。"听着，你们这群该死的小蠢货！安静，老老实实地听我说。我又不可能把你们所有人都抓起来带到那儿去，你们何必大吵大闹呢？哪怕出于起码的好奇心，你们也应该尽最大的努力协助调查啊；你们要是不肯协助的话，官方就要发怒了——更不必说韦德老先生会说什么了。"

老爷子这张牌还真是好使。霍姆斯不吭声了，用手摸了摸头发，严肃地点了点头。杰里·韦德摆出一副闷闷不乐地沉浸于往事的样子，拿口琴吹了《他是个快乐的好小伙》[1]的一两个小节。而还在一个劲儿地拿袖子擦额头的巴特勒则大笑了一声；他似乎乐不可支，但我从他的眼神里可以看出，在那快乐的背后，他那敏捷的大脑正在为要不要抵抗到底而左思右想。那双引人注目的浅灰色眼睛显得很笃定，尽管他的态度很温和。

"你说得对，老兄，"他认同了我的说法，"我不知道这起所谓的谋杀案是怎么回事，也不明白我怎么突然就变得这么重要了。不过我还是愿意乖乖地跟你走一趟，前提是有人给我三英镑六便士让我把打车费付了。司机还在楼下等着呢，而门房又下班了，所以找不到人付——"

"林基！"柯克顿大声说道，"你难道不明白他要去问那个司机吗？你难道看不出来他要带你下楼就是为了这个吗？"

"哦，就这些啊？"巴特勒摊开手问道，"我倒是希望他去问司机，说不定还可以让他帮我付账呢。喂，快点给我钱让我走啊，行吗？"

"我们大伙都去，"就像有人提出了开派对似的，巴克斯特心血来潮地宣布，"我们大伙都去，结成一条统一战线。"

我好不容易才阻止了这一提议；我既不希望巴克斯特跟过去，也不想柯克顿搅和进来，为此我都差点儿疯掉了。最

---

1. 英文歌名为 For He's a Jolly Good Fellow，一首非常流行的在庆祝场合（如生日、婚礼或升迁等）演唱的英文歌曲。据吉尼斯世界纪录，该歌曲是仅次于《祝你生日快乐》(Happy Birthday to You) 的第二流行的英文歌。

后,我只把那三个需要跟我走的人(巴特勒已取回了他的头盔,而且灌下了一杯烈性酒)请了出去。我们默然无声地下了楼,每个人脸上都是人们面对面挤在电梯里时才会摆出的那种奇怪而茫然的表情。出租车司机是一个形容枯槁的驼背红鼻子男子,一直没有贸然行事,而是在楼下大厅里乖乖地等着。韦德给他付钱的时候,我也没闲着。

"你是在哪儿拉上这位乘客的?"

"这么说,他不是警察喽,"司机以一种果然不出所料的口吻,自鸣得意地说道,"您才是,我就知道,哈哈。从肯辛顿高街的奥克尼酒店拉的。"

"多久以前?"

"大概二十分钟吧。"

"他是从酒店里出来的?"

"不。他在外面的人行道上走着呢。怎么啦,长官?"

我看了一眼巴特勒,只见他沉稳的脸上露出了欣慰而无辜的神情。"是的,我没在酒店里头,"他说,"听我说,老兄,这位罗伯特·皮尔爵士[1]不相信我去参加化装舞会了。帮我开导开导他,好吗?"

司机毕恭毕敬。"对他来说,参加舞会是很有可能的,罗伯特爵士,"他对我说,"两三扇门之外的彭宁顿就有一场化装舞会,只是散场散得早了一点儿。编篮工协会什么的……"

---

1. 罗伯特·皮尔爵士(Sir Robert Peel, 1788—1850),英国著名政治家,曾两度出任内政大臣和首相,是英国历史上最杰出的首相之一。同时,他还是英国现代警察制度之父和保守党缔造者之一。此处含有调侃或嘲讽的意味。

这对我正在形成的推测是一个打击,不过我还是越来越相信这个推测肯定是正确的。我又问了司机一些问题,但一无所获,于是记下了他的姓名和联系方式后,我就让他走了。然后我们继续前行,我把韦德和霍姆斯丢在几步开外的后面,以便对巴特勒进行讯问。

在蓓尔美尔街,比我们这一行人还要怪异的组合是很罕见的。这三个人神经高度紧张,又错误地将这种紧张表露了出来。从某种程度上说,这一点或许部分验证了巴特勒的说法;不过我认为,他们有生以来还是头一次接近一个真正的遇害者,这一点多半是事实。看到这么一起令人发指的恶性命案——那血可不是舞台上的红墨水,也不是小说里描写的血腥画面——他们难免会吓得魂不附体,紧张和惊恐之下,他们开始进行一些蹩脚的表演。杰里·韦德仍拿着口琴,他吹了一曲《动物一对一对地前进》[1],而我发现我们就像军人一样,正踩着这宛若注脚一般的节拍前进。做事很有分寸的霍姆斯虽然没发表什么与他的黑领带和拉毛圆顶硬礼帽不相称的言论,但无论别人说了什么,他都要起劲儿地嘲笑一番。在一轮西坠的落月下,荒诞的欢闹顺着这条死寂的灰褐色街道渐渐式微了,因为这样的欢闹马上就要以凝视死亡收场了。所以,巴特勒突然凑到一个正从俱乐部台阶上下来的胖老先生耳边,大"嘿!"了一声,这就变得非常无趣,一点都不好笑了。

"玩得开心吗?"为了堵住他的那张臭嘴,我问道,"咱

---

[1] 一首很有名的英文儿歌。英文歌名为 *The Animals Walked in Two by Two*,亦作 *The Animals Went in Two by Two*。

们谈谈吧。我猜你会说你是去参加编篮工协会的舞会了。为什么去那儿呢？"

"我是去了，因为有一个漂亮的金发编篮工——"他看到我的表情后打住了。他脸上又一次出现了某种精于算计但又难以捉摸的表情；他作好了决斗的准备，打算孤注一掷。"听我说，巡官，干侦探，你还挺有两把刷子的，所以我也就跟你说句实话吧。我确实去参加了编篮工协会的舞会——其实啊，那是一家汽车制造公司——也是巧了，的确有个好看的金发女郎说明天要在某个地方见我。不过，我之所以去了那个舞会一会儿，主要是想拿它当个借口。"

"借口？"

"没错。是这么回事：我替美国低俗杂志写冒险小说，耸人听闻而且情节刺激的那种。偶尔呢，也会找小老头儿韦德帮帮忙。博物馆藏有一份无价之宝,关于时母[1]的诅咒的资料，没准儿还有别的什么。不过我要做的就是彻底查验一下这件事，看看是否真如坊间传说的那样刺激有趣、引人入胜。请你告诉我，为了掩人耳目，我还能有什么好办法啊？所以还不如穿上一身警察制服，大摇大摆——"

他越说越起劲儿了，底气也越来越足，但我敢肯定这套说辞是他几分钟前才想出来的。他回过头看我时，眼神中刻意带有一种催眠的力量；别看他在咧嘴大笑，在这条洒满月

---

1. 时母（英文作 Kali，音译为迦梨或迦利，字面意思是"黑色的"）是印度教的一个重要女神。传统上被认为是湿婆之妻雪山神女的化身之一，为威力强大的降魔相。迦梨一词也可解释为时间，故中文翻译为时母。

光的街上,这种力量却让我感到茫然而惊悚。

"你说了这么一大堆,"我说,"无非是想说你今晚没去过韦德博物馆吧?"

他一时语塞。"去——?呃?对,对,我没去过。"

"那你能证明你在哪里吗?"

"恐怕有点儿难。舞会上大家都戴着面具——后来我又在街上溜达——说不定可以找到那位金发女郎,可是,"他咕哝道,仿佛是在自言自语,"他娘的,要是说到这一点,你能证明我去过博物馆吗?这到底是怎么回事?我连我非得解释的事情是什么都不清楚。萨姆·巴克斯特是呜里哇啦地说到了一个叫彭德雷尔的人,说他被人用一把象牙柄的匕首捅死了,可对这事我是一无所知啊。你能证明我当时在那里吗?"

"也许吧。有人看到你了,你知道的。"

他突然停了下来,肩膀猛地一甩,转过身来,不过我推了他一把,让他接着往前走,以免他俩追上我们。伴着身后悠扬的口琴声,我们仿佛正在月光湾航行,但对比之下,巴特勒的脸色却非常可怕。

"看到我了?"他重复道,"血口喷人。谁说看到我了?谁看到我了?"

"一个戴着白色假络腮胡的男子。他从博物馆后面出来,爬上了墙头。你给我听好了!他看见了我们分局的一个巡佐,这巡佐体形跟你一样,样子也像你,就是胡子不一样。在昏暗的灯光下,那名男子看到巡佐正在试着推开博物馆的大门,就说:'好你个大骗子,你杀了他,会被吊死的。我看到你在那辆马车里。'他说的其实并不是这个巡佐，而是错把巡佐认成别人了……这个别人会是谁呢？"

巴特勒走得非常慢，两眼盯着前方，说了一句令人费解的话。

"你没跟别人说过这事吧？"

"没有。"

"那么那个戴假络腮胡的目击者在哪里？"

"失踪了。"

"你知道他的身份吗？"

"还不知道。"

巴特勒神采飞扬，喜不自胜地东张西望了一番。"太好了，巡官！说得有鼻子有眼，跟真的一样，很会捕风捉影嘛。可惜的是，这种向壁虚构的玩意儿，薄得跟一层窗户纸似的，一捅就破，不顶用啊！你不能以这样的罪名拿人吧。你说的这些能起什么作用啊？你有一个高贵无瑕的喜欢戴假络腮胡、爬墙、见到警察就往上扑的目击证人，对了，这个人你还找不出来。就凭这么一个——说得好听一点——这么一个怪胎一文不值的屁话，你就从八百万人当中挑出一个当夜碰巧去参加化装舞会的人来，并指控他就是凶手。（姑且不说另一个家伙似乎也是一身化装舞会的打扮。）据此，你就认定我在一个我不可能去过的地方，杀了一个我听都没听说过的人。你能不能用一个值得信赖的、并非虚构的、在现场且可以找得到的目击者来指认我当时在博物馆呢？比如说普鲁恩老头儿，他在韦德家效力了二十年，后来又在博物馆干了十年，他怎么说？他有没有说过我今晚去了博物馆？"

"这个嘛，当时——"

巴特勒摇了摇头，不以为然地看着我，继续说道，"说真的，老兄，你那一套真没人买账。你私底下可以认为我去过那里，可我真没去过。不过，我们不要在这个问题上争来争去了。我说了，你私底下可以认为我去过那里，但你拿得出来证据吗？你好意思拿着手上的这点儿证据去见地方法官吗？行啦，伙计，"他的口齿越来越伶俐了，"如实思考你的案子吧！你说我捅死了这个我都不认识的人，还把他的尸体扔到了大厅中的一辆马车里——"

"我说了吗？大厅中的马车我可只字未提。你是怎么知道的？"

他冷静的眼神丝毫没有动摇。"噢，我确信我之前听到萨姆还是小老头儿叽里咕噜地说起过。我问你，仅凭这么荒唐的证据，你就要把我逮起来吗？"

"谁叫整个案子都很荒唐呢，所以证据也就注定会很荒唐了。我们到了。"

博物馆的青铜大门关得不是很严，一道光线斜洒在人行道上。二楼的窗户透出了灯光；四面沉寂，让博物馆看起来就像发生了什么野蛮事情。但有一个情况让我看到后在心里狠狠地骂了一通：之前詹姆森警员和曼纳林坐在警车里，现在车里没人了。我离开这儿是个错误，要是詹姆森警员违背我的指示，让曼纳林跟米利亚姆·韦德说上话了，那可就麻烦了。我先应付了一下五六个围在门口的新闻记者和摄影记者，没好气地答应给他们一个交代，因为若是找不到死者身份方面的信息，我们就得通过媒体呼吁人们提供线索。巴特勒像一个真正的警员一样进去了，没有引起注意，但韦德和霍姆斯就难以蒙混过关了，好几架闪光灯此起彼伏地闪烁着，他们被拍了不少照片，韦德的神情是既紧张兮兮又自鸣得意，霍姆斯则是怒气冲冲。

霍斯金斯巡佐就守在门内，柯林斯警员站在他后边。巡佐看到巴特勒后瞪大了眼睛，巴特勒则潇洒地给巡佐敬了个礼。不过这种公然的戏谑有落幕的时候。这个压抑的地方有着太多的暗示，假月光比真月光更能引起人们的联想；壁毯不自然的色彩在白墙的映衬下十分夺目；那排马车在静静等候着，死去的那个男子也依然四仰八叉地躺在地上。杰里·韦德显得有点儿激动，霍姆斯取下了头上的帽子。两人开始窃窃私语起来。我下令先将他们带去认尸，然后再把他们安置到另一个房间里，由柯林斯警员看着，别让他俩的交谈太无所顾忌，之后我把霍斯金斯拉到了一旁。

"曼纳林呢？"

霍斯金斯吞吞吐吐。"哦，长官，我以为——"

"你的意思是说，你把他和韦德小姐留在同一个房间了？"

巡佐脸色变了。"可我以为，长官，眼下也没见有啥坏处吧？"他问道，"您自己也认为她与本案没啥关系呀。加上她又求我——看样子都要哭了——没啥事的，除了对她可能不利之外，如果那家伙是凶手的话；再说了，马丁大部分时间都在那里。他们现在还在那边的馆长室里呢。"尽管他的手臂没动，但他似乎想做一个挥舞的手势，"听我说，长官！按照您的特别吩咐，我一直在力争从普鲁恩口中问出点儿什么来——"

"好了，别太在意了。你问出什么来没有？"

"没，长官，恐怕没有。他啥也不肯说！即使你问他叫什么名字之类的问题，他也只以'我不知道'或'从没听说过'来回答，还一个劲儿地警告我，说韦德先生会撕下我的臂章。不过，我们确实发现了一两个疑点……"

"是吗？"

霍斯金斯掰着指头说道。"首先，是那个包装箱。我照您的吩咐把它打开了。一点没错，里面还真有东西，像一口棺材，样子可以说非常旧，还是铅制的，外面都是锯末。有人用蜡封上了盖口。长官，我没再擅自乱动，我估计您想亲自处理。"

很难说这是证实了我之前的臆测呢，还是又一次沉重的打击。有过那么一小会儿，我曾猜想箱子里空无一物，普鲁恩的邪恶舞蹈只不过是某种恶作剧或障眼法的一部分。这时我耳边又响起了霍姆斯温和的声音，他圆滑地解释说，只有傻瓜才会以为说不定有一口我预想中的那种棺柩；看来霍姆斯这人也不可靠。他在撒谎——或者说有人在撒谎——而普鲁恩则是在这个疯狂的博物馆里围着一口真棺柩起舞。

"还有别的发现吗？"我问道。

"有，长官！"霍斯金斯点了点头，"煤末儿！煤！请随我来。"

正如我说过的，当你面朝博物馆后方时，可以看到那排柱子右边的侧墙上有两道开放式拱门，上面分别标有"八大天园展厅"和"东方集市展厅"几个烫金字。第一个展厅的名字引起了我的注意，让我想一探究竟，这个展厅位置靠后。第二个展厅则位于大厅的前端，离青铜大门不远。霍斯金斯领着我来到了东方集市展厅门口，这道拱门有十英尺宽，但由于非常高，所以看着没那么宽。里面已经开了灯，营造出一种从伦敦一脚迈进东方世界的效果，或者对于想象力不够丰富的人来说，像是从伦敦一脚迈进了一座没有蜡像的地下蜡像馆。

　　这个长长的房间被布置成了一条大街的样子，与别的弯弯曲曲的街道相互交叉，顶上还饰有枝干和细枝形状的浮雕，看上去就像是全尺寸复制了一个东方集市。灯光布置得非常巧妙，使这里仿佛沐浴在穿透枝叶的暮色里，而我记得最清楚的就是那些纵横交错的阴影。墙面上的烧砖原本是黄红色，不过现在已经有些褪色了。墙壁上的一个个洞窟里就是摊铺，摊铺前面挂着一道道帘子，这些帘子说实在的，全都脏兮兮的。摊铺太多了，恕我无法一一描述。我记得有卖武器的、卖珠子的，还有一个卖亮闪闪的铜器和瓷器的，这个摊铺外边竖着一根大大的玻璃水烟筒，后面还有一块垫子，好像是吸过烟的人刚起身进了屋似的。垫子上阴影的样子使垫子显得既薄又诡秘，让你觉得这个地方本来极其喧闹，但在你走进之前刚刚沉寂了下来。这个幻觉如此逼真，以至于我会不自觉地回头去看大厅中的那排马车。

　　"奇妙的地方，对吧？"霍斯金斯挠着下巴，说出了自己的想法,"如果他们非得在什么地方干掉那个家伙不可的话,我很好奇,他们怎么不在这个展厅里下手?我在想我的几个孩子,要是我把他们带到这儿来,他们肯定会认为这是一个难得的捉迷藏的好地方。对了,长官!柯林斯把这个地方都搜遍了,啥也没搜到!我的意思是说,什么异常的东西也没搜到,除了这个之外。"

他指了指墙面高处一个凸起的地方,仿造的街道在那儿朝我们这边弯了过来。在卖铜器和瓷器的摊铺外面一个歪歪扭扭的遮阳棚上方,黄红色的墙上有一块星状黑斑,那是煤末儿。遮阳篷上也溅满了煤末儿,煤末儿四周还有闪闪发亮的煤粒,更多的煤粒则散落在遮阳棚前面的地上。这些煤粒都是从掉在水烟筒旁边的一大块煤上掉下来的。

霍斯金斯问道,"看到了吗?在那儿!看来有人站在我们现在所处的位置,操起一大块煤,'砰'的一声朝这面墙上砸了过去。咳,真是奇了怪了!为什么有人要站在这里往墙上砸煤呢?这家伙想砸什么呢?那儿啥也没有啊,而且不在墙上搞出个洞,谁也爬不上去呀。您不会认为他们是在这个地方玩打煤仗吧,长官?我不明白这玩意儿意味着什么,可既然柯林斯看见了,我就想最好还是带您来看看。那家伙肯定就在这儿,"霍斯金斯推论道,他喜欢靠复述来阐明情况,"然后'砰'的一声,一块煤就不偏不倚地砸在了墙上——"

"好,我知道了。这事你问过普鲁恩没有?"

"煤的事,普鲁恩一点都不清楚。他是这么说的。什么煤都不清楚。"

我思忖了一会儿，说道："巡佐，会有——或者说上帝知道应该有——一个合理的解释，可以解释得通这一切。为什么有人会站在这里朝墙上扔煤块，这个问题我和你一样，也不明白。就像你说的，他不可能是在拿煤块砸什么人；不毁掉整个集市，谁也爬不到上面去……你还发现别的什么了吗？"

"哦，发现了，长官！"巡佐大声说道，露出了一丝坏笑，使劲儿点了点头，"您这边请。"

我们再次走进外面的大厅。围在不明尸体旁的韦德、霍姆斯、巴特勒和柯林斯正准备散开，前三个人正侧着身子缓缓离开。霍姆斯看上去一副要吐的样子，韦德一脸玩世不恭、愤世嫉俗的神情，巴特勒则毫无表情。

"从没见过此人。"杰里·韦德的喊声响彻大厅，回音隆隆大作是他始料未及的，因此他被吓了一跳。等他装出满不在乎的口吻再次开口时，他的声音都在发抖："您还要我们怎么着？所有合理的要求我们都顺从地接受了。如果您不反对的话，罗恩想去馆长室确认一下一切是否都井然有序。"

尽管他们一再抗议，我还是把他们打发到了波斯展厅，交由柯林斯负责。霍姆斯一边掸外套的袖子，一边又说起找律师的事来了。虽然我一直担心听见小韦德的声音后，米利亚姆和曼纳林会大呼小叫地从馆长室里跑出来，但马丁警员显然很负责，控制住了局面。接着，霍斯金斯招手示意我来到了匕首失窃的那个玻璃展柜旁。

"长官，您瞧这儿。您还记得您曾让罗杰斯检查一下这个可能会出于某种考虑而不具名，但不会写了一半就停下来，塞进信封里寄出去。事实上，这张字条甚至都不是按信封的规格折叠的，而是被折成了方形，折痕清晰，而且平平展展，仿佛被什么东西压过……

简而言之，写这张字条的人，做了很多粗心大意的写信者在身边没有废纸篓时做过的事情。头几行写得不是很称心，或者是改了主意，决定不写了，于是就停了笔。接下来呢，为了把这玩意儿扔掉，他就把它折起来，塞进了外套内侧胸前的口袋里，里面证件之类的东西就把它压平了。因此，曼纳林压根儿就不是应该收到这张字条的人；但这张字条是不是他写的呢？是在他身上找到的不假，但我觉得也不大可能是他写的。

首先，字条是在他的大衣口袋里找到的，而且塞得很随意，一不小心就会掉出来。谁都不会穿着大衣坐在打字机前打字——何况还是一件夜间外出时穿的大衣——另外，就算有人偏偏会干出这种不大可能的事情，把没写完的字条塞到一件夜间外出时穿的大衣的口袋里，那他也犯不上先把字条放在别的口袋里压平，再掏出来，用煤末儿把它弄脏，然后又随意一塞，让它轻易就会掉出来呀。我已隐隐感到，曼纳林既没看过也没写过这张字条，而是在什么地方捡到后，匆匆地塞进了自己的口袋里。字条上标的日期是"星期三"，这就意味着捡到的时间可能还不出两天——也有可能是之前很多个星期三后的某一天，而且别看我昏了头似的乐于看到哪儿都有煤末儿，但据我判断，字条既可能是在这家博物馆周围捡到的,同样也有可能是在大伦敦的任何一个地方捡到的。

虽然这一切都只是推测,但曼纳林穷凶极恶的反派形象已经开始像熔蜡一般瓦解了。此刻,我发现自己很不理智,简直要疯掉了,因为后悔在发现这一点之前,没痛骂曼纳林一顿;这让我的热情顿时大减。为了防止在热情一扫而光之前再出什么岔子,我迈着沉重的步伐来到了馆长室。

这里有四个人,听见开门声后,他们全都抬起了头,但神情各不相同。普鲁恩坐在一个角落里,缩成了一团,瘦得皮包骨的膝盖上放着一本画册,正在快快不乐地在玩单人翻牌接龙游戏。马丁警员身姿挺拔,站在普鲁恩的身后,漫不经心地从他肩头瞅过去,看着他玩,一脸要建议把黑桃九放到红桃十上的表情。在那张大红木桌子的另一头,米利亚姆·韦德双手抓着椅子的扶手,半站着望着门口,脸上挂满了泪痕,看得出来她被气哭过,不过她的怒气并不全是冲我来的……

那么,是冲着曼纳林来的吗?这里发生过某种争吵或感情爆发,从现场看似平静的气氛中可以隐约看出蛛丝马迹。曼纳林一转身,搅动了这种气氛,情绪发作的余浪也因此扑面而来。他一直都笔挺地站着,侧身背对着米利亚姆·韦德,抱着双臂,两眼阴沉地盯着房间对面的一个入墙式保险柜,那神情很像一个拜伦式的窃贼。那乌黑的头发、眉毛乱糟糟的粗犷面孔又一次呈现在了我的眼前。此时,置身于比警局更具异国风味的摩尔式环境中,他看上去真的很引人注目。他脸上慢慢浮现出阴冷的微笑。

"哈,巡官,"他跟我打了个招呼,阴阳怪气而又不失谦和,展柜,看能否找到指纹吗?是的!展柜侧面的那扇小门是锁着的。好在柯林斯对开锁还略知一二,所以听罗杰斯说那扇小门的内侧没准儿有指纹后,柯林斯便如您所愿,用一根弯曲的别针干净利落地把它撬开了。您明白了吧?"

他气喘吁吁地弯下腰来,来回摇动那扇小木门。然后他像魔术师变戏法一样把手伸到了里边,但并没有马上抽出来。

"于是我们就把展柜打开了。我朝里面看了看——像现在这样——就看见了一样我们之前看不到的东西,因为这玩意儿本身颜色就很暗,又放在了深色的天鹅绒上。对吧?可这玩意儿就在那里!就整整齐齐、舒舒服服地躺在这扇小门里面,整整齐齐、舒舒服服地躺在天鹅绒上,好像在被展出似的。就是这玩意儿。"

他迅速地把手抽了出来,挺起腰杆儿,像是要享受表扬似的。他摊开了手掌,上面放着一把黑胡子。

第 8 章

祖拜妲的棺柩是空的

"这么说来,"我把玩着手上的新物证,思忖道,"现在我们的毛发藏品又添了一样。有人拿走了展柜里的匕首,换成了假胡子。对此,你有没有什么看法,巡佐?"

"没有——长官。但我可以推断一点,"霍斯金斯颇为严肃地回答说,"这胡子不是他的。"他猛地跷起拇指,朝死去的男子指了指,"第一点,他留了真胡子。第二点,就算他没有留,这把胡子也是为另一种化装而准备的,明白吧?彭德雷尔这家伙戴的络腮胡有点发灰,使他显得很老气;另外,他戴的胡子质感很好——是真正的毛发做的。而这小玩意儿却漆黑,而且是便宜货,有点像孩子们花六便士从商店买来装扮盖伊·福克斯[1]的那种胡子。"

"如此说来,还有第三个人扮成了——他。"

"看上去是这样,长官,不是吗?居然有人朝墙上扔煤!"

---

1. 盖伊·福克斯(Guy Fawkes,1570—1606),英国历史上的"火药阴谋"的策划者。这是一起针对包括英国国王在内的英国新教徒贵族的暗杀行动,以失败而告终。阴谋败露后盖伊·福克斯等人被捕,最后被处以死刑。后来在英国,每年的 11 月 5 日便有了庆祝挫败该阴谋的"篝火之夜",也叫"盖伊·福克斯之夜",其中一项庆祝活动就是生篝火,焚烧盖伊·福克斯的人偶。

霍斯金斯突然迸出了这么一句话，也不知是什么原因，他似乎认为这一点是整个案子中最诡秘莫测的地方，"还在放匕首的地方放上假胡子！好吧，我们现在该怎么办？"

我确认了来拉尸体的车辆已经出发，尸体将在太平间里存放到查明身份为止。死者的衣物上说不定可以找到查明身份的突破口；我下令除了假胡子和眼镜之外，把他的衣服也保留下来。指纹的甄别分类结果，我听说要到早上才可以拿到；时间很紧，几乎都不够我写出一份完整的报告，因为看样子苏格兰场很有可能会把这个案子从我手上拿走。所以，我将那把黑胡子补充到了我搜集的物证之中，然后再次打开信封，抽出了从格雷戈里·曼纳林口袋里掉出来的那张被折叠过、紧压过的脏兮兮的字条，把上面用打字机打出来的那段话又读了一遍。

亲爱的 G，
　　得搞到一具尸体——一具真尸。怎么死的无所谓，但得搞到一具尸体。谋杀的事我来想办法——那把象牙柄的阿曼弯刀可以解决问题，要不勒死也成，如果勒死看上去更好的话……

　　是出其不意地跟曼纳林提这件事的时候了，按我的计划，他这会儿应该处于十分紧张不安的状态。这张字条也许是破解整个案子的关键，曼纳林只是在其中扮演了一个反派配角；不过对于这一点我还是持怀疑态度。要是有人问我原因，我可能说不出什么可以得到法庭认可的理由，但我依然心存疑虑。好了，那么从这张字条上可以推论出什么呢？

这张字条所用的纸张是一张普普通通的便笺纸，色带是一条普普通通的黑色色带，打字机也是一台普普通通的打字机，除了逗点的尾巴略微有点模糊外，丝毫没有肉眼可以看出的特殊之处。想必是某个用惯了打字机的人打出来的，因为字体轮廓非常清晰，没有新手打出来的稿子上会见到的那些磕磕绊绊、凹凸不平的痕迹。此外，从漫不经心地提到象牙柄阿曼弯刀这点来看，写这张字条的人对这家博物馆肯定非常熟悉：这样一来，范围就缩小了。至于字条沾满污垢的那一面——我又看了一下，那很有可能是煤末儿。这该死的煤末儿和络腮胡一样，已经变得无所不在了。我刮了一点污垢下来，包在从笔记本上撕下的一页纸里，以备日后分析之用。可是，如果这玩意儿到头来被证明和博物馆正门口的那些污迹以及东方集市展厅中那个摊铺周围的飞溅物一样，确实也是煤末儿的话，那又说明了什么呢？字条是在曼纳林的大衣口袋里发现的……

这时候，诸位，我这榆木脑瓜终于（总算是）开窍了，明白了一个显而易见的事实。其实这个事实从一开始就昭然若揭，就算是整整一晾衣绳的络腮胡也无法遮掩。这个事实就是：这张字条不可能是写给格雷戈里·曼纳林的。

之所以说字条不可能是写给格雷戈里·曼纳林的，理由并不是很复杂，因为字条没写完。这张字条写到一半就停下了，而且最后那半行还删掉了半截。若是你给谁写一张字条，

"我们还以为你丢下我们不管,自个儿回家去了呢。"

普鲁恩停了下来,拿牌的手还悬在空中。他尖声尖气地开腔了。

"谢天谢地,你回来了,"他叽里呱啦地说道,"你虽没啥了不起的,但起码是个人。你也许可以让那个花花公子闭上他的臭嘴,他一直在惹米利亚姆小姐心烦。"

"普鲁恩!"米利亚姆大喝了一声。普鲁恩就像挨了一枪似的,马上就蔫了,嘟囔着一屁股坐在了椅子上。接着,她把涨红的可爱脸蛋转向了曼纳林,睫毛上还挂着泪水,神情懊悔不安。有的人就是这么走运。

"说真的,格雷戈,我说的那些话都是无心的。我太心烦意乱了,这件可怕的事把我困在这里,"她充满怨恨地看了看我,"害得我都要发疯了——"

"别把这事放在心上,亲爱的,"曼纳林说,"我和你一样心烦。"他轻轻地拍了拍她的手,"我来跟巡官交涉。"

"韦德小姐,"我对她说,"你哥哥现在也来这里了,跟霍姆斯先生和巴特勒先生一起,在外面的另一个房间里。找他们去吧,他们正等着呢。他们不知道你在这里。普鲁恩,你最好也一块儿去。"

她飞快地冲出了房间,动作之敏捷似乎让曼纳林的痛苦倍增。他站在那里,双手攥紧又松开,松开又攥紧,然后在桌旁坐了下来。米利亚姆和普鲁恩离开时,我对门口的霍斯金斯耳语道:"把柯林斯从那个房间里撤出来。让他们交谈,但要竖起耳朵听着。"

接着，把马丁也打发走了后，我回头面对曼纳林，拿出了笔记本。曼纳林似乎没有注意到这一点。他一屁股歪在了椅子上，姿势忽然变得一点儿也不讲究了，而且表情非常痛苦，那双眼睛又成了斗鸡眼，令人不忍直视。气氛起了变化，压力，或者说生命力，不知出于什么原因减弱了。他坐在那里，稍稍挪动了一下，双手握成拳头，拇指分别在另一只手的食指上蹭来蹭去。他说起话来就跟打拳似的，字词都是出人意料地一个个迸出来的。

"我这是怎么啦？"他问道。

"什么？"

"嗯，你知道我是什么意思。我是一个人，畜生一样的下流胚我才懒得在乎呢……想想看，我这辈子从来都没在乎过他们的想法——直到这儿的瓣膜出了漏洞，"他按着心脏上方的位置，"开始乱蹦乱跳。以前我想都不用想就可以干的那些事，现在一样都干不了了。于是，我就试着做一些小事，结果呢，还是搞砸了，情况你也知道。在别人看来，我就是一头该死的蠢驴，一头我自己都很讨厌的蠢驴，"他咬牙切齿地说道，声音虽然不大，但用词很激烈，脸也红了，"上帝在上，如果说这世上有什么东西让我讨厌的话，就是看上去像头蠢驴……"

虽然不太情愿，但我发现自己有点儿喜欢上这个家伙了。"你不觉得，"我说，"如果你不太往心里去，并且忘掉——"

"说得轻巧，过过脑子好不好！这就好比要一个人走进一个房间，却要人家忍住不往墙上看一样；又好比要人家去剧院，却要人家眼睛别盯着舞台一样。每个人在自己的眼里永远都是主角,至少我是这样……而且,就在刚才,我都还认为这无可厚非呢。我喜欢当自己眼里的主角,"他以一种自己丝毫没有觉察到的傲慢语气对我说,"因为这是天经地义的人之常情嘛,再说了,我也不能再看着像个傻瓜——不承想,情况突然就变了——现在我不得不一个劲儿地解释,说个没完……听我说,我是干过大事的人,真的干过,但好汉不提当年勇,除非迫不得已,我可不想提那些陈芝麻烂谷子的事,一提吧,就好像是在胡说八道,我自己听了都觉得自己像个大傻瓜。你明白我的意思吗?所以,我就对别人冷嘲热讽。说起来,我之前就辱骂过他们——真的,因为我很瞧不起他们,"他说这话的时候,俨然就是在陈述一个明摆着的事实,语气很平静,"不过眼下我的发作是故意的,尤其是想到此事与米利亚姆那伙人有关——"

"你认识他们吗?"

"我认识霍姆斯和那个叫柯克顿的姑娘,就他们俩。我也不想认识其他人,"他冷静地说道,"因为他们不是特别令我感兴趣。我记得米利亚姆有萨姆·巴克斯特那家伙的一张照片——一张放大的彩色照片;她就喜欢幼稚的玩意儿——而我画过马来半岛的红猩猩,这幅画可以说跟那张照片非常相似,连细节都分毫不差。"

"分毫不差,毫无疑问。"

他想了想说道:"噢,这么说当然有点儿言过其实。不过,米利亚姆接着跟我讲,巴克斯特在开罗公使馆待了不到八个月，一口阿拉伯语就说得跟当地人差不多了。听了这话后，我也就不客气，以其应得的方式回敬了一下。"说到这里，他的笑容又为那莫名的苦涩所取代了，"我为什么不想见他们呢？为什么？我可以凛然面对他们，我可以把他们打得死去活来，我可以——只可惜，我因为满满一箱子瓷器而出了个大丑——后来还像小女生一样晕倒了——"

他从椅子上跳了起来。

"不行。我得单打独斗到底。我跟你说这个，一半是为了一吐为快，一半是为了解释今晚为什么会在你办公室里出了那么大的洋相。要不是跟你的警员斗了几句嘴，我都不知道我出了什么事。我确实是晕倒了：你提到一个戴着白络腮胡的家伙攻击你的巡佐时，我为什么会晕倒呢？是什么原因？我不知道。不过，今晚这里发生的事，我确实一无所知，而且，我之前肯定从没见过死者。"

这番一吐为快后，他长吸了一口气；而且我感觉到他又在调整自己的角色了，重新抹上了一层油彩来配合自己雇佣兵的身份。气氛再次出现了微妙的变化。从他笑的那个样子，还有他摆出的那副轻蔑而又轻浮的表情和姿态来看，他显然打算来上几句"别再胡思乱想了！老子又恢复正常了！"之类的话。不过，我得转移他的注意力。

"你要是对此事一无所知的话，"我说，"那你又是从哪里弄到这张字条的呢？"

我把字条放到了桌上。他怒气冲冲，皱眉瞪眼（仿佛整个人都绷紧了），但看上去一点儿也不惊慌。盯着字条看了一会儿后,他把头抬了起来。

"这么说,你是在警局捡到的喽,"他平静地说道,"我想我肯定是把它掉在那里了。如果你硬要我说实话,那么,我是在霍姆斯的公寓里弄到的。"

他目不转睛地直视着我。

"在霍姆斯的公寓里……什么时候?"

"今晚,就在我来博物馆之前。"

"可我记得你说过,你不知道博物馆的聚会取消了啊。如果你去过霍姆斯的公寓——是什么时候去的?"

"10点40分左右。"

"哦,那他们其他人就没告诉你聚会已经取消了吗?"

"没有,他们没告诉我,"曼纳林平静地回答道,"要知道,那儿根本就没人。"

为了假装自己并不知道这一可能存在的情况,也为了对自己的进攻方式稍作调整,我围着桌子转圈,把字条又看了一遍,随后放了下来。"好了,"我说,"把事情的经过说来听听。"

"正如我跟你说过的,我本打算今晚11点去博物馆的。米利亚姆和她哥哥要先去赴个什么晚宴,然后再从那里来博物馆,所以我就没陪在她身边。不过,我觉得我还是跟某个人一块儿去博物馆为好,以便——以免显得像个局外人。"说到这里,他不禁咬牙切齿,"我就认识霍姆斯一个人,所以,正如我说过的,在10点40分左右,我顺路去了一趟摄政王公寓大楼。守在总机旁的小伙子说楼上正在举办一个派对,不想放我上去。我自然是给他上了一课,让他识相了,然后我就上去了。"

他迟疑了一下。

"上去之后我敲门没人应,而且里面毫无动静。门虽闩着但并没锁上,于是我就进去了。公寓里空无一人,着实让我摸不着头脑了,小伙子明明说在开派对的。在后面一间小小的起居室里,生着一堆煤火,是刚生起来的。那张字条就躺在壁炉前地面上的煤末儿中,离火很近。字条是摊开的——不是像现在这样折起来的,尽管也是皱皱巴巴的。我——"只见他的下巴绷得紧紧的,脸也因不高兴而涨红了,尽管他说话时像在梦游,"我把它捡起来,看了一遍。然后就放进了口袋里。"

"为什么呢?"

"是有一个原因,但我不打算告诉你。"(他的情绪一触即发;那两撇乌黑的眉毛又皱成了V字形,下面那双茫然的蓝眼睛傻兮兮地瞪得老大。嗓门也变粗了。)"是有一个原因,但这不关你的事。"

"你不反对让其他人都知道这件事吧?"

"一点也不反对。"

我走到门口,把门打开,对门外的马丁说道:"把其他人全都集中起来后带到这里。把他们带进来之前,先去找一下柯林斯,还有——那口大包装箱,巡佐打开过的、里面装着铅棺的那口,你知道吧?——很好,把它拖到这里来。"

当曼纳林一言不发地挺立在那里,两眼死死地盯着房间对面那两扇开着的电梯门时,我干了之前就该干的一件事。

前面我已经提到过,在这个华丽房间的一个角落里,有一张折叠式的打字机桌。我把打字机拉了起来,这是一台标准型的雷明顿牌12号打字机,上面安的是红色和黑色色带。我从桌子抽屉中拿出一张纸,在上面打了几行字,逗点的尾巴同样有点儿模糊。除非是惊人的巧合,否则专家鉴定后的结论肯定是:曼纳林在霍姆斯公寓里发现的那张字条上的字,就是这台机器打出来的。

我没把那张纸从打字机上取下来,而是刻意留在了滑动托架上,好看看会有什么效果。这期间,马丁和柯林斯费了九牛二虎之力把那口包装箱缓缓拖进来了,结果锯末也洒了一路。箱盖已经移开,铺满锯末的箱子里冒出了铅棺那拱起的棺盖,这口铅棺长度不到六英尺。表面的铅被腐蚀得很严重,不过掸掉锯末后,上面的阿拉伯文字还是可以辨认出来。棺材的盖口用近代的红色密封蜡封住了。

柯林斯递给我一把斧头和一把凿子,这时门也正好再次打开。米利亚姆第一个走了进来,目光立即投向了曼纳林。她后面依次是杰里·韦德、霍姆斯、普鲁恩,再后面是巴特勒,头上依然歪戴着警盔。不过,这是唯一的滑稽可笑之处,因为大伙全都目不转睛地看着曼纳林。事实上,大家的注意力非常集中,以至于直到杰里·韦德被那口包装箱绊倒,才注意到它的存在。

"这究竟是啥破玩意儿啊?"杰里·韦德问道,他脱口而出的抱怨似乎缓和了紧张气氛。也说不上来是为什么,这个干瘪的小丑八怪——相貌比谁都古怪——却是整个房间里显得最有人情味的一个。"我有好多次在这儿被稀奇古怪的玩意儿蹭破小腿,可谁能以真主的名义告诉我,这究竟是啥破玩意儿啊?"

"我们会搞清楚的,"我说,"看看里面到底是不是哈伦·拉希德的妻子。顺便说一句——"

米利亚姆正急不可耐地把曼纳林介绍给韦德和巴特勒,介绍时满脸笑容,好像希望万事大吉,不出任何纰漏似的。虽然曼纳林当晚早些时候在我办公室里显得非常和善,但此时他连手都没伸。

"噢,对,那是当然,"他说,"我想我早就听说过二位的大名了。不过,巴特勒先生是一名警察,这一点米利亚姆可没跟我说过啊。"

我冲柯林斯和马丁做了个手势,两人正拿着斧头和凿子准备开棺。他们只需划开封蜡,把盖子撬开就行了。凿子发出的声音似乎把霍姆斯惊醒了,他的目光在房间里扫来扫去,先是一下子落到了入墙式保险箱上,接着落到了打字机上,最后又收了回来。

"我不明白这是什么意思,"他指着铅棺说道,声音颇为尖厉,"你们干吗把这个东西搬出来?它又不是什么新东西,都在楼上的阿拉伯展厅里摆了好些年了,就是一口阿拉伯镀银箱子,里面什么也没有。巡官,您脑子里现在都在胡思乱想些什么啊?——呃,对了,我想问问,是谁瞎摆弄过我的打字机?"

"搞定了,长官,"柯林斯警员说道,"要把盖子掀开吗?

另一边有铰链。"

"掀开。"我一边说,一边作好了准备。

这伙人都鸦雀无声了,不过我看到他们交换了一下眼色,而他们的表情则叫人莫名其妙:看上去好像他们自己也不知道该采取什么样的态度。有那么一两秒钟的时间,在两个警员使劲儿掀盖子的时候,除了嘎吱声和摩擦声外,什么响声也没有。而我自己的脑子里也充斥着各种不着调的念头,仿佛我们可以从这口铅棺里找到的最糟糕的东西不是波斯遗骸,甚至也不是另一具尸体,而仅仅是一副假络腮胡似的。随后,在刺耳的尖叫声中,盖子掀起来了,而这阵尖叫声此时又与普鲁恩的欢笑声混杂在一起了。

铅棺是空的。铅棺内镶着一层钢板,里面啥也没有;甚至连伦敦空气中落下的伦敦尘埃都没有一粒。干干净净。

"好了,伙计们。"我说道。盖子"啪"的一声落了下来。

"我跟他说过里面啥也没有,"普鲁恩不仅嗓门高起来了,还发出了粗哑的笑声,"他却说,里面是哈伦·拉希德的妻子!我跟他说过了,里面啥也没有。"

我抬起头,正好看见霍姆斯面露淡淡的微笑。"看来这下问题解决了吧?"他问道,"唉,可怜的祖拜妲!不过,我可以拍着胸脯告诉您,您压根儿甭想在一口阿拉伯镀银箱子里找到她。现在您愿意相信我了吧?"

"不见得每句话都可信吧,"我一边说,一边将那张字条从口袋里掏了出来,不紧不慢地打开,"这个是你写的吧?"

"什么是我写的?"

"'亲爱的G，得搞到一具尸体——一具真尸。怎么死的无所谓，但得搞到一具尸体。谋杀的事我来想办法——那把象牙柄的阿曼弯刀可以解决问题，要不勒死也成，如果勒死看上去更好的话……'好生看看！是你写的吗？"

"肯定不是，"霍姆斯说着，一对大镜片后面翻起了白眼，"您究竟在说什么啊？朋友，别想恐吓我！真是可笑！"

"字条上的字是用那边你的那台打字机打出来的。这一点你否认吗？"

"我亲爱的长官，我不承认，也不否认。我不知道。不是我写的。我从来都没见过这张字条。"

霍姆斯向后退了一小步。他那和善可亲、泰然自若、不以为然的面孔，和他那双温柔的蓝眼睛一样，都僵住了。

"等一下，巡官！"杰里·韦德有点儿激动地说道，"真该死，要是——"

"你闭嘴，小老头儿，"霍姆斯急忙打断了他，但语气依然很冷静，"这事交给我来处理。您说字条是在我公寓里发现的。是谁发现的？"

"是曼纳林先生。还有，你说你和派对上的其他所有人晚上9点以后一直都待在你公寓里？"

"没错。"

"可是曼纳林先生10点40分去过你那里，根本就没人在家。什么人都没有。"

理查德·巴特勒笨拙地从门边呆若木鸡的一群人中走了出来，这群人眼下已在不止一个方面结成了统一战线。他的头盔扣在后脑勺上，靠下巴上的扣带拉着才没掉下来。那张粗眉大眼的圆脸上，一双昏昏欲睡的灰眼睛几乎眯成一条缝，给人一种怪诞的感觉。他双手插在口袋里，慢吞吞地走到了曼纳林跟前。

"你这个监视别人的卑鄙小人。"他很镇定地说道。

曼纳林看了他一眼。

"今天就拿你来练手了，"曼纳林说道，"因为你块头最大。"

前面说过了，巴特勒双手插在口袋里，不过就算没插在口袋里，我也怀疑他来不来得及招架。曼纳林的出手速度肯定比响尾蛇还要快上五倍，因为谁都没能看清楚事情经过。后来柯林斯告诉我，曼纳林的那一拳一准儿只飞出去了十二英寸。但我们都没注意到这一点，只注意到有什么东西像炸弹一样在曼纳林体内爆炸了。我从巴特勒的肩头望过去，看了一眼他的脸：几乎跟一个疯子的脸无异；然后我听见了类似骨头断裂的一声脆响。接着，巴特勒一声都没吭，就像是心甘情愿一样无声无息地朝前一滑，先是双膝触地，接着整个人都摔倒在华丽昂贵的地毯上。

寂静中，我听到曼纳林在呼呼地喘气，大家都一动不动。

"干得好，我承认，"鸦雀无声中，响起了杰里·韦德的声音，"可这就能证明你不是一头蠢驴了吗？"

那一刻，我以为曼纳林会揍他一顿，我都作好了准备，只要曼纳林敢动一下，我就拧断他的胳膊。但是仍然上气不接下气、古铜色皮肤都有些发白的曼纳林却从桌上收起了帽子和手杖。

"不好意思,让证人一时没法开口了,巡官,"他以正常语调说道,"不过他五分钟后就会醒过来的。还有什么事需要我协助吗?"

"谢谢,"我说,"今晚你做的事情已经够多了。好了,你可以回家了。"

* * * *

诸位(侦缉巡官卡拉瑟斯总结说),我经办本案的情况,到此就基本上告一段落了。我所做记录的结果将由更恰当的人来讲给诸位听,不过我已奉命将本案案发时的全部细节,连同我本人对涉案人员的印象和评价都告诉大家了。其中难免有一些偏见,或许可由下一个人加以纠正。我陈述的事实是需要单独加以考虑的;另外,虽然一直讯问到了凌晨4点,但我没能从这伙人嘴里问出更多的情况。他们结成了攻守同盟。

我的推测没有一条能够成立,因为第二天上午10点,整个案情都发生了逆转。这一逆转把之前一直令我百思不得其解的那些荒谬之处都一一解释清楚了,但遗憾的是,取而代之的却是更多荒诞离奇的疑点。

那天晚上,我没回我在布里克斯顿的家。我在局里睡了几个小时,然后就起来赶报告了。分类工作花了些时间,哈德利警司打电话通知我去警察厅助理厅长办公室时,我才刚刚把报告写完。我在将近10点时赶到了助理厅长办公室,发现赫伯特·阿姆斯特朗爵士正拿着一封信在房间里走来走去,一会儿暗自发笑,一会儿又破口大骂。这封信使得整个案情令人难以置信的程度得到了缓解。这儿有一份这封信的副本。上面的落款是:"6月15日,星期六,凌晨1点,肯辛顿奥克尼酒店",收信人写的是赫伯特爵士亲启。从笔迹可以看出,写信人当时的心情颇为激动。信的内容是:

爵士:

我给您写这封信实在是情非得已,因而不免有些忐忑不安,也难免深怀愧疚。然扪心自问,深知此举乃是我的职责使然。本人忝为爱丁堡约翰·诺克斯长老会牧师,在二十载微不足道(但我深信并非毫无裨益)的效力中,少说也曾有几次陷入了可以称作痛苦或难堪的处境。(您可以回忆一下在《新教牧师》的专栏上讨论募捐盘是该从右往左传,还是该从左往右传这一问题时,我与长老会教长的意见分歧;我担心这个问题任其发展,会变成一场激烈的论战。)不管从什么意义上说,我都不是,或者说我希望自己不是思想狭隘之辈。我没觉得打牌或健康的放松身心的舞蹈有任何坏处;另外,通过观察,我确信教会社交活动也远没有堕落到人们估计的那种程度。就算我一度存在观念保守、视野狭隘的倾向,但在周游东方世界,接触其他国家的风土人情之后,我还是开阔了眼界的。

我之所以写这些内容,是想证明本人并不是没有实际经验或开明思想的人。但我做梦也没想到的是,我堂堂一个苏格兰教会的牧师,居然会——自愿——在脸上粘上一副白色的假络腮胡;居然会从卫生间的窗户爬出来,然后借助雨水管滑下来，以这样的方式离开一栋建筑；居然会爬上一个墙头；居然会凶狠地袭击一名警察，而这名警察，现在我明白了，什么害人的事也没干；还有最后一点，我居然是经由一个通到街面的煤窖洞口，才得以从那个令人唏嘘的地点脱身。做这些事情，毋庸赘言，并不是因为好玩；我甚至也不能以醉酒、药物致幻或被人施了催眠术为借口来为自己辩护。

但这还不是事情的全部，否则我恐怕就真没必要说出这些了。简短点儿说吧：我目睹了一起凶杀案，而且不管其他的细节公之于众后会给我本人带来什么样的后果，我都必须说出来。如蒙慨允，能让我今天上午11点半前来拜访的话，我将不胜荣幸并感激之至。

您忠诚的
威廉·奥古斯塔斯·伊林沃斯

中

侦办天方夜谭案的英格兰人

助理厅长

赫伯特·阿姆斯特朗爵士

的陈述

第9章

青铜门前：伊林沃斯博士当了一回阿里巴巴

好了，伙计们，星期六早上9点，当我的秘书把那封信放到我办公桌上时，我都惊呆了。没错，你们这些榆木疙瘩，我就是惊呆了。但令我忍无可忍的是，这家伙一直拐弯抹角，不肯直接说要点。要问我喜欢什么样的人的话，那就是说话开门见山、一针见血的人。这世上没有什么东西是要细嚼慢咽的，或许只有一桌好酒好菜是个例外——哈哈！别听他们说什么这对腰围不好；只要肌肉结实，腰围有啥好担心的？瞧瞧我的，硬得跟铁似的。咳，我这都扯到哪儿去了？别让我跑题了。哦，对了，该说你的事了，卡拉瑟斯——你的问题在于，你太在乎保持绅士风度了，所以难以取得什么进展。我呢，就没这个问题。这正说明了为什么我能管理一个警察部门，或者一家牛奶桶生产公司什么的，因为他们全都很清楚，要是偷懒耍滑，不老实一点，我就会让他们生不如死。直截了当地说吧，对他们别客气。嘿！我就是这个脾气。

好了，如我所说，星期六早上9点，我的秘书进来后便同我咬耳朵……这是他的一个习惯。五年来，我一直想把这家伙给炒了；更重要的是，我认为他就是第一个厚着脸皮在背后叫我唐老鸭的浑蛋。他把那封信放到了我桌上，见他一脸严肃的样子，我就把信看了一遍。

我问道："这个伊林沃斯是什么人？"

他皱起眉头，挠了挠后脑勺，终于说道："应该说是个苏格兰人吧，长官。"

我说："他是苏格兰人我清楚得很，还他娘的用你说。我问的是，他是什么来头？你听说过他什么吗？《名人录》放哪儿去了？还有，关于假络腮胡的这些乌七八糟的东西是咋回事？屁话！哪有牧师戴假络腮胡的？！"

"噢，长官，这个牧师就戴，"他指出，"说不定是苏格兰的一种礼节。不管怎么说，您打算怎么处理这事？我想了想，觉得还是跟您说说今天上午收到的报告为好。有一名男子，身份还没确定，昨天夜里在韦德博物馆被人干掉。哈德利警司认为，这封信没准儿和这桩命案有关。"

他向我通报了初步掌握的一些不充分的细节，我听得目瞪口呆，几分钟内都无法反驳他。你们知道吗？我跟杰夫[1]·韦德可是老相识了，早在他发财之前我就认识他了；我们两人是老乡，出生在萨默塞特的同一个村子里。在废墟遗迹的研究方面，他一直都是个大名鼎鼎的家伙——他宁可陶醉于一堆废墟之中，也不愿在酒店里狂欢——不过，他从前并不像现在这样，总是一副故作高深的学者派头。我还记得杰夫·韦德有一次在高利特尔顿去布里斯托尔的那条路上的

---

1. 杰夫（Jeff）是杰弗里（Geoffrey）的昵称。

情形（路上的尘土有六英寸厚），他身穿一套格子套装，头戴一顶翘边的圆顶礼帽，试图骑一辆前轮大后轮小、车座有六英尺高的脚踏车。一路上他都像踩高跷似的摇摇晃晃，每骑十几码远就会摔下来，而且有一次还摔在了自己的帽子上面，但他总会再爬上去。这就是杰夫·韦德的性格。有一个靠在篱笆上的农夫看到这一情景，显然认为这是自讨苦吃，说道："您这是何苦啊，韦德先生？"杰夫说："我已经把自己摔成了该死的瓦片，但上帝作证，就算把自己摔成了该死的笨蛋，今晚我也要骑到布里斯托尔去。"他还真说到做到了——我不是说他真把自己摔成了该死的笨蛋，而是说他真的骑到了那儿。那个时候他已经蓄起了那一嘴大胡子，支棱在两边脸颊上，有如马刀一般；他是个敦实的矮冬瓜。后来，他北上闯荡，靠倒卖床单、枕套或裤子之类的东西，赚了好几百万。杰夫·韦德这人说来也怪，不知道为什么他就是讨厌外国人，特别是黑皮肤的外国人。是的，他现在的主要兴趣应该是在波斯或埃及的废墟上面，不过我猜想，在他心里，外国人死了也没关系：咱们英国人向来如此，而不是现在才这样的。直到今天，我还是忘不了这样一幅画面：杰夫在那条尘土飞扬的路上摇摇晃晃，农夫靠在篱笆上，周围的苹果树正繁花盛开。

我的秘书帕普金斯说道："还是忘掉那些苹果树吧，这可是一桩谋杀案。咱们直奔主题吧，长官，需要我做些什么？"

我适可而止地训斥了他一顿后，要求他把现有的报告统统送来，并派他去把卡拉瑟斯叫来，跟我汇报一下情况。听完了汇报的要点后（这个汇报重点突出，清清楚楚，这一点待会儿我就让大家见识一番），我忧心忡忡。准确来说是忧心如焚啦。若说这一噩梦般的案件与杰夫·韦德无关，我是怎么都不会相信的，而我们接下来需要听听这个威廉·奥古斯塔斯·伊林沃斯博士的说法。所以，我把其他所有事情都摆在了一边，抽着雪茄，等候伊林沃斯博士的到来。11 点 30 分，分秒不差，就在大本钟敲响的那一刹那，两名警员像押犯人似的把他带进了我的专用办公室，而他则拼命地左顾右盼，仿佛他们是要带他去断头台。

我不知道自己当时期盼的是什么，但他其貌不扬，非常普通，让我感到踏实的同时又莫名恼火。他个子很高，骨瘦如柴——活像一条大号烟熏鲱鱼，就连他那双呆滞的眼睛也有点儿烟熏鲱鱼的味道——不过他控制住自己的情绪后看着我的时候，倒还真有几分尊严。我没开玩笑，是真的。他生着一张马脸，皮肤有点儿粗糙。说话时会习惯性地把下巴缩到衣领里，这样一来，他的耳根以下就全都是皱纹了。他还有个习惯，就是开口说话时会使劲儿低头看着地上，然后又会迅速抬起头来，以免错过重点。他从口袋里掏出了一副看书时戴的玳瑁框架眼镜；戴眼镜的时候，他的双手有些发抖；另外，戴上眼镜后，他的鼻子显得更长了。他穿着一身褪了色的深色套装，胳膊下面夹着一顶软帽，一头灰白的头发梳得有点歪。当然了，我已经了解过此人的情况了，他平常就是我当时看到的那副模样。此外，我还形成了这样一个印象（而且我一般是不会出错的，我的榆木疙瘩们）：别看此人看着拘谨、有礼、和善，说起话来让人不知所云，走起路来摇摇晃晃，但他工作结束后可以突然以别人意想不到的惊人速度，一溜烟跑得不知去向。我别的什么都想不起来了，只记得他站得比近卫步兵团的士兵还要挺直，而且穿的一准儿是11号靴子。

"您是赫伯特·阿姆斯特朗爵士？"他问道，刺耳的声音吓了我一跳。

"请坐，"我说，"别紧张。"

他扑通一声坐在了椅子上，跟中了弹似的，又把我吓了一跳。

"该死，别这样！"我说，"放松点。好了，开门见山吧。"

他小心翼翼地把帽子放到地板上，下巴一缩说了起来，一张嘴就跟机关枪似的。好家伙，嗖嗖的！我记不住他说的那一大串话，所以就引用一下速记员的记录，把整个情形跟大家说一下。

"我留意到，赫伯特爵士，您已收到我的信函了，"他说，"由于心情过度紧张，我的信中可能有言不及义之处，让您对我产生了某些误解，我相信您大人大量，已经原谅了我的疏漏，不会对此抓住不放。我——怎么说呢——我得承认我现在如释重负，因为我没看出——到目前为止——您有要掏出——脚镣手铐的意思……"

"你想哪儿去了，"我说，"我是助理厅长，又不是铁匠。来，抽支雪茄。"

他接过雪茄，娴熟地咬掉了茄头，然后继续说道："我接着刚才的话往下说，赫伯特爵士。虽然我不收回，或者说不想收回我昨晚那封信上的任何说法，但我真诚地希望纠正您的错误看法,您千万不要认为我提到的那起命案与我——一句话,不要以为人是我杀的。虽然我一直在努力培养敏锐的思维方式和精练的写作风格,但我还是担心自己在昨晚那乱了方寸的状态下,可能给您留下了一个错误的印象,还请您多多包涵!"

他结束得还真是时候。为啥这么说呢,首先嘛,你瞧,他从口袋里掏出了一盒火柴,想拽出一根来,结果把整个火柴盒都拽散架了,天女散花似的撒了我一脸火柴。这倒也没多大关系。其次呢,他捡起了一根火柴,划着了给我点烟。也是巧了,他说"还请您多多包涵!"的时候,哆嗦得厉害,手一松,划着了的火柴便掉进了我的衬衫和马甲之间。他说真是意想不到自己会这样,这一点我倒也同意。不过我还是捶胸顿足,说了些万不该在一个牧师面前说的话。有那么一会儿,我气得直想叫人把他给我扔出去,但我还是忍住了,只给了他一个冷眼。

"伊林沃斯博士,"我喘过气来后说道,"伊林沃斯博士,我跟你说过了,我不是铁匠。套用你的说话风格,我可以说我也不是他娘的一飞冲天的火箭。这是火柴,看清楚点。用对了地方,是个有用的东西,但肯定不能用在我这个人身上。好了,我来给你点支雪茄,如果你能拿稳的话。还有,管他警察条例不警察条例的,你都得给我喝一杯。你得来上一杯了。"

"谢谢,"他回道,"虽然我,不用说,没有这一国民性的癖好,而且我本人对戒酒运动还满腔热忱,不过,真戒起来……总之,来一杯吧。"

我给他倒了一大杯,没加冰;他眼睛都没眨一下就一饮而尽了,而且脸上毫无表情。

"这玩意儿很提神，"伊林沃斯博士一边说，一边庄重地将杯子丢进了废纸篓，"而且会让我坚定信心，把该说的，哎呀，都说出来。还有，赫伯特爵士，谢谢您不拘礼节，让我在令人不安的处境下自在了许多：这样的处境，我焦虑地发现，对于约翰·诺克斯长老会的长老们来说不会有丝毫的安慰作用。不过，不管多么痛苦，我一定会不离题地谈这些问题的。在从爱丁堡坐火车过来的旅途中，我的大半时间都用来写原定于今晚在伦敦的联合长老会主日学校演讲的演讲稿；还有一部分时间，听我说，就消磨在一本叫《末日之刃》的警察手册上了，是同车厢的一名旅行推销员好心借给我的。我的牧师工作和我对古文明史的研究工作一样繁重，所以我没多少工夫去读探讨我们所处的现代世界的书；不过我可以说，我发现这本书写得生动感人，甚至让人着迷，令人耳目一新、大开眼界，给我留下了深刻的印象。确切说来，书中主角的身份虽然尚未披露，但他的恶行看得我是大为惊骇——不，赫伯特爵士，甭管您怎么说，我都没有跑题。我想说的是：就算我从《末日之刃》中没有学到你们什么办案方法，我至少也明白了一点，那就是绝不能隐瞒或放过任何细节，不管它看上去多么微不足道，都遗漏不得。在讲述自己的经历时，我将努力把这一点牢记在心，同时尽可能满足你们的要求，在法律上精炼简洁。"

诸位，我都快中风了，可这头彬彬有礼的老蠢驴却摆出那么一副大义凛然的样子来，害得我没办法，只好给了速记员一个手势。他清了几下嗓子，抽了一口雪茄，接着就又眉飞色舞、口沫四溅起来了。

"我叫威廉·奥古斯塔斯·伊林沃斯,"他像降神会上的鬼魂一样突然大声说道,"和先父一样,我也是爱丁堡约翰·诺克斯长老会的牧师;我和内人伊林沃斯夫人及犬子伊恩寓居在该教会的牧师住宅,犬子目前正在加紧修习,准备接班当牧师。6月13日(就是前天),星期四晚上,我抵达伦敦,然后坐车从国王十字街到达位于肯辛顿高街的奥克尼酒店。正如前面所言,我此次伦敦之行,一半是为了在联合长老会主日学校于阿尔伯特大厅举办的一个会议上发表演讲,但让我对此行非常期待的却是另一个目的,恐怕也是更自私的目的。

"有相当长的一段时间,我都非常关注那些因为太过普及而不受重视的有趣历史文献,热衷于考察其渊源与演变,譬如《天方夜谭》。有一位令人敬重的学者,杰弗里·韦德先生,最近很幸运地得到了该书首个译本的两百页手稿……"

"等一下,"我说,"这部分让我来说吧,然后咱们看看能否一击命中要害。你昨晚应邀去韦德博物馆,目的是查验一份手稿,这份手稿出自一个叫安托万·加朗的人之手。然后你们打算再泛泛地闲聊一番。我说得对吗?"

他并未感到惊讶,一点都没有,我想他认定了我是推论出来的。而且他还随声附和了一大堆,意思是说我说的没错。

我说:"你认识杰夫·韦德吗?我的意思是说,你见过他本人吗?"

看样子他并不认识。他俩有长期的通信往来,相互恭维有加,还决定一有机会就见个面:博物馆的这次聚会是伊林沃斯从爱丁堡动身前,双方就在信中商量好了的。

"还有,"伊林沃斯继续说道,由于快说到紧要处了,他更加眉飞色舞起来,"让人相当失望的是,昨天正午,我在下榻的酒店接到了韦德先生的助理兼合伙人罗纳德·霍姆斯先生打来的电话。他表达了深深的歉意之后,解释说韦德先生很意外地被人叫出城了,所以很遗憾,我们的聚会只能推迟到一个更合适的时间了。我表达了失望之情,不过真没觉得惊讶。我偶尔也听到过一些说法(从我们共同的朋友那里,我相信他们都是在夸大其词),说韦德先生是一个有主见的人,行事果断,但也是个很任性的反复无常的主儿,有的人甚至管他叫怪胎。实不相瞒,我还听到过一个可靠的消息,说韦德先生有一次向大不列颠中亚协会宣读一篇原创论文,其间有人对他的观点提出了质疑,他居然用'小呆子'这样一个让人很不舒服的字眼来称呼打断他的那个人。有的人甚至认为他这是在暗示,因为协会主席汉弗莱·巴林格-戈尔爵士的面相像个呆子。

"所以,昨天下午5点,当我发现他又一次改变了计划时,我一点儿也不吃惊。我在南肯辛顿博物馆(就我而言,我并没有发现它像某些人宣传的那样,是一个很不务正业的机构)度过了振奋人心的两个钟头之后,一回到酒店,就接到了韦德先生不久之前从南安普顿发来的一封电报。请您过目。"

他把一封电报放到了桌子上,上面写着:

我可早回 不必取消聚会 晚10:30博物馆见
杰弗里·韦德

"至于随后发生的一系列事情,"博士冲着电报点了点头,继续说道,"我已努力按照从《末日之刃》中获得的可贵启发,仔细查看了这份电文,试图从中推断出一些重要的东西。我小心翼翼地把那张纸举到灯下,看看有没有水印。可是,由于我对'水印'到底是个什么东西没有把握,所以我担心自己肯定忽视了有无水印可能代表的阴险意义。

"请允许我接着往下说。尽管我承认,对于韦德先生的又一次变卦,以及有些不把我的时间当回事,我是有一点点不耐烦,但我丝毫没有不想去的意思。我用心打扮了一番,还带上了一本很少离身的书——是十分珍稀的阿拉伯文版《天方夜谭》的头一百夜的初本,如您所知,是1814年在加尔各答出版的——好让韦德先生饱饱眼福,这件事我已经答应他有一段时间了。"

他从大衣口袋里小心翼翼地掏出了一本皮面的大部头著作,并把它作为另一件物证放到了桌上的那封电报旁。

"我接着说吧,"他说(此时他已变得非常激动),"大约10点20分吧,我在酒店外面上了一辆出租车,前往韦德博物馆,到那儿正好是10点35分——或者说,差25分钟到11点。这一点我确定无疑,因为我付车费时,说来有些不可思议,我的怀表被手指或者口袋里的银币带了出来,掉到了人行道上。这一摔把它给摔停了,而且我到现在也拿它没辙,还停着呢。"

怀表也被掏出来了,挨着电报和书放在了桌上。感觉就像是我跟他玩起了"剥猪猡"扑克牌游戏[1]。

---

1. 一种脱衣扑克游戏,参与者每输一局就得脱去一件衣服,输得惨的话便会春光外泄。

"我承认,"这位老兄把下巴一缩,接着说道,"我没能经受住诱惑,在这栋建筑的门口逗留了一会儿,凝视着壮观的青铜大门,一时间陷入了沉思:这些仿制的青铜大门——据说原型是阿拔斯大帝[1]的哈什特贝斯特,或曰八大天园的入口——非常逼真,惟妙惟肖。所以,我可能站在那里沉思了一会儿,还划燃了一两根火柴,仔细看了看刻在上面的伊朗文字,直到听见街上两个过路人不堪入耳的话后才猛然醒过神来,他们看样子是误会我了,以为我是刚从附近的'狗与鸭'酒馆喝完酒回来,醉醺醺的,找不到锁眼了。

"这些难听的话,我默然以对,没有理会,等这两个过路人过去后,我照之前得到的指示按响了门铃。门打开了,借着里面的灯光,我看到了开门的人。他必然是韦德先生偶尔提及的那个人:一个跟随韦德多年的忠诚侍从,夜间身兼二职,既是接待员,又是守夜人。他的名字,我相信,是普鲁恩。"

"所以,嗬!"我说,"他当时归根结底还是在那里。"

这位老兄似乎没听见我说的话。相反,他目不转睛地盯着我,盯得我都开始心里不安了。

"接下来发生的事情,"他说,"我只能这么来形容,是这该死的博物馆里将要发生的咄咄怪事中的头一件,也是程度最轻微的一件。一句话,普鲁恩当面嘲笑了我。"

---

1. 阿拔斯大帝(Shah Abbas the Great,1571—1629),又称阿拔斯一世,波斯萨非王朝(Safavid dynasty,1501—1736)国王。在伊斯兰发展史上他与苏莱曼大帝、阿克巴大帝齐名。在他统治时期,萨非王朝达到了国力的巅峰。他不但影响了伊朗历史,而且对大航海时代的东西方交流也起了很大作用。

我问道:"什么?"

"他嘲笑了我,"伊林沃斯严肃地点了点头,正色说道,"当着我的面。他先是神秘兮兮地示意我进去,接着聚精会神地打量了我一番,然后便扑哧一下,爆发出一阵咯咯笑声,我只能这么形容,那笑容似乎都快把他的脸撑破了。接着他又说了下面这句我都不想复述的黑话:'喂!你是干什么吃的?'

"他这种行为太不像话,实在出人意料,我不恼火才怪了呢,于是我的回答也带有一股酸味儿。

"'我是威廉·奥古斯塔斯·伊林沃斯博士,我的好兄弟,'我告诉他,'而且我相信韦德先生正等着我呢。能劳驾你带我去见他吗?'

"令我完全没想到的是,他的笑声非但没有减小,反而越来越大,大到了令人惊恐的程度。他好像笑得整个人都跟着咯吱作响,腰也直不起来了。他双手交叉,捂着肚子,左右摇晃,样子很诡秘,但动静却非常小。

"'哦,你还是个角儿,真的,'他大喘了几口气,又抹了一把笑出来的眼泪后,对我说,'我不明白你为啥在大厅上没能大红大紫,就是要了我的命,我也想不通。'(我后来才知道,'在大厅上'的是那些在音乐厅舞台上唱歌、骑自行车、玩杂技之类的演员;用到一个传福音的牧师身上,就叫人完全不知所云了。)'你是我见过的演得最传神的家伙,'这个言行令人匪夷所思的老头子补充道,'这次谋杀,你会帮上大忙的。'

"说完这个,赫伯特爵士,他在一阵让人不堪忍受的笑声中,伸出一根长长的食指,戳了我的肋骨一下。"

第 10 章

魔法上演：伊林沃斯博士当了一回阿拉丁

"我只好认定他是喝醉了，一时之间我也得不出别的结论，不过除了他怪异的言行外，并没有其他证据可以证明他喝醉了。我环顾了一下置身其间的大厅，期望能看到韦德先生早就准备好了，正等着欢迎我。大厅里的一切无不庄严气派、富丽堂皇，确实令人印象深刻。一道柔和的白光从天花板檐口倾泻下来，仿佛幽幽的月光，对一个气质沉静的人来说，倒也不令人讨厌。这光甚至在这个身材矮小的老头儿脸上蒙了一层怪异的色彩，他穿着蓝色制服，正在我身边蹦蹦跳跳。随后，他对我开口了。

"'你想去见老板。老兄，你来晚了，因为——呃。'赫伯特爵士，我这是在竭力模仿他的原话，'但你会得到原谅的，而且凭你这身行头，只要你提出来，甚至会事先拿到报酬。'

"我可以向您保证，长官，我的高顶礼帽和双排扣长礼服都丝毫没有奇特之处（样式很普通，甚至有点儿过于简朴），因此，我觉得他一准儿是疯了，要不就是认错了人。接着他又补了一句：'馆长室——直走，再右转，第一个门；他现在就在里面。'逼得我不得不说话了。

"'也说不出是为什么,'我说,'我总觉得你好像不相信我是伊林沃斯博士。既然你不信,那就劳驾看看我的名片吧。既然你不信,那就请你看看这本初版的《天方夜谭》头一百夜吧,我是带来让韦德先生过目的。如果这真是一场误会,我会很乐意原谅你的;但如果这只是你个人无端的无礼行为,那我就会毫不含糊地跟韦德先生说清楚。'

"我注意到了,在我说这一席话时,他的神情变得充满疑虑;而且,他虽说半个能听见的词都没说出来,嘴却张开了。不管怎样,由于断定自己不需要人帮忙也可以找到馆长室,我继续极尽可能地摆出一副极有尊严的样子——直到被眼前更为奇特的景象所吸引。

"尽管您对韦德博物馆馆内的情况无疑非常熟悉,但我还是应该解释一下。当你面朝后方时,右侧墙上离正门二十多英尺远的地方有一道大型拱门,上面标有'东方集市展厅'几个大字。仿建这么一个东方城市中的集市或者说商品街,是一件很有趣却毫无意义的事情(从考古学和历史学的角度看)。可以说,它对东方集市的再现还算是精确的;另外,巧妙的灯光布置赋予了它一种戏剧般的真实感,营造出了一个奇异街道上洒满斑驳阴影的场景。我朝那个方向瞥了一眼,一下子就惊呆了:不仅是因为脑子里一闪而过了一种幻觉,以为自己眼前的是伊斯法罕[1]暮色将近时的一条街道,更是因为我看到那儿站着一个人。

---

1. 伊斯法罕:伊朗中部城市,是伊朗最古老的城市之一,多次成为王朝首都,是南北往来必经之路,著名的手工业与贸易中心。

"在那条街的中央,我清楚地看到一个身穿民族服饰的波斯贵族,他一动不动地站在一片网格状的阴影下,正盯着我。

"长官,现在我的神智一点儿都不混乱,而且我可以郑重地向您保证,我说的都是实话。当然了,最吸引我的还是他的那一身装束。他头上戴的是一顶传统的羊皮高帽,外衣是蓝色绣花丝绸质地的,下摆很长,这件外衣——连同那件白衬衫——是财富与地位的象征;裤子的布料则是白棉布,不过最醒目的彰显身份的标志还是那条闪亮的黑皮带,跟一般朝臣的皮带不一样,那上面没有黄铜搭扣,而是镶着贵族特有的一大颗圆形红宝石。他的脸处在阴影之中,在眼白的对比下呈橄榄色。在这样的环境中看到这样一个幻影,我一时还以为这说不定是一尊蜡像,摆在这里是为了给展览增添一点逼真的气氛呢。但情况并不是这样,这一点我有充分的证据可以证明。我做了一个很普通的测试,但在那样的环境中,测试结果却让我觉得极其不可思议——换言之,此人的眼睛在睁睁闭闭。

"我相信,我这个人可以用深思熟虑而不是异想天开来形容。至于自己为什么会陷入这样一种不寻常的心态,我只能找到一个借口,那就是在这样的时候看到这样的景象,真是太奇怪了。我觉得自己可能一不留神迷了路,已经误打误撞地从宇宙的某个裂缝进入了《天方夜谭》中的某一夜,而那个身着蓝制服的接待员说不定就是一个故弄玄虚、老以别的故事来吊人胃口的莎赫扎德[1]，不过这种荒谬的感觉（我惭愧地承认），不仅被我的宗教原则打消了，也被我强大的直觉判断力消除了。这种直觉判断力给了我一个显而易见的解释。韦德先生在波斯和伊拉克无疑交游广阔，他可能结交了那儿的一个贵族，进而又邀请那位贵族来这里跟我结识，这不是再正常不过的事吗？可不是嘛。所以，我打定了主意，要以最正式的礼节上前跟他搭讪。为此，我选择了最纯正的阿拉伯语，而不是'新波斯语'，'新波斯语'就是语言'杂交'的产物（我这么说并不是想引起人们的反感），其原有的纯正性已经让阿拉伯人给败坏殆尽了。

"于是，我举手致敬。'*Masa el-khair,*'我跟他打招呼道，'*es-salâmu 'alaikoom es-salâm. Inshâ allâh tekoon fee ghâyit as-sahhah.*'他严肃地回了一句：'*Wa 'alaikoom es-salâm. Ana b'khair el-hamd lillâh.*'

"他的声音很浑厚，而且说起话来透出一种无可比拟的庄严，不过他似乎极为惊讶，没想到我会用这种语言跟他交谈。我还注意到了另外一件有趣的事情：他那口阿拉伯语带着埃及腔而不是波斯腔。比如，当我接着跟他说，'*El kâ'àt kwyee-seen...*'不好意思，赫伯特爵士，您刚才是不是说什么了？"伊林沃斯博士停了下来，"我这说得兴起，怕是忘乎所以了。您刚才是不是说了什么？"

听伊林沃斯这家伙滔滔不绝地说了这么久，我一声没吭

---

1. 莎赫扎德（Shahrazád），《天方夜谭》中故事的讲述者。

才怪了呢。

"打住！"我说，"你模仿穆斯林上层人士还真是惟妙惟肖，但别再叫信徒祈祷了，用英语告诉我你们聊的是什么。"

信不信由你，他看上去一脸惊讶。

"对不起。好的，那是当然。就是一套惯用的问候方式，一丝不苟的外国人都不会忽略的。跟他道过晚上好之后，我说的是，'愿平安降临于您！祝您万事大吉！'他回答得也很正式，'愿平安也降临于您。我万事大吉，感谢真主！'我可以接着往下说吗？谢谢。

"我正要进一步追问，不承想他却急切但极有礼貌地打断了我的话，并朝先前普鲁恩指给我看过的馆长室那个方向指了指。虽然觉得这个地方还有某些奥秘，但我仍然决定继续前行，而且还不时扭头跟他得体地寒暄了几句，末了还用英语作结，好让他知道也可以用英语同我交谈。刚过了大厅中央，我便目睹了这天夜里的下一件奇事：一个漂亮姑娘，穿着一身暗红色的衣服，这身衣服的正式名称叫什么我不熟悉……

"我一提到这个姑娘，赫伯特爵士，您好像被吓了一跳。我会把话说得很清楚的，因为这件事可能至关重要。当你面朝博物馆后方时，可以看到正中央有一座大型的白色大理石楼梯。楼梯两侧的后墙上各有一扇门：一扇在左边，一扇在右边。当时我注意到开着的是左边那扇门。从这扇门里，走出了一位身穿红色长裙的年轻女士，一位我应该用楚楚动人、魅力四射来形容的黑发年轻女士。到目前为止，凡是在博物馆跟我打过招呼的人，个个都不同程度地流露出了惊讶的神情；可眼前的这位年轻女士吧，虽然也一样显得惊讶，但她似乎非常心不在焉，没怎么把注意力放到我身上。相反，她转身冲上通往楼上展厅的大理石楼梯，不见了踪影。还有，楼上某个地方，具体位置我确定不了，传来了响声，听起来很像有人正往木头上钉钉子。

"不过，我没时间去想这个。当我站在楼梯脚下时，在我右手边不远的地方，标有'馆长室'的那扇门猛然打开了；我终于——可以说，怀着一种难以言表的如释重负的心情——见到了我的东道主。

"虽然我从没见过韦德先生的照片，但认识他的人都津津乐道地描述过他的两个特征：矮小的身材和长长的白胡子。矮小的身材嘛，我见到了，没觉得意外；长长的胡子呢，我也见到了，也在我的意料之中，可是我没想到的是，他那垂至胸口的白络腮胡竟然是那样的浓密，令人印象深刻，甚至会让人对他肃然起敬。一头白发加上长长的白络腮胡，使得他那张脸显得有点衰老，但他那两只乌黑的眼睛却极其锐利，把我从头到脚打量了个遍。事实上，他面对我时所表现出来的自信与尊严，让我想起了多年以前亨利·欧文爵士[1]扮演的李尔王。看到这位'著名绅士'若有所思地从外衣口袋里掏出一把口琴——没错，赫伯特爵士，就是一把口琴——放到嘴边，开始投入地练起那支，我想是叫作《爬音阶》的练习

---

1. 亨利·欧文爵士（Sir Henry Irving），原名约翰·亨利·布洛德里布（John Henry Brodribb，1838—1905），英国最著名的演员之一，也是该国首位受封爵士（1895年）的演员。

曲时，我彻底惊呆了。

"一提到口琴，赫伯特爵士，我发现又把您吓了一大跳。除非是我听错了，否则您还说了'杰里'这个名字。我猜得出这可能预示着什么，因为我听说过，苏格兰场有一份名单，上面列出了所有的亡命之徒及其怪癖，以备办案时参考。一个人若是无意间暴露了自己在行窃或杀人时有吹口琴的弱点，就像《末日之刃》里的钱笛博士有吹长号的弱点一样（这一点是我后来突然想起来的），您很可能马上就可以准确说出此人的身份。不过，遗憾的是，我当时并没想到自己已经进入了一群亡命之徒的狼窝。唉，长官，知道韦德先生这一小小的怪癖后，我还以为他对口琴的嗜好，只是一个勤奋好学之士沉迷的一种轻松消遣呢。就像我那位在大学任教的朋友麦克塔维什博士一样，他是一个具有学者风度且堪称楷模的绅士，但他有个糟糕的习惯，就是动不动就跑去看电影，而且看到某个人的脸被蛋奶馅饼砸中时，还喜欢哈哈大笑。所以，哪怕我的东道主跟我说话时态度有些粗暴，我也一点儿没有感到惊讶。

"'你迟到了，'他一边说，一边用口琴指着我，'你干吗要在这里磨磨唧唧瞎扯淡？有活儿等着我们去干。你迟到了，混账东西，我们只有半个小时的工夫。进来。快点！'

"他的态度已经变得激动不已，在我看来，这种激动不仅没有必要，甚至还是失态的。然后他先我一步进了馆长室，对他这把年纪的人来说，动作敏捷得简直惊人。

"'非常抱歉，韦德先生，'我有些没好气地对他说道，'如

果我稍微晚到了一会儿,给您造成了不便的话。我承认,我曾期待我们初次会面的气氛会更友好一些。'

"他喃喃自语,以同样敏捷的身手穿过房间,在一张大大的办公桌后坐了下来。我看到桌上摊放着一本小书,书旁边有一个烟灰缸,里面堆满了烟头,边上有一根香烟还在冒烟。他拿起这根烟往嘴里一塞,把他那一嘴吓人的胡子置于了被火烧的危险之中,接着他的手指在书的某一页上滑动着。

"'对,没错,'他说,'我没想对你粗暴无礼,但这出戏必须顺利地演下去。'直到这时,赫伯特爵士,我仍然没意识到'戏'这个词的不祥之音;因为我的东道主一边用一只眼睛死死地盯着我,眼神严厉可怕,一边用阿拉伯语大声说出了下面这句话:'*Yâ onbâshee irga' ente bi'd-deurtena 'l wa kool li'l-yoozbâshee hiknadâr el-imdâdiyah yegee henâ bi'lghâr!*' 除非我的耳朵完全在蒙我,否则这句话的意思是:'快回去,下士,通知指挥增援的队长火速赶过来!'

"我只能瞪大眼睛看着他。

"'我亲爱的先生,'我说,'您好像有些莫名其妙的忐忑不安。我不是军人,而且从没……'

"'翻错页了。'这个奇怪的家伙突然说道。他翻到了另一页,使劲儿地抽着烟。'这些该死的文法,'抱歉,赫伯特爵士,可不管多让人厌烦,我都必须精确地复述他的原话,'这些该死的文法顶个屁用。下马,开火!上马,变阵,掩护第二中队左翼!不管用的。是一些很振奋人心的玩意儿,这个没得说,可要顺利应用到一般的社交会话中还是有点困难。啊，找到了！'他低声自言自语了一会儿之后，又用锐利的目光盯着我，然后用阿拉伯语问道：'告诉我，朋友，警局附近金匠哈桑的那家店铺昨天夜里被盗了，你知道吗？——用英语回答。'

"有那么一瞬间，我觉得自己看出点儿头绪了。'韦德先生，'我问道，'是因为遭人抢劫了，您才气不打一处来的吧？如果是这样，我倒也能理解。金匠哈桑的店铺在哪个城市？'

"'在哪个城市就不用你管了，'东道主有点不耐烦地说道，'关键是，你明白了我的意思没有？好极了。不管怎么说，萨姆把你试出来了——萨姆·巴克斯特正戴着音乐厅的帽子扮演一个波斯大佬，就是你进来时跟你说过话的那个人，而且萨姆说起叽里呱啦的阿拉伯语来想必还是个高手吧。所以，我可以郑重其事地向你保证，一切我都非常满意。'

"赫伯特爵士，我一直在不停地努力，想根据记忆，把这位值得仰慕的学者以惊人的诙谐说出来的那一连串令人惊异而又粗野的话，一字不差地复述出来。那情形几乎就跟《旧约》中的一个族长突然跳起吉格舞[1]来没什么两样。不过，我心中之前所有的敬畏与惶恐统统被东道主的下一句话冲跑了。他威严地从椅子上站起来，照着桌子就是一拳。

"'万事俱备，就欠一样东西了，'他大喝一声，'你的络腮胡呢？'

"'络腮胡？'我简直不敢相信自己的耳朵。

---

1. 一种活泼欢快的舞蹈，起源于16世纪的英国。

"'真该死,你得有络腮胡啊!'他大声说道,很是不悦,那副神气我只能用理直气壮来形容,'谁听说过有不留络腮胡的亚洲文化学者?哎呀,人家大英博物馆有个老兄,一嘴络腮胡都垂到膝盖了。我可以拍着胸脯跟你保证,劳顿[1]老弟,除了惠普斯耐德动物园的河狸[2]外,有这么长的络腮胡的家伙,你绝对没见过。'

"'可我没有络腮胡啊。'

"'我知道,'东道主耐心地同意道,'我不满的就是这一点。可你非得有络腮胡不可。来,'他灵机一动,'来——用我的!'

"再有一会儿,赫伯特爵士,我对这个邪恶地方正在发生的事情一无所知的状况就要结束了。然而,就在这时,我在身心俱疲、大脑一片空白的情况下注意到,我的东道主已经开始用手指在下巴周围摸来摸去了。他穿过房间,打开了一扇门,里面是一个小卫生间。借助洗手盆上方架子上的一面镜子,他小心翼翼地从自己的两颊和下巴上揭掉了(用某种胶水粘上去的)络腮胡。

"'坐着别动,'他继续说道,'我来给你粘上。这玩意儿很容易再被弄湿,是戏装供应商能提供的最好的络腮胡了;保证连福尔摩斯本人都看不出来是假的……其实啊,我压根儿就没打算戴,而且我本人是反对这个主意的。你也知道,

---

1. 查尔斯·劳顿(Charles Laughton, 1899—1962),英国著名演员,后加入美国国籍。1934 年,因在《英宫艳史》(*The Private Life of Henry VIII*)中扮演亨利八世而获奥斯卡金像奖最佳男主角奖。
2. 河狸的英文为 beaver,除本义外,还可指蓄着大胡子的人。此处说话者用多义词以表幽默。

在今天晚上这出戏里,我要扮演的是老头子——杰夫本人,因为我生来就很像他。可林基·巴特勒总喜欢把什么事情都做得过头,也是为了以防万一,省得被害人看出来我比应有的年纪小,所以他坚持要把我搞成还没发福的圣诞老人。(要我说,这假胡子还真他娘的不错,对吧?)络腮胡你拿去,但小胡子我得留着。小胡子你真的用不着。当然了,你是老手了,用不着我来提醒你,不管怎么着,凶手要袭击你时,你都得把脸绷紧了,忍住不能笑。来,趁别人还没下来,我把络腮胡给你粘上。他们现在正在楼上准备棺材呢。'

"我坐在那里都吓僵了。长官,我承认这一点,丝毫都不觉得羞愧。因为我茅塞顿开,完全明白这些行动是怎么回事了,而且我还意识到我早该恍然大悟,毕竟《末日之刃》里记载过几乎一模一样的情形。我要坚定地说,丝毫没有亵渎的意思啊,我永远都会把当时读到那本警察手册看作是一种天意。关于这起阴谋的具体细节,我还不是一清二楚,但很多方面都已昭然若揭了:这家博物馆已经落入了一帮亡命之徒手中,他们趁韦德先生不在之机,让他们的头儿扮成了韦德先生(这一招,我记得,也是可怕的钱笛博士最喜欢使用的伎俩)。不只是博物馆会遭到洗劫,某个局外人也有可能会被诱入陷阱并被干掉。原因嘛,无外乎两个:要么是此人与这帮人有过节,比如出卖过他们;要么就是此人身上可能有很值钱的东西,比如钻石、红宝石什么的。有那么一刻,我非常担忧,因为想到了说不定自己就是他们想要害的那个人,而我仍紧紧攥在胸口的那本1814年初版于加尔各答的书,正是他们盯上的东西。

"但稍一思忖,我又坚信不会是这样。很显然他们认错人了,把我当成了某个有很多化名的穷凶极恶的家伙——因为我的东道主呀,他以一种几乎要把我血管里的血都冻住的令人憎恶的诙谐口吻,在三个不同的时候,分别把我称作了查尔斯·劳顿、华莱士·比里和乔治·亚理斯[1]——而最最讽刺的是,我,真真正正的我,要在这出不道德的戏中扮演一名亚洲文化学者。

"所以,我该如何是好呢?在极度危急的情况下,我是不是应该从这帮残酷的歹徒中杀出一条血路,逃出去向快速特警队报警呢?您一定看得出来,这条路是行不通的。但还有办法!赫伯特爵士,我既惭愧又隐约有点自豪地告诉您:在怯懦恐惧的那一刻,我心中涌起了一种至今我都很陌生的感觉。我发现自己的脉搏在随着某股高地人的热血的奔流而跳动,这股被遗忘至今的热血在危急时刻苏醒并沸腾了。我应该乖乖地看着韦德先生被抢,任由某个没有恶意的陌生人被这帮恶棍杀害吗?不,上帝在上,不应该!"伊林沃斯博士咆哮道。他突然从椅子上站起来,挥舞着手臂,有如在大浪中颠簸的船上的第二斜桅。桌上摆着我太太的一张镶框照片,让他的手臂一扫,完全飞到房间另一头去了。他激动得不行,

---

[1] 此三人都是当时的影坛巨星。查尔斯·劳顿见前注。华莱士·比里(Wallace Beery, 1885—1949)因在《舐犊情深》(*The Champ*)中的出色表演而在1932年获得第5届奥斯卡金像奖最佳男主角奖;1930年,乔治·亚理斯(George Arliss, 1868—1946)凭借《英宫外史》(*Disraeli*)中的精彩表演而成为第3届奥斯卡金像奖最佳男主角奖获得者。

都没想起来道歉,不过,他还是控制住了自己的情绪,压低了嗓门。"很好。我有好戏看了,我会等待时机的。我会假装成这个臭名昭著的亚洲文化学者。尽管我非常困惑,还惊魂未定,但我还是不断地用巧妙的问题来盘问他们的头儿,直到套出了整个计划的全部细节才打住——跟你们苏格兰场的人在《末日之刃》中的做法如出一辙——与此同时,我还开动脑筋,试图想出一些可以叫他们一败涂地的法子。

"虽然我已花了相当长的时间来描述我的心理活动,但这全都是一些瞬间的闪念。这帮家伙的头儿正恶魔般地轻笑着,从房间另一侧走过来(他卸掉络腮胡后,下巴上还戴着八字胡,让他的样子看上去更加邪恶了),准备把假络腮胡粘到我脸上。虽然假胡子一碰到我的皮肤,我浑身的每一根纤维都在颤抖,但我还是强忍住了,没抱怨一句。这个怪物居然不怀好意地劝我遭到谋杀时不要笑,哼,我会让他知道我的厉害!我甚至还对着他从卫生间拿来放到桌上的那面镜子,赞叹了一番自己的样子。然后,我费了九牛二虎之力鼓足勇气,顶住压力,压低嗓门,悄声向他提问了。

"'我们要干掉的是谁呀,头儿?'爱丁堡约翰·诺克斯长老会的牧师问道。这一问会令他一辈子都羞愧难当,无地自容。"

第 11 章

可怖的盖博博士：伊林沃斯博士
当了一回威廉·华莱士[†]

伙计们，这是我听到过的最离奇的案件，在这个节骨眼上，我得给伊林沃斯老兄再倒上一杯。他需要来一杯。而且，说真的，我很钦佩他！在我看来，似乎连速记员都在控制自己想要欢呼的冲动。杰里·韦德和他的同伙无疑是在耍什么愚蠢的把戏，但伊林沃斯并不知情。他还以为自己闯入了抓牡蛎联盟[1]。那又怎样呢？他就是一个从讲坛上蹒跚走下来的

[†] 威廉·华莱士（William Wallace，1270—1305），苏格兰人心中的民族英雄，苏格兰独立战争的重要领袖之一。电影《勇敢的心》（*Braveheart*）讲述的就是他与英格兰统治者不屈不挠斗争的故事。

1. 原文为 The League of the Clutching Oyster，在约翰·卫斯理（John Wesley，1703—1791）时代，有时会由受教育程度有限的平信徒传道人传道。据说有一名这样的传道人在传道时引用了路加福音 19 章 21 节的"因为我怕你，你一向是严厉的人"（For I feared thee, because thou art an austere man），但他不认识 austere（严厉）这个词，以为这段经文讲的是"an oyster man"（一个采牡蛎的人）。于是他便解释说一个人潜入漆黑、冰冷的水中搜寻牡蛎，双手都被锋利的牡蛎壳划破了，逮到一只牡蛎后便浮出水面，用"那双划破了且在流血的手"紧抓着牡蛎。接着他又牵强附会了一番。后来有人找到卫斯理抱怨，说这些未受教育的传道人太无知，竟连自己所传讲的经文的意思都不懂。对此，毕业于牛津大学基督堂学院的卫斯理只是简单地说了一句："没关系，今晚主得到了一打牡蛎。"（Never mind. The Lord got a dozen oysters tonight.）所以此处的"抓牡蛎联盟"具有讽刺意味。

最迂腐的老先生，对什么都一窍不通；不过，真把他惹急了，他也会展现出一个苏格兰老首领的勇气与放手一搏的天性，来捍卫苏格兰人的名誉。片刻之后，他一边气喘吁吁，一边摸着仿佛还戴着络腮胡的下巴，清了清嗓子，继续说道：

"说最后那句话的时候，我发现他们头儿的表情很奇怪，好像他已经察觉出我的态度有所变化。说实在的，坐在桌旁，我看到镜子里的自己粘上络腮胡后摆出了一副横眉斜睨的丑恶嘴脸。这副嘴脸要是让约翰·诺克斯长老会的会众们瞧见了，我确信，坐在前三排的人肯定会吓得魂不附体。

"'嘿，你是我见过的最古怪的家伙，'他怪兮兮地看着我，说道，'听我说，我们就剩几分钟的时间了。其余的人就要抬着棺材下楼了，然后我们会最后排练一遍。对了，你的真名叫什么？'

"'华莱士·比里。'我随便挑了一个化名回答道。

"这个回答，赫伯特爵士，好像把他气得七窍生烟，火冒三丈；我发现他希望我，用警察手册上的说法，'老实交代'自己的真实姓名，而且他看出了我没老实交代。他开始挥拳捶桌子，气急败坏的神情尽写在了他脸上。

"'是，当然是，'他说，'老子还是克拉克·盖博[1]呢。我问你，演艺经纪公司通常派出的就是有你这样的变态幽默感的人吗？我不清楚你是什么来头。你的脸看着像一个教会执

---

1. 克拉克·盖博（Clark Gable, 1901—1960），20世纪30年代好莱坞著名男明星，1935年因在《一夜风流》(*It Happened One Night*) 中的精彩表演而获第7届奥斯卡金像奖最佳男主角奖。

事——看你那样子，仿佛你就是那位伊林沃斯博士……'

"一听到这个名字，我的魂都差点儿没了，这一点您应该不难理解。不过在一瞬间的失魂落魄之后，我就缓过神来了，问道：

"'你什么意思？'

"'我是说看你的样子，仿佛你真就是威廉·奥古斯塔斯·伊林沃斯博士，也就是你在今天晚上这出戏中要扮演的那个人。'盖博博士答道，他好像起了很重的疑心，'好家伙！别跟我说林基·巴特勒或者罗纳德·霍姆斯——林基见过你，对吧，今天下午？——别跟我说他没告诉过你我们要做些什么。'

"就算不提他们胆大妄为地把我的名字，我堂堂的大名扯进了这场恶行，您也可以想象出我当时的心境；因为照眼下的情况看，我被要求扮演的是我本人。不过，知道了这一点后，我倒是冷静了，也更有底气去实施此时我必须使出的那条诡计。

"'我对这个角色的点点滴滴都了如指掌，蠢货。'我对他说，（警察手册里的罪犯张口闭口就是'蠢货'，我觉得用上这个词，可以让我的语气更符合角色的需要。）'不过要我说，蠢货，为了明确起见，我们应该把各种事情都理一理，呃，你说呢？比如说，要做掉的是谁？'

"盖博博士低下了头，像是要冷静一下。

"'行了，他们推荐你，'他以一种漫不经心的腔调说道，'我想呢，他们也是知道好歹的。总之，他们说你本人有一半的波斯血统，对古代的遗址、手稿之类的东西都很在行。明白了吧，你得唱主角，大部分台词都得从你口中说出来；我们这些人中没有一个能胜任这一角色，原因就在这里——而萨姆·巴克斯特的台词会很短，他主要负责威胁和行刺等。'

"'听好了，这出戏中要做掉的是一个叫格雷戈里·曼纳林的家伙，他老吹自己天不怕地不怕，我们要小小地试他一下，看他胆子到底有多大。'

"'他是你们一伙的吗？'

"'我敢打赌，他很快就不是了，'盖博博士回答说，又一次露出了他那恶魔般的表情，'我个人对他倒是没有什么看不惯的地方，可萨姆·巴克斯特、林基·巴特勒和罗恩·霍姆斯一见到他就来气——他说萨姆不仅人长得像大猩猩，而且阿拉伯语说得也比大猩猩好不到哪里去；而且他评价另外两个人的那些话难听死了，哪怕是关起门来，都不堪再说第二遍，尽管除了罗恩之外，他跟我们其他人连面都没见过。他们，还有我，之所以能演好自己的角色而不露破绽，原因就在这里。他曾经吹嘘，在他偷走时母神像上的红宝石，遭到一群疯狂的祭司追赶时，他那种大无畏的勇气让他临危不惧。我们倒要看看在扮演波斯复仇之神的萨姆弯下腰来，要用那把象牙柄刀子割下他的肝脏时，这种勇气还能不能让他面不改色。'

"如此说来，他们有着双重动机：仇恨和抢掠。'不用说，到头来红宝石就会落入你们的囊中喽？'记得问这话时，我不寒而栗地瞟了他一眼。

"他笑得前仰后合，人都站不稳了。'咳，那还消说，'这个阴险的恶魔眨了眨眼说道,'咳,毫无疑问,我们会找到那颗缝在他帽子下面小麂皮袋里的红宝石的……不过,我们把他诱骗到这里来,并没拿那颗红宝石当借口。那样是行不通的,而且弄不好还会让他起疑心。'

"'嗯,说得是,'我说道,对这一精明的分析,我还是心领神会的,'言之有理。'

"'我们告诉他,说老杰夫——就是我在扮演的人——已经神不知鬼不觉地把祖拜妲,也就是哈伦·拉希德最宠爱的妻子的棺柩从伊拉克的陵墓里偷出来了……'

"'可是,我亲爱的盖博博士!'我提出了异议,'蠢货,这明摆着就是——'

"'等我说完。米利亚姆(我妹妹)并不想把他骗到这里来,因为她已经跟他订婚了,但萨姆和林基一个劲儿地激将她,最后她没办法,也就同意——将他一军,这么说吧,看看他有多大本事。'(要是没看过《末日之刃》的话,赫伯特爵士,一个女人对自己的恋人这样不仁不义,恐怕还真叫我难以理解,不过,漂亮的混血儿旺娜·森在钱笛博士的刑讯室里也干过极为类似的事情。但是,还是不可思议!)'计划是这样的,'无情的盖博博士继续说道,'他会在11点或刚过11点时来到这里——现在快到时间了。他知道有一个伊林沃斯博士——说白了就是你——要来这里见老爷子——因为这条消息早就见报了,所以一切看上去都会很正常。罗恩·霍姆斯会本色出演,扮成我的助手,这也不会有问题。米利亚姆会以她自己的身份跟哈丽雅特·柯克顿一起出场。

萨姆·巴克斯特将扮成米赫兰家族的公子——塔伊夫·艾布·欧拜德（他的服饰是我们从波斯展厅偷来的），林基·巴特勒则扮成警察：他们先按兵不动，等到了该登场的时候再登场。'

"'至于祖拜妲的棺椁，我们用的是一口阿拉伯镀银箱子；别觉得太假，我们只能找到这玩意儿了。不用说，上面的镀银早就全被铲掉了……'

"'那是当然。'我冷嘲道，但火气越来越大了。

"'据传闻，那口棺椁里有一道诅咒……实际上，老爷子和伊林沃斯那个老古董真正要验看的其实是某部愚蠢透顶的手稿，但曼纳林并不知道……那口棺椁里有一道诅咒。老兄，这就是你要来一通长篇大论的地方。凡是碰过棺椁，惊扰了珍藏在里面的圣骨的人，'盖博博士抑扬顿挫地说道，同时还像冷血的爬行动物一样盯着我，这让我确信自己是在跟一个疯子打交道，'都会先被剁掉手脚，然后被九十四种酷刑毁得面目全非……这都是林基·巴特勒精心设计出来的情节，我们每个人都有自己的台词。你觉得你能表达出来吗？'

"'上帝在上，我脑子里的东西都能表达出来！'

"'那就好。谁来开棺呢？我不敢，你也不敢。气氛一下子调动起来了。天不怕地不怕的曼纳林先生自告奋勇，表示不信邪，要勇敢面对这道诅咒。于是，亮起了柔和的灯光，奏起了柔和的音乐，'东道主疾步绕着桌子转圈，双手在空中挥舞，大声喊道，'八大天园展厅呈现在眼前。传来了凿子与锤子的响声。然后棺材赫然出现。一有人碰盖子——哈！

你——身为演员,这就是你要拿出看家本领的时候了——你就得突然脸色大变,跳入人群,从口袋里迅速拔出一把手枪。就是这把.'

"他从自己口袋里掏出一把看上去足以杀人的黑色自动手枪,一把塞到了我手里。

"'然后你突然亮明你的身份,"靠后站!"你大声喝道,"靠后站,你们这帮异教徒和亵渎者!我以先母的亡灵,"——你真有一半的波斯血统,是不是?——"以圣伊拉克的繁星和沙漠的狂风发过誓,凡是碰了……"如此等等;你清楚自己该说什么台词的。"不要紧吧,公子?"你说了这一句,萨姆·巴克斯特就会进来。哈!气氛就全出来了。"不要紧,"他说,"把大不敬的亵渎者给我抓起来……"'

"我能想到的就是,他的某些疯劲儿肯定已经传染给我了。我不仅心跳得厉害,喉咙也有一种被堵住了的感觉,对我这把年纪的人来说,这可不是什么好兆头;可我又感到内心里有一种无所顾忌的狂喜,因为这个不法之徒——这个面容干瘪,戴着八字胡,醉心于策划谋杀的歹徒——和钱笛博士一样,已经犯下了一个错误。他把那把装了子弹的左轮手枪交到了我手里,在恰当的时候,这玩意儿会让他吃不了兜着走,彻底完蛋的。

"'警察闯进来时——当然了,他是我们的人,'他接着说道,'你就冲他开枪。我们会在一个里间里,没有人能听到枪声的。所以……'

"他停了下来,目光越过我的肩头,朝我后边望了过去。

赫伯特爵士，我只能再一次对那本似乎是天意使然，一开始就给了我指引的启迪之书聊表谢忱。我前面可能已经提到过了，桌上竖着一面便携式镜子，正好对着我，此刻我可以从镜子里看到后面的门。那扇门已经被人偷偷打开了大概五英寸宽。我看见一个小伙子正把脸挤在空隙里，偷偷摸摸地盯着我，而且显然是想以无声的动作来吸引盖博博士的目光。这是一个很有城府的小伙子，从他的外表很难看出隐藏在他内心的东西：他的面相非但不冷酷无情，甚至还和善可亲；他顶着一头浅色的头发，戴着一副大大的玳瑁框架眼镜，跟我的那副很像；不过，他现在正处于某种由怀疑或困惑造成的紧张情绪之中。我看着这场哑剧在我背后上演：他伸出食指，指了指我，同时就像鸭子一样摇头晃脑。然后他很夸张地耸耸肩，把眼睛睁到了不能再大的程度，慢慢地摇了摇头。

"我被他们识破了。

"他们是怎么识破我的，我不得而知，但这个让人揪心的真相已经大白于天下了。盖博博士说过，他的同党在楼上准备棺材；此刻他们说不定已经下楼了，正在门口集合准备抓我呢。哪怕是到了这个节骨眼上，我也不想——长官，我也不能——绝望，尽管我的身体又一次出现了我描述过的那些症状，眼睛还变得模糊不清。

"我偷偷地环顾四周，房间共有三个出入口。一个是通往大厅的那扇门，盖博博士的枪手们可能正在那里集结。一个是我身后墙上的一部电梯，可笨重的电梯门却紧闭着，上面还挂了一块写着'故障'的牌子。最后一个在左边的卫生间里，我发现洗手盆上方的高处有一个窗户：如果真的出现了最最坏的情况，从这里逃走倒不失为一个切实可行的脱身之法。可是我愿意当个胆小鬼，丢下班诺克本[1]这块光荣的阵地吗？尤其还是以这样不庄严、甚至是为人所不齿的方式，从卫生间的窗户（如果可以的话）落荒而逃？不！我环顾房间，发现地毯富丽的色彩正反映了自己的心情，于是我脑子里灵光一现，闪过了几行您没准儿也记得的华丽而激动人心的诗句：

跟华莱士流过血的苏格兰人，
跟布鲁斯作过战的苏格兰人，
起来，倒在血泊里也成——
要不就夺取胜利！[2]

"华莱士当年怎么做，如今我便会怎么做。我记得我把那本加尔各答的初版珍本小心翼翼地放进了口袋里，把高顶礼帽戴在头上，还往下紧按了几下。我认为最重要的是千万不能让盖博博士的枪手们从通往大厅的那扇门闯进来，免得他

---

1. 班诺克本（Bannockburn）是苏格兰中部斯特灵城堡（Stirling Castle）以南约四千米的一个小村子。在 1314 年发生在这里的班诺克本战役中，史称罗伯特一世（Robert the Bruce, 1274—1329）的苏格兰国王打败了爱德华二世率领的英格兰军队，为苏格兰赢得了第一次独立战争的决定性胜利，促成了日后（1328年）正式承认苏格兰王国独立地位的《爱丁堡-北安普顿协议》的签订。
2. 这是苏格兰诗人罗伯特·彭斯《苏格兰人》（Scots Wha Hae）一诗的第一节，此处译文出自王佐良先生之手。该诗作于 1793 年，最初的诗名叫《罗伯特·布鲁斯进军班诺克本》（Robert Bruce's March to Bannockburn），曾被用作苏格兰非正式的国歌。诗句中的华莱士即指威廉·华莱士，布鲁斯则是罗伯特一世。

们人多势众，搞得我招架不过来；如果此刻我要阻止他们进来，就必须得控制住他们的头儿。

"然后，赫伯特爵士，我一跃而起。

"跳起来的时候，我手臂一挥，就把镜子从桌上扫下去了——正如眼下我又把您已摆回原位的尊夫人玉照从您桌上扫下去一样——就这样！"（砰！）"赫伯特爵士，这倒不是因为这么做可以收到什么实际效果，而是因为在情绪亢奋的状态下，我似乎非得把什么东西从什么地方扫下去宣泄一下不可。趁盖博博士的爪牙们还没冲进来，我两下就跳到了门口。当着那个戴眼镜的小伙子的面，我'砰'的一声关上了门，把插在锁里的钥匙转了一下，然后转身冷笑着面对盖博博士，用手枪瞄准他的心脏。换作是华莱士，说不定也会这么干。

"盖博博士说：'嘿，嘿，嘿，我说！你这是什么意思啊？'

"尽管我仍然非常冷静，但内心里某种狂野不羁的力量仿佛在鼓励我，让我说出了一番从没钻进过我脑海的豪言壮语。

"'盖博博士，意思就是，'我说道，'游戏结束了！我是苏格兰场的华莱士·比里探长，我要以企图谋杀格雷戈里·曼纳林的罪名逮捕你！举起手来！'

"人的脑子是没有理性可言的。哪怕是在这命悬一线的时刻，哪怕我嘴上粘着那些白色的络腮胡，头上的帽子也戴得歪歪的，没有一个牧师应有的风范，但我还是禁不住想知道——怀着一阵突如其来的强烈自豪感——星期二晚间妇女援助会的成员们要是见到了她们的牧师此刻的模样，会作何感想。更令我豪气倍增的是看到盖博博士脸上出现了一副青蛙般的表情，在那两大撇白色八字胡的上方，他的两只眼睛变得和镜片差不多大，似乎流露出一种恐惧与内疚参半的神情。

"他说道：

"'听我说，老兄，你是不是疯了啊？'

"'这些花招帮不了你半点忙，盖博博士，'我严肃地告诉他，'等你进了牢房，就有机会思考是什么样的天意让你的阴谋未能得逞了。你要是敢乱动一步，或是乱出一声，我就让你脑袋开花！'

"'神经病！'盖博博士一边喝道，一边疯狂地挥舞拳头，'那把枪里装的只是空包弹，你这头蠢驴。还不快放下！'

"'这一套不灵了，朋友，'我鄙夷地告诉他，'太老套了。从电话旁边走开。我要给苏格兰场打电话，请求快速特警队增援，我是——'

"'我知道你是个什么东西，'盖博博士大声宣称，语气令人愕然，且充满了难以形容的恶意，'你是个疯子，不知怎么就从疯人院溜了出来，跑到这里闲逛，告诉你，就算你是派拉蒙影业公司的人，你也休想毁了一出恶搞格雷戈·曼纳林的好戏。'

"虽然我本该对他的行动有所防备，因为警察手册里也写到了一件非常类似的事情，但让人追悔莫及的事实是，我并无防备。没记错的话，我当时站在一张那种会铺在地毯上面的小毯子上。盖博博士的动作像魔鬼一般敏捷，他弯腰向前，抓住小毯子的一端，然后猛地用力一拽……

"我觉得,在脚后跟飞起来一瞬间后,我的头肯定是狠狠地撞在了身后的桌沿上。我的脑袋里一阵嗡嗡响:房间里的场景暗了一点,有如巨大的涟漪,一会儿扩大,一会儿缩小,就像在水中看到的景象一般;虽然我还能朦朦胧胧地意识到周围发生的一切,但却只能静静地半躺着,无法动弹。

"这样的姿势很丢人,我虚弱不堪的身体对此也没办法,但我说过了,我非常清楚正在发生什么事情。所以说,当我看到盖博博士举起一条胳膊,听到他激动地对着天花板脱口喊出那句'我该拿这个疯子如何是好啊?'时,我甚至还能冷静地跟上他的思路。他看了一眼卫生间,然后又回头看了一眼电梯——我隐隐约约记得,电梯外面有一个铁制的门闩。上哪里去找,我嗡嗡的脑子里在想,上哪里去找比一部出了故障,还可以从外面锁住的钢壁电梯还好的临时囚室啊?正当我想要无力地挣扎,口齿不清地说话时,我感觉到有人在把我往后拖,背上的小毯子也被一起拽走了;盖博博士打开电梯门之后,就把我塞到里面去了。门'砰'的一声关上并锁住后,我清醒地意识到自己的处境是多么的不堪。我感到不舒服,头昏眼花,但还是勉强挣扎着站了起来:我的脚踝在黑咕隆咚的电梯里碰到了一口空木箱子,被擦伤了,所带来的疼痛却有利于让我疼痛的脑袋更加清醒。

"电梯的两扇门上各有一个厚厚的玻璃窗,或许有一英尺见方。我把脸贴在玻璃窗上,整个房间就可以一览无余。如果出现了最最坏的情况,我可以尽力用拳头把那块厚玻璃打碎,不过当时我想还是先养精蓄锐,等我不恶心反胃了再说。

所以，我就来了个按兵不动。盖博博士把我锁起来后做的头一件事，就是冲向那扇被我锁住的通往大厅的门，打开了它。门一开，那个戴眼镜的一头浅色头发的小伙子就急急忙忙地进来了，盖博博士跟他激动地聊起来了，两人都好几次指着电梯，还做了一些我无法理解的手势。遗憾的是，电梯厚厚的钢壁让我听不清他们说的是什么。我只能干瞪眼生闷气，像动物园里的动物一样从这个让人无地自容的地方向外张望。据我猜测，戴眼镜的小伙子似乎是在力劝盖博博士出去，去跟大厅里的什么人谈谈。接着，他们俩就开始朝门口走去，这时我脑袋里灵光一现，想出了一个主意。

"在电梯的后壁上——换句话说，外面就是大厅的那面壁上——我发现了黑暗中的一线亮光，还注意到了亮光来自电梯上方某处的铁丝网通风口或纱窗。啊，有了！如果可以够到那个通风口，我应该就不仅可以听到外面大厅的动静，还可以把那里的情况尽收眼底了。虽说我的个子算是相当高的了，但还是不足以让视线与通风口齐平。不过，有那口木箱子帮忙，不论是谁站上去，事情都会变得轻而易举。

"一转眼，我就站在箱子上面了，鼻子紧贴着通风口或者说纱窗，我稍稍伸长脖子来回移动，就几乎把整个大厅一览无余了。"

说到这里，伊林沃斯停下来，深吸了一口气。这个老兄自开口以来，脸上第一次出现了一种古怪的神色。

"从那个绝佳的位置，赫伯特爵士，"他告诉我，"我目睹了谋杀的全过程。"

第 12 章

电梯中所见：伊林沃斯博士当了一回魔鬼

现在终于——终于，我们终于——到了不能再绕弯子的时候了。已经到了这桩该死的案子的关键之处了。我不想打断这位老兄的讲述，也不想在他啰啰唆唆说了那么多废话之后要他简明扼要一点，因为他有个癖好，喜欢面面俱到。连他本人似乎都感觉到自己周围的氛围已经变了，但我可以非常肯定地说，对于为什么会这样，他绝对是一头雾水。

这可不是儿戏，而是人命关天的谋杀案。伊林沃斯一直以为这是一次谋杀，于是他把自己的所见所闻，像拍电影一样，一点不落地记了下来。

他坐在我办公桌旁，手上的雪茄已经抽得只剩下烟屁股了，可他抽烟的动作还是一直没停。他脸色苍白，看起来有些疲倦。尽管如此，他还是接着往下讲，声音像乌鸦一样嘶哑刺耳。

"我知道在这个特别紧要的关头，您会希望我讲得至为精确，"他擦了擦额头，说道，"所以，我会尽力而为。从我所处的有利位置，第一眼看到的就是大理石柱，这些柱子的间距大约为十英尺，顺着我这边的墙一字排开。越过柱子，我可以看到大厅中央的一大片开阔空间,然后是对面的另一排柱子,过了这排柱子,便是一排马车。往右看,我可以看到位于大厅后方的楼梯;把脸紧贴在通风口上努力往左看,我甚至可以看到青铜正门的一角。正门附近,已经聚起了一群人,正在交头接耳。其中有背信弃义的看门人普鲁恩,之前我见过的那个丰满的红衣姑娘,还有一个我未见过的身材苗条、一头浅发的姑娘——其中一个肯定就是出卖自己的恋人,忍心看着心爱之人挨刀子的米利亚姆,另一个则是盖博博士说起过的那个哈丽雅特。和他们一起的最后一个人,就是反派主角了,他要扮演的是米赫兰家族的公子,依旧穿着他那一身偷来的华丽服饰,不停地在那儿比画,一副凶神恶煞的样子。这个地方本来就因为月光一般朦胧的灯光而显得阴森空旷,他们的耳语声在大厅里回荡,愈发让人有一种难以形容的恐惧感。

"馆长室的门开了,盖博博士和那个浅色头发的男子走了出来,所以我头一次听见了他们的交谈。我觉得他们所谈的内容有些突兀,甚至让人困惑不解;不过我可以一字不差地背给您听,而且可以为其准确性出庭作证,因为我离他们最多也就十几英尺远。

"'——可他不可能真是伊林沃斯!'盖博博士低声断言道,不过声音听着像尖叫,'真该死,罗恩,我跟你说,这家伙就是个疯子!他说他是苏格兰场的华莱士·比里,还脱口而出,背诵了一大段关于苏格兰人跟随威廉·华莱士浴血奋战的诗句!'(顺便补充一点,人的脑子有时候真的很奇怪,我当时根本就不记得自己背诵过罗伯特·彭斯那些铿锵有力的诗句。)

"'我们捅大娄子了。'他的同伴断言道,我已认定他就是那个十足的大坏蛋霍姆斯,那个把自己老板都出卖了的秘书,'你去跟普鲁恩谈谈,他一直都守在门口。那家伙一进来,普鲁恩就觉得他有点儿不对劲。接着,伊林沃斯——姑且假定是他吧——到这儿还不到十分钟,演艺经纪公司派来的真演员就进来了——!'

"盖博博士一副心急如焚的样子。

"'哎呀,普鲁恩为什么不给我们提个醒呢?'他问道,'演艺经纪公司派来的真演员呢?他现在人在哪里?他没进来见我。他在哪里?'

"'不知道!好像谁也不知道!'霍姆斯回答说,'普鲁恩不敢离开正门,以防曼纳林出人意料地突然现身;而那个演员大约五分钟前才来到这里,普鲁恩也是见到他后才恍然大悟的。可普鲁恩当时不敢擅离正门,刚好没过多久我就下楼了,普鲁恩跟我说了,我就跑回来见你……听着,杰里,我们干吗要在这里干等呢?看在上帝的份上,我们回去把伊林沃斯从电梯里拉出来,跟他赔个不是,想办法消消他的气吧!我真希望我们没捅这个娄子。老爷子要听说了这事,会让我丢了饭碗的,萨姆也会遭人嘲笑,没办法在公使馆待下去——阿布斯利那老东西是什么脾气,你是知道的;而且你也会被一脚踢出家门,更别说米利亚姆会落个什么下场了。总之,得想办法把这事瞒过去。'

"说真的,这帮人当中居然有一个人能以这么冷静而又清醒的口吻,说出这样一番不同凡响的话来,听得我心里都犯嘀咕了。是这家伙不像他的同伙那样残忍呢,还是什么地方出了错?但我没时间去推测这番话会带来什么样的结果,因为身着波斯服饰的巴克斯特已经离开正门附近的那群人,急匆匆地朝通风口下面的那两个家伙奔过来了。途中他路过了那排玻璃展柜,里面陈列着五花八门的武器,随后还经过了停在馆长室对面的那五辆四轮马车。他从一辆样式我不熟悉的大型黑色封闭马车边上经过时,似乎查看了一下马车后部的地面。他弯下身来,猫着腰在马车下面迂回地前进,由于那儿正好有一根柱子,所以有几秒钟我看不到他。之后,再次现身时,他的手上已经拿着一样黑乎乎的小东西了。距离实在太远,所以尽管我视力超常,还是没能看清具体是什么东西。如我所说,这一切发生的时候,他的那两个同伙在一起聊得正欢;补充一点,盖博博士提到我时的语气,丝毫没有缓解我的头痛,也丝毫没有平复我心灵的创伤,减轻我所遭到的羞辱。

"'说得对,我想我们是得取消整个计划,'盖博博士说,'快11点了,我们乱成了一锅粥不说,电梯里还关了一个疯子,而现在布雷纳德经纪公司派来的人似乎已经进来了,还有——啊,老天!'

"这时,身穿蓝色绣花外衣的巴克斯特也语无伦次地掺和进来了。他的脸色阴沉,我推断,肯定是装出来的(事实上,他很喜欢用双手在脸上抹来抹去,动作很像猫),而且从他蓬乱的头发可以看出来，在羊皮帽下面，他一准儿还戴着黑色假发。他说起话来，老是一副牢骚满腹的语气，眼下又在翻来覆去，没完没了地说同样的话，不是'我说'，就是'真是活见鬼'。我承认，我感到一阵诧异，因为当时的情形本身非常恐怖，但这帮人充满血腥味地交谈时语气却很怪异，完全是一副学生腔。

"'不，不能取消，'巴克斯特咆哮道，'谁说要取消的？眼下我们可不能打退堂鼓。'盖博博士刚要解释，巴克斯特就打断了他，'你说这话就像个娘们儿！那个讨厌鬼，管他是谁，都得在电梯里待会儿。这样岂不是会让剧情更精彩吗？我们可以在恰当的时机把他放出来，然后在曼纳林面前掐住他的脖子，以收到额外的效果……我想知道的是，我们雇来的那个演员躲哪儿去了？普鲁恩说他进来了，他不可能像个该死的幽灵一样消失不见，除非是从后面出去了。这个地方是怎么啦，这出的都是哪门子怪事啊？瞧这儿！'

"他亮出了手中那个捡到的小玩意儿，我提心吊胆地抓着通风口下面的横档，看到那是一团黑色的头发或者羊毛，剪成了一副假胡子的形状。

"'我一直在到处找这玩意儿，'他说，'林基硬说我应该戴在脸上。他特别喜欢用头发帮人乔装打扮。现在，这玩意儿被我在地上找到了。但是，我的匕首跑哪儿去了？这个我也找不到了。没有匕首，你他娘的指望我怎么演？这可是这出戏中最重要的东西啊。罗恩，你是管道具的——我的匕首呢？'

"'你的匕首在哪里,我一点也不清楚,'霍姆斯闭着嘴巴答道,就跟我的朋友默多克先生在教会节日庆典上表演口技一样,'我打开展柜,把它拿出来放在楼梯上你看得见的地方了。你可不可以动动脑子,搞明白有比找到你的破匕首更重要的事情啊?此刻——萨姆!'

"巴克斯特骂了一句,转过身去,再次朝博物馆前端冲去。另外两个家伙忙不迭地一边劝,一边跟了过去,我也伸长了脖子,尽力盯紧他们的脚步。我是怎么失去平衡的,我说不上来;有人对我说过(特别是我那位家里坏了一点东西都会抱怨个没完的夫人),只要陷入沉思,我的动作就会有些不协调,但我不能不认为这一说法实在是夸大了事实。不管怎么说,当时我的身体倾斜得太厉害,把下面的箱子弄翻了,幸亏我抓住了通风口下面的横档,接着又松手从那儿落了下来,这才没有摔着。长官,我又要强调——箱子被弄倒真是天意。就在我手忙脚乱地想把箱子正过来时,我的手指碰到了一个冰冷的东西;直接说吧,碰到了掉在电梯地板上的一把斧子的斧头。这一发现让我差点儿高兴得叫起来,因为擦伤、羞辱和紧张所带来的痛苦,我血脉偾张到了极点,恨不得跟这帮歹徒拼了;而且我一点也不羞愧地承认,当时我几乎都要热泪盈眶了。有了这把斧子,我就可以像迈阿密街头的美洲印第安武士一样,向我的敌人挑战,并以桀骜不驯的塞米诺尔人[1]的语言来回敬他们:

---

1. 塞米诺尔人(Seminole),又译西米诺尔人,北美印第安部落,为克里克人(Creek)的支系。

任你们集结而来的军团气势汹汹！——我也不会屈服！
镣铐休想再度铐住我的手臂，它已挣脱了束缚；
暴风雨低声隆隆之际，我已给它披上了雷电盔甲，
大雨落下之处，也会让你领教闪电出击的可怕！ [1]

"不，不，赫伯特爵士，不用您催，我也会回到故事上来的。我之所以离题——引用了这几句诗——是因为我不想回想重新爬到箱子上后看到的那一幕。那既是高潮，也极其令人恐惧——相信我——不过，还是让我尽可能地如实道来吧。

"我刚才已经跟您说过了，当时我正盯着大厅对面的那排马车。在离我左手边不远的斜对面，矗立着我跟您说起过的那辆巨型黑色马车，但因为有柱子遮挡，所以我看不到它的全貌。我之前见过的那伙人，已经全部聚在了大厅离我最远的一角，就在标着'波斯展厅'的那道门附近；他们在那排马车的另一边，也就是说最前边，所以我看到的东西，他们看不到。我听到他们叽叽喳喳的声音在大厅里回响，但我并没仔细分辨他们在说些什么。因为那辆出游马车的门正在缓缓打开。

"在那月光般的淡蓝色灯光下，马车的门正朝我这个方向打开。里面的空间看上去很大，站一个人都没问题。而里头还真就站着一个人，他身体有点儿前倾，正盯着脚下的一样大型块状物；同时，他还用右手将车门推开，以获得更亮的

---

1. 这是诗歌《塞米诺尔人的回答》（*The Seminole's Reply*）的第一节。

光线。这个人穿的是一身普通警员的制服；一开始我以为是警察来了，后来才记起我的东道主说过，他们这帮家伙中有一个穿警服的。他一边用脚撑着门，一边弯下身子，使劲儿把那个块状物从地板上往上提。这时我看清楚了，这个块状物是一个男人，头冲我这个方向躺着；那个冒牌警察抓住了男子的肩膀，正在把他往上拽。他一手稳住男子的身体，一手抓住他的后脑勺——显然抓的不是头发就是帽子，男子头上紧扣着一顶高顶礼帽——往上一拽，好看一看男子的脸。

"那是一张死人的脸，赫伯特爵士，而且正直愣愣地盯着我，两眼瞪得大大的，我可以看见他双眼的眼白。他的脖子耷拉着。这个人留着一脸胡子，张着嘴。他的深色大衣敞开着，我看到他胸口上插着一个像象牙的发白的东西。看到这里，我全明白了。

"就在这时，从博物馆的前面传来了浅发女子刺耳的呼叫声，她处在那个位置，是看不见马车里面极其可怕的景象的。她是在冲那个冒牌警察呼喊，一口一个'亲爱的'，这种亲热话回荡在一辆躺着死人的马车上空，真是叫人听了很不舒服。她还问他干吗'在这样的时候跳上了马车'。

"他身手很敏捷。一看他的举动，我就知道他有罪。他仍然用一只手扶住尸体，并从马车上滑了下来，接着用另一只手'砰'的一声关上了车门，门直接甩在了死人脸上。我承认我被吓得一哆嗦，因为车门碰到了尸体将要露出车外的头，发出了隆隆响声；而更令我不寒而栗的，是他那欢快的嗓音所产生的回响。

"'没事,'他喊道,'我把警棍落在一辆马车上了,仅此而已。没出任何岔子——不过,我们得离开这里,赶紧离开。这出戏看来要黄了,所以干吗还待着不走呢?先把你们女孩子家送到个什么地方去,然后杰里、萨姆、罗恩和我再开个小会,商量一下。'

"巴克斯特大步来到了中间的主通道上。

"'你什么意思,离开?'他问,'没出任何岔子,我没听错吧?'

"'没,没——'另一个家伙粗声喊道,还装得很诚实。说完他转过身来,抬起眼睛,目光越过大厅,直直地盯着我的脸看了过来。

"尽管通风口的孔眼设计得很密,我的相貌特征他肯定无法看清楚,但隐约看见这里有一个脑袋,还是没问题的。那个穿蓝衣服戴着头盔的家伙,一动不动地站在白色的大理石上,脚边有一小块浅蓝色的阴影,周围是那些鬼影般的柱子。这番情景我一时半会儿是忘不掉的。他的双眼虽然隐藏在头盔的阴影下面,但似乎在滴溜溜地乱转,眼神也闪烁不定,而且我还看见一滴晶莹的汗珠正从他的头盔下面顺着脸的一侧流下来。

"'那部电梯里面是什么人?'他问。

"'是被杰里的弓和矛捕获的俘虏,'浅发女子咯咯笑道,'怎么啦?'

"'我要找他谈谈。'冒牌警察说道。

"还没等他开口,我就采取了疯狂的行动,对此,哪怕是现在我也不后悔。我从箱子上跳下来，举起斧子就往电梯门上的玻璃窗上砸。第一斧头就把玻璃砸裂了，接着又是两斧头，基本上就砸得一干二净，只剩个框子了，所以我也就能伸出手去摸外面的门闩了。就在这个当口，我听见了霍姆斯烦躁的声音——显然是玻璃的碎裂声惊到了他——他喊道：'他要逃了！'紧接着便传来了冒牌警察更大的吼叫声：'我们最好截住他，我警告你们！你们不清楚原因，现在我没时间给你们解释，但如果他跑出去找到警察的话，麻烦就大了。'

"听了这番话，尤其是听到他们正奔这个房间而来，我备受鼓舞，劲头更大了，甚至还从暴力行动中莫名地感到一阵快意。把电梯门打开之后，我扔掉了斧子，因为此时我只有一个目的，那就是冲向通往大厅的那扇门，赶在他们闯进来之前把它锁上。而且——我成功了。就在啪嗒啪嗒的脚步声越来越逼近门口时，我转动了锁里的钥匙，然后靠在了门上。我的眼前一片模糊，但决心却非常坚定。那些个人尊严的问题，此时必须抛诸脑后。我迈着坚定的步伐，走进了卫生间。我发现要爬到洗手池上是件易如反掌的事情（虽然站在光滑瓷器凸起的表面上其实非常危险）；接着我又从那儿爬到窗台上，坐在上面把窗子向外推开。跳下去没有很大的危险，况且，就在窗户的左侧，还有一根结实的陶制雨水管或者说排水管，帮了我的忙。就是比我懦弱的人，听到了我身后那样的喊叫声，也会受到刺激而跳下去的。

"虽然那扇门依旧锁着，声音从那里传不进来，但电梯门是打开的，我还是隐隐约约听到了从通风口传来的说话声。

"'他跑不出去的。'听声音，这话是盖博博士说的。

"'我告诉你，他能，'冒牌警察大声吼道，'他能从卫生间的窗户逃出去。别争了，你们去后门那里截住他，否则麻烦就大了。前门我包了。'

"不需要更多的刺激，我也会疯狂地夺路而逃了。我发现自己气喘吁吁地站在了一个高墙围住的后花园或者说后院里，好在里面洒满了皎洁的月光，让我看到了后墙上有一道铁栅门。我朝这扇门跑了过去，虔诚祈祷能从这儿找到生路。

"门是锁着的。

"我听见身后响起了啪嗒声和咔嚓声。在博物馆的黑色轮廓下，一束亮光从一扇敞开的门里顺着小径斜射了出来。我的绿洲转眼变成了惨不忍睹的沙地，我一心只想避开那束探照灯似的亮光，因为眼下我已经被他们困在了这个院子里。我顺着墙飞跑，既没有目标，也没有清醒的意图，而追我的人则一味地沿着小径向后门冲去。到了博物馆正面，我伸手顺着墙摸索的时候，发现了一样东西：一个铁支架或者说长钉。有一串外凸的长钉，由低到高钉在墙上，像梯子一样。

"爬上那架梯子的情形，我已经记不起来了；只记得当时有一种感觉：自由就在另一边。但是好景不长。因为我刚气喘吁吁地骑坐在墙头，一束光就打在了我眼睛上。下面那个人的可恶体形和头上戴的头盔，让我认定他是我的敌人，也就是那个冒牌警察。当时我的脑子有点晕，听到他说了几句得意扬扬的话，但我想不起来具体说的是什么了。因为我记得最清楚的是他几分钟前的那声吼叫：'前门我包了。'

"有道是，常败将军，怒火无敌。我就是常败将军，所以肺都要气炸了。当时我和他是一对一，我必须要孤身拿下凶手，不然就会成为凶手的刀下鬼。于是，我疯狂地从墙上朝他猛扑了过去，这个我就草草一带而过吧。我挨了狠狠的一击，真的失去了知觉。而就在挨这一击之前，我的内心无比痛苦，那是一种挥之不去的痛苦。造成这种痛苦的原因有两个：一是我知道自己是一名教会的牧师；二是我意识到自己认错了人，凶狠地袭击了一个不该袭击的人。"

伊林沃斯博士双手抱头，沉默了好一阵子，一声未吭。我出言提醒。

"那后来呢，博士？事情还没结束，对吧？"

"就我驾驭自身的能力，或者说勾勒出一个连贯故事的天赋而言，"他颤抖着说道，"事情……简言之，结束了。昙花一现，过眼烟云，镜花水月……"

"可是，你在信中提到了一个通到街面的煤窖洞口……"

"一个通到街面的煤窖洞口！"他说，仿佛我拿针戳了他一下似的，"仁慈的上帝啊，一个通到街面的煤窖洞口！我——嗯，我敢说，赫伯特爵士，就算我不知道怎么回事，但您最好还是了解一下，看11点出头到12点半这段混沌不清的时间里有什么线索没有！假如他们是罪犯的话——因为没有什么可以让我相信他们不是罪犯——那我落在他们手里后，他们为什么会放了我一马，没杀我呢？事实上，什么通到街面的煤窖洞口，我一点也不记得。

"然而，我可以清醒回忆起来的下一件事就是坐在一辆汽车里，颠簸得左摇右晃，头疼得受不了，还感觉到有灯光在我眼前闪个没完。据我判断，我是在一辆出租车阴暗的车厢里。我闻到了一股刺鼻的烈性酒的气味，显然是从我自己的衣服上散发出来的，我旁边还坐着一个黑影，正把酒瓶递到我嘴边。

"我有气无力地问了一句自己身在何处。

"'铁匠桥，'一个冷漠的声音说道，'我们都到了绝望的境地了，费了不少工夫，好不容易才让你苏醒过来。谢天谢地，你已经好多了！别担心，没事了。出租车司机以为你喝醉了。'

"那个声音很耳熟。所以我不顾阵阵疼痛，挣扎着坐直，抱起了双臂。

"'你们今晚还要杀人的话，'我听见自己对冒牌警察喃喃道，'那就动手吧。我无话可说了。'

"'没人要杀你，伊林沃斯博士！'巴特勒这家伙对着我的耳朵大声嚷道，嚷得我头都快裂开了，'没错，我知道你叫什么名字；我们把你从煤窖通到街面的那个洞中拉出来后，在你口袋里找到了你的名片。伊林沃斯博士！你听得见我说话吗？我们欠你一个道歉——我们应该跪下来给你道个歉。闹出了一个天大的误会，仅此而已。我之所以要找机会单独跟你解释，说服其他人让我送你回去，原因是这样的。他们还不知道——你和我所知道的——那具尸体的事情……'

"我一时间都不清楚他在说什么，尽管他还在一个劲儿地滔滔不绝。颠簸的车子，忽闪的灯光，外加常见的晕车状况，让我注意不到别的任何事情；而且我记起来了（赫伯特爵士，您问起过那件丢人的事）——请原谅——我一度晕得很厉害，差点儿彻底不行了。终于,我听明白了他的意思,毕竟对于遇上那个警察后发生的事情,我也是一头雾水,感到很疑惑。

"'我刚把正门打开三英寸左右,就看见你在痛骂外面的警察,'他跟我说,'根本就没有办法出去不声不响地把你抓回来。后来你倒下了,就倒在一个我正好知道的煤窖洞口的旁边。我知道要是那个警察去搬援兵的话,我们就可以把你弄进来了。我和萨姆进入了地下煤窖。警察刚刚离开,而你差不多就在洞口边上,我们就把你拽下来了,而且警察是看不见这个洞口的,因为你把他的手电筒弄碎了……'

"我们开车回伦敦市区途中,他一直说个没完。我记得,我曾鼓起勇气,骂他是一个杀人凶手。他向我发誓,说他与这桩可怕的命案没有丝毫关系,不过他的那套说辞,我难以信服。他这么说的用意似乎主要是恳求我不要把他那些同党,尤其是那两名女同党的名字说出去。我想起了这个大块头说过的一句令人紧张的话。

"'听着,我告诉你我要做的事情,'他说,'都是我的错,我讨厌曼纳林那蠢货,讨厌他说我朋友的那些话。如果你以牧师和绅士的身份向我保证,绝口不提他们今晚来过博物馆的事,那我也以我的人格担保,我明天就去苏格兰场自首,承认是我杀了马车里的那个家伙。他们谁都万万不能与这事扯上关系,这是有缘由的。'

"我告诉他我是绝不会做这种事的。我记得在一盏盏一闪而过的路灯的照射下,他的脸都发白了。

"'那我就得想个什么法子来解决这个问题了,'他说,'我

得找个地方去散散步，想一想。'

"赫伯特爵士，那天晚上发生了这么多事情，他的这一行为让我感到不知所措，这一点相信您能理解。我们到了我下榻的肯辛顿高街的奥克尼酒店后，他在口袋里掏了半天，总算是掏出了刚刚够付一笔惊人的打车费的钱。他护送我进了酒店，这时候还在继续伪装成一名警察。此外，为了解释我为何是一副极其不雅观的样子（谢天谢地，络腮胡已经拿掉了），他跟酒店服务员编了一个故事，说我在一个会议上讲话时卷入了一场骚乱。当时我既没心情也没勇气予以反驳；不过，在经历了一个如同你们警察手册中所描述的那样恐怖的夜晚后，再一次在自己那舒舒服服、安安静静的房间里安坐下来时，我知道自己必须提笔把事实真相写下来。现在事情的全部经过我都已经讲述给您了。审判我愚蠢行为的时刻已经到来了。赫伯特爵士——"

他的嗓子就像宿醉的酒鬼一样嘶哑。然后，他缩起下巴，住口了。

第13章

十一个疑点

吃午饭的点儿都过了，我才把伊林沃斯这老家伙打发走，但我并没有食欲，只想坐下来，让耳朵清静一下，静静地思考思考。当然了，我在伊林沃斯面前是说了一堆难听的话，因为我是个不讲情面的人——呵！——而且我认为对他们就得厉害点才成。不过即使是在恐吓他时，我也得给他吃一颗定心丸，让他相信自己不会因为这件事而惹上任何麻烦，相信自己给我们提供了一些可能有价值的零散信息！哎呀，有屁的价值！这正是我所担心的。他在这儿说了一堆乱七八糟的胡话，而且我还担心他那个大嘴巴到处去乱说。所以，伊林沃斯最后一次打翻了我太太的照片，昂首阔步地走出了我的办公室后，我在房间里转了几圈，还踢了踢家具出气。情绪差不多稳定下来后，我猛按了几个按钮。

我跟你们说过的那个秘书，刚才一直大象一般竖着耳朵在门口听我们交谈的帕普金斯，进来了。

我对他说道："坐，蠢货。除了速记员把手都写得痉挛了，我们有什么收获？"

他又习惯性地皱了皱眉，挠了挠后脑勺，然后说道：

"长官,有啊,我们收获了一位非常罕见的绅士,他热衷于把电影明星代入惊悚片里。有机会的话他自己早就成为一个非常了不起的演员了。我还以为他随时都会煞有介事地宣称自己是安全局的米老鼠呢。我在想,他真的是个诚实的人吗?他似乎也诚实得太过头,以至于有点儿不可信了吧?"

"不,我倒认为他是个诚实的人。当然了,还是派人去查查吧。想起来了,卡拉瑟斯在报告中说,他让指纹鉴识员去那部电梯里采集过指纹。如果伊林沃斯在电梯里待过——哎呀,刚才他在这里的时候,我应该问问他介不介意留下指纹的,如果他在那部电梯待过,就会对得上的……该死,我应该——!"

"长官,这事我已经安排好了,"帕普金斯说道,他那样子就好像他是警界的吉夫斯[1]一样,真是足以把人气疯,"他下楼时会有人把他截住的。几分钟后我们应该就可以拿到他的指纹来比对了。"

"好,好,"我说,"你模仿情报部门不是很有两下子嘛,那就展示一下,让我看看你从他的讲述中还听出了什么门道。"

当然,问了也没什么用,不过我通常都会问他一下,拿他寻点儿刺激。帕普金斯掏出了笔记本。

他说道:"要点还是容易抓住的。小韦德、巴特勒、霍姆斯、普鲁恩,还有那两个姑娘,他们听曼纳林把自己的冒险经历说得神乎其神,就合起来整了这么一出戏,想看看能不

---

1. 吉夫斯(Jeeves),英国著名作家伍德豪斯(P. G. Wodehouse,1881—1975)笔下足智多谋、神通广大的人物,后用来指理想的管家或仆人。

能吓倒他。他们得把戏演得巧妙一点,因为曼纳林真的去过东方,很可能还会说阿拉伯语,所以拙劣的把戏是骗不了他的。这出戏的关键人物当然就是'伊林沃斯博士',大部分夸夸其谈的台词都要从他嘴里说出来——问题是他们当中由哪个人来扮演这一角色?他们谁也胜任不了,因为唯一具有必备历史知识的霍姆斯,鉴于曼纳林认识他而被排除在外。您瞧,余下的人可以一一排除。小韦德吧,虽说具备饰演伊林沃斯一角所需要的口才和知识,但他得扮演杰夫·韦德,因为他最像老爷子,是可以把这一角色演得以假乱真的不二人选。曼纳林虽说从未见过老爷子本人,但照片还是有可能看到过的。巴克斯特会阿拉伯语,这倒是符合演伊林沃斯一角的条件,可对专业知识他却一窍不通,而且口才也不行。巴特勒虽然能说会道吧,却既不懂专业知识,也不会阿拉伯语。

"所以这个问题就把他们难住了,后来他们才想到了给演艺经纪公司打电话,问有没有扮演这一角色的合适人选,要完全符合以下条件:会阿拉伯语、了解历史遗迹——"

没等他说完,我便说道:"这他娘的不是给演艺经纪公司提了一个极离谱的要求吗?不管怎么说,我们知道这家经纪公司的名称(布雷纳德,对吧?),可以打个电话过去——"

"我已经打过了,"帕普金斯像吉夫斯一样摇头晃脑,同时又掏出了另一个笔记本,"这是有关雷蒙德·彭德雷尔的完整资料。"他顿了顿,直盯着我,"碰巧了,要我说啊,也真是太巧了,他们正好知道一个完全符合要求的人……"

我更加刻薄了。"'碰巧了。'照你这么说,那儿岂不成了无常之水交汇、有定之命交错之所了吗？帕普金斯，这个说法我不喜欢。"

"都一样，我倒是喜欢。它可以带我们直奔要害——对不起，是带您。布雷纳德是一家专门为私人派对提供帮助的经纪公司。假如您想为令爱的招待会请一支舞蹈管弦乐队，或者想为一个单身汉派对找十几个歌舞女郎，又或者您想请的是一个女高音歌手乃至一个戏班子，只要您需要，一个电话过去，他们就可以把人给您派来。"

他打开了笔记本。

"雷蒙德·彭德雷尔，三十二岁，生于伊拉克，父亲是英国人，母亲是波斯人，因而是地道的不列颠臣民。没受过多少教育，但很有天赋。四个月前刚从巴格达来英格兰……"

"哇！"

"是的，长官。他曾向公司里一个似乎很讨厌他的人吐露过自己的很多心事。我十分钟前找这个人谈过，了解到了一些有用的情况。彭德雷尔跟他说过，说他（我指的是彭德雷尔）的父亲是一个英国贵族，一名少校——少校都很堕落，这是众所周知的——还说在1919年大不列颠接管了伊拉克之后，他曾在一所英语学校念过书，后来当过导游——注意，是导游——带游客参观过那些名胜古迹。二十一岁时，他去了巴黎，在一家音乐厅当歌手，也演过一些角色。再提醒您注意一下：演过一些角色。此外，他还是一名专业伴舞。他似乎惹上过麻烦，照他自己的话说，有个女人诬告他，说他企图勒索她的钱财。"

"天哪,帕普金斯,我就担心这个。"

此时,我这条忠心耿耿的猎犬望着我,仿佛在琢磨我脑子里是怎么想的,但他只嘘了一声就又接着往下说了。

"然后他来到了伦敦,大约四年前又回到了他巴格达的老家。差不多就是这些了,但还有一个情况,自打四个月前再次来到这里以来,他的手头一直很拮据。没多少人请他去唱歌或演戏。不过,昨天韦德一伙打电话给那家经纪公司,要他们推荐一个符合要求的人时,他们自然就想到了彭德雷尔……"

"电话是他们中的哪个人打的?"

"是巴特勒。他给一个小小的角色出了二十几尼[1],因为这个角色得赶紧临时抱抱佛脚才能演好;他是正午时分打的电话。他要他们安排此人下午2点到皮卡迪利的一个酒吧去找他,商量细节问题。所以,卡拉瑟斯昨天夜里突然向那伙人透露一个叫雷蒙德·彭德雷尔的人遇害的消息时,他们听了那个名字后没有丝毫反应就一点也不奇怪了。他们从来都没听说过这个名字,或者说,起码他们中的多数人都没……"

"我问你,你这混账东西,"我冲他咆哮道,"你是在含沙射影想说杰夫·韦德的女儿什么吗?"

帕普金斯说道:"此时此刻,我没必要含沙射影地说谁,长官。我只是在概述可能的事情经过。情形是这样的:

"彭德雷尔接下了这个角色,这样一来,很多事情就解

---

1. 几尼,英国旧时货币单位,合21先令,1.05英镑。

释得通了。他那略微发灰的假络腮胡,是因为他要扮演伊林沃斯博士,而巴特勒和杰里·韦德两人似乎都很擅长用络腮胡来装扮学者。他的眼镜系在一根黑丝带上,很有学者范儿,就像咱们的朋友菲尔博士一样。他的高顶礼帽和晚礼服都很正式,是他在那段靠陪人家跳舞混吃混喝的日子的行头,您还记得卡拉瑟斯在他衣服上找到的巴黎商标吧。全都对上了,就连那帮疯狂的小家伙也都对上了——哦,也不尽然,有一个就不是那么疯狂。长官,您别激动!

"还有最后一点,如果伊林沃斯没听错的话,彭德雷尔到达博物馆的时间肯定比伊林沃斯本人晚了大约十分钟。从那时候起到11点之间,某个人把他干掉了。咳,不用我说您也看得出来,虽然也有局外人偷偷溜进来作案的可能,但这个可能性是微乎其微的。现在,整个演员表都摆在咱们——您——眼前了。您怎么看?"

我不得不承认,帕普金斯说得在理。我琢磨了一会儿他说的这番话,然后走到房间对面,看了看窗外的维多利亚堤街[1]。接着我又问他还有没有要补充的。还真有。

帕普金斯继续说道:"现在,有了伊林沃斯博士讲述的这个故事,卡拉瑟斯昨天夜里碰到的怪事,基本上就解释得通了。我是说基本上!我们可以把整个故事都串起来了。不过,还是有一些解释不通的地方。其中有几点也许很重要,另外几

---

1. 维多利亚堤街(the Victoria Embankment),伦敦的一条重要河滨马路,位于泰晤士河北岸,西起威斯敏斯特市的威斯敏斯特宫,东到伦敦市的黑衣修士桥。曾是苏格兰场所在地。

点则可能无关紧要。您可能得把那帮小家伙找来，好好痛斥一顿；尤其是那个忠心耿耿的普鲁恩，他没准儿可以成为您的主要目击证人，因为整个晚上他都在门口值班，大厅里的情况他看得一清二楚。所以，解释不清的这些地方，有的您可能一眼就能看出个所以然，有的则可能会让您非常头疼。

"昨晚那帮家伙把真正的伊林沃斯从霍斯金斯巡佐手里救下来后，就马上关掉电灯，飞快地撤离了博物馆。之后他们又干了一件事：订立了一个攻守同盟，约定不管发生了什么事情，都要否认那天夜里去过博物馆。他们担心的是伊林沃斯，不希望他把他们在杰夫·韦德心爱的博物馆里瞎胡闹，还把他锁在了电梯里这件事告诉杰夫——他们以为巴特勒说不定可以让伊林沃斯消气……可是，他们当中除了两个人之外，其他人都还不知道发生了命案。而这例外的两个人就是巴特勒和凶手；依我看，也有可能巴特勒就是凶手。不过其余的人——怎么说呢，我也不好说啊。"

帕普金斯对自己的论调很是得意。

我说："你当我是傻子呀？他们当然不知道啦。不然的话，卡拉瑟斯进去时，普鲁恩就不会那么自以为是了。他要是知道有一个刚死的人被塞在那辆马车里，就不会在黑暗中兴高采烈地手舞足蹈，对那帮家伙的勇气顶礼膜拜了。你的话有道理，普鲁恩对那个姑娘忠心耿耿，而且对整个小团伙也都很忠诚。可是——"

"可是，如您所说，"帕普金斯真是会见缝插针，"既然命案已经曝光了，他们就免不了要来谈一谈。所以，我建议您把注意力聚焦在这样几点上。其中有几点,正如我说过的,也许容易搞清楚。我把伊林沃斯博士的故事解释不了的疑点列了一张单子。这是为您准备的一份副本,"说着,他把这份副本从桌上推了过来,"您若允许的话,我现在就从头到尾过一遍。一共分为两个部分,第一部分更侧重事实本身,第二部分可以说更偏向于理论推导。具体如下。"

第一部分

1. 博物馆正门一进门处的煤末儿印迹,也就是卡拉瑟斯在地上发现的那些无法辨认的污迹,当作何解释?

   评述:既然死者的鞋底上沾有一层煤末儿,那么这些印迹想必就是死者留下的。那他在进入博物馆之前又去过哪里,才会在白色大理石地板上留下脚印呢?

2. 在曼纳林口袋里发现的那张以"亲爱的G,得搞到一具尸体——一具真正的尸体"开头的字条,该作何解释?

   评述:字条是用霍姆斯的打字机打出来的,而且照曼纳林的说法,是在霍姆斯的公寓里发现的,与伊林沃斯所以为的那场"谋杀"并不能完全对得上号。

3. 那个大煤块,就是卡拉瑟斯发现有人莫名其妙地朝东方集市展厅墙上砸的那块,该作何解释?

   评述:这一点伊林沃斯博士和其他人都没有提到过,而且扯进来似乎也有点牵强。应该传讯的人有两个：一个是普鲁恩，大厅的情况，他自始至终都可以看得一清二楚；另一个是巴克斯特，10点35分（左右），也就是伊林沃斯抵达博物馆的时候，他就在这个展厅。

4. 那副黑色的假胡子经历了什么样的奇遇？

   评述：这副原计划让巴克斯特戴的假胡子，按照霍姆斯的说法，由霍姆斯在当晚稍早的时候，连同那把匕首，一起放在了大厅楼梯上的某个地方。它好像和那把匕首一道不翼而飞了。后来，又被巴克斯特在博物馆的地板上找到了；然后它就不见踪影了，直到卡拉瑟斯在原来放匕首的上锁的展柜里找到它。这是不是意味着什么呢？传讯在那儿值班的普鲁恩。

5. 这干人在11点之后离开了博物馆，但为什么米利亚姆·韦德后来又回来了？

   评述：在卡拉瑟斯于零点25分发现尸体之后不久，米利亚姆返回到后墙栅门外。门是锁着的，但她有这扇门的钥匙。她把卡拉瑟斯当成了罗纳德·霍姆斯，还说："我看到了你这儿的灯光，可我没想到你会在这里，还以为你已经回公寓了呢，我正打算过去。出什么问题了？"其间，她去了哪里，又为什么回来了？

6. 她回到博物馆并从卡拉瑟斯口中得知出了命案后，为什么要给在霍姆斯公寓的哈丽雅特·柯克顿打电话——还是以伪装的声音？

   评述：如果她只是想通知并警告他们出了命案，为什么不是随便叫一个人接电话，又为什么要遮遮掩掩而不是脱口而出？似乎没有理由这么做。

7. （也是最后一点。）那本烹饪大全当作何解释？

评述：无须解释。

"我认为，"帕普金斯谦虚地皱眉说道，"这是需要注意的几点。当然了，我列出这几点的初衷只是为了让整个故事前后连贯起来。显而易见的问题我就从略了，比如，从彭德雷尔10点45分（左右）进入博物馆，到11点（左右）巴特勒在马车里发现他的尸体，这段时间大家都身在何处？您明白，这张清单只是用来探讨疑点的。不过，我还是要不揣冒昧地贡献给您一点浅见：您搞清了所有这些疑点后，也就知道凶手是谁了。"

"头脑灵活啊，你。"我对他说，其实就算没有什么故弄玄虚的花哨材料或者有条有理的清单，这些疑点也都显而易见。帕普金斯就是那种啥事都喜欢列个表的家伙。哈！"有两下子呀，"我说，"我们还谁都没讯问，你就遥遥领先，对本案未卜先知了嘛。"

接着，他又胡说八道了一大堆，说什么身为警局的一员，没有一点先见之明怎么能行呢。不过，我很不客气地叫他闭嘴；我跟他说，要是还有别的建议，就赶紧说吧。（仿佛我，所有人当中只有我，有什么偏见似的！）嗯，下面是他那份清单的第二部分，对此，我憋了满满一肚子的火，眼下都还没发出来呢。

第二部分

8. 昨天下午 5 点,伊林沃斯博士接到杰弗里·韦德先生发来的那封电报,该作何解释?

    评述:从南安普顿发出的这封电报,邀请伊林沃斯当晚 10 点半到博物馆,还说杰弗里·韦德有望提前回来。显然,他并没有提前回来;他人在何处,这又意味着什么呢?

9. 昨晚雷蒙德·彭德雷尔到博物馆为什么晚了那么久?

    评述:这一点很重要,虽然没有其他几点那么明显。计划中要被作弄的对象曼纳林接到的邀请,是 11 点到博物馆。可想而知,他们要求彭德雷尔到博物馆的时间势必要早很多,以便他熟悉场地,并与其他人一道先排练排练。这是最起码的常识。可是,他直到 10 点 45 分才到,这时只剩 15 分钟就要开演了。事实上,我们知道,先到的伊林沃斯、普鲁恩和杰里·韦德误把他当作彭德雷尔了,而且也都认为他到得太晚了。

10. 这帮人中有没有人学过医,或者说具备解剖或外科手术方面的专业知识?

    评述:分局法医马斯登大夫出具的证词上写道,能用那把弯刀刺穿心脏,不是令人称奇的歪打正着,就是凶手精通医术的结果。

11. (也是最后一点。)伊林沃斯博士进入博物馆的那一刻,米利亚姆·韦德正在地窖里干什么?

190

还没等他一本正经地给出他那讨厌的评述,我就打断了他。在这十一点中,有三点直接涉及米利亚姆,这令我大为光火。听我说,这姑娘我了解;诸位要是想了解令人不快的真相,我也就不藏着掖着了,直说了吧,我是她的教父。杰夫过去老是得罪人,搞得别人都不愿意当他女儿的教父,不过我了解他古怪的个性,而且从来没生过他的气。至于那个姑娘嘛,说起来,她是有可能会变成一个很会勾人的小狐狸精。我不想说她没有这样的倾向,看到卡拉瑟斯给的记录后,我就一直在琢磨这个问题——但她绝不会卷进这样的事情的。

帕普金斯说道:"可是他们全都卷进去了。我并没说您教女的不是。我只是好奇,她在地窖里干什么?而且,我之所以提起此事,只是因为这个案子始终弥漫着挥之不去的煤末儿,这一点也许很重要。"

"是,可什么地窖?一个该死的地窖跟她有啥关系?有证据表明她去过那个地窖吗?"

"您相信伊林沃斯的陈述,对吧,长官?"

"就算信吧?那又怎么样?"

"很好。他说——我笔记本上记着呢,而且您在速记报告上也可以查到——他声称,就在他要去馆长室的时候,楼梯左侧的那扇门开了,身穿红衣服的姑娘走了出来。现在,再来看看卡拉瑟斯的报告。那扇门通往地窖,只通往地窖。所以说,她当时在地窖里。证毕。我并没说这个姑娘怎么着了,甚至都没说这一点就一定很重要;我只是说她当时在那里……但关键是,到了作决定的时候了。您要下达什么样的命令?"

这家伙的那副面孔，我真是讨厌到了极点。

"我们将正式指派哈德利负责此案，"我说，"并让年轻的贝茨协助他。不过眼下还是由我来负责，直到弄出点眉目为止。给我接通杰夫·韦德的电话，马上去办，不要以任何借口拖延。快滚！"

我忙得焦头烂额，但眼下也无可奈何，只好先把其他事情搁置下来。于是，我坐了下来，闭上眼睛，把整个案子从头到尾想了一遍。尽管我对帕普金斯说了那番话，但案子是怎么回事，诸位可以看出个眉目了吧？从诸位自己也可以看出的诸多迹象来看，我确信米利亚姆认识彭德雷尔这家伙。但让我对这一点确信不疑的，却是一个小小的线索，这个线索的重要性，帕普金斯的长鼻子并没有嗅出来，尽管他在评述中提到了这一线索：她得知出了凶案并见到了彭德雷尔的尸体后，为什么要以伪装的声音打电话给哈丽雅特·柯克顿？

对了，我并不认识柯克顿这个姑娘。事实上，米利亚姆本人，我也有三四年没见过了，我最后一次见到她时，她刚刚出落成一个诱人的小妖精，见了任何东西都会皱起脸，来一声"咦！"，表示自己很喜欢。关于她，只有一点我始终都记得，就是胆大包天，这一点在本案中已经表现出来了。柯克顿这姑娘吧，从各方面来看，都是她最要好的朋友。在过去一年半的时间里，她和米利亚姆都漂泊在外，一起待在那个荒芜的国家，又是同船回国的，所以她很可能知道内情。四个月前，彭德雷尔从巴格达来到了英格兰。一个月前，米利亚姆从巴格达回到了英格兰，一回来就在杰夫的指示下被打发到了诺福克的一个姨妈那儿——姨妈当时就上了船，确保猎物万无一失——直到杰夫本人回国后接管了这一切。一个人背井离乡，和朋友分别快两年了，却被这样对待，肯定不是平白无故的。最后一点，在彭德雷尔口袋里还找到了一张有关米利亚姆的剪报；况且卡拉瑟斯也很肯定地声称，就像米利亚姆看到尸体后的反应似乎说明她认识死者一样，那伙人中有一个人也似乎确实听过"雷蒙德·彭德雷尔"这个名字，她就是哈丽雅特·柯克顿。确实可以从所有这些微不足道、无法证实的庭外证据中以小见大，得到一个大的发现。

事实上，我不太了解女人，只结过一次婚，再说了，人们之所以纷纷发表自己对女人的看法，原因只有一个，无非是想一鸣惊人。不过呢，有两点我倒是很清楚。这第一点嘛，就是我从没碰到过哪个女人会喜欢戴圆顶硬礼帽；这第二点呢，就是我也从没遇见过哪个女人遇事会不惊慌失措地尖声喊叫，除非是有什么极其私密的个人原因。昨天晚上，米利亚姆一逮住机会，就飞快地去打电话。这理所当然，是很正常的事情；不过，要是她仅仅是被一具尸体，而不是这个人的尸体吓着了的话，那她就会直接打电话到霍姆斯公寓——她清楚大伙都聚集在那儿——并对接电话的人冲口而出："大事不妙了，赶紧想好该怎么说吧，他们在这儿发现了一具尸体。"可她的第一个念头却不是这个。对，不是的。她的第一个念头是私下聊，私下提醒，跟哈丽雅特提及某件别人不知道的事情，某件必须要瞒着别人的事情。要是她打电话说"我是米利亚姆"的话，那就得先东拉西扯一通，可她耽搁不得，必须在卡拉瑟斯发现她打电话之前把消息告诉对方。她想要说的并不是"这儿有一具死尸,我们都有麻烦了",而是"彭德雷尔死了,所以不管你知道什么,都要三缄其口"。她认为这才是更大的麻烦。因此,才有了那伪装的声音,而到了跟哈丽雅特说话时,这伪装的声音也就自然会变回她自己的声音。

听明白了没有啊,你们这些榆木疙瘩?尽管帕普金斯是狗拿耗子——多管闲事,但有一个很有说服力的证据还是显而易见:有个情况太重要了,她得在告诉其他人发生了命案之前,先把这个情况跟哈丽雅特交代一下。一个她刚发现的情况——死者的身份。这就意味着她或者哈丽雅特,或者是她们俩,之前是与彭德雷尔打过交道的。

难道你们不觉得她以那样的方式打电话是一个很能说明问题的证据吗?我觉得是。因为死者的身份问题已经让她把谋杀这件事忘得一干二净了。这很可能是一个犯了所谓"轻率之过"的女人的表现,但肯定不是一个犯下谋杀罪的女人应有的行为。

不过话又说回来,这依然不是什么光彩的事,所以当他们告诉我杰夫·韦德的电话已经接通了时,我的感觉一点儿也没好多少。我作好了豁出去的准备。我说了一声:"喂,杰夫。"只听对方咆哮道:"喂,伯特[1]。"他那高亢沙哑、咄咄逼人的声音从电话里传来时,并没有因为电话线的传递而变得含糊

---

1. 伯特(Bert)是赫伯特(Herbert)的昵称。

无力，所以你得把听筒拿开两英尺。此外，还有一个不好的迹象。我跟他说"你知道我为什么给你打电话吧？"时，他的反应跟以往很不一样，也就是说，平常他都会先来上一句"今儿天不错，对吧？"，接着就东拉西扯装糊涂，直到你说"听着，你这该死的老浑蛋，别迷糊了，回我话"，这时他才会以正常的腔调说"哈，这下好些了"，然后快快活活地谈起正事来。

这一次有点儿出乎我的意料，只听他低声说道：

"嗯哼，我猜到了你会来电话的。"接着就半天都没声了，我还以为电话断线了呢，"这事真恶心啊，伯特。你忙吗？"

"忙，我就没有不忙的时候。"

"噢，我只是在想——你能不能2点左右到我这边来一趟……我在博物馆。彭德雷尔这家伙的房东太太联系了我，说她掌握了重要信息。情况很糟糕，伯特，非常糟糕。"

自打认识他以来，我还是头一次听到他说话的语气像个老头子。

第 14 章

烹饪大全的秘密

我过了 2 点才抽出时间去博物馆。午饭吃得一点儿都不香，往常并不这样，鞋子也太紧。其间，仅有一条新消息，就是伊林沃斯的指纹与电梯里发现的那些指纹完全吻合；那部电梯已经停用一段时间了，也就是说里面没有别的指纹了；由此看来，关于这一部分，那个老兄讲的都是实话。我已经正式让哈德利负责此案，把相关报告也转交给他了。此外，虽然这时候还是 6 月，天气已经变得像 10 月时那样阴寒多雨了。

不用说，博物馆的大门是关着的，但门口有一片黑压压的雨伞，跟长了一地蘑菇似的。我痛斥了几个家伙后便找到了执勤的警员，还算满意；开门的是沃伯顿——杰夫雇用的日间接待员——他跟普鲁恩判然有别，很像一个威严的士官长。

虽然之前我也来过这儿几次，但我对这个地方更深的了解来自卡拉瑟斯和伊林沃斯的描述，而不是我自己的记忆。月光般的灯光效果，让整个博物馆，就连马车车辙伸出来的样子，以及大厅中央的玻璃展柜上映出的绿白相间的天花板，都显得既古怪又眼熟；可是，我想我并不是在梦游。他们告诉我，杰夫已经回来了，正独自一人待在馆长室。

馆长室里非常幽暗。杰夫一盏灯都没开，仅有的一点光是从卫生间的那扇窗户里透进来的，由于窗户没关，所以雨水正往里溅。不过，我还是能看得清房间很大，布置得赏心悦目。红木办公桌后面，杰夫歪靠在一把转椅上，穿着大皮靴的双脚搁在了桌沿上。他正一动不动地看着那扇窗户，白色的八字胡下面叼着香烟，一英寸长的烟灰都变弯了也还没弹掉。灰色的光线下，可以看见他凹陷的太阳穴和茫然而古怪的眼神。他没有转身，只是动了动脚，皮靴发出咯吱咯吱的声音，然后他冲一把椅子颔首示意了一下。杰夫虽然有的是钱，但除了要价五十先令的裁缝铺以外，他从来不光顾任何服装店；这不是因为他吝啬，他可一点儿都不抠门，而是因为他真心厌恶昂贵的服装。

我坐下来，和他一起听了一两分钟的雨水飞溅声。

"你我可是老相识了，伯特。"他说。

我记得我点头说了声"是啊"，就像若干年前我们在萨默塞特时一样；不过我没想到距离我上一次用这个词[1]，已经过去了这么多年。

"我刚才坐在这儿一直在想，"杰夫以一种好辩的语气喃喃说，"过去啤酒一夸脱[2]只要五便士，你可以在里面撒点儿

---

1. 原文中的"是啊"所用单词为"Aye"，在英国部分地区的英语方言中表示同意或赞成。
2. 夸脱：容量单位，主要在英国、美国及爱尔兰使用。英制1夸脱约等于1.1365升。

肉豆蔻加热。真是让人怀恋啊。可如今你已是助理厅长，有了头衔和一切……你不是什么警察，伯特。"

"要这么说的话，你也不是什么商人，"我说，"可你照样还是百万富翁啊。"

"哦，也是。"杰夫想了想，同意了我的说法。

他略微转了转身，所以手上香烟的烟灰掉了下来。他开始用双手来回揉按太阳穴，还不停地眨眼，仿佛看不清楚东西似的。知道戴惯了眼镜的人摘掉眼镜后那种两眼模糊的样子吧？他揉来揉去的那双手下面，便是这样一副神情。

"我想，昨天夜里这里发生的一切，你都知道了吧，"我继续说道，"也有可能你还不知道。一个叫威廉·奥古斯塔斯·伊林沃斯的家伙今天上午跑到我办公室来，把事情的来龙去脉全告诉我了。"

"我也全知道了，"杰夫咬牙切齿地嘟囔道，"米利亚姆和杰里今天上午跟我说了。我想他们也很清楚除了坦白没有别的办法。他们认为自己要麻烦缠身了，我呢，也反复地告诉他们，的确有此可能。"

"说起来，杰夫，他们一个也跑不了，全都会有麻烦的。后天验尸，验尸官要是听说了这场愚蠢的化装舞会，肯定会大动肝火……"

杰夫坐直了身体。只要一对他提到当局，尤其是提到警方，就像是把一桶冷水泼到了一条脾气暴躁的狗身上。他又气得火冒三丈了。他很可能会站在那帮小崽子一边，不会对他们痛下狠手，却会对警方怀恨在心，我倒是很开心看这场热闹。

"哦,会吗,他会吗?"杰夫问道,"验尸官会大动肝火吗?验尸官是谁?他叫什么名字?"

"先别操心这个。昨天晚上,他们当中的某个人在博物馆杀了这个叫彭德雷尔的人,这事你想过了吗?"

"嗯哼。是的,"杰夫慢吞吞地答道,"我想过了。我觉得,想瞒是瞒不住的,对吧?在这样的情况下……"

"什么样的情况?"

他的双手又在脸上摸来摸去,但并没回答。

"听着,杰夫,米利亚姆跟此案有关吗?"

"有。"

"哦?她认识彭德雷尔?"

"是的……几分钟后,有人要来这儿见我。她是彭德雷尔的房东太太,或者说,就我了解的情况看,是收留他的那个女人。我这儿有她的名字和地址:'安娜·赖利夫人,本行政区兰特街冠龙酒馆。'待会儿我们瞧瞧,看她怎么说……还有,他们那伙人,米利亚姆、杰里、该死的霍姆斯、巴克斯特、柯克顿那姑娘、她的朋友巴特勒,以及普鲁恩('真该死,伯特!'我还是头一次听见杰夫这么惊讶地尖声咆哮,'真见鬼,没想到普鲁恩这老东西也有份!');我已经把他们全都叫来了,就等你问话了。你会对他们手下留情吧……你知道,真该死,要是能看到伊林沃斯戴着那副络腮胡,我愿意掏半克朗,我真的会……"

"这还差不多,"我对他说,"好了,谈谈伊林沃斯这桩事以及你在其中扮演的角色……"

"我在其中扮演的角色?"

"听着,你这老蠢驴,难道你没意识到是你让伊林沃斯身陷其中,才引起轩然大波的吗?这才是麻烦的起因所在。要说是谁的错,就是你的错。昨天下午,你从南安普顿给伊林沃斯发过一封电报,有没有这回事?"

"嗯哼。确有其事!"杰夫说道,他的四肢突然全都抖动起来,就像提线木偶上的线被拉动了一样。"我的确发过,是这样。"

"你非常清楚你发过,那就好。之前,霍姆斯已经打电话到伊林沃斯下榻的酒店,通知他晚上不用过来了,而你却又发电报让他10点半到这儿来。这才出事了。你当时身在何处?你干什么去了?你是不是根本就没回城?"

杰夫思考了一会儿。

"嗯哼。噢,回了,我回了城,"他回答得非常简单,"收购一家餐馆去了。"

伙计们,你们要是认识杰夫的话,就会知道他说出这种不着调的话,是再正常不过的事了;可要是跟这样的家伙长时间住在一起或是做邻居,就是硬汉也会迫不得已躲到最近的酒馆里去的。从多方面来看,他和伊林沃斯都是同一类人。如果这家博物馆为他们二人所共有,那么有一半的展品会被打碎,另一半则会不知所踪。这正是那帮小崽子一直担心的事情:他这人一向变化莫测,喜怒无常,搞得他们一点儿也摸不着头脑。

我说道:"你收购一家餐馆去了,好极了。你买个餐馆干什么？是一时冲动跑去买了一家餐馆，还是只想跟伊林沃斯开一个玩笑？"

他直愣愣地看着我。"伯特，"他说，"我的每一次疯狂之举看似愚蠢，其实背后都有它的道理，否则咱们眼下也就不会坐在这里了。说到买那家餐馆吧，我现在也开始觉得有点愚蠢，不过当时我并没这么觉得……我这个人吧，有时是会有一些稀奇古怪的想法。就是一时心血来潮，你知道的。我是坐火车从南安普顿回来的。而且我是在最后一刻，才决定不搭货车的，货车坐得屁股疼。在火车上，我遇到了一个老朋友，这老兄叫沙图，来自设拉子[1]附近的扎格罗斯，还有他的一个希腊朋友，名叫阿圭诺波波洛斯……"

"是开餐馆的？"

"对。他们在苏活区开了一家亚洲特色的餐馆，但已经快要倒闭了，因为没人赏识他们的厨艺。我非常喜欢吃这种东西，已经吃了好些年了。（你喝过设拉子葡萄酒，或者说犹太人和亚美尼亚人在伊斯法罕酿造的波尔图葡萄酒吗？没有，你没尝过，你这个俗人。）于是我就说，'行，我会去照顾你们生意……不，真该死，听着！'我说，'我会把这个馆子买下来，或者提供足够的钱，让你们把它开下去。'我想，他们会欣喜若狂的。沙图果然说道：'这个必须庆祝一下。今天晚上你到餐馆来，我亲手为你做一桌好菜——嘿！'我当时正好也饿了，伯特……"

---

[1] 设拉子（Shiraz），伊朗南部城市，古老的波斯文化中心，位于扎格罗斯山脉南部的盆地。

"你是说你把伊林沃斯忘得一干二净了？"

"嗯哼，"杰夫抽着鼻子回道，"9点左右我们到了滑铁卢，随后上了一辆出租车，他们唱起了民歌——搞得极其沉静的一群人都跳了起来，你大可放心，大家可都是发自内心地感到高兴！"杰夫尖声说道，高兴得直拍桌子，"我们去了那个馆子，忙完这个又忙那个，讨论了新方案等等……他们给馆子取'希波餐馆'之类的名字，傻乎乎的。我呸！'没有这样做生意的，'我说，'去弄一个巨大的电光招牌来，能买到多大的就买多大的，写上"苏活沙图"几个大字，把它往馆子的正上方一挂；再搞几玻璃罐的蛇往馆子里一摆……'"说到这里他停下了，哼了两声，掏出一块手帕擤了擤鼻子，"哎，不说了。事情一件接一件的，我直到2点才回家。"

"所以，你可以安慰自己，"我说，"这件事你只有部分责任喽。"

杰夫站了起来，在房间里来回走动。他愁眉苦脸的，看起来有点儿古怪，外面的雨还在噼里啪啦下个不停。

"我本来可以在那家餐馆玩得很开心的。"他突然冒出了这么一句。

"你什么意思，本来可以？"

"哦，没事。这件事了了以后，我会回东方去的，如果米利亚姆——"他把双手交叉在一起，把指关节捏得啪啪直响，然后抬起头来说道，"你有什么想问的吗，伯特？重要的问题？"

"也许吧。比方说，曼纳林似乎要和米利亚姆订婚了，关于这家伙,你都知道些什么?"

他倏地转过身来。"你干吗非得唠唠叨叨地揪着米利亚姆不放呢?曼纳林的情况,我一无所知。我的意思是说,我没见过他。好像是个不错的小伙子,虽说喜欢撒谎吹牛。我问你的是,有没有重要的问题要问。"

我在桌面下掏出了帕普金斯那张可恶的单子,迅速瞄了一眼。

"有一个问题,"我提了出来,"昨晚在这里的人当中,有没有谁是医学生,或是曾经念过医学院?"

这个问题让他有点措手不及。杰夫讨厌人家问他答不上来的问题,而这个问题就把他难住了。他站在那儿,脸上的肌肉抽搐,上面的皱纹和胡子也跟着颤动起来,活像一个怪胎。

"呃?"他嘟囔道,"喂,你在搞什么把戏?学医的!这个我说不上来。米利亚姆什么都学过,但大概只学会了一样东西,就是上哪所名校,就让哪所名校给开除。杰里开始学电气工程了,因为我跟他说,他娘的你就应该学这玩意儿。霍姆斯是个只知道看书的书呆子,除了看书就只会装客气了,他当过老师,但绝对没学过医。巴克斯特是个饭桶,钱多得花不完,直到后来阿布斯利拒绝给他那么多钱任他挥霍——呵,呵!迪克·巴特勒[1]写了一大堆骗人的冒险故事,这些故事他自己都不知所以。等一下!"他顿了一下,"我想起来了,他们有一个朋友,名叫吉尔伯特·兰德尔,他是在什么学校

---

[1] 即理查德·巴特勒,迪克(Dick)是理查德(Richard)的又一昵称。

学医来着,不过对他,我不是很了解。"

"对柯克顿那姑娘,你了解多少呢?"

他鼓起了脸颊。

"不多。她是柯克顿老少校家的淘气鬼,不知是从哪儿冒出来的。这姑娘人不坏,"杰夫一边嘟囔,一边窃笑,还一个劲儿地敲着鼻翼,"她有时候也很让人讨厌,哎呀,还好喝酒!在我面前谁都不敢造次,而她却敢,这也正是她讨我喜欢的原因。她现在就暂住在寒舍。"他面露忧色,"她特别喜欢巴特勒,而他也不想对她敬而远之,两人的关系马马虎虎吧。"

有人敲了一下门,杰夫尖叫一声,跳了起来。

"来了一位赖利夫人,先生,"响起了日间接待员沃伯顿的声音,"她说跟您预约了。"

"让她进来吧。"杰夫说道,声音很古怪。他看着我说道:"坐着别动,伯特,必要时还请你帮我一把。我觉得应该用不着。不过我要提醒你一句,来软的,我这个人可是不会哟。"

他打开了中间的大灯,灯光太亮,晃得我直眨眼。然后他在桌后坐了下来,身体前倾,双手交叉放在桌上。他看上去就像一个老鬼,只是人很清瘦,皮肤被晒得发红;而且每次他那双小黑眼睛一眨,两撇八字胡好像就会跟着颤动。接着,安娜·赖利夫人就神动色飞地进来了。

我还从没见过哪个女人脖子上围这么大的一条毛皮围巾。围巾是黑色的,两端有很多流苏,而且似乎还像伊丽莎白时代的后领那样竖起来,把她的头都包裹住了。她的年纪在四十岁左右,体格健美但略显矮胖,皮肤看上去跟职业拳击手的一样紧致,走起路来摇曳多姿——明白我的意思吧?她穿着一身定做的棕黄色套装,配以亮光肉色长袜,外加一双高得可以跳脚尖舞的高跟鞋。她的左手上戴着三个钻戒,看着像清洗过;也许正是这三颗钻石才让她如此光彩照人。最引人注目的是她从围巾里面向外张望的那副样子:脸型略方,深褐色头发,妆化得跟马戏团海报上的人似的;她突然笑逐颜开,艳光四射。

接下来你会注意到当她微笑时,她的牙齿闪着金色光芒,魅力四射。要是没有牙齿的这些闪闪金光,在我眼里她就是人间尤物,因为我就喜欢朱诺[1]那种类型的女人。还有就是她的声音,太做作了,让你听了难受。

"韦德先生?"她说,"为了可怜又可爱的雷蒙德的事情,我给您打过电话的。"

她用充满魅力的目光把房间扫了一遍,就像是在进行烟熏消毒。为了给杰夫留下一个好印象,她特意做出了一副悲伤的表情,甚至还从包里掏出一块手帕,擦了擦眼角的睫毛膏。不过我注意到,她正目不转睛、若有所思地打量着我。

"请坐,"杰夫含糊不清地说道,"天气糟透了,对吧?谁是可怜又可爱的雷蒙德?"

"这您肯定是知道的嘛——噢,对了,韦德先生,"她突然收声,向我抛来了笑盈盈的眼神,"我猜这位是您的律师吧?"

---

1. 朱诺(Juno),罗马神话中的天后,婚姻和母性之神,罗马十二主神之一,对应希腊神话中的赫拉。

"嗯，没错，正是，"杰夫说，"可你是怎么猜出来的？你怎么会想到这儿会有一个律师？"

她哈哈一笑——笑声还挺悦耳。她在一把椅子上坐下，姿势有如降落伞落地一般。

"既然咱们都很友善随意，"赖利夫人边说边摘下手套（若说这世上有一个我讨厌，且谁用我就想揍谁的字眼的话，那就是"随意"！），"我想，咱们就可以相互理解，对吧？哈，哈，哈。哎呀，这房间真是太棒了，多迷人啊！"

杰夫说道："迷人的房间让人不思进取。你是谁，有何居心？"

这番话一点儿也没让她感到不快，虽然她不如刚才那般容光焕发了。"真是奇怪呀！"她说，"我以为——我当然是赖利夫人啦。先夫去世前是冠龙酒馆的老板，我从他那里继承了所有权。"

"酒馆？嘿，是个不错的行当。怪不得看着很有钱的样子呢。"

"外表往往会骗人的，韦德先生。哪怕是您的外表，说不定在某些方面也有欺骗性。我要说的是：我就住在酒馆里。而且我相信，伦敦只有我一人认识雷蒙德·彭德雷尔，也就是昨晚在这个迷人至极的博物馆里被杀掉的那个可怜小伙子。他临时寄宿在我那儿，在我家里住了三个月左右……"

"嗯哼。他付过房租吗？"

"他度过了一段糟糕的时光，可怜的家伙，"她提高嗓门继续说道，"他曾把自己遇到的麻烦——跟我说过——雷蒙德很优雅,很有风度,也很英俊!"这位夫人扭捏作态地笑着说,我发誓她真是这样,"昨天晚上,就在他来这里之前,我还帮他化装打扮了呢。我相信我的某样东西现在还在警方手上呢。知道吗?雷蒙德找我借过一本烹饪大全。"

很显然,她并没指望用这句话来引人注意或引起什么轰动,可她确实引起了我的注意。

"他借了——"我说着站了起来,"一本烹饪大全。为什么呀?"

"你不知道这事?"赖利夫人问道,她欢快地轻笑,摇头晃脑,双手拍打着膝盖,"真是奇怪呀!我以为你知道了呢……你瞧啊,雷蒙德要扮演一个非常有学问的先生,我猜是一名教授。昨天下午他去见了一位指导他如何扮演这一角色的先生——那人好像叫巴特勒——巴特勒先生告诉他,他要演的那位教授不管去哪里,总是带着一本书,不是放在口袋里就是拿在手上。我忘了是什么书了(与加尔各答有点关系,我想)。可是雷蒙德跟我说,'嗨,亲爱的,'他说,'我崇尚现实主义。我们没钱去买那样一本真书,可我不必打开它呀,对吧?——所以,你这儿的书柜里有没有哪本书看上去跟那种书相似?'于是,我们把我的小书柜翻了个遍,只找到了结婚时我亲爱的婆婆给我装订得结结实实的那本烹饪大全……"

感觉就像被蜇了一下。

但我也没有为我之前没想到这一点而太过懊恼,当然我本来应该想到的,因为事情居然这么简单。卡拉瑟斯描述过那本书的封皮是磨砂小牛皮的,而它就是因为封皮才被选中的。他看到封面朝下躺在博物馆地板上的书后,一开始还以为里面有蹊跷,直到看了目录才知道并无玄机。这正是它要传递的意思。它就是一本糊弄人的书,把我们都给糊弄了。它压根儿就没有意义。

现在又有一点可以从帕普金斯所列的清单上划掉了。我瞥了杰夫一眼,只见他双手紧握,手指不断地抬起又放下。

"嗯哼,"他含糊不清地喃喃道,"有时候你得看看事物的外表。这正是你们这些家伙容易忽略的。有时候你得改改翻垃圾箱的毛病,得重新换一个角度,兜到房子的正面去,眯着眼睛多打量一会儿。可那又怎么样呢?我说你,什么夫人来着,干吗浪费我的时间?干吗不去找警察呢?我对烹饪大全又不感兴趣。你跑这里来想干什么?"

赖利夫人的眼中,闪现出了刺眼的愉悦神采。

"我亲爱的韦德先生!当然不应该找警察啦!我刚才跟您说过了,雷蒙德临时寄宿在我那儿,您也自然而然地问'他付过房租吗?'。您瞧,您还真问到点子上了。他没付过。他欠我的钱——唯利是图不厚道,对吧?可我也得活下去呀!——欠了我将近三个月的食宿费。"

"你不会是说,要我替他付食宿费吧?"

赖利夫人皱起了眉头,脸色阴沉。她晃了晃一只鞋的鞋尖,仔细地看了看。

"没错——考虑到骨肉至亲的关系,我想您对认领他的随身物品至少还是感兴趣的吧……"

"骨肉至亲?"

"对呀。他——他娶了您的千金,不是吗?"

之前一直在不停地冲着窗户眨眼睛的杰夫,此刻突然咧开大嘴冲她笑了起来,笑容诡异而狰狞;由此我可以断定,这话无论如何不是真的。杰夫咯咯地笑了一会儿。浓妆艳抹的她则圆睁双眼,一脸无辜地看着他。不过,她似乎有些呼吸急促。

"是吗?"杰夫说道,"那什么夫人,我不知道你是从哪里听来的这种乱七八糟的传闻。不过,我现在就可以告诉你,我女儿还没嫁人。而且无论怎样,她都绝不可能嫁给彭德雷尔那样的人,不管他是什么身份。"

赖利夫人尖叫一声站了起来。她的呼吸加快了,目光炯炯有神。

"可是——糟了!哦,太糟了!我绝没想到,或者我也不应该说出来——您知道吗?她生了个孩子,是他的种。"

第 15 章

来自伊拉克的秘密

杰夫听了这话,就像冷不防挨了一拳,有些措手不及。她故意留了一手,先是虚张声势,然后才狠狠出手,让他受到了我所见过的最沉重的一击。虽然除了脸部之外,他全身的肌肉一动未动,但我觉得他的脸都快要气炸了。放在从前,他早就发作了,可眼下他却静静地坐在那儿,布满皱纹的眼皮一跳一跳的,而且呼吸平稳。

"我小看你了,"他说,"好吧。你开口了,我给你。"

赖利夫人倾身向前。

"让您的嘴巴歇歇吧,外公,"她平静地说道,"我说的是真的,这一点您和我一样,也很清楚。而且,还是个皮肤有点黑的小家伙,您知道的。"

她那三寸不烂之舌很是厉害,但低声甩出了这几句话之后,她就不再那么锋芒毕露了,而是又一次露出金牙,满脸堆笑,秋波流转,顾盼生辉。

"也许我最好还是告诉您一声,那是个男孩,六个多月前——确切地说,是1月9日——在开罗的一家非常私密的疗养院出生的。这事您是清楚的;您女儿的身体状况很糟糕,于是您把她送到了那儿,而且您也不敢让她堕胎。您想得真是很周到啊。

"可怜的雷蒙德想结婚;这样伤他的心很不好,对吧?等您得知此事(我是指冒出了这个当然继承人),已经太晚了,您就把她从伊拉克送到了埃及,并放出风去,谎称她已经打道回府了。雷蒙德都快急疯了,他试图向柯克顿小姐打探消息——他也很喜欢跟她相处,虽然没有处出这样实在的结果——可是她随令爱一同离开了。雷蒙德自然想追随令爱到英格兰来,可惜没钱。他花了好长时间攒了一点钱,我不知道这个穷小子是怎么做到的,因为我从来就攒不住钱,"她上气不接下气地笑道,"四个月前,他还真来到了这里。结果发现了什么呢?发现您把他给耍了,发现她压根儿就不在这里。啊,上帝!"

杰夫直挺挺地坐着,冷静地看着她,还皮笑肉不笑的。这似乎惹恼了她。她的嗓门一下子高了八度。

"现在您感兴趣了吧,亲爱的韦德先生?"

"或许吧。接着说。"

"雷蒙德从我的一个朋友那儿才了解到事情的真相,可他写不了信,因为他不知道地址。当然啦,自己的儿子,他是怎么都要坚持见的,而且还坚持要合法地抚养那孩子,不能让他背上私生子的名声!……后来他得知自己的合法妻子——合上帝之法,"赖利夫人喘了一口气,虔诚地举起一只手,咯咯笑着瞪了他一眼,"真的要打道回府了。啊,上帝——您不知道彭德雷尔真的到了英格兰,对吧?"

"我怎么会知道?"杰夫漫不经心地说道,"彭德雷尔这家伙是谁啊?你是在讲故事吧,虽然讲得不怎么样。"

"您才不是这么想的,不过,您没有冒险。"

"没有吗?"

"没有。您先把女儿打发到一个亲戚家待了两个多星期——可怜的丈夫雷蒙德心烦意乱,也不知道那个地址——然后,前不久您回来了,才把她接回家——困在家里——牢牢地困在家里——哎呀呀!您有一个十分忠诚的管家,我没说错吧,他会把信件或电话都挡掉吧?不过,说真的,这完全是多此一举。因为,就在她从亲戚家回城之前,雷蒙德不是正好出城赴约去了吗?雷蒙德是个非常精明的小伙子,西瓜没到手,芝麻他是不会放过的。他前天才回来。所以,您和米利亚姆是怎么以为的呢?你们以为他根本就不在伦敦,怎么样,我没说错吧?因为,自不待言,要是在的话,他早就钻出来再度施展自己的魅力,或是——"

"或是——?"杰夫耐心地鼓励她把话说完。他在等着下文。

"承认吧,承认吧,您就承认了吧!"赖利夫人大声嚷道,仿佛在玩一场恶作剧式的盘问游戏,场面很不好看,"现在她安全了,您就又由着她四处晃荡了。她也恨不得把开罗那段不光彩的经历忘得一干二净。孩子和护士,全都成了过去。多闹心的事啊,如今全都过去了……可是她的衬裙,您是看不住的,外公,"赖利夫人厉声说道,有如突然掷出了一枚带毒的飞镖,"那段刻骨铭心的经历深深影响了她吗?还有那温柔的抚摸——哎呀,没有!当她乘坐那艘巨轮离开东方,在船上邂逅另一个男人时,她真的把这些都忘记了,忘得一干二净了。"

杰夫从桌后慢条斯理地站了起来。

"彭德雷尔想要什么?钱?"

"说真的,恐怕是,"赖利夫人窃笑道,装出了一副惊愕的神情,"他这个人有时候是挺可怕的。在昨晚那场小小的游戏里,偌大的一个伦敦城,他们居然挑了一个希望见到自己露水之妻的男人来见她,这岂不是惊人的巧合?也可以说,这难道不是天意吗?"

"那你又想要什么呢?钱?"

我等的就是这个。我手都痒痒了,恨不得放开手脚拿她来擦地板;不过,心急吃不了热豆腐,得慢慢来。她睁大眼睛瞪着我们,惊愕之情有增无减。

"钱?我的老天哪,不是!要钱不就成了勒索了嘛,对吧?哦,不,不,不;您误会我了!真的,一个子儿我也不会要。我可没有威胁要抖搂出去……"

"那好,"杰夫说,"门就在那里。滚出去。"

"遵命,外公,"她冲着他咯咯笑道,喜气洋洋的,但又一次气短了,"您听明白了,我说的每一句话都可以在全体法官面前说出来,不信,您可以问问您的律师。说真的,既然雷蒙德已经死了,我就是想确认一下,是不是该把他的行李交给您或是米利亚姆。当然了,如果您的千金没有嫁给他,那你们自然无权认领……"

她一边拍拍屁股,做出急于离开的样子,一边继续说道:"您明白的,这穷小子吃我的住我的,可是一个子儿也没付过哟。有十几个人可以证明这一点；他哪来的收入啊？所以结果就是，他的行李，连同里面的一切，在账单结清前都成了我的财产。这一点您是绕不过去的。我相信——虽不敢断定，但我相信——他的手提箱里有咱们的米利亚姆得知自己怀孕后写的一些信。我不清楚到底有没有，有我也不感兴趣。但我清楚的是，在有人替他结账之前，我只好先把他的行李扣着。"

杰夫看着她，仿佛事不关己。

"你蹲大牢之前，"他大声说道，"应该还可以再撑一阵子……他的账单一共是多少钱？"

"哦，嗯，"赖利夫人撅起红彤彤的嘴唇，歪着头说道，"数目恐怕很大，相当大。您想啊，三个月呢，加上雷蒙德饭量又大得吓人。不过，总数我还没完全算出来，只知道数目会相当大。您哪天过来一趟，我很快就会把账算出来的。在此期间，他的东西，不管是警察还是其他任何人，谁也甭想从我家里拿走一件。您知道的，这就叫法律，就是警察，有时也得尊重它一下。再见了，二位。很高兴认识二位，真是三生有幸啦。"

"赖利夫人，"杰夫说道，"你听没听说过威灵顿公爵[1]？你知道他遇到这样的情况时是怎么说的吗？"

---

1. 即第一代威灵顿公爵阿瑟·韦尔斯利（Arthur Wellesley, 1st Duke of Wellington, 1769—1852），英国军事家、政治家，曾任陆军元帅、英国首相。在1815年的滑铁卢战役中，他联同普鲁士王国元帅布吕歇尔击败拿破仑，成为西方人眼中的战神。

"不知道,而且格莱斯顿1876年说了什么[1],我也不知道,"赖利夫人冷冷地说道,"可滑铁卢我倒是听说过,而这就是您的滑铁卢。"

"他说的是:'爱公开就公开吧,我才不吃你这一套呢。'[2]"杰夫回道,眼皮都没眨一下,"这也正是我现在要对你说的话。不管你犯没犯勒索罪,我都会以这一罪名控告你。这位是伦敦警察厅的助理厅长。好好收拾收拾她,伯特。"

我的确收拾了那婆娘一顿,把她的魂都快吓掉了。我左右开弓,把她揍了个稀巴烂,没了个人样(这是夸张的说法)。她当时就崩溃了,变得歇斯底里。不过,她做得很对,没留下任何勒索威胁的把柄——而且对此她心里也有数。她死死揪住这一点不放,真是妙招。不过,我也不想把事情做得太过火了,因为就算她认为自己没有违法,我们也还有一个法子可想。

很简单,我们的人可以以调查命案为由把行李"借走",而不是拿走。万一她把那些信藏起来了,一纸搜查令就可以把它们找出来,因为作为他物品的一部分,信件也要接受检查。

---

1. 格莱斯顿(William Ewart Gladstone, 1809—1898),英国政治家,曾四次出任英国首相。1876年,巴尔干爆发了保加利亚反抗奥斯曼帝国统治的民族起义。当局使用极其残暴的手段镇压起义,遭到全欧洲民主人士的谴责。但当时的英国保守党政府却千方百计地掩盖其罪行。格莱斯顿视此为反对政府的大好时机,把自己打扮成弱小民族的热心保护人,利用群众大会、示威游行或国会演说等机会,指责土耳其统治者的暴行和自己政敌的反动政策,从而获得了巴尔干斯拉夫之友的声誉。
2. 原文为:"Publish and be damned!",直译为:"公开,并遭受谴责吧!"。威灵顿公爵的一个情妇威胁要公开其情书并把两人的风流韵事公之于众,以勒索钱财。威灵顿用这句话打发了她。

只是搜查起来可能要花很长的时间。此外，虽然我不是律师，但我觉得，她在这些行李上的合法权利也有点值得怀疑。按照她逢人便吹的说法，彭德雷尔在她那儿是"临时寄宿"，不是房客。所以，房客登记簿上不会有他的签名，也不会有书面协议，更不会有收据；也就是说，此人是一个客人。所以，客人死后，房东太太是不能拒不交出客人的行李的——如果有亲属前来认领的话。有人说过，彭德雷尔在伊拉克有个波斯母亲。趁着行李在我们手上备查之际，杰夫可以跟那儿的律师取得联系，律师再与彭德雷尔的母亲取得联系，拿到索回可怜儿子的财产的授权，继而指定杰夫为全权代表。杰夫则会找到我们，呈上手中的凭证。"好的，"我们就会说，"拿去吧。""可他欠我钱啊！"赖利夫人不免会尖叫。"行了，"杰夫会说，"给你五十英镑。如果你觉得他欠你的不止这个数，那就为这两口手提箱去法院告我吧。"

于是末了，我对赖利说了不少宽慰话，她热泪盈眶、满怀希望地离开了。然后，我关上门，给杰夫讲了讲情况，此时他双手都在发抖，脸色像自己的衣领一样惨白。

"谢天谢地。"杰夫说。他得坐下来歇会儿了。"有时候你还真顶用。对，他是有个母亲在伊拉克，我听说过她。我差点儿就山穷水尽了，伯特，刚才我是在虚张声势。你觉得管用吗？"

"咱们想办法让它管用呗。打起精神来，听着！那些信本身，如果有的话，并没有什么大不了的……"

"啊，你这么认为吗？"杰夫冷笑道，"巧的是，我不这么认为。"

"现在别扯这个了。我的意思是说这些信无关紧要，因为整个案子就要浮出水面了。一定会闹得水花四溅、沸沸扬扬的，这都是迟早的事情，除非有奇迹发生。咱们还是面对现实吧。如果这些信被视为杀害彭德雷尔的动机，那就太可怕了。也就是说——"

我觉得杰夫要摔个什么东西才能发泄胸中难以抑制的情绪。他此刻的心情很差，差到了恨不能故意把椅子拆成碎片的地步。

"也就是说，"我补充道，"如果确有其事的话。真有这事吗？"

"是，当然确有其事。当时我真不知道是该宰了那个臭丫头还是该怎么办才好。现在——现在我也不知道。你也知道，我虽不如现在的人那样思想开放，但要是换了别人，只要不是这个彭德雷尔，我也不会介意的。伯特，你不知道他的为人。他这种人，见了女人就左一声'亲爱的'，右一声'亲爱的'，吻人家的玉手时动作夸张不说，还老盯着人家的钻石戒指。嗯哼。对于世间那些打不散的鸳鸯，我是很同情的，但这种事情——尤其是发生在自己的女儿身上——赖利有一点还是说对了的。我不知道这家伙就在伦敦方圆千里之内，米利亚姆也不知道。"

"你好生想想！我下面要问你的这个问题非常重要。有多少人知道这件事？我指的是孩子的事。"

"这个我还真说不上来！他娘的，你脑子里是不是进水了？柯克顿那丫头当然知道啦。据我所知，别人都还不知道。

217

不过,也不好说。我花了好几千的封口费,可是这种事情总是会走漏风声的。我猜不出那帮小崽子是怎么想的……"

"杰里知道吗?"

"嗯,也许吧。不过,他跟米利亚姆从来都不是很亲近,而且他没去过那些不毛之地,所以肯定没从我和米利亚姆这儿听到过。不过我怀疑,他可能还是从别的渠道听说了。他们有可能全都知道出了什么岔子。不过我觉得他们应该不知道彭德雷尔这个名字。"

"巴克斯特或曼纳林呢?"

杰夫酸溜溜地笑道:"我敢跟你打个小赌,曼纳林不知道,你赌不赌?巴克斯特嘛,哼,应该也不知道,虽然他当时人在开罗。藏几个密探在地窖里来打探这事儿是根本不可能的,因为我采取了预防措施。天哪,伯特,可事情还是搞成了一团糟!伦敦的演员成千上万,他们偏偏挑中了这个——!"

"唉,跟其他所有的事情比起来,这件事也没有太奇怪,他们对演艺经纪公司提出的要求实在是不寻常。说来说去,关键还是在于:假如发现了彭德雷尔企图勒索,这些人当中有几个人会干掉他,或者说会起杀心?"

杰夫嘲笑道:"难道你不觉得,为了确定这事,我脑袋都快想破了吗?我就会,算上我一个。杰里会,巴克斯特会。曼纳林——我没底,不好回答。米利亚姆本人嘛——嗯,很难说。有时候吧,她胆大包天,有时候呢,又胆小如鼠;她是个疯疯癫癫的丫头。迪克·巴特勒不会那么忠诚于她的,因为他跟哈丽雅特如胶似漆。我怎么知道都会有谁呢?"他胡乱地摸了一会儿下巴,"听我说,伯特,你不觉得他们是串通一气的吗?好像整件事从一开始就是一场有计划的阴谋?我读过一部精彩的小说,情节就与此类似。十三个人,每个人都捅了死者一刀。"

"胡扯,"我胸有成竹地说道,"如果是那样的话,他们就不会把事情搞砸成这个样子了。不,行凶的只有一人。问题是,不管最终谁是凶手,都是个麻烦。"

杰夫无精打采地走来走去,雨还在不停地从窗口飞溅进来。

他开口说道:"是啊,那咱们现在怎么办?我想问你能否帮忙隐瞒整个事实,但估计问了也是白问,可你能不能尽可能地——?"

头一件事就是要搞清楚10点45分到11点这段时间到底发生了哪些事,看看能不能排除谁的嫌疑。伙计们,这可是个一针见血的问题:第一个要盘问的就是普鲁恩。按照伊林沃斯的说法,普鲁恩从头到尾都可以把整个博物馆的情况尽收眼底。对了!普鲁恩先他人一步,已经来了,此时正在外面大厅里跟沃伯顿聊着呢。我认定约谈期间让杰夫在场绝非上策,只会带来麻烦。普鲁恩本来就很可能会撒谎,杰夫在场弄不好会让他撒更多的谎。还有一点,我们决定暂时不跟任何人提起赖利夫人,也别试着去摸清有没有别人知道赖利夫人知道的事情:说谎这种传染病如果控制得不好,一旦蔓延就会变本加厉的。

在普鲁恩进来之前,我把帕普金斯列出的那张讨厌的清单掏出来，在桌上铺开，坐下来研究了一番。这些问题有答案了吗？对，有几个已经有了。十一个疑点中，现在有四个我们已经有相当满意的答案了，分别是第六、七、八、十点。第六点是为什么米利亚姆见到尸体后，要以伪装的声音给哈丽雅特打电话，关于这一点，我的推测已经完全得到了验证。第七点是那本烹饪大全可能意味着什么，这个问题现在搞清楚了。第八点是关于杰夫·韦德从南安普顿发的那封电报，以及他为什么没去博物馆，情况现在也都弄明白了。至于第十点嘛，有没有人是学医的？答案是：没有。这样一来，正如你们会敏锐地指出的那样，我们就只剩下第一点到第五点、第九点和第十一点这七点了，对吧？

我起身去把卫生间的那扇窗户关上了，因为感觉有点阴冷。此时，房间里已是一派灯火通明，艳丽的小毛毯、摩尔风格的回纹装饰，尤其是那一幅幅索然无味的镶框遗迹照片，全都尽现眼前了。杰夫喜欢把自己周围的环境布置得花里胡哨，连皮椅都要选红色的。除了电梯门上缺了一块玻璃，书桌上有一本格林编的《实用阿拉伯语语法》外，这儿看不到半点他们昨晚聚会过的迹象。我把疑点清单藏进了语法书里，随后普鲁恩蹑手蹑脚地走了进来。

普鲁恩这家伙一副讨厌相。我很久没见过他了，他比我印象中的瘦了一点，戴着一副伍尔沃斯牌眼镜，脸因为红斑而显得愈发斑驳，两眼也愈发泪汪汪了——他不停地摘眼镜，擦眼睛——不过，这还是我头一次见他没穿制服的样子，所以才知道他是个秃瓢。另外，他老是不停地抽鼻子。他倒是毫无敌意，因为人都吓得魂不附体了。我吩咐他在一把椅子上坐下来，只见他双膝凸起，垂着脑袋。

随后我说："你打算跟我撒谎吗？"

"不，长官！"（他的嗓子和伊林沃斯的一样嘶哑，我还以为他会从椅子上跳起来呢。）

"对你自己的坏处，我就先不说了；可你要是撒谎了，韦德全家人都会倒霉的，你知道吗？"

"您是他的朋友，"普鲁恩简明扼要地答道，"我会跟您说实话的。"

"彭德雷尔是谁杀的？"

"骗您天打五雷轰，我不知道！"他说着，还像个高水平的悲剧演员一样做了个手势，"骗您的话，就让我死在这把椅子上，我真没骗您，我甚至都不知道他死了，直到——长官，您知道的——那位巡官来了，我才知道的。"

"以前听说过彭德雷尔吗？你知道他是谁吗？"

"没听说过，长官。我不认识那个浑蛋。他们也不认识他。所以，我想请问，为什么会有人要杀他呢，长官？"

"你已经知道，对于你们昨晚在这儿玩的那场把戏，我掌握得一清二楚。韦德先生告诉你了，是不是？这一点，你总不会否认吧？"

"不会的。"他回答得倒挺直白，脸上挂着一种缥缈恍惚的笑容，"勇气，我认为这就叫勇气！"

"你昨晚一晚上都守在正门，是吗？"

他回答得一点也不含糊。"一晚上都在，长官，包括闭馆前在内。闭馆后,从 10 点 10 分左右一直到 11 点,我都在那里。就在 11 点时,那个疯疯癫癫的老家伙——您知道的,长官,他还以为自己是华莱士·比里呢;要我说啊,他就是凶手——大吼大叫地从电梯里冲了出来!他从卫生间的窗户逃出去了……唔!接下去的事,您就知道了。我们把他从那个通到街面的煤窖洞口拽了下来。接着,霍姆斯先生就说:'听着!咱们得从这里出去,万一警察来了就麻烦了。'那个疯子嘛,当然也得弄走。不过,巴克斯特先生得先到楼外去,再从那扇窗户爬进来,"他伸手指了指,"这样他们才能把那个老疯子锁上的那扇门打开,并从那个房间的衣橱里拿到自己的外套和帽子。"

他说得有点上气不接下气了。我说道:

"这个待会儿再说。你先把昨晚发生的事一五一十地跟我说说,一样也别落下,明白吗?"

"好的,长官。我这就说给您听。"他深吸了一口气,"昨晚,您知道的,7 点到 10 点,我一直让博物馆开着门,和往常一样……"

"等等。昨晚有那么大的行动安排,你干吗还要么认真负责地一直开着门呢?这很要紧吗?"

"这很要紧吗?"普鲁恩气呼呼地说道,"我说,长官!您难道不知道我们这个地方有多受欢迎吗?尤其是跟着老师或家长来参观的那些孩子,他们可喜欢这里啦!我问您,您认识的孩子中,有哪个见了东方集市展厅可以忍住诱惑,不进去看看?或者说八大天园展厅,那可是一座苏丹宫殿的再现哟!他们能忍住不去大饱眼福吗?"(说实话,这个我还真没怎么想过。相反,我还想当然地以为没人参观博物馆呢;不过,这座博物馆的影响力,我倒是看得出来。)"我们这个地方啊,"普鲁恩夜郎自大地说道,"可不是国家美术馆,您知道的。吃香吧?我再问您,长官,以您对韦德先生的了解,您觉得博物馆要是不吸引人,他会开一分钟的门吗?您瞅瞅这东方集市展厅,或是这八大天园展厅!巴纳姆和贝利[1]也不可能做得更出色了。他是一个真正善于出风头的人,我是说韦德先生。我们想弄一块大电光招牌,要是他们允许的话,早就弄了。还要弄一个镜厅[2]!——到时候火得,我们都要收门票了!"

"行了。昨天晚上是怎么个情况?"

"好着呢。星期五之夜,您明白的,长官——第二天不用上学。多好啊!这就是我们得开门的原因。当然啦,是破例。一般情况下,每天晚上10点整,都会有三个打杂女佣来打扫这里的卫生。只有昨天晚上没来。是我们通知她们别来的。"

"接着说。"

他又深吸了一口气。"嗯,长官,其他人——米利亚姆小姐、柯克顿小姐、杰里先生及其余的人——他们大概是,"他把头往后一仰,皱着眉头苦思冥想起来,由于太过兴奋而忘记了恐惧,"他们大概是10点钟来到这里的。没错,就是10点左右。他们是从后门进来的,因为米利亚姆小姐有钥匙。对了!

---

1. 巴纳姆,全名菲尼亚斯·泰勒·巴纳姆(Phineas Taylor Barnum, 1810—1891),美国马戏团老板兼演员,有"马戏团鼻祖"之称。贝利,即詹姆斯·安东尼·贝利(James Anthony Bailey, 1847—1906),本是巴纳姆的主要竞争对手。两人于1881年合作,成立了"巴纳姆和贝利马戏团"。
2. 效仿的是法国凡尔赛宫的镜厅。

他们得按照自己要演的角色来化装,巴克斯特先生和巴特勒先生,他们两个在霍姆斯先生的公寓里就装扮好了。杰里先生吧,只要戴上假发,粘上八字胡和络腮胡(不过我是反对他戴络腮胡的)就成,他穿着自己平时穿的衣服,打算到了这里再把络腮胡戴上。他们到了以后,直接来到了这个房间,等着我把博物馆的大门关上。"

"你是什么时候关门的?"

他想了想。"10点10分,差不多吧。有些人不太容易弄出去,您明白吧,长官。之后——"

"之后怎么啦?"

他在椅子上局促不安起来,愁眉苦脸地轻轻敲着椅子的扶手。

"哎呀,我刚想起来了一件事情!我跟您说,长官,这事保管您是头一次听说!只是您要稍等一下,容我先理出个头绪来……

"好了。10点10分,我关上大门,插上了门闩。然后我就来到了这个房间——他们全都在这里——告诉他们已经清场了。只见巴特勒先生正气势汹汹地走来走去。'演艺经纪公司派来的那个演员在哪儿?'他问我,'我们其余的人刚刚把自己的戏份过了一遍,演艺经纪公司派来的那个家伙呢?他还没到吗?'这是巴特勒先生跟我说的原话。"

"那个演员应该是几点钟到这儿?"

"巴特勒先生的下句话,"普鲁恩得意扬扬地指着我答道,"说的就是这个。巴特勒先生说,'我让他10点一过就到这儿,越早越好。'接着,坐在那边那张打字机桌上,神情看着有点不安的霍姆斯先生——他们这拨人里性情最温和的一个——开口了,'这事要是出了纰漏,我们可就成了天底下最傻的傻瓜了;你们觉得这家伙会在哪里呢?'

"杰里先生坐在那里,像老韦德先生那样把双脚搁在桌子上,他说道,'别慌张;10点一刻都还不到呢。棺柩怎么样了?'——我说,长官,您是希望我说得这么详细吧?这么具体,对吧?"

"对。"

"那就好,"普鲁恩认同道,似乎很满意地叹了口气,"说到棺柩,您知道的,他们要用的是在楼上一个大玻璃柜中展出的一口镀银箱子。他们还没把它取出来,也还没有把它放进包装箱,因为在博物馆闭馆前,我不想让他们把展品弄乱了……当然啦,您明白吧,长官,他们得在下午帮巴克斯特先生把那套波斯服装偷出来,看他穿着合不合身;不合身就有好戏看了!……不过,棺柩还没打包。晚上早些时候,我已经帮他们把一个包装箱搬上楼了,还从韦德先生地窖的工作间里弄了一袋子锯末搬上去。此外,还搞了一些封口蜡,好让它显得精美些。

"于是他们决定,趁着杰里先生在米利亚姆小姐和柯克顿小姐的帮助下戴络腮胡和化妆的时候,巴特勒先生和霍姆斯先生先上楼去把那口箱子准备妥当。萨姆·巴克斯特先生吧,他不愿意在这件事情上帮忙,说自己都穿上戏服了,脸也上妆了,不想被锯末弄得灰头土脸。所以他就进了东方集市展厅,在里面走来走去,喃喃自语地背起台词来了。"普鲁恩眨了眨眼睛,"论演戏啊,巴克斯特先生不是那块料——这么说吧,也就比我强那么一点点……"

"分开行动之前,他们全都出来,进入了大厅。霍姆斯先生打开了放阿曼弯刀——就是那把匕首,长官——的玻璃展柜,然后又从自己的口袋里掏出了一副黑色的假胡子,想把这两样东西都交给巴克斯特先生。'交给你了,'他说,'拿着吧,萨姆,免得待会儿忘了。'不料巴克斯特先生却大呼小叫,仿佛它们会咬他似的,'把它们拿开!'巴克斯特先生说,'我暂时还用不着它们;我可不想皮带上别着这么个玩意儿,在滑溜溜的地板上走来走去——到时候再说吧。时候没到之前,先把它们拿到一边去。'

"于是,霍姆斯先生拿着阿曼弯刀和胡子,走回去将它们放在了楼梯最下面的一级台阶上。'放这里了,'他说,'你一眼就能看见的地方。'

"然后,我说过了,他们就分头行动了。巴特勒先生和霍姆斯先生上了楼。那两位年轻的女士帮杰里粘络腮胡去了。巴克斯特先生到了东方集市展厅,边走边嘟囔着背台词。我呢,则径直朝正门边的那把椅子走了过去,然后就再也没挪窝,一直待在那里……当时的时间,长官,应该是在10点一刻左右。"

"普鲁恩,"我问道,"是谁偷走了那把匕首?谁把它捡起来的?"

他整个人都缩成了一团,深吸了一口气,然后抬起头来,两只眼睛睁得溜圆。

"骗您天打五雷轰,长官,"他说,"可我真的一点也不知道。"

第 16 章

演员的首次亮相

这个满脸斑点的小怂蛋坐在椅子上,身体前倾,双手紧握;他的脑袋略微歪向一边,脖子上出现了一圈一圈的皱纹;脸上堆满了凝固的曲意逢迎的假笑。杂志广告上那些竭力劝你买东西的人是什么表情,诸位都见过吧?他当时就是那样的。不过,他的眼神看上去严肃得要命——而且跟吓破了胆似的。

"你这没长眼睛的该死的小矮子,"我克制着满腔怒火,越过桌子,用手指戳了戳他的脸,说道,"你发过誓,说要跟我说实话的。是谁偷走了那把匕首?"

"嗯,唉!"普鲁恩伤心地叹道。

"是谁偷走了那把匕首?"

"没必要着急嘛,急了会中风的,长官。"他埋怨道。他的声音已经变成了一根细细的线,可他依然死死地抓住这根线不放,"再这样下去的话,您会中风的。听我说,长官,不差这么一会儿!我只想让您给我一个解释的机会。请听我说!"

他大口吸气,语调变得平稳了。

"当时我坐在那把椅子上——大门口的那把,明白吗?距离楼梯有一百英尺远(或者至少有八十英尺)。那把匕首放在楼梯最下面的那一级台阶上。我和楼梯之间隔着一排玻璃展柜，它们挡住了我的视线，对吧？灯光呢，又不如月光那样明亮。再加上我这视力，您也看到了，也没法吹牛说非常好。请您告诉我，从那时到11点之间，大家走来走去的，如果其中有个人飞快地弯了一下腰，我注意得到吗？我注意得到那把匕首吗？请您回答我一个问题：我会想到要注意这个吗？好啦！要我说，您为什么就不能让我把话说完后再下结论呢？"

这话虽然说得不无道理，可我仍然坚信他在撒谎。不管怎样，我还是叫他接着往下说。

"当然啦，话要从遇害人进门的那一刻说起，"他坦诚地说着，清了清嗓子，"嗯——"

"接着你前面的话，从10点一刻说起。死者进门之前还有半个小时的事你都没说呢。快说吧！"

看普鲁恩那意思，说这些纯粹是浪费时间，不过他还是接着往下说了。

"我注意到的情况不多。我坐下来后（掏出了烟斗，因为我们执勤的时候自然是不允许抽烟的），大约过了一两分钟，馆长室的门就打开了，米利亚姆小姐和柯克顿小姐从里面走了出来。就在她们出来的时候，"——说到这里时，这个怂包的动作好像是警员在向地方法官呈上证据——"巴特勒先生从楼上的阿拉伯展厅疯了似的钻了出来，冲下楼梯。那套警察服穿在他身上显得很不着调，傻乎乎的。呵呵！

"'钉子！'他挥舞着我给他们留在楼上的那把锤子，喊道，'钉子！钉子在哪儿，普鲁恩？'他的声音穿透了大厅，'我们费了牛劲,好不容易才在没砸坏任何东西的情况下,把那口箱子从那个玻璃柜中弄了出来,没想到装锯末的口袋破了,而你又一根钉子都没拿过来。'

"他好像非常激动,我是说巴特勒先生。

"我跟他道了个歉,告诉他在地窖里,韦德先生的工作服口袋里有的是钉子——不说您也知道,长官,老板在地下室有个工作间,工作服和他喜欢的东西都放在那里——然后我说我马上就下去取。可是米利亚姆小姐赶紧就把话接过去了,坚持要亲自去取钉子。她一直都是个热心肠,愿意帮人忙。所以,柯克顿小姐和巴特勒先生上楼的时候,米利亚姆小姐就下去取钉子了。"

普鲁恩向后靠了靠,还在死气沉沉、漫不经心地继续说着,眼睛却一眨一眨地在房间里扫来扫去,好像急于结束似的。

"你呀。"我说。

"长官,怎么啦?"

"你是想告诉我她迫不及待地冲到地下室去取钉子了?"

"她这样不是很好嘛。"他不大服气地说道。他的双手在发抖;不过他并没冒汗,反而几乎要涌出眼泪了。"我一直都在说米利亚姆小姐,说她——"

"她是什么时候回到大厅的?"

他想了想。"哦,差不多过了五分钟,或者八分钟,大概吧。"

"普鲁恩,你睁眼说瞎话。该死的,难道你就不明白,你这样只能把大家都害了吗?我听过伊林沃斯博士的证言了,而且所有其他人的口供,我也会一一听取的。伊林沃斯是10

点35分左右到达博物馆的。你说米利亚姆10点一刻刚过就下了地窖……你是想要我相信她在下面找了近二十分钟的钉子吗？因为实际情形是这样的：伊林沃斯走到大厅最里面时，看见米利亚姆正好从地窖上来。二十分钟！而且还不止这一点。就在她上来的那一刻，就在伊林沃斯走到那里的时候，他听到楼上传来了钉钉子的声音。这是怎么回事？伊林沃斯10点35分到达这里的时候，真的看见她正上楼吗？"

"是的，他看见了。"普鲁恩回答说，这时他已经在咆哮了，"是的，他是看见了。为什么就不能看见呢？那是她第二次下去后再上来。"

"地窖她下去了两次？"

"是的，长官，我对天发誓！不过这跟这个案子没有任何关系，一点都没有！您听我说，我来告诉您是怎么回事。"

他伸出一根手指，在另一只手的掌心里轻轻敲了敲。我可不想任人耍弄，让他在这儿跟我东扯葫芦西扯瓢；不过看他当时那样子，好像有点要说真话的意思了。他的压力减轻了，不像平时那样急于夸夸其谈了。他不再抗拒把该说的都说出来，因为危险的那一点，他已经扛过去了。危险的是哪一点呢？没错，就是谁偷了匕首那一点。我发现自己确信匕首就是在那一刻被米利亚姆偷走的，这种感觉既令人毛骨悚然，又令人难堪不已。

"她下去给他们找钉子，"他声音嘶哑，神秘兮兮地继续说道，"过了五到八分钟——不，应该说更接近五分钟，她就拿着钉子上来了。巴特勒先生则正好又在下楼，想看看她怎么还没上来。她上来后，就把钉子给了他。"

"那应该是在 10 点 25 分到 30 分之间的事情吧？"（当时我喉咙里还憋着另外一个问题，但还不能马上就问。）

"是的，长官。她给了他钉子，他就回楼上去了。然后，她在楼梯前面来回走动了一小会儿——可以说，就像无所事事那样——接着她就迅速地朝大厅前端，朝我这边走了过来。不过，她只是冲我点了点头，笑了笑，就进了波斯展厅……"

"从前往后看，波斯展厅是在大厅左手边的一侧，对不对？"

"对，长官。里面黑灯瞎火的；我 10 点钟把参观者请出去后，就把灯都关了。所以我就问了一句：'要我帮您把灯打开吗？'可她说：'不，不用费心。'接下来的几分钟什么事都没发生。很安静，我能听见巴克斯特先生在不太远的东方集市展厅里走来走去，用阿拉伯语之类的语言自言自语地嘟囔着什么。而我呢，也有点儿着急上火了：那个演员怎么还没露面呢？这时候，米利亚姆小姐从波斯展厅出来，再次穿过大厅——而且，她要是没打开地窖门又下去了一次的话，我就是王八蛋！"

"你看得清楚地窖门吗？"

"哦，看得清楚，长官。正好在我的视线范围内，可以说，当我坐在椅子上时——或者说，看得清楚一多半吧。嗯，我当时没多少工夫去想这事，因为紧接着门铃就嗡嗡响了……哈，真是让我松了一口气！我猜想，演员终于来了！我料想他们在楼上——我指的是巴特勒先生、霍姆斯先生和柯克顿小姐——没有听见门铃声,因为他们还在叮叮当当地钉箱子。哇,我总算是松了口气!我打开门,那个疯子就走了进来……

"唉,您说说,"普鲁恩气得跟什么似的,"我怎么看得出来这家伙不是演艺经纪公司派来的呢?他除了没有络腮胡外,样子跟他要扮演的角色简直是毫厘不差呀!我敢说,他那副滑稽透顶的严肃样子(还有那顶高顶礼帽)您从来没见过!他拉着个长脸,缩着下巴,戴着一副大大的玳瑁框架眼镜,像个美国佬,而他的那双大脚要穿11号的鞋,我敢打包票,错了我就不是人。不过尽管如此,长官,我还是觉得有什么地方不太对劲。因为我只是跟他开了个玩笑,他就递上了一张名片,上面写着'威廉·奥古斯塔斯·伊林沃斯,神学博士',还随手把一本印着阿拉伯文的书在我眼皮底下晃了晃,然后就气冲冲地走开了。

"我在心里暗想:'嘿!真是可以以假乱真了。'但是我开始有点儿担心了。不过,也许是我多虑了吧——看看他们在电影里多卖力呀,把一切都弄得滴水不漏!他在东方集市展厅门口站住了,而且肯定看到了巴克斯特先生,因为他叽里呱啦说了一串我听不懂的话,巴克斯特先生也叽里呱啦地回了几句。然后那疯子就顺着大厅继续往里走。米利亚姆小姐又从地窖门口出来了,看了他一眼,什么也没说就上楼去了。接着,这个房间的门就打开了,杰里先生火气冲天地走了出来,还说了一通'你迟到了,快进来吧'之类的话。"

"时间呢?"我打断了他。

"正好是10点35分,"普鲁恩回答得很肯定,"我刚好看了一下表，想看看这家伙到底迟到了多久。迟到了半个钟头！呵！您说像话吗？随后疯子和杰里先生就进了这个房间，我虽说还是有点担心——可我没工夫多想，因为大概三五分钟后吧，突然传来了'砰'的一声。"

"别这么一惊一乍的！"我吼了他一嗓子。他刚才跳了起来，还来了个双手合十，我这个人就见不得那种屁大点事就吓得屁滚尿流的怂包。"'砰'的一声，你什么意思？"

他似乎真的毫无头绪。

"我说不上来。是一种碰撞声，长官，就像什么东西摔碎了似的。是从东方集市展厅那个方向传来的，好像就是从展厅里面传出来的。我喊道：'巴克斯特先生！'因为我觉得可能是他把什么东西摔破了，而事后韦德先生却会把账算到我头上。于是，我赶紧冲了过去，想看个究——"

"等一下！"（这里好像有点不对劲。）"我想，你说过你没挪窝，一直都待在门口吧？"

他似乎又大吃一惊。"哎呀，长官，我怎么就把这一茬给忘了呢！没错，我当时是离开了；不过没离开多大一会儿。这个不能算进去，真的，因为我又没走远——"这时一个全新的、能被接受的惊人想法似乎让他激动得不能自已，"对了！我明白您的意思了，长官！您是说有人可能趁着我背过身去的那会儿，溜出来把那把匕首从台阶上偷走了。"

我没有想到这一点，不过，这倒是给了我一个启发。

"你离开正门的时间有多久？"

他想了想。"大概两三分钟吧，长官。情况是这样的，我去查看那里出了啥事,结果发现巴克斯特先生没在里头,我就怀疑自己是不是搞错了,因为我没见到打碎东西的痕迹。但接着,我还真有所发现。地板上有一些煤块,墙上有一大块脏兮兮的地方,看来是刚才有人站在那儿,朝墙上'砰'的一声扔了一大块煤。"

"是谁呢?"

"这我可就说不上来了,长官,因为除了巴克斯特先生,没人进去过,而当时我连他也没见着。我喊了一嗓子,然后就看到他穿过那些街市走了过来。他说他刚才是在八大天园展厅里——就在东方集市展厅的隔壁,而且两个展厅中间有一道互通的门,所以用不着从大厅里绕过去——接着他问道:'喂,他娘的到底怎么啦?'我就说:'巴克斯特先生,那煤是你扔的吗?'可他说:'你他娘的在胡说什么啊?煤?什么煤?'我指给他看后,他只丢下一句话,说他可没工夫拿煤到处乱扔,然后就出去了,好像被我冒犯到一样。接着他就穿过大厅,进了对面的波斯展厅。

"可是,坦率地说,长官,我顿时产生了一种奇怪的感觉——有点不寒而栗的味道。就是刚才那小小的'砰'的一声给闹的。我就想,唉,这个地方出事了,而且是很怪异的事情。另外,这里有时候真的会令人感到毛骨悚然。"

"冷静。你在东方集市展厅里的时候,在巴克斯特去对面的波斯展厅之前,你听到外面的大厅里有什么响动没有?比如脚步声什么的?"

他跳了起来,像想到了什么似的,眼睛闪闪发光,这也许是他骗人的把戏，也有可能是出于他的幻想。但在我看来，他的反应不像是装出来的。

"对，听到了！您这么一提——我当时没太当回事，因为这里老是有很多回音。不过，我的确听到了，骗您天打五雷轰，我听见外面好像有脚步声！匕首就是在那个时候让人偷走的，我敢跟您打包票。我发誓——"

"你是什么时候听到那些脚步声的？"

他又愁眉锁眼，摆出了一副搜索枯肠、努力回想的样子。

"嗯，就在我探头到东方集市展厅里看了看之后，我想是的。对！就是那会儿前后，响起了急匆匆的脚步声。非常急促，我想起来了。"

伙计们，我虽不是一个想象力丰富的人，但一想到那些潜行的急匆匆的脚步，我的心里也发毛了。接着我又问：

"这个时候其他人都在什么地方？"

"嗯，就我所知，杰里先生跟那个我当时仍以为是演员的疯子就在这个房间里；其他人嘛，除了巴克斯特先生外，全都在楼上。我之所以知道他们在楼上，是因为从10点一刻一直到10点35分那个疯子到达为止，每隔一会儿，他们当中就会有一个人突然出现在楼梯顶端，大声问我，'他还没来吗？'这个'他'指的当然是那个演员啦。长官，我没法告诉您一共问了多少次，记不得了。反正他们一个接一个地隔一会儿就问一次。不是柯克顿小姐，就是霍姆斯先生或巴特勒先生。哦，对了！最后一次就是在那个疯子跟杰里先生进了这个房间，而米利亚姆小姐第二次从地窖里上来之后。没错！霍姆斯先生从楼上那个展厅里出来，冲我喊道：'还没到啊，普鲁恩？'（他急得跟什么似的，样子看着都有点可笑了。）我愉快地回道：'刚到，先生，这会儿正跟杰里先生在一起呢。'对，我刚才把这事给忘了。之所以又清楚地记起来了，是因为当时我就纳闷，米利亚姆小姐明明看到那疯子进来了，她为啥没告诉楼上的人演员已经到了呢？"

"这是你听到东方集市展厅里煤砸墙的声音之前的事吧？"

"对，长官，几分钟之前。反正时间不长。还是回到有人用煤砸墙的话题吧……我听到'砰'的一声，后来的情况我已经跟您说过了。我有一种怪怪的感觉，然后听见外面大厅响起了脚步声……"

我以帕普金斯一准儿会满意的方式，把这些都记了下来；我可以想象出他像幽灵一样在我身边鼓掌。另外，我几乎要和普鲁恩一样激动了。

"等一下，"我对他说，"我们已经了解到了你在东方集市展厅里；巴克斯特已经穿过大厅去了对面的波斯展厅；杰里和那个——伊林沃斯博士在这个房间里；其余的人在楼上。时间肯定是在快 10 点 45 分的时候。现在我想知道，还有别的法子下楼吗？（我指的是从上面那层下来。）除了那座大理石楼梯，还有没有别的楼梯？有没有可能有谁从上面下来了，但你没看见？"

普鲁恩并没有马上回答。他使劲儿地打量着我，一双瘦骨嶙峋的手不自觉地揪着自己的衣领，而且我还听见他在呼哧呼哧地喘气。他的表情变得很奇怪,那淡蓝色的瞳孔仿佛正在一张一缩。

"别的法子,"他重复了一下,似乎才想起了我的问题,"就一个,长官。"

"什么法子?"

"一楼波斯展厅的角落里有一座楼梯。波斯展厅——想看的话,您现在就可以出去看一看。从这座楼梯爬上去就是展示各种披肩的那间展厅,就在正上面。这座楼梯有点儿仅限内部人员使用的性质。是那种铁制的旋转楼梯,您知道的。"

"就这一个下楼的法子了?"

"是的,长官。除了那部电梯之外,不过电梯跟那个死翘翘的圣保罗[1]一样,只是一个摆设,而且杰里先生和那个疯子当时就坐在电梯外边。"

"你说波斯展厅当时是黑灯瞎火的?"

"没错。"

真是乱成了一锅粥,我得奋力挣扎才能避免坠入五里雾中,因为我是个生意人,不是侦探。不过,我认为自己还是摸清了方向的。

"好的。现在从你走进东方集市展厅,发现地上的碎煤块那里接着往下讲。"

他深吸了一口气。"我东张西望、左查右探了一番——马上就要说到重点了——我正打算好好搜索一下,看会不会有

---

1. 原文为"that's dead as St. Paul",此说出自《圣经·新约·哥林多前书》中保罗说过的一句话:"I die every day."。

人藏在厅里——您可以自己瞧瞧,里面有那么多帐篷之类的东西,藏身之处可以说多得很——这时,只听'呜——'的一声,门铃又响了。

"哎呀,差点儿把我的魂都吓掉了!我壮起胆子往外看了看,因为我觉得曼纳林先生不可能来得这么早,而且他们还没准备好呢。的的确确,太早了,才刚 10 点 45 分。可我转念一想,也有可能是他提前……不,我又想了想,不可能。他们——说得准确一点,是米利亚姆小姐——反复叮嘱过他,叫他别在 11 点之前来这里。接着,我就犯起嘀咕来了,我放进来的那个疯子,有没有可能不是我们在等的那个人。唉,我可以跟您说,我这个人很少这么疑神疑鬼的!不过,除了搞清楚是不是曼纳林先生来了,并通知其他人之外,我也没有什么别的选择。说实话,长官,最让我紧张不安的是,我怕没准儿,只是说没准儿,是韦德老先生出人意料地回来了……

"对了,门上有一块小嵌板(也就是一个小玩意而已),可以旋开,瞥一眼外边的情况。我走到前门,旋开了那块嵌板,于是看到了那个后来被发现死掉了的家伙……"

他的额头已经在冒汗了。他用衣袖擦了擦汗,动作不大,还很麻利,就像女人扑粉似的。他咽了咽口水。

"长官,您说说看,我他娘的怎么知道这个家伙是谁呢?他皮肤微黑,蓄着一嘴黑胡子,戴着一副发黄的眼镜,眼镜上系着一根丝带,竖着衣领——以略带嘲笑的神情看着我。从门上的一个洞孔中,猛然冒出了他那张有点儿古怪的面孔,就像是从青铜门上突然跳出来的那样。

"我问道：'你是谁啊？'他以一种怪怪的——怪怪的——"

"是腔调吗？"

"对，长官，可以这么说。还有，他的牙齿几乎就贴在嵌板的下缘上。天哪，好一个熊样！他看上去有点粗暴，您明白我的意思吧？他说：'我是布雷纳德公司派来的，你这个蠢货。快把门打开。'听了他的话后，我确实感到恶心——不舒服，不过我相信他说的是真话，而且我知道我之前搞错了，错把另一个家伙当成这个演员了。

"我开门的时候，他问道：'韦德小姐在哪儿？'还是那种滑稽的腔调——这是他的原话。我回答说：'在楼上，跟其他人在一起；不过，你就别管了。这里还有一个人，我还以为他是布雷纳德公司派来的呢。'

"他从我旁边进了门，说道：'在楼上，跟其他人在一起。好的。'我刚一挪步，他又说：'待在这儿别动，我要见一个人。'天哪，他路都不要人带！我动都没来得及动一下，或者说嘴都还没来得及张开，他就迈开步子，快速朝前走去了，只见他穿了一身略旧的衣服，头戴一顶旧高顶礼帽，胳膊下面还夹着一本皮面书。

"下面这部分，长官，您可要听好了，不能走神。昨天夜里我做了个梦，一个不怎么愉快的梦，梦里总是看到一张脸从青铜门上猛然冒出来……嗯，他一路往前走，就在他与那辆大型黑色出游马车并排时，传来了一个响声。

"有人'嘶'了一声，就像这样，"普鲁恩从牙缝里挤出了嘶嘶的声音，"嘶！就像人们想要引起别人注意时发出的声音，明白吗？声音也许并不大，但在这样一个到处都有回声的地方，还是把那家伙吓了一跳。他跳了起来，把头扭向了左边——将目光投向了马车。有个人站在那里，嘴里正在'嘘'！那个演员停下来，站着看了看。他什么话也没说，只是点了一下头，就飞快地躲到了那辆马车的车辕下面——马车停放的方向就是这样的——并且钻到了马车另一面，那一面吧，我啥也看不见。有个人站在那排马车的另一侧，但我看不到那边。"

我打断了普鲁恩的陈述，因为他的嗓门越来越尖，几乎每说一个字就要高一度。

"你的意思是说，"我问道，"坐在你的位置，另一侧的情况你是看不到的？"

"长官，要是看得到的话，我就天打五雷轰！不信，您可以过去，坐在我的椅子上试一试。我的椅子——是这样的。我直直地望过去，可以看见那排马车的这一侧，目光尽头，是地下室的门。那排马车位于左边。对了！有一排柱子，马车一字排开，夹在柱子和左手边的那面墙之间。勉强摆下了那排马车后，那地方就有点捉襟见肘了，马车和左面的墙之间就只剩下一条窄窄的通道了。灯光又不是很亮，您也知道，加上还有马车投下的大片阴影。

"于是我就起身朝那边走去，想搞清楚是什么情况。可紧接着我又意识到曼纳林先生随时都可能到来，所以我不能从门口离开，因为时间眼看就要到了……就是说，我不知道该怎么办。但我还是往前走了几步，喊道：'喂！你在哪里？你

在这些马车中间干什么?谁在那儿?'

"没有半句回音。

"不,长官,我当时并没像您想的那样吓坏了。我是直到那名巡官发现了马车里的尸体后才被吓着的。当时我是有点担心。那种感觉就像满心欢喜地期待着什么,结果却出了岔子。不过,接着——"

普鲁恩向前探了探身子。此时,他脑子里好像灵光一现,就像煤气灯的火光突然一闪。

"接着我看见的东西,直到现在我才明白是怎么回事,因为我想起来了一些事情,而且能把它们联系到一块儿了。就在我回头看向大门,并去旋上那块嵌板的时候,我在一进门的地上看到了一些印迹。这些印迹是一分钟前留下来的,是那个家伙的靴子留在大理石地板上的脏脚印,看着像黑乎乎的粉末。"

"彭德雷尔的靴子吗?也就是那个演员?"

"是的,长官,就是刚刚进来的那个家伙。那些脚印在大厅里延伸了一小段距离后,就渐渐消失了。我心里就想,这家伙去过哪里,靴子上怎么沾了那么多灰?随后,长官,我又想起来了一件事。那家伙顺着大厅经过那些马车时,他的背影——还有他的高顶礼帽——看着有点眼熟。于是我明白了,原来是这么回事:

"我跟您说过了,他是 10 点 45 分到这儿的。但还有别的情况:这个家伙在晚上早些时候,不到 10 点时,就来过博物馆。"

普鲁恩得意扬扬地靠在了椅背上。

第 17 章

十一个疑点，十一个嫌犯

"不到 10 点时，"过了片刻后，我重复道，"就来过博物馆。你的意思是说，他进来后，四处看了看，就又出去了？"

普鲁恩又在苦苦梳理自己的思绪了。

"我也说不上来我是啥意思，真的！不过，我会尽力告诉您我能记起来的事情。全都搞混了——我的意思是说——"

"大致印象？"

"嗯，"普鲁恩有点儿狐疑地嘟囔道，"是这样的。长官，干我这一行的，对进入博物馆的人就得察言观色；他们一进来，就得观察他们的举手投足。嗯，我跟您说过，昨晚很热闹。有两群跟着老师来参观的小孩子；有一位老太太和一位先生；有两帮在一英里[1]之外就看得出来的傻子，他们就像讨厌的归巢鸽一样冲向东方集市展厅；有来自城外的一家人。我不知道他们总共有多少人，但是人真的很多。然而头戴高顶礼帽、身穿黑色大衣的先生只有一个。我注意到了他，是因为一般情况下，戴高顶礼帽的人是不会在大晚上来这里的——原因

---

1. 英里：英美制长度单位，1 英里约等于 1.609 千米。

嘛，我也说不上来，但他们一般都不会的……这家伙长啥样我没看清楚，因为他大概是9点45分的时候，跟在那家人后头进来的。我只看见了他的背影。换句话说，我当时把他当成了一名普普通通的先生，没想到他就是那个演员。唉！

"对了，我之所以注意到了他，还有另外一个原因。这个原因与人们进门后通常的举止有关。长官，一个人进门后，十有八九会在一进门的地方站着东张西望一番，有点儿拿不定主意的样子。然后呢，十有八九会回头看我一眼。原因嘛，我也说不上来。我敢说，他们全都在想要不要问我点儿啥。他们有些人问，有些人不问，但不管问还是不问，他们一般都会看我一眼。长官，他们问我的那些稀奇古怪的问题，您要是听了保准儿会惊讶的！大多数人想知道的是要不要买门票，有的人打听的是里面有没有刑讯室，有的人则是问厕所在哪里；而我呢，时时刻刻都得瞪大眼睛，盯紧通往地窖的那扇门——习惯性地这么做——还要盯紧楼梯另一边通往我自个儿宿舍的那扇门，目的只是确保他们别进去，尽管这两扇门上都写着'非请莫入'。唉！

"10点之前，这个人第一次进来时，既没问啥，也没东张西望，直接就顺着大厅款步往里走去。所以我心里就想：'你是来上厕所的，我得看着你点儿，看你会不会打开后边的其中一扇门。'就是在那个时候，我注意到了他的高顶礼帽和大衣。不过，他并没去开门，而是在马车旁边停了下来，然后他在马车之间穿行，好像打算进入埃及展厅。埃及展厅是左手边往里的第二间展厅。

"后来，我就把他彻底给忘了，因为有几个孩子过来问这问那，问了一堆问题。到了闭馆的时候，我隐约想起来没见到他出去。我之所以四处张望了一下，我跟您说过了，就是想确保闭馆后馆内一人不剩。您刚才这么一问，我就想起这个家伙来了。"

"他出去了吗？"我问道。

普鲁恩犹豫了一会儿。

"噢，长官，我四处张望了一番，没看到他，而10点45分的时候，也就是差不多一个小时后，他的的确确又进来了。我敢说，他肯定出去了，不出去怎么能回得来呢，您说是吧？"

他这番话丝毫没有冷嘲热讽的意味。普鲁恩是在怀疑自己的这套说辞，但我却并不怀疑，因为我已经看出点儿门道了。我说道：

"喂，回想一下！这事是发生在米利亚姆、杰里他们这伙人到这儿之前吗？"

"是的，长官。是早了几分钟。"

"有没有这种可能，彭德雷尔（别跟我装你不知道谁是彭德雷尔！），他第一次来的时候，有没有可能偷偷溜进过地窖？"

普鲁恩脸上露出的神色，就像一个寻找陷阱的人自己的脚却差点儿踩到弹簧时的样子。

"闭馆前是不可能的，我敢保证！长官，整个晚上，我可以发誓，我的目光只有两次离开过地窖的那扇门。第一次是10点钟我清场后四下查看的时候；第二次是有人在东方集市展厅里砸煤块的时候。所以——"

"可是,"我说道,"他进了博物馆后可以找个地方躲起来,对吧?然后趁你四处走动,请人们出去的工夫,他就可以飞快地躲到地窖里去呀。回答我!有这个可能没有?"

我得拿出点看家本领来,不能让到手的鸭子飞了:一下子抛到空中的东西太多了,接不过来呀。不过,对于彭德雷尔鞋底的煤末儿,还有他第二次进入博物馆时煤末儿在地板上留下的污迹该作何解释,我还是清楚地看出一些眉目了。

他第一次进入博物馆是在9点50分左右,比预定的时间提前了。出于某种原因,他藏了起来,接着又飞快地躲进了地窖;原因很可能是他想截住米利亚姆·韦德,想一直躲到有机会截住她跟她单独聊聊为止。就是这样!他到了之后不久,其他人就到了,不过他们一起在馆长室待了一小会儿,等普鲁恩关门。然后——咳,他奶奶的,然后米利亚姆就下地窖找钉子去了!

所以,我的榆木脑袋们,她肯定在那儿见到了彭德雷尔。这次见面是提前安排好的吗?不,不,不,不可能!撇开她以为彭德雷尔在伦敦方圆千里之外这点不说,他还是天底下她最不想见到的人。可她的确见到了他。见面后发生了什么,我们不得而知。但我们确实知道五分多钟后她从地窖上来过。在楼梯前面来回走了几趟后,她从普鲁恩身边过去,走进了黑灯瞎火的波斯展厅,在里面待了一阵子,接着就又回到地窖去了。这一次,她没待多大一会儿,就又一次急急忙忙地上来了。这两次见面,都发生了什么呢?

我们只知道一件事是彭德雷尔做的，在他所能做的事情中，也就这一件与证据相符。他去过地窖前面，进过煤窖。在那里，他将几个箱子堆叠起来（卡拉瑟斯后来发现了这几个箱子），以便从通到街面的煤窖洞口爬到外面的街上去。因此，他的鞋底就沾上了一层煤末儿，而他要再次走到博物馆正门，就必须穿过人行道，但那几步路下来，鞋底上的煤末儿并没掉得很干净。回到博物馆后，他火冒三丈，要找韦德小姐。这两次会面中，我们不妨再问一次，到底发生了什么事情？有一点可以肯定：他已经决定在博物馆现身，扮演自己在这出戏中的角色，装出一副不曾藏身于馆中的样子。

伙计们，他就这样走进了一个圈套。那排马车后面很隐蔽，有人正在那暗中等着他自投罗网。

没错，这是一桩恶性案件，而且和伊林沃斯那老兄一样，我也不羞于承认，这一案件令我感到恐惧。这些线索就像模糊不清的旋转木马一样在我脑袋里直打转，转着转着，普鲁恩的面孔就冒了出来，他还在叽里咕噜说个没完。

我对普鲁恩说道："听见有人在马车后面'嘶'了一声后，你喊了一嗓子，但没人回应，而彭德雷尔去跟那个——不知名的人会合后，你又不想从门口走开。所以你就看都没看一眼吗？"

只见他把双手笼在袖子里，还在胳膊上摸来摸去，一副痛苦不堪的样子。

"稍微看了一眼的，长官。我飞快地跑到了波斯展厅门口。站在那里，直直地望过去，就可以看见马车的另一侧，我的意思是说，可以看见马车和墙之间的那条通道。"

"你看见什么了吗？"

"什么也没看见，真的！连他们两人的毛都没见到一根。不过，您也明白，我没有理由认为有啥——您知道的，犯罪行为。我就是觉得有点儿蹊跷，没别的。"

"他们能去哪儿呢？会不会是在你查看那一侧之前爬到出游马车里去了呢？"

"我也是这么想的。"他无精打采地说道。

"马车那一侧的门是开着还是关着的？"

"关着的，长官，"他迟疑了一会儿才说道，"也就是说，要是开着的话，我就会注意到，而我却没发现什么不对劲。"

"他们两人不见后，你有没有听到什么声音——比如说话声、脚步声之类的？"

他显得愈发惊恐了。"天啊，您这么一提——倒是让我想起来了，我的确听见过一些脚步声！对了，骗您天打五雷轰，这些脚步声，跟之前有人扔煤时我听到的外面大厅里那些急匆匆的脚步声是一模一样的。没错,这些急匆匆的脚步声……"

"是从哪里传来的？这些声音是从哪里传来的？"

"我说不上来，长官。好像处处都是声音，是回声。没法确定某个声音是从哪里传来的。加上我听见的脚步声并不多，就几声……大概是在那个演员头一低，从马车的车辕下面钻到了另一侧两三分钟后的事。不过，在没有理由要刻意记住的情况下，要确定脚步声到底持续了多久有点儿困难。"

"你听见的这些脚步声，是有人在逃跑的声音吗？"

他冲我发火了。"长官,您还有完没完啦?"他尖叫道,"我太多嘴多舌了,搞得人家还以为我有多开心似的,哪怕这出戏搞砸了——我后来还围着那个包装箱跳舞——而且从头到尾,那家伙的尸体——而我只提着一盏提灯!天哪!"他张开手掌,开始拍打椅子的扶手,"我太多嘴多舌了——没有那回事,除了我的提灯,只有我在那个地方独自跟那玩意儿在一起。天啊,我会梦到它的!现在您问起了逃跑的脚步声……没错,是逃跑的脚步声,不过这一点我现在才明白过来。"

等他发完飙,火气消了,我才又接着穷追不舍。

"他娘的,你放轻松点!"我得说说他,"我们已经清楚了一点,凶手对彭德雷尔行凶时,动作一定非常快。他要么是把他弄进马车,捅了他一刀,小心翼翼地关上门,接着就逃之夭夭;要么就是在马车后面的过道里捅了他一刀,接着打开最密闭、最不容易发现尸体的那辆马车的门,将他推了进去,然后就逃跑了。你说你只听见了几声逃跑的脚步声。只有几声……这么说来,我想凶手不可能横穿大厅或者冲上楼去吧?否则你就会听到他的动静了。"

"还会看到他!因为我只匆匆地看了一眼,就回到门口去了。您说得对,长官。"

"那他能跑到哪儿去呢?"

"埃及展厅,长官。那是唯一可以去的地方。您瞧见了没,通往那个展厅的门就在那条过道上,位于两辆马车之间。埃及展厅与波斯展厅在同一侧——就像大厅另一侧的东方集市展厅和八大天园展厅一样,是挨在一起的。"

"是挨在一起的,"我念叨了一下(能看出我在想什么吧?),"波斯展厅与埃及展厅是紧挨着的。波斯展厅黑灯瞎火的,你说过了。埃及展厅呢?"

"也是黑灯瞎火的。您瞧啊,长官,昨晚的那场戏,这两个展厅我们都没打算用到。还有,举个例子来说吧,我们不希望曼纳林先生瞎逛到波斯展厅,发现巴克斯特先生的那身波斯行头是从一个展柜里偷出来的。"

这时候我的笔记记得完全歪七竖八,神仙都不认得了,但我还是在一个劲儿地奋笔疾书,胡乱地把他说的那些鸡零狗碎全都记了下来,虽然我自己都拿不准它们是有用还是没用。这也把我的注意力猛地拽回到了一件我已经忘了的事情上。

"听着!"我说,"咱们还是先把咱们提到的这些人理清楚吧。巴克斯特!你说有人朝墙上扔了煤之后,巴克斯特马上就溜达到了黑灯瞎火的波斯展厅。他一直待在那里吗?他在干什么呢?彭德雷尔来的时候,他没出来打声招呼吗?"

普鲁恩揉了揉脸颊。

"噢,我以为他肯定跟其他人一道在楼上。我的意思是说,我觉得他从波斯展厅的那座铁制楼梯上楼了。对,他是后来才出来的。我正打算跟您说这事呢。我们不厌其烦、翻来覆去地把工夫都耗在了证词上——可是说真的,从那个演员走进大门那一刻算起,到我听到逃跑的脚步声为止,中间也就一小会儿时间。真的!当时我不知道如何是好,就回到门口扯起嗓子喊人了。我连喊了几声'巴特勒先生!霍姆斯先生！'，只是想看看到底该怎么办，因为我那时都快疯掉了……"

"是吗？"

"大厅里刚开始此起彼伏地响起我的回声，我就听见波斯展厅传来了脚步声。只见霍姆斯先生从里面冲了出来，向我挥手，示意我别出声，他的脸色看上去比之前还要苍白。他对我说：'你嚷嚷什么呀？'（他是从那座铁制楼梯上下来的，您知道的。）'你嚷嚷什么呀？'他问我。我就跟他说起了那两个家伙：先进来的那个疯子，和眼下不见了的这个浑蛋。听完后，他说的话很吓人。

"'他在哪里？'霍姆斯先生问道，'你早干吗去了，怎么没跟我说一声？'

"'先生，'我不喜欢他说话的语气，于是说道，'是您亲口说让我不要离开岗位的，而且正跟杰里先生一起待在馆长室的那个家伙，那个先来的戴眼镜的瘦子，杰里先生好像没觉得他有问题呀，所以我干吗要跟您说呢？另外，我还想冒昧地问一句，'我站在他面前，理直气壮地说，'不就钉一口小破包装箱嘛，你们这么多人，用得着花上足足三十分钟吗？'

"我后来才搞清楚，原来那口镀银箱子的铅盖被腐蚀得一塌糊涂了，他们折腾了半天，好不容易才把它弄开。可我当时并不知道这个情况。他们把我一个人晾在一边这么久，搞得我都有点儿慌乱了。可霍姆斯先生只是站在那里，按着自己的额头，说道：

"'我的天哪，搞不好真有可能是伊林沃斯！'

"他撇下我，火急火燎地冲向馆长室——就是我们现在所在的这个房间。就在这时，巴特勒先生和巴克斯特先生出现在了大理石楼梯的顶端，正连拉带推地把包装箱往楼下弄。霍姆斯先生凶巴巴地把手指往嘴唇上一放，示意他们别出声，接着又指了指我，随后就轻轻推开馆长室的门，朝里张望……

"就在霍姆斯先生从门缝里探进去半个脑袋，观察里面动静的时候，他们把箱子弄下了楼。然后，巴克斯特先生同米利亚姆小姐和柯克顿小姐一块儿，向我跑了过来，想搞清楚出了什么情况——不过，巴特勒先生却打了个响指，又跑回楼上去了，感觉好像是忘了什么东西似的。

"而就在这时——真是奇怪！馆长室的门在霍姆斯面前'砰'的一声关上了，我们全都差点儿又被吓掉了魂。疯子就是从这个时候发起疯来的，只是我们当时并不晓得这事……"

伙计们，我听到的新证词就是这么多了。凭借伊林沃斯的供述，此时我可以胸有成竹地验证普鲁恩说法的真伪了。结果是，双方的说法完全吻合，分毫不差。所以可以说：

普鲁恩的讲述虽算不上很精彩，却道出了全部实情。在波斯展厅的门口附近，米利亚姆、哈丽雅特和萨姆·巴克斯特这一小群人正在听普鲁恩讲当晚发生了哪些事。霍姆斯则在咚咚地敲馆长室的门，想知道出了什么事。巴特勒上了楼，称不知把警棍放哪儿了。接着馆长室的门打开了，开门的是杰里，开门前他已成功地强迫伊林沃斯进了电梯，霍姆斯走进了馆长室。一两分钟后，他和杰里又从房间里出来了，两人正起劲儿地争论着什么。然后巴克斯特发现了地上的黑色假胡子，冲他俩跑了过去；争论了几句后，他们俩就加入波斯展厅附近的那伙人了。杰里讲述自己对付伊林沃斯的经过时，他们听见巴特勒从大理石楼梯上下来了。他顺着那排马车往前走，每经过一辆都要往车里瞥上一眼，而且他还打开了那辆出游马车的车门……

然后，巴特勒从马车上跳了下来，"砰"的一声关上了车门。车内的情况，不消说，谁都无法看到，因为大伙都待在离那排马车较远的一端。不过，巴特勒看见了从通风口露出的伊林沃斯脑袋的轮廓，于是开始了那场先是追捕伊林沃斯，后来又把他从通到街面的煤窖洞口拽下来的疯狂行动。

"因此，"普鲁恩兴奋地总结道，"我们——任何一个人——都不知道出了凶杀案。"（他似乎仍然不知道巴特勒早就知道了。）"我们害怕的是那个警察会搬了援兵，回来查清情况。所以他们都认为还是来个三十六计，走为上——赶紧溜。巴特勒先生已经先离开了，他正拉着仍人事不省的老疯子，非要把他送回去不可；巴特勒先生好像吓得不轻，这让我很吃惊。另外，他还让大伙发誓当晚晚些时候，都要到霍姆斯先生的公寓里跟他会合。唉，真是可笑；我纳闷——"

他想了一会儿，神色有些惊恐，但还是接着说道：

"巴特勒先生前脚刚走，米利亚姆就跟着离开了。她——对了，她身体不大舒服，长官；您也知道，她身体一直很差。"他盯着我，目光犀利，"她说她想开车兜兜风，散散心，让自己感觉舒服一点。她的车停在帕尔默花园路后面。柯克顿小姐提出来要陪她一块儿去，但米利亚姆小姐没同意。她说如果过会儿感觉好一些的话,她会到霍姆斯先生的公寓里去找他们的,说完便匆匆出门了……"

"独自一人?"

他迫不及待地扯到了别的话题上。"您这话倒是提醒了我。您是不是在想,如果米利亚姆小姐参与了这出把戏,那昨晚就在巡官在这儿的时候,她为什么又返回了博物馆?情况是这样的。她兜了一会儿风,然后就回来了,像往常一样把车停在了帕尔默花园路——看到了这个房间亮着灯。于是她以为大伙还在这儿,就进来看看了。

"但大伙早走了,虽然霍姆斯先生想留下来,不管会不会来更多的警察。他一直在说:'那个演员究竟怎么啦?他在哪里?他跑到什么地方去了?'他很着急,但巴克斯特先生却只说了一句:'你没看出来吗?这个该死的演员已经丢下我们不管了。我不想穿着这身可恶的行头在这儿耗下去了。'然后霍姆斯先生摆出一副非常有责任心的样子,说道:'这地方乱得太不成样子了,我们得把它打扫干净。'

"'这个您就甭操心了,先生,'我对他说,'我有一整晚的工夫,会打扫干净的。'

"'说得也是,'霍姆斯先生说,'可是你自己没法拆开包装箱,把那口镀银的箱子取出来,再把四英担[1]重的铅板搬到楼上的玻璃柜里去啊,对吧?'

"可杰里先生却说:'这事好办得很,你们这群榆木脑袋。

---

1. 英担:重量单位,1英担约为50.8千克。

我们现在偷偷溜走,以防有什么风吹草动;虽然会不会有我还怀疑呢;等风头过去了,我们再回来把这儿收拾干净不就结了?这期间我们可以去罗恩的公寓里待着。无论如何我们都得回来一趟,因为萨姆得把那套波斯行头放回原处。'

"柯克顿小姐说这是上上之策,只听她连声喊道:'快,快,快点!'当时的情况很诡异,因为我们把这儿所有的灯全关掉了,大厅里只有我那盏提灯亮着,所以我们只是呆呆地站在那里。不过,霍姆斯先生并没有因此而乱了方寸。他把我的提灯放到了原来搁匕首的玻璃展柜上,说道:

"'对了,不管怎样,'他说,'我们都要把阿曼弯刀放回原处,因为那可是个贵重物件。'说完,他掏出钥匙,把展柜又打开了,'阿曼弯刀呢,萨姆?递过来。'

"不料,有点爱发脾气的巴克斯特先生却咆哮道:

"'我可没拿!'他尖叫道,'老子一晚上都在问你把它放哪儿了,而老子找到的就只有这副掉在那边地板上的该死的假胡子。胡子跟匕首原来是放在一起的,可现在匕首去哪儿了?眼下,老子才不管它去哪儿了呢,只想赶紧离开这里,趁——'

"门铃响了,是嗡嗡的两段长音。

"哇!长官,您没瞧见他们听到门铃后,一个个都吓成了啥样!提灯把他们的脸色照得很清楚,没被吓着的只有杰里先生和我,我们两人还相视笑了一下。当然了,按门铃的人其实——现在咱们也知道了——是曼纳林先生!但巴克斯特先生还以为是警察呢,担心人家看到他傻傻地穿着那身衣服,出尽洋相,害得他到头来丢了公使馆的饭碗什么的。哎呀,他都快暴跳如雷了!霍姆斯先生也没好到哪儿去。

"'咱们赶紧撤。'巴克斯特先生尖叫道。他拿起那副黑色的假胡子,见着个地方就一把塞了进去:也是巧了,恰好就塞到了那个展柜里。接着,他从霍姆斯手上抢来钥匙,一眨眼的工夫就又把展柜锁上了。然后他们就一窝蜂地朝后门涌去。只有柯克顿小姐停了片刻,把双手往我的肩上一搭——天哪,她那双蓝色的大眼睛里闪着惊恐与泪水,不过我一辈子也搞不明白其中的原因。

"'答应我一件事,'她对我说道,'不论怎样,就算是天塌下来,或是死人从坟墓里爬出来,你也要答应我,绝不会把今晚来过这里的任何一个人给泄露出去。'"

普鲁恩停下来,长长地吸了一口气,挺起了肩膀。他看了我一眼,眼神中闪耀着自豪。

"长官,上帝作证,"他说,"即使是在那具可恶的尸体真从它的墓穴里滚出来时,我也没有违背诺言,这个您的巡官可以证明。"

我们沉默了很长一段时间,雨点还在往窗户上溅,普鲁恩直挺挺地坐在那把红色的皮椅上。我上上下下打量了他一番。从普鲁恩和伊林沃斯这两个一看就迥然有别的人嘴里,我们眼下已经了解了故事的两个部分了。

"没错,你就是一个傻瓜,"我说道,"不过,这个暂且不谈了。听着,关于这出针对曼纳林的'把戏',只有两个问题我脑子里还没想清楚……"

"哪两个问题,长官?"他露齿一笑,鼓励我说出来。

"这个针对曼纳林的玩笑是在很短的时间内想出来的,是不是?换句话说,你们是直到昨天早上才知道杰夫·韦德昨晚要出门的。你们这么快、这么顺利地就跟每个人商量妥当了,是怎么做到的?是靠写信还是什么?"

他呵呵笑道:"噢,一周前就在酝酿了,长官。只剩日期没定下来了。他们决定,就在最近的某个时候吧,一旦出现了好机会就动手。而昨晚就是一个千载难逢的机会——因为,您也知道,那个货真价实的伊林沃斯博士真的就在伦敦,而花花公子曼纳林先生可以从报纸上看到这一消息,这会有助于让他信以为真。哦,为了把这出戏演好,我们还想出了一大堆方案呢。"

他把头伸了过来,像是要跟我透露什么机密似的。

"嗨,不瞒您说,我们想到的第一个方案——最初的那个,后来不得不放弃了——是筹划一起谋杀案。我的意思是说,一起有一具真尸等等的名副其实的谋杀案。当然了,长官,我的意思是说,从医学院弄来一具真尸——看把您吓得!"

我的脑子都快转不了了。我说道:"听着,这是我要问的下一个问题。你说要从医学院弄来一具真尸?星期三那天,那伙人中有没有谁写过一张字条?内容是这样的:'亲爱的G,得搞到一具尸体——一具真尸。怎么死的无所谓,但得搞到一具尸体。谋杀的事我来想办法——那把象牙柄的阿曼弯刀可以解决问题,要不勒死也成,如果勒死看上去更好的话……'有谁写过这玩意儿吗?"

普鲁恩面带愧色地点了点头。"没错，长官。昨晚谁都没敢承认，不然——唉，您知道是怎么回事。杰里先生有个朋友在医学院，名叫吉尔伯特·兰德尔，这事老板跟您说没说过？他们想出了一个主意，觉得他没准儿可以从解剖室里弄来一具尸体；至于'怎么死的'，意思是说，死者是怎么死的无关紧要，只要他们能弄到一具尸体来用用就行。他们也就是想用它来摆摆样子。于是，杰里先生就在这个房间里坐下来，开始在打字机上打那张字条。可是，霍姆斯先生却打断了他，还说：'看在上帝的份上，你这榆木疙瘩，别写这样的玩意儿，非要这么干不可的话，直接去找兰德尔好了，因为万一这封信丢了，肯定会闹出大笑话的。'听霍姆斯先生这么一说，杰里先生就把字条塞进了口袋里，不想后来掉出来了，掉在了霍姆斯先生的公寓里。当然了，杰里先生见了兰德尔先生后，发现根本就不可能弄到一具真尸，所以他们就只好放弃这个主意了。"说到这里，普鲁恩愉快地笑了笑，"您昨晚不在这儿，没看到卡拉瑟斯巡官冷不防掏出那张字条时，一脸煞有介事、凶神恶煞的样子，可轰动啦。霍姆斯先生差点儿吓死了，如果卡拉瑟斯巡官给您看了办案记录的话，您一定会发现他的反应都被记录了下来……杰里先生当时本来是想插嘴解释的，但让霍姆斯先生给拦住了。可是，哎呀，长官，字条还真是落到了不该落到的人手里，而且还真是闹了个大笑话。"

感觉又像被蜇了一下。

我往后一靠，有点儿茫然。从伊林沃斯和普鲁恩嘴里，我们掌握了整个事情的来龙去脉。可我们得出了——什么呢？

真是可以把人逼疯。费了那么大的劲，东寻西找地把散了苏格兰场一地的拼图碎片都捡了起来。我们已经把这些碎片都拼起来，得到了完整的图像。可我们看到了什么呢？我们看到了一个人朝我们吐舌头的画面。即使碎片都被拼接起来了，对于谁是杀害彭德雷尔的凶手这一问题，我们也还是与之前一样毫无头绪。

这个该死的事实让我作了一个决定。我挠着曾经有一头黑发如今却快成秃瓢的脑袋瓜时，普鲁恩满怀希望地看着我。

他说："哎，长官，您打算怎么办？我跟您说的都是实话，即使是天使加百利问我，我也会这么回答。您尽管验证！随便问问他们哪个都行！把他们叫过来挨个儿问一遍也行！韦德先生跟我说了，您会把其他所有人都盘问一遍的——"

我断然说道："普鲁恩，我的老弟，我不打算盘问其他人了。"

他瞪大眼睛看着我，于是当时我就把眼下要跟诸位说的话跟他说了一遍。作出那个决定后，我感觉好多了，就给了他一根雪茄。

"普鲁恩，"我对他说，"我之所以插手此案，就是想搞清风向（不要点评我这个蹩脚的比喻，否则就会被我鄙视）；看看情况有多糟，并给予杰夫·韦德力所能及的帮助。现在我已经发现情况有多糟了，糟得很。但我仍然愿意在不败坏警局名声的情况下，能帮他多少就帮多少。不过余下的，我就爱莫能助了。6月14日晚上，进过这家博物馆的共八人：米利亚姆、哈丽雅特、杰里、巴克斯特、霍姆斯、巴特勒、伊林沃斯以及你本人。把伊林沃斯排除在外的话,剩下的七人,谁都有可能是杀害彭德雷尔的凶手。博物馆外面至少还有另外两人——曼纳林和杰夫——有机会的话,他们也有可能下手把他干掉。如果坚持涉案人员一个都不能排除嫌疑的原则,非要把伊林沃斯也算进来不可的话,一共是十个——"

"不好意思,长官,"普鲁恩插嘴道,"可您是不是把刚才在这儿大吵大闹了一番的那个板着脸的女士给忘了?我虽然没听见她说了些啥,但从她离开时您跟她说的话来看,我猜她跟彭德雷尔有些瓜葛……"

"对!"我说,"安娜·赖利夫人。没错,她也必须算进来。因此,不管有无可能,不论可能性大小,我们一共有十一个嫌犯。老弟,我再说一遍:我是头儿,不是侦探。这种给小毛驴贴尾巴的游戏必须由习惯于蒙着眼睛干活的人来完成,别把我当成这样的人。所以——"

普鲁恩若有所思地"唔"了一声。

"所以,我认为现在是让大名鼎鼎的侦探哈德利警司出马的时候了。老弟,帕普金斯给我的职位下过一个正确的定义。他说,虽然我说不上非常善于搜集离奇而疯狂的信息碎片,但也堪称一个搜集反常信息的高手。从某种或多种意义上说,我都是一个清扫工。帕普金斯列出了十一个疑点,供我一个个清除。十一个疑点,十一个嫌犯;所以一切都吻合了。帕普金斯说过:'显而易见的问题,我就从略了;这张单子只是用来探讨疑点的。'在这一点上他无疑是说对了。不过帕普金斯还说过:'我想说,您搞清了所有这些疑点后,也就知道凶手是谁了。'对于这一点,我只能说,帕普金斯这个骗子看走眼了。

"这些疑点都已经有了答案,有的完全拨云见日了,有的则部分水落石出了;可整个案情却恰恰相反,变得愈发扑朔迷离和匪夷所思了。而我对本案的贡献,我对这桩荒唐案子最后的、也是最大的贡献将是这一点,而且仅此一点:我要把枪对准该对准的人。"

趁着普鲁恩正纳闷我到底在瞎吹些什么时,我把帕普金斯列了十一个疑点的那张单子在桌上摊开,从笔盘里拿起一支大号的红色铅笔,在单子上面写下了最后的问题:

是谁杀了雷蒙德·彭德雷尔?

下

侦办天方夜谭案的苏格兰人

警司

戴维·哈德利

的陈述

第 18 章

黑夜的面纱揭开了，但凶手的面纱尚未揭开

　　是谁杀了雷蒙德·彭德雷尔？可以告诉诸位，他是一个诸位可能一开始并没有怀疑过的人；关于这一点我可以肯定，检察长、内务大臣乃至赫伯特爵士也都可以肯定。若不是出现了颠倒是非、司法有失公正的情况，杀害彭德雷尔的凶手应该早就——也许不是被处以绞刑，毕竟死的是一个喜欢敲诈勒索的吃软饭的家伙，这种人死了，警方和陪审团都不会痛心的——但至少早就被判了刑。

　　麻烦就麻烦在这一点上。不管我是不是赫伯特爵士所形容的名侦探，我都愿意承认，对于循着蛛丝马迹把本案查个水落石出，我一直不是太热衷。整个案件要是因为调查受挫而不了了之，检察长可能也就会来个顺水推舟，将此案列为悬案，任其沉睡而不闻不问了。可惜事与愿违，这样的事情并未发生。在本案中，我们面对的是嘲弄正义、故生事端的人，这使得我们连冲着凶手"啧、啧"责备两声都断无可能。现在这桩案子是绝对糊弄不过去的，我们得想出个法子来，哪怕只能逮着一个作伪证的家伙也成。尽管这一回受到严厉批评的人不会是我，但内务大臣非常关注本案。如果迟早都得

把一个人卷进去，我想看到的结果是，我们对案子的处理是无可厚非的，因为这算是我干得最出色的活了。

照这样讲下去，看来是要变成一次讲故事大赛了，所以我必须承认，我既不敢说自己具备卡拉瑟斯那样炉火纯青的讽刺才能，也不敢说自己掌握了赫伯特爵士那种事无巨细如数家珍的本事。就这个案子而言，我恐怕也不能像伊林沃斯那样绘声绘色地渲染出令人毛骨悚然的氛围。我觉得这位年近古稀的牧师好像已经在这场讲故事大赛中遥遥领先了。我崇尚清楚明了、直截了当、合乎逻辑的叙述方式，认为这三点缺一不可。举例来说，赫伯特爵士对普鲁恩的讯问，问出来的结果有点混乱，让人摸不着头脑，我们必须把这种混乱理清之后才能搞懂是什么意思。明明白白、清清楚楚。只有麦考利男爵[1]写的东西可以让我一读再读，因为他的作品中没有一个费解的、需要读两遍才能明白的句子。菲尔博士会告诉诸位，我（和麦考利一样）喜欢戏剧化的语言和铿锵有力的句子，但无论怎样都必须把清晰明了和合乎逻辑摆在首位。

我相信，还从来没有哪个案子可以像本案一样，为诸位提供这么多机会来施展纯逻辑推理的本领。原因在于本案中的蹊跷古怪之处太多了。诸位，怪事再多，逻辑推理也是不会一筹莫展的，这是它的用武之地。一个普普通通的案情或难题，没准儿就可以有十来种解释，所以侦探也有可能会选

---

1. 麦考利男爵（Thomas Babington Macaulay，1800—1859），英国历史学家、政治家、散文家。

择错误的解释,一开始就不得要领,把整个案子都办砸了。不过,非常离奇的案情往往却只有一种说得通的解释;案情越离奇,则越可以缩小作案动机的范围。比如说,关于那本烹饪大全的解释是如此简单,但在真相大白之前,可真是让人伤透了脑筋。要是借助逻辑推理,我们本来早就可以知道只可能有一种解释,而且是简单的解释。可由于我们生来就喜欢把逻辑推理放到一边,两眼望着青天,幻想星星能给我们答案,于是就与这个解释失之交臂了;碰到古怪离奇的问题时,我们往往本能地以为答案必定也同样古怪离奇。

所以我想领着诸位一步一步去接近这一系列事件背后的答案。我是从星期六开始奉命负责此案的,这一点赫伯特爵士已经告诉过诸位了,但我直到接下来的星期一才着手实际调查或讯问。不过在此之前,我把能找到的每一份报告都翻阅了一遍,还跟卡拉瑟斯谈了两个钟头,一下子明白了某些非常意味深长的事实。我暂时还不想把自己的推论告诉诸位,只能透露这些推论与死者的鞋子和眼镜有关;不过,我对本案很感兴趣,极感兴趣,恨不得菲尔就在身边,而不是在法国南部逍遥,这样我就可以跟他争论一番。星期六下午稍晚的时候,赫伯特爵士召见了我。他在韦德博物馆里听取了那几个人的证词后就回来了。他还把疑点清单交给了我。那个金不换——帕普金斯(有点古板,人倒是踏实可靠)已将清单更新了。这张清单已开始强有力地证实卡拉瑟斯在报告中作出的推测并非无稽之谈。

不过,我的中间名叫"谨慎",所以到目前为止我还没有发表什么观点,而是想方设法跟每位相关人士取得了联系。别看杰弗里·韦德吹牛,说什么为了应对传讯把他们都背靠背地拽到了一起,但如实说来,他们好像还是一盘散沙。米利亚姆·韦德住在海德公园老爷子的家里,因为神经太过紧张而休克了;反正有两个医生说,二十四小时内不得有人扰了她的清静。哈丽雅特·柯克顿的情况,医生们说,要稍好一点。年轻的巴克斯特待在杜克街自己的公寓里,醉得不行了。其余的人受到的影响似乎要小一点,但也都有一定程度的加大。我给老爷子打过电话,是杰里·韦德接的,他告诉了我最新的情况。

巴特勒和曼纳林又干了一架(这一架似乎是以握手言和而结束的,信不信由你)。卡拉瑟斯说曼纳林那天晚上曾狠狠地给了巴特勒的下巴一拳,把他都打晕过去了,诸位还记得吧?星期六一大清早,曼纳林下楼时,巴特勒已经在曼纳林住处的门厅守着了。曼纳林刚一走出电梯,巴特勒就走过去来了一句:"早上好。没人跟你说过不能打双手插在口袋里的人吗?"曼纳林端详了他一会儿,说道:"你的双手现在插在口袋里吗?"接着两人二话不说就又拉开了架势。这一次巴特勒是有备而来,他照着曼纳林的嘴巴就是一拳,打得对方一个趔趄。接着就是一场恶架,打得昏天黑地,把门童都给看呆了,忘了上去调停。等打斗开始引起人们的注意,门童也不得不做做样子出面调停时,双方都已经吃了大亏。巴特勒看了看曼纳林,接着又看了看自己,不禁大笑起来;过了一会儿,曼纳林自己也咧嘴笑了起来,说道:"上楼,喝一杯去。"

巴特勒说了一声"成"，两人就上楼了。他们似乎已经和好了，而且都认为对方并不是彻头彻尾的大坏蛋；不过我早该想到，曼纳林的幽默感大概也就这么多了。

这个小插曲也许能说明点儿什么，也有可能说明不了什么，但既然决定过了星期日再开展实质性的工作，要先利用这段时间把所有证据都仔仔细细再过一遍，我就还是将这个小插曲归了档。因此，我星期日在家里待了一天，把自己关在书房里，点起烟斗，从各个可能的角度把各种证据都认真研究了一通。我尤其关注帕普金斯的那张疑点清单，此时这张清单已经修正和更新过了，里面有很多真正具有价值的推测，有助于我们查明真相，兹呈上修正后的清单，请诸位过目。

第一部分

1. 博物馆正门一进门处的煤末儿印迹，也就是卡拉瑟斯在地上发现的那些无法辨认的污迹，当作何解释？

    评述：既然死者的鞋底上沾有一层煤末儿，那么这些印迹想必就是死者留下的。那他在进入博物馆之前又去过哪里，才会在白色大理石地板上留下脚印呢？

    解答：他去过地下室和煤窖。彭德雷尔9点50分左右进入博物馆后躲了起来；在10点到10点10分之间，趁普鲁恩没看好地窖门时，他溜进了地窖。10点一刻，那一伙人分散开来——巴特勒和霍姆斯上了楼，巴克斯特去了东方集市展厅，那两个姑娘随杰里·韦德去了馆长室。

10点18分或稍微再晚一点儿时（时间不是很精确），那两个姑娘从馆长室出来，巴特勒正好下楼来要钉子。知道钉子放在哪儿的普鲁恩自告奋勇，主动提出来去取钉子，但米利亚姆·韦德却坚持要亲自去地窖。她去地窖的时候，哈丽雅特·柯克顿和巴特勒一道上楼去了。

　　米利亚姆从地窖上来的时间大约是在10点25分或再晚一点儿；巴特勒也正好再次从大理石楼梯上下来，想弄清楚是什么事情把她耽搁了。米利亚姆晃荡了几分钟后，进了波斯展厅；然后她又第二次去了地窖，这一次时间非常短。她上来的时间是10点35分，当时伊林沃斯博士正好到了博物馆。接着她就去楼上与霍姆斯、巴特勒和哈丽雅特会合了。

　　整个这段时间，彭德雷尔都在地窖里。在10点45分之前不久的某一刻，他肯定已经进了煤窖，又从通到街面的煤窖洞口爬到了街上，然后装出一副之前从未来过的样子，出现在了博物馆门口。

　　这既为我们提供了一张时间表，也提供了一个答案。不过要是按照帕普金斯的法子来做的话，我会在答案上加一条评述。这条评述会很简单：为什么？彭德雷尔为什么要从通到街面的煤窖洞口逃出去并回到博物馆？诸位也许会说他之所以这么做，是因为米利亚姆说服了他，让他假装压根儿就不认识她；还说服了他，让他别让人发现他在地窖里见过她，而是要神不知鬼不觉地离开博物馆，然后装出头一次来参观的样子再回来。对于这一点，我暂不提出异议。

清单上的第二点，也就是以"亲爱的G，得搞到一具尸体"云云开头的那张字条的问题，已经得到了充分的解释，可以放到一边，不予考虑。我们接着来看第三点。

3. 那个大煤块，就是卡拉瑟斯发现有人莫名其妙地朝东方集市展厅墙上砸的那块，该作何解释？

　　评述：这一点伊林沃斯博士和其他人都没有提到过，而且扯进来似乎也有点牵强。应该传讯的人有两个：一个是普鲁恩，大厅的情况，他自始至终都可以看得一清二楚；另一个是巴克斯特，10点35分（左右），也就是伊林沃斯抵达博物馆的时候，他就在这个展厅。

　　解答：这一点普鲁恩倒是提到了，但依然与整体情况不吻合，说不通。砸煤块这事放到伊林沃斯博士到达以后的时间表中则说得通。普鲁恩说他在伊林沃斯到达"三五分钟"后听到了撞击声；咱们姑且取个整数，说撞击声出现在10点40分吧。

　　普鲁恩听到了东方集市展厅传来的响声。问题是，尽管通往该展厅的那扇门始终都在他的眼皮子底下，他却没看到一个人进去过——除了巴克斯特之外，他自10点一刻起就一直待在里面。

　　普鲁恩当即前往该展厅，发现里面根本就没人。他刚进去四下查看，就听见身后外面的大厅里传来了脚步声（他对这些脚步声的形容是"急匆匆的"）。接着他就看到了碎煤块的痕迹。就在他瞅着这些痕迹瞧的时候，巴克斯特从展厅里的摊位或是帐篷间冒了出来。巴克斯特称自己一直待在隔壁的八大天国展厅，对煤的事一无所知。说完，巴克斯特就离开普鲁恩，穿过大厅，进了波斯展厅。

最终，10点45分门铃响时，普鲁恩还在东方集市展厅中寻找蛛丝马迹，接着彭德雷尔就进来了。

10点40分到10点45分之间，其余的人都在哪里？巴克斯特的行踪已经说清楚了，或者说看似说清楚了。就我们所知，霍姆斯、巴特勒、哈丽雅特和米利亚姆一起待在楼上。杰里·韦德和伊林沃斯在一起。

那么煤是谁扔的呢，扔煤的原因又是什么呢？

因为：

这一点很重要，那就是，在10点一刻到10点45分之间的这半个小时，整个大厅只有一个时间点没有处于普鲁恩的监视之下，也就是他去调查东方集市展厅里为何发出响声的那一会儿。

所以帕普金斯真是令人钦佩呀，就算他不明白个中奥妙，他也会把每件事都记录到纸上。不过，我还是提醒诸位注意他的完整评述，不要掐头去尾，因为我认为其中包含着解开整个谜团的钥匙。帕普金斯本人显然也是这么认为的，因为他又再接再厉，很有逻辑地详述了他的下一个疑点。

4．那副黑色的假胡子经历了什么样的奇遇？

评述：这副原计划让巴克斯特戴的假胡子，按照霍姆斯的说法，由霍姆斯在当晚稍早的时候，连同那把匕首，一起放在了大厅楼梯上的某个地方。它好像是和那把匕首一道不翼而飞了。后来又被巴克斯特在博物馆的地板上找着了；然后它就不见踪影了，直到卡拉瑟斯在原来放匕首的上锁的展柜里找到了它。这是不是意味着什么呢？传讯在那儿值班的普鲁恩。

解答：传讯过普鲁恩了，而且除了某些关键时间节点外，我们目前几乎已经摸清了这副假胡子的所有动向。霍姆斯那番被伊林沃斯偷听到的说辞已经得到了证实：在大约10点一刻巴克斯特拒绝戴假胡子后，霍姆斯将匕首和假胡子放在了楼梯最下面的台阶上。

这就导向了如下问题：

一、匕首与假胡子是什么时候不翼而飞的？

二、为什么这两样东西都被人偷走了？

巴克斯特似乎已觉察出它们不在了，但我们尚不清楚他最早是什么时候意识到的。他第一次真正提到这副假胡子是在11点之前一点点，当时伊林沃斯已被锁在了电梯里，而且整个地方都乱作了一团。伊林沃斯看见巴克斯特从出游马车附近的地板上捡起了那副假胡子；还听见他问霍姆斯匕首去了哪里。接着，巴克斯特在惊慌失措的状态下，为了摆脱掉假胡子，就将它一把塞进了一个玻璃展柜，然后还用霍姆斯的钥匙把展柜锁了起来。可10点一刻到11点这段时间发生的事情，真的令我们疑窦丛生。

然而，我们可以作出这样的假定：匕首和假胡子被人偷走的时间不是在彭德雷尔于10点45分到了之后，因为转眼间就发生了命案；因此，它们肯定是在10点一刻到10点45分这半小时的时间内被盗的。

有两种可能：

一种可能是，被盗发生在10点一刻到10点40分之间，如果真是这样的话，那这起盗窃案就必定是在普鲁恩的眼皮子底下发生的，这样一来，普鲁恩就不仅知道行窃的人是谁，而且还故意撒谎了。另一种可能是，盗窃发生在10点40分到10点45分之间，而用煤砸墙则是调虎离山之计，目的是转移普鲁恩的注意力，给凶手行窃扫清障碍。

不过，对于这两样东西为什么会双双失窃，我们依然毫无线索。

在这一点上，咱们的帕普金斯（在我看来）扯得有点太远了，而我自己正在形成一套明确的看法。不过，我还是告诫自己，千万不可急于下结论，因为关于10点45分到11点之间这十五分钟的情况，我连一个嫌犯都还没问过。

自不待言，这对我的案子而言是至关重要的十五分钟，不过，我得提醒一下诸位，其重要性并非你们可能以为的那样。按照普鲁恩的说法，从彭德雷尔10点45分进入博物馆那一刻起，到11点巴特勒先于别人发现了他的尸体那一刻为止，这段时间这些人都在什么地方？嗯，按照普鲁恩的说法，彭德雷尔顺着大厅往前走，有人从马车的阴暗处跟他打了声招呼，然后他就不见了踪影。过了一小会儿，普鲁恩不明白出了什么事，加上询问"谁在那儿"也没人回答，心里就开始发毛了。接着他再次听到了那些"急匆匆的"脚步声，他跑到那排马车的另一侧去看了看，但什么也没发现。

他扯开嗓门喊人,霍姆斯立马就从波斯展厅走了出来。两人聊了一番后,霍姆斯去了馆长室,目的是想看看伊林沃斯是不是真演员——不承想门"砰"的一声在他眼前关上了,伊林沃斯突然摇身一变,演起华莱士·比里探长的角色来了。此时,巴克斯特和巴特勒则正在把那口包装箱往楼下搬,跟在他们后边的是米利亚姆和哈丽雅特。

此刻我当然觉察到了,除非另有全体不在场证明,否则楼上的那伙人中谁都有干掉彭德雷尔的机会。楼上有好几个展厅,其中一个展厅里有一座铁制楼梯,可以通往楼下黑灯瞎火的波斯展厅。可能有人从那座梯子下来,进了相邻互通的埃及展厅——也是黑灯瞎火的,记得吧——再从埃及展厅的门里出来,进入大厅,躲在普鲁恩所在位置看不到的地方等候彭德雷尔的到来。这个人是谁呢?

不过,我一直在琢磨帕普金斯所列清单上的三个疑点,因为这三个疑点连同卡拉瑟斯巡官的报告,给了我一些启发,让我发现了对凶手不利的铁证。有兴趣的话,各位可以看一看清单余下的部分,别的疑点已经完全弄清楚了。随着案情的进展,只有一点越发明朗,越发确凿无疑,而这一点赫伯特爵士已经谈到了:其他任何人都有可能是凶手,唯独米利亚姆·韦德肯定不是。

以第五点和第六点,也就是凶案发生后她为什么回到博物馆,以及她为什么以伪装的声音给哈丽雅特打电话这两个疑点为例进行分析。她之所以回到博物馆,是因为别人还没离开的时候她就已经离开了,她真的很心烦,便开车兜了一会儿风，回来把车停在老地方后，她看见博物馆里亮着灯，就以为大家还没走。正如赫伯特爵士指出的那样，她看到尸体后的举止——打电话给哈丽雅特时伪装了自己的声音，是为了便于跟那姑娘单独聊，说说两人之间一个共同的秘密——并非是一个女人杀了人后的做贼心虚。但这两个疑点中隐含着一个重要的事实，其重要性似乎被大家忽略了。菲尔，我不知道你现在看出了这个重要性没有。这个事实就是，她有一把博物馆后门的钥匙。

趁我结束这段插曲之际，请好好想想这一点。幸好我在克罗伊登度过了一个安静的星期日，因为星期一早上，事情就开始不消停了。

9点我一到办公室，就听说哈丽雅特·柯克顿在等我，非要找我谈谈不可。

第 19 章

偷走匕首的人

天气依然阴冷多雨,所以我办公室里已经生好了火。刷成了棕色的墙面本来就不怎么赏心悦目,加上雨点拍打着窗户,让人心里更不舒服。我让那个姑娘在外面的一张长凳上等一等,等我先把信件看一遍再说。然后我打开了桌子上方的灯,以及另一盏灯,并把旁边的一把椅子转了过来。我这个人,对什么拿光往人家脸上一照,保证他们全都招的胡说八道的理论,从来就不相信,但我倒是相信,让证人坐的椅子比你自己的略矮一点是个高招。这让他们回答你的提问时不得不仰视你,因而往往会产生很好的效果。随后,我吩咐手下把她带了进来。

趁着哈丽雅特·柯克顿试图来一段对话式开场白之际,我把她从头到脚仔细打量了一番。卡拉瑟斯说得很对,她长得像《灵魂的觉醒》[1]那幅画中的女孩,又仿佛复活节卡片上的天使,但看着一点也不像是那种轻浮的女人。我感觉她是一个通常在小事上轻率,但在大事上却非常精明的姑娘。她

1.《灵魂的觉醒》(The Soul's Awakening)是英国画家詹姆斯·桑特(James Sant,1820—1916)为家族中一个十三岁的少女所作的肖像画。

的身材苗条，偏运动员类型——你知道一种说法吧：像一条瘦长的赛狗——鼻子周围有一些雀斑，还有一双我见过的最大、最富表现力的蓝眼睛。她身穿一件雨衣，头戴一顶湿毡帽，帽檐下可以看到她金色的发梢；她坐在我桌边，身体前倾，双手颤抖。女人惶恐不安时，说起话来既不会气喘吁吁，也不会结结巴巴；除了东扯西拉时神色紧张、声音有点儿发抖之外，你压根儿察觉不出来。而这姑娘紧张到了极点，所以一开口就直入正题了。她的那双眼睛真可谓明眸善睐，顾盼生辉。

"我得来见见您。"她说。

我用铅笔轻轻拨弄着桌上的记事簿，问道："怎么了？"

"我是代表米利亚姆来见您的，"她继续说道，依然目不转睛地盯着我，"她身体不太好，出不来。哈德利先生——我来是想看您了解了多少情况。请容我把话说完！"她举起手来，尽管其实我啥也没说，"我知道平头百姓不该过问警方的事，但情况特殊，您得告诉我……"

"嗯？"

"是这样的。我知道那——那事还没见报。可是昨天一个叫赖利的讨厌女人打电话到家里来，说她有一些关于'雷·彭'的非常重要的事情，要跟米利亚姆谈谈。是我接的电话。听她的意思好像是她手上有一些——随身物品，手提箱啦什么的。"说到这里她停了下来。说这些的时候，她的声音压得非常低，语速非常快，两眼望着桌子的一角，但说到"随身物品"这个词时却哽住了，就像被鱼刺卡住嗓子似的。"她还说她已经跟助理厅长谈过了，所以这事他全都知道了。您明白我在说什么吗，哈德利先生？"

"明白，我明白。"

"明白就好，那这事非得捅出来不可吗？"她突然大声喊道，甚至都不肯正眼看我了，"这事非得捅出来不可吗？是不是？喂，看在上帝的份上，别跟我说什么非得揪住我们不放！"

这种事情会让人感到极不舒服。好在她的两颊还有一些如红色胎记般的亮色，否则她的面色就苍白如蜡了。这姑娘需要长胖一点，多睡点觉，少喝点酒，可那天早上她已经喝了几杯威士忌了。

"没人要揪住你们不放，柯克顿小姐，"我说，"听我说，实话跟你说，我们也是人。和你们一样，我们也不喜欢流言蜚语。可是不管喜欢不喜欢，我们都必须把凶手揪出来，而难就难在这儿：几乎可以肯定的是，这起谋杀案的直接起因就是韦德小姐——也有可能是你。"

有一小会儿她纹丝未动，连呼吸都很缓慢。

"这么说这事您也知道了？"她看着桌子的一角，与其说是在提问，还不如说是在陈述。

"等一下，柯克顿小姐。你也明白，除非你愿意，否则你什么也不必告诉我……我们也不想公之于众，在结案之前，不管怎么说，搞得人尽皆知只会妨碍我们办案。不过话又说回来，要是没有足够的证据抓人的话，把这事公开就在所难免了。但也别觉得这种可能性会很大。遗憾的是，还要把验尸官也考虑进去。虽然大多数验尸官和我们是一个鼻孔出气，会帮着隐瞒我们不想声张的事情。但有些验尸官却是爱管闲事的蠢驴，他们喜欢站在聚光灯下，把能抖搂出来的全都抖搂出来，哪怕把案子搞砸了也不在乎。而倒霉的是，本案的验尸官威勒顿就是其中之一。提醒你一下这一点才算公平。"

跟这种心境的证人来硬的是愚蠢之举。相反，如果能像给孩子解释某个道理那样轻言细语，则往往能够获取你想知道的东西。这姑娘此时是因为太难过，才有些不知所措。

"可是，"她说，好像啥都听不明白似的，"可是——要是那样的话，米利亚姆该怎么办啊？那个赖利夫人……"

"这方面你就别担心了，赖利夫人这一头有我们呢。如果你想把自己——你们自己——完全托付给我的话，其余的方面怎么办，我会相机而动的。不过，这就意味着你得坦诚相告，毫无保留。明白吗，柯克顿小姐？"

她哆嗦得跟筛糠似的，但还是点了点头。

"就看你自己的选择了，"我继续说道，"况且你们在星期五晚上博物馆发生的事情上撒了谎，已经把你们大伙全都置于不利境地了……"

她捶了一下桌子。"而这意味着麻烦更大了，我想。"她沮丧地说道。

"噢，你们会从验尸官那里听到一些刻薄话的。不过，你要是跟我百分百说实话的话，就不必担心了。"

"您想知道什么，我全都告诉您，"她以平静、沉着、毫无起伏的声音回答说，音量比耳语高不了多少，"通通告诉您，上帝作证。"语气变得无所顾忌了，"对，我信任您，您看着——可靠。没错。您想知道什么？"

"很好。我们暂且撇开韦德小姐不谈,直接切入主题。你是彭德雷尔的情妇,对吧?"

"对。不,不,不能说是情妇。我的意思是说,这个词听起来像是——长期关系,您明白吧?我和他只度过了一个周末。我受不了他!"她刻意让自己的脸色平静了下来,然后气急败坏"啪"的一声打开手袋,掏出了一个带镜小粉盒。她的双手在发抖。"嗨,就这点破事,我这么大惊小怪的干什么呀?我的意思是说:这种事我们谁没干过呀,对吧?我想是因为他太——滑头了。您明白吧?"

"他有没有找你要过钱?"

"没有。他知道我没钱。"

"有多少人知道这桩风流韵事?"

"您是指我的那事吗?米利亚姆知道。是他告诉她的。是这样的,他先认识了我,后来又认识了米利亚姆,而我俩——我和米利亚姆——完全不知道对方认识他。我知道我说得一塌糊涂,很不清楚,可您听明白了吗?后来米利亚姆发现——发现自己怀孕了,于是叫他滚得远远的,说再也不想见到他了,他听了以后哈哈一笑,还说她无疑会再见到他的。他还嫌这场闹剧不够乱,就把我和他的那点事告诉了她。"

"她还——喜欢他吗?"

"您是说米利亚姆?"她"哈"了一声,声音短促而又充满鄙夷,像是要开始嘲笑什么似的,并且耸了耸肩,仿佛抖掉了一个虫子,"米利亚姆?不大可能吧。"

"现在问你一个私人问题。你在跟理查德·巴特勒谈恋爱吗?"

"是的。"

"他知道你跟彭德雷尔的事吗?"

"知道。"

"知道多久了?"

"今天早上才知道的。我告诉他的。"她睁大眼睛,好奇地看着我,几乎要歇斯底里地大笑了,"噢,天哪!您不会以为——不会以为是林基杀了他吧?哎哟,听我说!您肯定是个老掉牙的老古板。他也许会认为像彭德雷尔这样的东西是社会的毒瘤,但他再怎么也不至于把他干掉呀。您不觉得吗?"

我没告诉她我的想法,就像现在没告诉诸位一样。她继续看着我,此时越发得意扬扬了。

"我再跟您说点事情吧,哈德利先生。说不好谁都想把彭德雷尔给宰了,但我可以告诉您,他不是也不可能是死在哪些人的手上。我们四个人——有四个人!——一直都一起待在博物馆楼上。林基——林基告诉我他在——您知道的——在11点钟发现了尸体,"——她有点气喘吁吁了——"但这事不可能是他干的,这一点您是非常清楚的。我的意思是说,人不可能是他杀的。林基和罗恩·霍姆斯,还有我,从10点20分左右开始,直到11点钟为止,全都在楼上。米利亚姆在离10点45分还有一会儿的时候加入了我们,我们一起待到了11点。我们四个人在一起。对此您怎么看呢?"

我还是没告诉她我的想法,可她却看着我的眼睛,目光中流露出一种真诚或者说挑衅的情绪,但到底是哪种,我说不太清楚。我对她说：

"我能相信你说的这些吗？还是说这只是一套集体不在场的托词？"

"您可以相信的，哈德利先生。是真的，我发誓，我说的都是真的！"

我打开抽屉，拿出了卡拉瑟斯画的那张博物馆简图。

"这是一楼的平面图。你指给我看看，你们在楼上的什么位置，在一楼哪个房间的上面。明白吗？"

"明白，当然明白。在这儿！您瞧，楼上有四个主要的展厅，和楼下一样。四个展厅外面有一圈走廊。我们在阿拉伯展厅，在这个展厅的正上方，也就是埃及展厅的上方。"

"阿拉伯展厅的隔壁是什么地方？"

"是被他们称作披肩室的地方。"

"是在楼下的波斯展厅的正上方吧？"

"是的，没错。"

"披肩室的角落里有一座通往楼下波斯展厅的铁制旋转楼梯，你知道吧？"她点了点头，依然目不转睛地看着我，于是我继续说道，"那我们就打开窗户说亮话吧。你愿意发誓说从10点35分起，也就是韦德小姐上来和你们会合后，你和她，还有霍姆斯和巴特勒就都待在阿拉伯展厅，而且从未离开过彼此的视线吗？——对了，到什么时候为止？"

"到10点55分左右为止，"她回答得很明确，"这时林基和罗恩已经把那口箱子拾掇好了。萨姆·巴克斯特刚从楼下上来和我们会合，他是从披肩室的那座小楼梯上来的。然后林基和萨姆，他俩是最壮的，就开始把包装箱往楼下搬。罗恩——对了，罗恩听见普鲁恩在楼下大喊大叫，于是就从那座小楼梯冲了下去，看看是怎么回事，而林基和萨姆则从主楼梯把箱子搬了下去。我不知道您对所发生的一切是否都了如指掌……"

她已经从一个寡言少语的证人变成了一个非常健谈的证人，而我则尽可能不动声色地转移她的注意力。

"我再问你一遍，柯克顿小姐。你确定从 10 点 35 分左右起到 10 点 55 分这段时间，你、韦德小姐、霍姆斯，还有巴特勒从未离开过彼此的视线吗？"

可别小瞧重复，仅此一招往往就能奏效；这不见得是要证人改口，只要能把被隐瞒的事实挖出来就可以了。哈丽雅特·柯克顿可不是傻子。她一直像弹琴一样在桌沿上敲来敲去，显然很想弄明白自己是不是在哪个地方出了错。这时她点了点头，但通红的脸色却并没有变。

"嗯，我明白您的意思了，"她慢吞吞地说道，"您找普鲁恩谈过了，对吧？您指的是伊林沃斯博士那个滑稽的老头儿到达博物馆，与米利亚姆上楼跟我们会合差不多是在同一个时间，大约是在 10 点 35 分，对吧？这一点我倒没想过。紧接着罗恩·霍姆斯就到外面的走廊上冲楼下的普鲁恩大喊大叫，问他演员到了没……您指的是这个吧？"

"嗯？"

她闭上了嘴巴。"罗恩离开展厅也就 20 秒，而且他就在门外。我们听见了他的脚步声，听见了他的喊叫声，还听见了他回来的声音。实际上，这意味着他没有离开过我们的视线，对吧?"

实际上,无可否认,的确是这样的。

"还有一个与之相关的小问题,柯克顿小姐,"我穷追猛打,"伊林沃斯,也就是被大家误当作演艺经纪公司派来的演员的那个家伙,在大厅里遇见了刚从地窖上来的米利亚姆……"

说这话时,我尽量显得漫不经心,因为我不希望她认为我留意到了地窖的重要性。

"……而随后她就上来跟你们会合了。可没过多久,霍姆斯就火急火燎地出来问普鲁恩演员到了没有。难道米利亚姆只字未提在楼下大厅遇到他了吗?"

在我看来,她似乎没料到我会问她这个问题,而且她似乎压根儿没想过这事。

"没有,她没提,我想起来了!她半个字都没说。"

"她上楼时是什么样子?紧张?着急?还是烦闷?"

"她神色紧张,显得心烦意乱,"哈丽雅特·柯克顿以平和的语气答道,"您要我跟您说实话,我现在说的句句都是实话。"

这姑娘此刻摆出了一副很多人完成一项稍有危险——不是极有,只是稍有——的任务时都会摆出的姿态,她的身体开始发僵。从一条气势汹汹马上就会嗷嗷叫的狗旁边经过时,人们也会这样。

"你知道她烦闷的原因吗?"

"不,哈德利先生,我不知道。"

我给了她时间,让她慢慢去琢磨这件事。我从桌前站了起来,走到窗户边上,站在那里一边看着窗外的雨,一边把口袋里的硬币弄得叮当作响。不过,在经过被灯光照亮的那个地方时,我还是用眼角的余光瞥了她一眼。我这个人不喜欢言过其实,所以我也不想太夸张,但在我看来,这个脸色白里透红,被雨水淋得很狼狈的姑娘,就像伯恩-琼斯笔下的人物一样漂亮。当我把目光移开后,她的肌肉似乎突然放松,接着又绷紧了,她微微向后一仰头,露出了脖子上的细纹,苍白的眼睑也颤动了一下。不过她只是从雨衣口袋里掏出了一个香烟盒,仍旧平静地看着地面。然后,我回过头来。

"柯克顿小姐,如果你的说法能得到证实,你就提供了一个不在场的证明——显然——是为你们四人。你意识到了没有,这样一来,可就把两个人置于了非常不利的境地。按照你的说法,凶手就只能是巴克斯特或杰里·韦德了。"

这句话可把她吓得不轻。

"无稽之谈!不!绝不可能!噢,简直是荒谬透顶。等一下!小老头儿和伊林沃斯在一起,不是吗?况且,他绝不会——还有,说起萨姆——萨姆!"她的嗓门已经高得说不下去了,只能靠做手势来表达;她想说萨姆明摆着不可能是凶手,可就是不知道用什么词来形容,"萨姆——哎呀,是他才怪了呢!不信你瞧他一眼,跟他聊两句就知道了!我的意思是说,他一看就是一个十足的大好人,怎么会认为他是杀人犯!"

"好了,被称作杀人犯,确实不是什么恭维之词。如果你认为他不是凶手,就别说对他不利的话。"

"哎呀,您明白我的意思啦!"她激动得都热泪盈眶了,

"换成别的时候,您给我一剑,我一定会还您一刀,可眼下不行。我没心思开玩笑。我什么也不想做,只想爬到一个角落里去发一阵酒疯,胡言乱语一通。我说,别看萨姆一头红发,过去劣迹斑斑(通常表现为喝得烂醉),但他刚刚找到了尊严和他的——只要跟他聊一会儿就知道了!我说过了,他是个大好人,不过他是那种向女人求婚时,每句话都会以'你明白我的意思吗?'来结尾的人。另外,我想起来了,他11点之前就上楼了,跟我们一起待在阿拉伯展厅……"

"具体时间?你记得吗?"

"噢,不知道。我和林基讨论过多次了,想确定是什么时候发生了什么事!我想说,他上来的时间,不管怎样,也不迟于10点50分。也许还要更早一点。而且如果——"

这时,克拉克敲了敲办公室的门,拿着一张折叠起来的字条,走进来放到了我桌上;本来打个电话要容易很多的事情,他却亲自跑过来一趟。我打开字条,只见上面写着:"陪那位女士一起过来的两名男子正在楼下外面的车里等候。分别姓巴特勒和韦德。您也许会想见见他们。"

于是我对克拉克说道:"好的,什么时候见,我会告诉你的。"

我回过头来,对这个姑娘继续说道:

"柯克顿小姐,假定我们从一开始就对这桩风流韵事知道个大概。现在,谈谈那出打算作弄曼纳林先生的恶作剧如何?"

"让我感到最不舒服的就是这件事了!"她脱口而出,"说来滑稽,但的确如此。格雷戈·曼纳林无疑扭转了局势,反而把我们搞得吃不了兜着走了,不是吗?原来是我们打算作弄他的,结果却让他把我们作弄得狼狈不堪,出了大丑。我能想象出他们在验尸官面前讲述这个故事时,他——还有其他所有人——嘲笑的样子。而且这件事还会让我们显得很讨人厌,您不觉得吗?可是我们压根儿就没想过要伤害他。我们只想看到在恶魔威胁要割掉他的肝脏时,他吓得六神无主的样子。他这个人啊,太自高自大了,谁都看不惯;您要认识他的话,就会明白的。"

"他爱上了韦德小姐?"

她若有所思地答道:"对,我想他的的确确是爱上了她。"

"她也爱上了他?"

"说来也怪,"她的语气很奇怪,"男方的心思我那么肯定,而女方的我却吃不准,岂不是很奇怪吗?米利亚姆这个人,哪怕我这么熟悉她,也有点儿说不清她的想法。我觉得她不爱他,起码没爱到死去活来的地步。"哈丽雅特咧嘴笑道,"我知道头天晚上的那位巡官——叫什么名字来着?卡拉瑟斯——给她留下了极深刻的印象。不过她倒是老把格雷戈·曼纳林挂在嘴上,把格雷戈·曼纳林吹得神乎其神,一说到格雷戈·曼纳林就心怦怦跳得厉害,所以出于纯粹的自我保护,她不得不把两人的关系维持下去。还有一点,她要是真的那么醉心于他的话,就不会让我们搞那出恶作剧了。我的意思是说,假设要作弄的人是林基·巴特勒的话,我知道我一定不会同意别人这么对他的,万一他表现不佳,那可就丢人了。"

"你觉得曼纳林怎么样呢?大致说说。"

她思考了很大一会儿，指间夹着一支没点燃的香烟。

"这个问题我也反复想过。我认为别看他表面上装腔作势的，其实骨子里还是一个实在人。换句话说，出于纯粹的虚荣心，他也许会在喜马拉雅丛林里或是别的什么地方逞英雄，干出一些疯狂的事情来，而且关键是，他会付诸行动。"

我用铅笔戳了一会儿桌面上吸墨纸的边缘。"很好。照我说的，从头把星期五晚上从大约10点钟起——也就是你们一伙人到达博物馆的时候——所发生的一切原原本本地告诉我。其中只有一个小问题似乎谁也没提到过……"

她又警惕起来了，但还是好奇地点了点头。

"星期五晚上，或者说得更准确一点，星期六凌晨1点多一点点，卡拉瑟斯发现了尸体后，到霍姆斯的公寓去找过你们。守在电话交换机旁的小伙子说从9点开始，你们全都一直待在楼上。我想，那是事先安排好的吧？"

"没错，是计划失败后我们从博物馆逃回来后作出的安排；当时我们的的确确不知道出了命案，但又觉得我们的那场恶作剧没准儿会惹来一点小麻烦。杰里给了那个小伙子很大一笔小费，告诉他要这么说。小伙子不会有麻烦吧？"

"不会，目前不会。"

"还有，您也知道，要不是出了大纰漏，您的卡拉瑟斯巡官压根儿就休想上楼。我们当时在等林基——林基送伊林沃斯那老头儿回家去了，要我们在罗恩的公寓里等他。他没向我们透露半点凶案的风声。所以呀，除了林基外，谁也上不了楼。罗恩跟小伙子是这么交代的：'待会儿会有个乔装成警察的人过来,让他直接上来。'结果后来您那个真正的巡官来了,笑嘻嘻地对小伙子说:'别通报我来了,我会敲门并说自己是警察的。'因此,那小伙子自然就以为——"

"我明白了。可是当晚早些时候,在你们从博物馆回来之前,他并没接到说楼上在举行派对的指示吧?"

"没有,当然没有。我说,您在想什么呢?您为什么要像斯芬克斯那样坐在那里,什么都不透露呢?"她开始拿拳头捶桌沿,"您在想什么呢?怎么啦?"

"别慌,柯克顿小姐。咱们就从10点钟你们大伙到达博物馆的那一刻说起,请吧。"

"您似乎已经什么都知道了,"她沮丧地说道,"本来应该是一个很开心的夜晚,结果却搞砸了。普鲁恩锁了门之后,林基和罗恩·霍姆斯就上楼去准备箱子了,萨姆跑到什么地方去背台词了,我和米利亚姆则开始帮杰里戴络腮胡……"

"等一下。我知道,中间还发生了一件事情。在此之前,霍姆斯从玻璃展柜中拿出了那把象牙柄匕首,是不是有这么回事?而且他还把匕首和一副黑色的假胡子放到了楼梯最下面的台阶上,对吧?"

"没错,是有这么回事。"

"柯克顿小姐,我希望你明白一点,如果你不如实回答下一个问题的话,我会察觉到的,情况就会对你非常不利。从楼梯上拿走匕首的是谁?"

她似乎打起了精神。

"是米利亚姆。"她平静地回答道。

第 20 章

箭头状的钥匙

"别误会我的意思!"她大声喊道,又一次把手举了起来,虽然我什么也没说,"我并不是说这里面有——有什么见不得人的事情,或者说是她偷的。哎呀,林基和我都看见她拿走了,还有老普鲁恩也看见了;她是拿了,但她把它们放回去了,我可告诉您,她并没有一直拿着它们!我真想知道您在想什么。"她打量着我,"不过,说来说去都一样,我就知道,这事会吓您一大跳的。

"事情是这样的。我说过了,我们一伙分开之后,米利亚姆和我去帮杰里戴络腮胡,当时米利亚姆说了这么一句:'要我说,小老头儿,你该穿上合适的衣服才行!'"

"衣服?"

"没错。您瞧啊,小老头儿穿的只是他平时穿的衣服。'好在下面地窖里,'米利亚姆说,'挂着几件老爸的旧夹克。你应该弄一件来穿上。我下去给你拿一件,如何?就让我去吧!'当时小老头儿正在骂那副络腮胡,那玩意儿很难粘在准确的位置上,所以没大注意她的话。可米利亚姆对自己的这个主意很热衷,于是我和米利亚姆就走进大厅,然后她便下去拿夹克……"

"她愿意让你陪她下去吗?"

"愿意,当然愿意啦!我本来也是要下去的,可就在这时林基冲下楼来,急不可待地喊着要钉子,于是米利亚姆就说:'我去拿,我去拿!'对了,事实上林基还差点被放在楼梯上的那把匕首绊倒。林基对我说道:'小丫头,你上楼来给我们帮帮忙。别的做不了,上上封蜡还是可以的。'于是我们就上楼了,到了楼梯顶端,正要转向一侧的展厅时,我碰巧朝下面看了一眼,只见米利亚姆正在捡起那把匕首,而且我看着她的时候,她还伸手摸了摸那把假胡子。好了,请听我把话说完,"姑娘凶巴巴地说道,"因为这绝对是真的,我发誓!米利亚姆抬头冲我们笑了笑,说道:'有人不小心的话,会被这把匕首绊倒的。我会把它安全地交给萨姆的。'"

"巴特勒看见她捡起匕首,听到她说这句话了吗?"

"我——对,我想是这样,不过不敢确定。他当时急急忙忙的,加上又先我一步进了阿拉伯展厅,所以我不敢断言,但按说他应该听到了。"

"普鲁恩呢?他应该看到也听到了吧?"

"听没听到我说不好,因为大厅的进深很长。不过我觉得他肯定看到了,除非那些玻璃展柜挡住了他的视线。您不相信我的说法吗?您怀疑我吗?"

"别紧张,柯克顿小姐。来,把烟点上。"她正把香烟在指间捻来捻去,我划着了一根火柴,帮她点上了烟。她的两颊又呈现了红晕,两眼也炯炯有神了。"你知道她拿那把匕首干了什么吗？"

"她——她把它放到别的地方去了。"

"你确定吗？你亲眼看见了吗？"

"没有，不过我后来问过她——在发现了命案之后。我是昨天问她的，因为我担心得要命；可她对我说，没关系的，要是警方问起来，尽管有一说一，有二说二。就是这样！"

"她捡起匕首时，是怎样的神态？"

姑娘脸上挂着一丝淡淡的、嘲讽的微笑。"哈德利先生，您还在找做了亏心事怕鬼敲门的人？她看上去非常正常，略显激动和惊讶，但十分正常。"

"惊讶？对什么感到惊讶？"

"这个我可不知道。"

"接着说。"

"没了。您看不出来？我能告诉您的就这些了。我同林基和罗恩·霍姆斯一起上了楼。接下来什么都延误了。先是他们花了很长时间才在不损坏周围陶器的前提下，把那口箱子从玻璃柜中弄了出来。接着装锯末的袋子又破了。随后我们又发现箱盖腐蚀得一塌糊涂，不小心翼翼地用锤子敲，用凿子凿，根本就打不开。然后正如我跟您说过的，或者说得更准确一点，正如您告诉我的，大约在10点35分的时候，米利亚姆上来加入了我们……"

"我记得你说过，当时，她神色紧张而且心烦意乱？"

"就当时情形来看，我们大伙也都一样。全都耽搁了，时间越来越逼近了！您瞧，他们把箱子弄出来了，上了封蜡，还要赶紧动手用钉子把它封在那口包装箱里,省得被人发现箱盖根本打不开。手忙脚乱的时候,总会出这种事情的。没错,我们大伙都有点儿慌乱——您知道的。所以,这说明不了什么。不过,到此为止,我把能告诉您的全都告诉您了。因为直到10点55分为止,我们全都待在阿拉伯展厅里。"

我拿起桌上的电话,对外间的克拉克说道:

"把他们带进来。"

她没有出声,也没有任何动作,只是机械地把香烟拿到了嘴边。应该这么说,她已经筋疲力尽,没有好奇心了。即使看到理查德·巴特勒和杰里·韦德被人带领着,怯怯地走进房间时,她也只是奇怪地笑了笑,对他们说道:"你俩也叫他们给逮住了,啊?进来,一块儿聊聊。"

"我们觉得不该置身事外,"巴特勒说,"你的甜言蜜语也许很管用,但我们觉得你没准儿需要有人给你撑撑腰。您好啊,警司大人。"

说到理查德·巴特勒,我们从卡拉瑟斯和伊林沃斯的描述中得到了两种截然不同的印象:在卡拉瑟斯的印象里,他是一个才华横溢的江湖骗子;而在伊林沃斯的眼里,很自然,他是一个披着警服的大坏蛋。要我说,冷静地讲,前者对他的评价要比后者的贴切一点,但除非在某种巨大的情感压力下,否则这两者的评价我都不会非常认同。他是个大块头,普普通通的一张脸还算和善,不过一对灰眼睛倒是非常机灵,精心梳理的黑发稀稀拉拉地贴在脑门上;他后半生将是那种逐渐发福,坐在俱乐部里呵呵笑的人。他有点紧张地微笑时，我看到他有一颗牙掉了，而且一只眼睛上方还有一个伤疤。站在他旁边的那个小伙子个头矮小，目光锐利，头戴圆顶硬礼帽，一副手摇风琴演奏家的做派。他看上去不那么温和，却精明和果断多了。他们两人都穿着雨衣，上面全是雨水，而且都很紧张：尤其是杰里·韦德。他坐下时，直直地一屁股坐在了椅子边儿上，发出了令人难以忍受的刺耳声音。

"不知道您认不认识我，警司大人，"他稳住自己的声音说道，"我就是伊林沃斯那老东西口中那个既下流又可怖的盖博博士。伊林沃斯昨天去见了我家老爷子，我在书房门外听他们谈到了我的恶行劣迹。这位是巴特勒先生。"

我仔细打量了他一番。"就是在彭德雷尔命案中，"我说道，"那位发现了马车中的尸体，却知情不报，可以被我们以事后从犯来起诉的巴特勒先生——"

"我请问您，哈德利先生，换作是您，您会怎么办？"巴特勒不假思索地问道，"脱口而出，当场就在博物馆引起恐慌？我打出租车把伊林沃斯送回去之后，当然是要告诉他们的。可您的警官捷足先登，先我一步到了那里，加上他们都发过誓了，说没去过博物馆，所以我当然不能他们说东我说西，让人感到意外啊。要是有后悔药的话，再难吃我也愿意吃，只要不加重我的罪行就行……对了，伊林沃斯也看到了马车里的尸体，您该不会说他也是事后从犯吧？"

他又笑了，摆出了一副气定神闲的样子，摘下了帽子。

"请坐，二位，"我说，"想抽烟就抽吧。巴特勒先生，你的处境很不妙啊，明白吗？"

"非常明白,谢谢。"

我倾身说道:"还有你,韦德先生,除非伊林沃斯的说法完全得到采信——别忘了,他可是一个相当古怪的先生——否则你可能会因谋杀罪而被捕,知道吗?"

"哎哟!天哪!"小老头儿的手指头让火柴给烧着了,"喂,等一下!我?为什么?"

"因为可能除了你和巴克斯特先生外,别人都有不在场证明,而且这个不在场证明,并不依赖于那个怪兮兮的老牧师的证词,他这个人啊,什么离奇的话都说得出来。"

"拉倒吧,信不信由你,我没行凶杀人,"他说,"不过你说的情况我倒是没想到。真的,正如我跟您说我没罪一样,那个老戏骨也是真的患有妄想症。骗您不得好死,我不知道他是哪里出了问题!——可能是惊悚小说看多了,神经错乱了。昨天下午他登门来看老爷子时,不仅持有一本名叫《末日之刃》的书,还带了一本《钱笛博士无敌归来》,好像是前一本书的续篇,是塞尔弗里奇的某个人不经意间拿给他的。要是有人送给他一本关于西部拓荒的小说,最好还是注意一下会不会在爱丁堡那边引发轩然大波。一句话,"他擦了擦额头,"他可能有妄想症,不过——见鬼!我的意思是说,我们当时真的在那里……"

我打断了他的辩白。"对了,巴特勒先生,你们四人,韦德小姐、柯克顿小姐、霍姆斯先生,还有你自己,有完全不在场的证明,真是这样吗?"

诸位可以看出,在这方面下套根本就没用。在这个问题上,不管他们说的是实话还是谎话,他们早就铁了心了。于是我采取了直截了当的策略。巴特勒沉重的眼皮下一双眼睛直勾勾地打量着我,他旋弄着两手的大拇指,然后以询问的眼神看着哈丽雅特(她在不动声色地抽烟),但最后也同样采取了坦诚的态度。

"我想,可以这么说吧,"他无可奈何地承认道,"那——那个家伙到的时候,我们的确是在楼上。时间是10点45分,对吧?没错。不过,听我说,为什么把可怜的萨姆排除在外?"

"巴克斯特先生也在楼上跟你们在一起?"

"当然啦。更确切地说,他上楼的时候恰好是10点45分。"

"你这么清楚,莫非一直在盯着自己的手表不成?"

他放声大笑道:"不是。我们所在的阿拉伯展厅里有一面挂钟;这面钟虽是一件展品,却走得很准。我自然是一直在盯着它。我们大伙全都盯着呢,想看看还有多久就到11点了。萨姆探头进来时,正好只差一两秒到10点45分。"

"这一点,你愿意发誓,没问题吧?"

让巴特勒感到慌张的是,我轻易地接受了他的说辞,只把这当作一个无关紧要的事实记录了下来。他两眼不由自主地死死盯着我看。(我在细瞅自己攥得紧紧的双手。)他看了哈丽雅特一眼,接着又把目光投向了杰里,双脚在地板上蹭来蹭去,好像在思考有没有圈套。

"发誓?"他重复了一遍这两个字,"啊!哦,愿意,那是当然。实——呃——实际上,我还以为您会说我是骗子呢。"

"为什么?"

"为什么？嗨，警察不就是干这个的吗？从某种意义上说，你们就是吃这碗饭的。要是没人说谎的话，那你们不得喝西北风啊？"

"此话，"我说，"倒是说得没错。好了，巴特勒先生，咱们接着谈谈你自己在本案中的角色吧。我们可以聊聊雷蒙德·彭德雷尔。"

这句话在这个小团体中引发了一阵骚动。柯克顿把香烟往火里一扔，紧紧地靠在了椅背上。杰里·韦德从口袋里摸出了一把口琴。

"巴特勒先生，在星期五之前，你听说过雷蒙德·彭德雷尔这个名字吗？"

"没听说过，"巴特勒非常肯定地说道，"而且，我是直到卡拉瑟斯巡官发现尸体后提到这个名字时才听说的。"

"是你打电话向布雷纳德演艺经纪公司要演员的，对吧？"

"对。"

"星期五下午，你在皮卡迪利的一家酒吧里见过彭德雷尔一面，跟他谈他要扮演的角色，对吧？"

"对，"巴特勒承认道，然后又是一阵大笑，"这您就有所不知了。我给他们打电话，说了我们的需求，他们说：'嗨，真是巧了，我们正好有一位非常合适的人选：某某先生。'我压根儿没注意这个人的名字；我认为我当时连听都没听。请您回答我一个问题：您在社交——不是职场——生活中所遇到的人当中，有几个一经引荐，您就马上叫得出他们的名字？除非有必要，否则我们是记不住别人的名字的。从电话里叽里咕噜说出来的这个名字，就像是数学题里的未知数 X，就算我听到了，又能记住多少啊？千真万确，警司大人，我没听说过这个名字。我跟他们说：'好，那就叫他今天下午 2 点钟来卡利班酒吧见我，到了说找我就行。'于是我就见到了他，我当时就不喜欢那笨家伙的样子，不过，他看上去扮演那个角色倒是绰绰有余。当时我的确问过他叫什么名字，可他说：'噢，这个无所谓，今天晚上我就叫伊林沃斯。'我觉得他的表现有点古怪，他还像通俗剧中的恶棍一样暗自嗤嗤发笑——"

"等一下。假如你对他一无所知，那又为什么要说你'当时就不喜欢那笨家伙的样子'？现在你对他有所了解了吧？"

巴特勒迟疑了一会儿，对杰里说道："我就知道我们应当把那个该死的律师带过来的。"

"没用的，林基，"哈丽雅特两颊通红地说道，"他全都知道了。换句话说，他知道我的情况，也知道米利亚姆与彭德雷尔有一段私情。"

她稍稍强调了"私情"俩字。我们终于踏上了一条从一开始就绕不过去的路，而我早就决定了要走哪个方向。"私情"，而且是一段事态严重的私情，足以构成本案的作案动机。除非万不得已，否则没有必要把孩子扯进来。为了表达得清楚无误，我一字一顿地说道：

"没错，是有一段私情。在这段私情中，韦德小姐成了彭德雷尔的情妇。公事公办的话，我知道的就是这些了，而且你们大伙要是头脑清醒的话，就会明白任何人需要知道的也就是这些了。"

一阵沉默。他们是忠诚的朋友。哈丽雅特·柯克顿眼里噙满了泪花。杰里·韦德低着头,嘴里紧紧衔着口琴。

"那——"哈丽雅特嘟囔道,"那——就好,"她声音微弱地补了奇怪的一句,"可你们那位可怕的验尸官呢?"

"找一个高人来为你们大伙出庭辩护。不要惊慌失措,也不要上当受骗。会挺过去的。不过记住:别在我面前撒谎。我再问一遍,有人撒过什么谎没有?"

"没有。"杰里·韦德平静地说道。他抬起了头,满脸通红,那副和蔼可亲、玩世不恭的面容还没完全恢复。"谢谢。嗨,没有人会对您撒谎的。"

"你听说过你妹妹和彭德雷尔的事吗,韦德先生?"

"没,没听说过。这么说吧,我是昨天晚上才听说的,是我妹妹告诉我的。不过,彭德雷尔的名字我倒是听她提起过,在信中提起过。很久以前,米利亚姆写信给我,说她遇到了一个叫这个名字的'大帅哥',不过她写的这样的信多了去了。我记住了这个名字,是因为它听着像迈克尔·阿伦[1]笔下的某个人物。"他用口琴吹出了几个尖酸讥讽的音符,"我能怎么着啊?对他说'先生,只要你踏上本俱乐部的台阶,我就拿鞭子抽你!'?我要是知道就好了。我也许可以证明自己有

---

1. 迈克尔·阿伦(Michael Arlen,原名 Dikran Kouyoumdjian,1895—1956),亚美尼亚裔英国作家,一些好莱坞影片如《女人实业家》(*A Woman of Affairs*,一译《小霸王》)和《金箭》(*The Golden Arrow*)等都是在其作品的基础上改编的。

点用,但用处不会很大。啊,天哪!这个浑蛋!"

他长出了一口气,接着就闭上了双眼。

我回过头来对巴特勒说道:"好了,跟我说说星期五晚上的情况吧,比如,你们为什么那么想捉弄曼纳林先生?"

巴特勒好像很困惑。"老实说,我说不上来。我想,有可能是因为听说了那些有关他的传闻,也很有可能只是我平日里老想搞一出戏的缘故。等你渐渐了解他以后,你会发现他这个人其实还不错。"他指了指自己的缺牙部位,"我觉得我成不了他的知交,不过——唉,遇事洒脱一点,活得就会轻松一点。不知道有人跟您说过没有,我和他发生过一点争执。僵持的过程中,我突然觉得两个大老爷们居然在这个地方捉对厮打,无非是博他人一笑或叫好,真他娘的是滑天下之大稽,于是我不禁放声大笑。那一刻,我获得了一些哲理般的感悟。这就好比走进了毒气里后,却发现那毒气原来是笑气。如果这种心态能够风靡全球,我怀疑将来还会不会战事频仍。而那出戏——好吧,我得承认,说到底并不出彩。"

他自己对当晚的描述与其他人的说法在每一个细节上都吻合,我就不再重复一遍了。我只在一个地方打断了他。当时他正讲到米利亚姆·韦德去地窖找钉子,他和哈丽雅特上楼去阿拉伯展厅的那一段。

"你们上楼时,"我插嘴道,"韦德小姐捡起了楼梯上的匕首,嗯,她说了什么没有?"

巴特勒一时语塞,好像让什么东西绊了一下似的,然后直愣愣地看着我。

"嘿！"他嚷了起来，像是挨了冷枪，"嘿，该死的，我说——！"

哈丽雅特唐突地说道："我要是说错了，还请原谅。一点也没关系的，我说过很多次了，我们应该信守诺言，对哈德利先生有一说一，有二说二。林基，我不知道你看到了没有，但我觉得你肯定听到了。米利亚姆确实从楼梯上捡起了匕首；当然了，她把它放到了某处，说出这件事不会对她造成丝毫伤害的，因为她无疑一直都和我们一起待在楼上——不要用那种眼神看我！"

"我没用什么眼神看你。"巴特勒委屈地申辩道。他掏出一块手帕，擦了擦自己的额头。"想起来了，我确实听到她说了点什么，好像是'把它安全地交给萨姆'。没错，我发誓！她的确说了！可这还是头一次有人提起这事……"

"这事米利亚姆跟我商量过了，"姑娘没好气地说道，"再说了，既然我们答应了人家要实话实说——好了，就别遮遮掩掩了。"

"好吧，她拿那玩意儿到底干了啥呢？"他问道，"她把它交给萨姆了吗？我可没看见他腰带上系过那玩意儿。不过，我也不记得最后一次见到那该死的玩意儿是啥时候了。我只记得一点，那就是，萨姆和我11点把那口'棺柩'弄下楼时，匕首确实不在楼梯上，因为当时我还刻意留意了一下。天啊，她把它放到哪儿去了？"

我打断了他。"照柯克顿小姐的说法，我们目前只知道她'把它放到'某处去了。不过，这事不着急。她有无懈可击的不在场证明，因而这个不一定会给她带来什么不利。咱们还是谈谈本案的最后一幕……你发现尸体的情况吧。"

大伙都不吭声了。巴特勒第一次真正显得有些惶惶不安，而不只是紧张了。

"哦，好的，"他说，"是这样的。我说过，萨姆和我在快要11点时把那口'棺柩'往楼下搬。我没听清他们在博物馆大厅前端哇里哇啦地说什么。当时我能想到的就是还不到11点，曼纳林还没来，我们还可以玩这个恶作剧。这时我想起来了，我把警棍落在楼上了……"

"要警棍干什么？你不就是要扮一个值班的警察嘛。"

"是吗？"他迷迷瞪瞪地问道，"没错。但警棍配制服，是怎么也少不得的。您想啊，我演的是警察，是非常重要的角色。我们这出小闹剧得有个结局，您明白不？换句话说，一旦萨姆·巴克斯特向曼纳林俯下身去，持刀相威胁，不管我们吓到了曼纳林没有，戏都不能就此收场，或者说像个平淡无奇的笑话一样不了了之。不，不，不。这样一来戏剧的一致性[1]就毁了，何况我们还想为日后留下一点借鉴呢。就在萨姆持刀俯身之际，扮伊林沃斯的演员拿枪瞄着众人，哈丽雅特则努力挣脱并尖叫着跑开，这时我冲上了场。'伊林沃斯'（就是那个由演员假扮的穆斯林）毫不犹豫地向我开了枪，我应声倒地，摔破了上衣里的一个红墨水球；不过，我虽然佯装一动不动地躺在地上，但其实蓄势待发。他靠近我准备再

---

1. 戏剧的一致性，指的是动作、地点与时间的一致，即从亚里士多德《诗学》中引申发展而成的三一律。

补一枪时,我一警棍下去,把他的手腕打得发麻,趁机缴了他的枪。然后我就把塔伊夫·艾布·欧拜德公子和奸诈的伊林沃斯双双弄到了我安排好的地方。就这样,这两个骂骂咧咧的家伙被带到了馆长室,锁在了里面。接着,身负重伤的我催促曼纳林拿起那把枪,看好这两个孤注一掷的家伙。他可能因畏惧而拒绝,也可能答应。要是他答应,我就说:'你敢把他们押送到苏格兰场去吗?''敢,敢!'浑身是胆的曼纳林大声道,'带我去见他们!'他以坚定的决心握着手中的枪,我以沙哑的嗓门说了声'准备好了!',便猛然打开了门。他咬紧牙关,冲了进去。

"萨姆·巴克斯特和那名演员正舒舒服服地坐在桌子两旁,他们将假发和胡须搁在一边,把脚搁在桌子上,津津有味地抽着雪茄,中间放着一瓶威士忌。

"'请允许我,'我深鞠一躬,说道,'请允许我来向大家介绍一下威廉·奥古斯塔斯·伊林沃斯博士和塔伊夫·艾布·欧拜德公子。'"

我接口说道:"我当然非常乐意听你这一系列谋划的最后一部分。只是——"

巴特勒粗野地做了个手势。

"噢,我知道此时此地,这个故事听起来简直他娘的荒唐到了极点,"他气冲冲地说道,"在这个破地方,任何事情听起来都会如此。不过当时我们一致认为这是一个极棒的主意,到时候仔细观察一下曼纳林的面部表情会是一件很有趣的事情。警棍很重要,非常重要,因为我得用到它啊。您明白不?

打斗戏要演得真正令人信服，就不能只是一拳打在垫了东西的胳膊上！所以，发现时间快到了而我的警棍却不见了时，我就大呼小叫地四处去找。后来我想起来了，我进来时把它扔到了一辆马车里，省得它碍手碍脚。

"当时别人都在大厅前端的另一侧，我在大厅的这一侧打开了那辆出游马车的车门。我不知道自己为什么选择了那一辆。也许是因为它的样子最气派吧……而那该死的家伙正面朝下躺在只比我的眼睛低一点点的马车地板上。

"我的第一个念头是，这是某个疯子在跟我开玩笑。所以我既没骂娘，也没说什么，只是爬到马车里面，把那家伙拽起来，好看个究竟。"

"你认出他了吗？"

巴特勒又在用手帕擦脸了。"认出了，当然认出了。络腮胡已经从他脸上脱落了；我一下子就认出他来了。所以我只是半扶着他，跳了下来，随后'砰'的一声把车门甩在了他脸上……接下来的几分钟，大概是我记忆中最糟糕的时刻了，或者说我稀里糊涂根本就没记住什么。大家似乎都在冲我大嚷大叫，可是我看不清楚东西，不然就是光线不够好。我回过神来时，碰巧瞅了对面一眼，正好看见一个模糊的脑袋轮廓紧贴在电梯通风口后面。那颗脑袋从本质上说也没有什么可怕的地方，但对当时的我来说却很可怕。"

他深深地吸了一口气。

"噢，对了。韦德老爷子给我转述过伊林沃斯的说法，要是我没听错的话，有一件事是伊林沃斯没有看到的。当时他从电梯的高处摔了下去,没看见我上马车,所以首先映入他眼帘的就是我站在马车里面,为了更亮堂一点而将车门打开的情形。

"我第一次打开车门时,有样东西掉了出来。这样东西之前肯定不是在他身上,就是在他身边,后来滚到了门口。我接住了它,不由自主地接住了它。我一定是把它揣进自己口袋了,虽然我不记得自己这么做了。下一次我发现它——事实上,甚至可以说是下一次我想起它——已经是今天早上的事了,当时我要把租来的制服还回去,所以先检查了一遍。这一点我对谁都还没提起过,我也不知道这东西意味着什么。不过,我来这儿就是要把它交给您的,来,给您。"

其余的人都跳起来了,我也难以继续板着脸了。他将一把形状有点儿奇怪的钢钥匙放在了我桌上。匙柄狭长,顶部有一个窄孔,状若箭头的末端有四个平滑的凸缘。

"哎呀,见鬼——"杰里说了一半又吞回去了。

"怎么啦?"

"我知道这是啥。这是老爷子喜欢的一种特殊设计。看着像是博物馆围墙后门的钥匙。"

我倏地站了起来。

"就到这儿了,"我说,"你们,全都可以走了。"

第 21 章

镜子上的指纹

不过，又解决了几件事情后，我才把他们放走。据我调查，有博物馆后门钥匙的只有三人：罗纳德·霍姆斯、老爷子杰弗里·韦德和米利亚姆。杰里压根儿不知道米利亚姆手上有一把，但哈丽雅特有印象。米利亚姆前晚告诉过她，说自己从霍姆斯那儿弄到了一把。不过，哈丽雅特称巴特勒在出游马车里发现的钥匙不可能是米利亚姆的那一把，因为那一把还在米利亚姆手上，而且前天晚上她还亲眼见过。巴特勒发现的是一把新钥匙，闪闪发亮，是最近才配出来的，更难得的是，上面还刻有配钥匙那家店的信息：河岸大道，阿伦德尔街，博尔顿锁具店。

最后，我问他们当中有没有人反对采集指纹。很多人都会拒绝，因为这是一项个人权利。可这三位似乎对这一建议很感兴趣，巴特勒更是坚决要求采集。

"我希望把这事查清楚，因为我碰过那把刀，"他坦率地承认道，"可我既没握过它，也没拿过它，您明白的。我只是碰了碰它——我当时稀里糊涂的，想确定那玩意儿是真是假。我们要怎么配合指纹采集？"

他们走了之后，我在去韦德博物馆之前，坐下来研究了一番他们的指纹，并把所有报告都制成了表格。我仔细把那些照片过了一遍，发现匕首上的各种指纹非常模糊不清，几乎没有任何参考价值。我们无论如何也不能以这样的证据来定罪吧？好在还有一些别的线索让我很振奋。我派贝茨巡佐带着那把钥匙去了一趟博尔顿锁具店，接着又打电话给万安街分局的卡拉瑟斯，让他加会儿班，替我到蓓尔美尔街摄政王公寓大楼调查一件事，然后到博物馆来找我。快到吃午饭时，我才动身去博物馆。

毛毛细雨渐渐停了，但天还是很冷，风也很大。虽然就博物馆这样一个看起来很坚固的地方而言，卡拉瑟斯那些异想天开的想法未免太夸张了，但有一点，我还是不免赞同他的观点，那就是这儿看起来的确很荒凉冷清。今天这附近没有闲逛的人，而且博物馆依然不对公众开放。开门的是日间接待员，他自报家门，说自己姓沃伯顿。大厅里只有一个檐口亮着灯，所以整个大厅有一半的地方都是黑灯瞎火的。我又不得不实话实说，在我看来，大厅的样子看上去很普通，和任意一家别的博物馆都没多大区别。从诗意的角度出发，诗意的标准自然很有价值，不过我觉得诗意的标准代替不了卷尺和好眼力。

有人正从著名的东方集市展厅朝我走来，这间展厅是我最感兴趣的地方。（原因你们明白吧？）从半明半暗中走上前来跟我说话的这个人，从体形上看，是罗纳德·霍姆斯先生。我对他的印象非常好，觉得他是一个精明能干、充满活力而又文静稳重的小伙子,他跟你交谈时会直视你的眼睛,是个不好糊弄的人。虽然他看似顶着压力,但举止却并不紧张,说起话来也很坦率。

"嗨,长官,"他说,"赫伯特爵士吩咐我们在这儿恭候您。韦德先生这会儿就在馆长室,正跟伊林沃斯博士一块儿查看一些新到的货。您要不要进去——?"

"馆长室回头再说,"我说,"我想去看看地下室。不过先要做点儿别的事。能请你把大厅里的灯都打开吗?"

他好奇地看了我一眼,但未置一词就出去跟沃伯顿交代了几句。与此同时,我去看了一下展厅里有人朝上面扔过煤块的那面斜凸出来的墙,就在我头顶上方黄红色的粗糙不平的墙泥上,煤块留下的印痕还清晰可见,下面就是——诸位都听说过了——一个挂着帘子的铜器摊(上面落满了灰尘,就像是专门用来滋生细菌的)。我背靠着这个摊位的入口,尽力让视线穿过展厅的这道又宽又高的拱门,看看可以看到大厅中的哪些景象。灯全都打开了。从这个位置,我只能勉强看到大厅正对面波斯展厅的那道拱门的一鳞半爪。不过,斜眼看去,不仅一字排开的五辆马车可以尽收眼底,就连埃及展厅拱门的一部分和大厅尽头的地窖门也一览无余。由于东方集市展厅一团漆黑,所以大厅里我能看到的那部分区域明亮得有如一方亮堂的舞台,根本就不可能看漏什么。

注意到这一切后,我非常得意地吹起了口哨。(诸位明白是为什么吧?)然后,我朝地窖走去,并示意霍姆斯过来,因为他也许能提供一些有价值的情况。霍姆斯表情专注,正在打量我，我寻思着他是不是已经猜到了我的心思。不过，他嘴上什么也没说。

关于地窖，卡拉瑟斯已经向各位描述过一些了。进门后，要顺着一段混凝土楼梯下去，楼梯对着整个博物馆的后墙。下去时，在右手边有一块隔板，将这片狭长区域与地窖的其余部分隔开了，左侧是一个封闭的煤仓。当你站在楼梯上时，可以看到十英尺开外的后墙上，有三扇地下室高窗，窗户有一半露出了地面。地窖的地板是石头材质的，粉刷过的墙面比较干净。我说清楚了没有？

所有这一切，都是我在霍姆斯打开电灯时看到的。也许诸位还记得，卡拉瑟斯在讲述中提到过这样一点：案发当夜，他从通到街面的煤窖洞口爬下来，来到了地窖后端时，感觉到了一股穿堂风。结合已经掌握的情况，我从这一点中得到了一个启发。在煤仓对面，我找到了一把破旧的厨房椅。我爬到这把椅子上，把每扇窗户都依次检查了一下，果不其然发现了我早就预料到的情况：中间的那扇窗户没有上锁。

接着，我回头看了看霍姆斯，他站在悬吊着的电灯泡正下方，所以鼻梁上的眼镜显得黯然无光，脸上也是阴影重重。他杵在那儿，双手插在口袋里，嘴里"嘘嘘"地吹着一支曲子。

"都到这个时候了，"我说，"星期五晚上的事，就不劳你说了。我已经听过好几个人的讲述了，似乎都互相吻合。我想让你跟我说说这个地方后院围墙上那扇栅门的情况，它一直都是锁着的吗？"

这一问显然出乎他的意料。"一直，长官。您是说后墙上的栅门吧？对，根据韦德先生的指示，一直都锁着。我们的防盗措施，不消说，还是很到位的，因为韦德先生不想流浪汉跑到院子里来过夜。对了，在圣詹姆斯附近就可以发现流浪汉的踪影，呃——"他犹豫了一下，用手背擦了擦额头，"请问，您为什么想了解这个？"

"我听说开那扇门的钥匙只有三把。你一把，韦德老先生一把，还有韦德小姐一把。这个说法对吗？"

"不全对，长官。只有两把钥匙。"

"两把？"

"没错。您瞧，韦德小姐借走了我的那把。这样一来，星期五早上韦德先生离开时，我就只好借他的那把了。而且，这是一条妙计。"他笑了笑，"现在您对这场愚蠢的闹剧已经了如指掌了吧？我真傻，竟然同意了，结果就搞成那样了。我想，既然都答应干了，就不妨做得周全一点，要万无一失，省得韦德先生出人意料地从后门回来，坏了我们的好事。"

"这么说来，从星期五早上起，韦德先生就没有后门的钥匙了？"

"没错。对了，那把钥匙，您想看的话，就在这儿呢。"他急切地摆出了一副问心无愧的姿态，从口袋里掏出了一把钥匙，这把钥匙和巴特勒在出游马车里找到的那把几乎一模一样，唯一的区别是这把旧一点，有些褪色了。"本来我要把这把钥匙还给他的，可他当时正在大发脾气。星期五晚上米利亚姆下来翻箱倒柜找钉子的时候，显然把他设在那里的宝贝工作间搞得乱七八糟不成样子了。"霍姆斯冲着隔板那边点头示意了一下,"她把他的工作手套、螺丝起子之类的东西扔得满地都是,就像他本人弄的一样。得亏我不糊涂,否则我可能就一口咬定,说是老爷子本人在里面干过活了。"

我把他的这番话斟酌了一两秒钟,然后仔细地审视了一番这把钥匙。

"另一把钥匙,"我说,"眼下在韦德小姐手上的那把,也是一把旧钥匙吗?"

"旧?"

"不是最近才配的吧?"

"上帝哪,不是!"他越发困惑不解,虽然依旧保持着彬彬有礼、小心谨慎的态度,"少说也配了两三年了。"

"你知道她借钥匙要干什么吗?"

"一点儿也不知道。这个问题,我也问过她。不过,警司先生,米利亚姆是个怪丫头。"他的笑容变得有点儿严肃,面容也显得老成些了,"心血来潮呗,您懂的!她的回答永远是:'哦,拜托了,别问这问那了!——迁就一下,我也是一时心血来潮!'她提什么要求,我都不会拒绝。听我说,不是我好奇心过重,可您问来问去问了这么多,究竟是什么意思啊?"

"多谢了。能否请你到上面去待一小会儿?"我提议道,"这里有些工作还需要我自己来做……"

他耸了耸肩。"悉听尊便,长官。用不用我通报韦德先生——"

"不用。我要见过韦德小姐之后,才会找韦德先生谈。请你安静地离开这里,让我清静清静。卡拉瑟斯巡官要是来了,叫他来找我。我只剩一点要弄清楚了。星期五晚上,伊林沃斯博士逃脱后,你们一伙人又从通到街面的煤窖洞口把他拽了下来,这事你也有份儿吗?"

诸位都见过呆若木鸡的表情,霍姆斯当时就是这样的神情。在他的心目中,愚蠢之举与谋财害命几乎可以相提并论(他的这一看法也许并不是大错特错)。

"不错,我是在这里。理查德·巴特勒是在巴克斯特的协助下,把他从洞里拽下来的。我非常清楚,长官,整件事情很难辩解……"

"是,当然很难。你们下来后来到煤窖,当时是不是已经有好几个包装箱被堆起来,所以可以轻而易举地爬到街上去?有点儿像现成台阶的样子?"他眯起眼睛,点了点头,于是我继续说道,"所以,你们没有一个人鞋底上沾上了煤末儿?是吧?"

"我想是。我没发现任何痕迹,当然了,我对这样的事情一向不大留意。"

"还有,除了煤仓,"我用手指了指,"就是那边那个储煤柜之外,这个地窖里还有其他放煤的地方吗?"

"没,没有了,就那一个地方。"

"霍姆斯先生,还要请教最后一点:这个地窖里,有没有什么地方有一面镜子?"

他大惊失色,原本机灵的面孔看上去呆呆的,有半边脸还扭曲了;他扯了扯衣领,扭了扭脖子,最后却突然大笑了起来。

"不好意思,警司,不过,复仇类侦探小说还真是这个套路!您说的这些,听起来就像您的那位朋友——菲尔博士的那些趣闻一样。他办案就是这个路子,对吧?"

"别跟我扯这个,"我很不客气地说道,"回答问题。"(这是我那天听到的第一句真正无礼至极的话。)

"镜子!"他重复了一遍,接着又笑了,"这玩意儿可是一般情况下在地窖里最难找到的东西。不过呢,其实这儿是有两面的。韦德先生曾有一个很夸张的主意,想弄一个镜厅——就像杜莎夫人蜡像馆一样,我们好不容易才劝阻了他。他买了两面大变形镜,这种镜子,您是知道的;他以前曾把这些镜子放在这里,还常常站在镜前哈哈大笑。不过后来镜子就一直闲置了,堆放在那边的储煤柜旁边。"

"没你的事了。"我说。霍姆斯脸上挂着一丝严肃的笑意,慢吞吞地一步一步从我身边往后退——目不转睛地看着我——直到脚后跟踢到了楼梯,然后便上楼了,依旧是一脸微笑。要不是心里有数,我可能会以为他不愿意我找到那两面镜子呢。

我发现镜子斜靠在煤仓稍远那一边的墙上,那里光线很暗。这是两面全身镜,高的那一面,镜面朝外,上面落满了灰尘,灰蒙蒙的,只能依稀照出一个模糊的人影。镜子的镜面凹凸不平——这种镜面大家都知道的——它会扭曲造物主赋予人的形象,还能上演一场在一些人看来很搞笑的幽默大戏,这些人啊,哪怕是自己不得不沦为笑柄,也非要嘲笑猴子不可。我掏出手电筒,朝镜子上照了照,顿时吓了一大跳。

在镜面一小块没有灰尘的区域,一张脸正直愣愣地面对着我:就像噩梦一样,这张脸又宽又扁,留着长长的胡子,还像狼一样露着一排牙齿。当然了,那不过是我自个儿的脸。但是在本案中,没有什么比这安静而黑暗的地窖里,从灰尘中朝我扑来的扁平怪物更可怕的了。

但我对此并不感兴趣。我可以看见自己的脸,可别的什么也看不见,因为镜面只有一块地方被擦干净了。我弯腰仔细查看了这块干净的地方,得到了即使是刑侦人员也只是偶尔才能得到的意外收获。就在灰尘的边上,有一枚清晰的指纹,虽然上半截脏乎乎的,但下半截手指停下来的地方却完好无损。

我已经逮到凶手了。只需再下达几道指示——比方说,找一盏比我的手电筒更亮的灯来,好好检查一下那个储煤柜——然后把米利亚姆·韦德叫来问问话,凶手就手到擒来了。可我并不是特别高兴,甚至还有点沮丧。但我得把案子查到底,这是有良心的人的通病。

楼梯顶端的门开了,我赶紧关掉了手电筒。

"——可要是真有哪个浑蛋偷走了你桌上的手套,"响起了一个响亮、克制然而好辩的声音,"其中的含义,我可以猜个八九不离十,从——"

"——是的,还有一把螺丝起子!"另一个人尖声说道,"真见鬼,他们把我的小螺丝起子偷去开那口该死的阿拉伯银箱了,那把大的怎么也不见了呢?小心脚下。那座巴别塔的仿制品还没拆封,不过已经运到我的工作间了,我们来试试,看它——喂!"

他们中的那个瘦高个子,我认出来了,是伊林沃斯博士。哪怕是走在混凝土楼梯上,他们的脚下也发出了很响的啪嗒声。杰弗里·韦德老爷子匆忙地走在前面,连他那长长的胡子似乎都在跟着忙活。另一个人一步一耸肩,跌跌撞撞地跟在他后面,戴着一副硕大的眼镜,满是皱纹的长下巴缩到了领口内。有足够的亮光可以让韦德看见我站在角落里。在楼梯底部,他突然停了下来,害得伊林沃斯撞在了他身上。

"喂!"他像公鸡一样惊叫道,"谁?嘿?是谁站在那边?"

我打开手电筒,解释了一番。他在我前面不远的地方停下,活像一只竖起羽毛的公火鸡,头稍稍歪向一边,小小的黑眼睛流露出一种完全揣摩不透的情绪,像一小块玻璃一样闪闪发亮。我解释的时候,他那双眼睛骨碌碌地转来转去。气氛有点不妙,他正酝酿着什么。

"哦?"他挺起胸膛说道,口袋里的硬币叮当作响,"哈德利,是吧?对,对,对。伯特·阿姆斯特朗跟我说起过。哎呀,你也用不着这么偷偷摸摸地进来嘛。"接着他把头一仰,乐呵呵地笑道,"还四处溜达!是对我的哈哈镜感兴趣吧?嗨,那咱们就好好瞧瞧呗!"

他身手很快,我还没来得及作出反应,他就从我身边一跃而过。在我抓住他的胳膊把他推开之前,他已经用袖子擦起镜子来了。这下可全完了,指纹没了。

此刻地窖中一片寂静。然后他气冲冲地咯咯冷笑起来。"喂,你到底在干什么?"他问道,"你什么意思?"

菲尔，我觉得你会承认我是一个非常稳重沉着的人吧。我只想做好自己的工作，况且，喜欢出言恐吓的往往都是些软弱无能之辈。但是他那愚蠢而疯狂的大笑，就像朝我脸上泼了一桶水——而且是一桶脏水。在本案中，这不是我最后一次有这种感觉，也不是最后一次出现这样的情况。

"你知道你干了什么好事吗？"我说话的语气连我自己都感觉奇怪。

"好事？什么好事？你什么意思？别跟我摆出这么一副表情——"

"上楼去。"我说道，这一次语气听着和缓了一些。

"哦呵？"韦德说道，把头歪向一边，双手攥成了拳头，放在腰上，"说完了没有？你狗胆不小啊，到了老子地盘上，居然还想发号施令——"

"你给我从这里滚出去，"我说，"马上滚出去。在这个案子上，为了你们家的破事，我已经竭尽所能了。我才不在乎你是杰弗里·韦德还是鞑靼的可汗呢；不过，我对天发誓，要么你乖乖听我的到楼上去，要么就等着进监狱吧。你自己看着办！"

不消说，他恨不得剥了我的皮，但他还是立马滚蛋了。一直在一旁客客气气，关心地询问是不是有什么误会的伊林沃斯，此刻也懒得再当和事佬打圆场了。他俩走了以后，我又在地窖里来来回回走了几趟，想把事情理清楚。一个人怒火中烧，却还要控制自己讲话时的音量，那火气必定都憋在肚子里了——不管怎样，都会产生不良后果。那个留着长胡子，一辈子都没颜面扫地过的专横家伙,不仅在楼梯上嘲笑了我,还威胁说一旦他的影响力起了作用,就会如何如何。

我的上上之策就是不声不响地去干活,看看还有没有未被破坏的其他证据。在粉刷过的白墙上,我发现了别的污迹,可能是指纹,也可能不是,拿不准。几分钟后卡拉瑟斯赶到这里时,我还在东寻西找。

"长官,您说得很对,"他告诉我,"我刚从摄政王公寓大楼过来。您叫我问的事情,让您说对了。"

我给他下了几条指示,其中一条就是让他在这里守着。我要打电话到苏格兰场,叫人把录指纹的设备送过来,并抽调贝茨和普雷斯顿过来把那堆煤掘开。他们来了他才能走。然后我就离开了。我走到上面的大厅时,霍姆斯就在二楼展厅外的走廊里。他的胳膊靠在大理石栏杆上,没高出那辆大型黑色出游马车的车顶多少。他一动不动地站在那里,戴着眼镜,在蓝白色的灯光下,有点儿像小一号、年轻一点儿的伊林沃斯。虽然他彬彬有礼地点了点头,但我还是在想,杰夫进地窖一事,究竟是一次意外呢,还是受到了他的暗示。这家博物馆里还有很多事情有待进一步调查,但我得先见见米利亚姆·韦德再说。

在外面吸了几口湿润的空气后,我感觉凉快了不少。我在圣詹姆斯街的一个电话亭里给苏格兰场去了一个电话,然后便开着警车穿过午时拥挤的车流,来到了海德公园。从外面看,杰弗里·韦德的府邸也没比街边鳞次栉比的其他暗褐色石头房子特殊到哪里去;除了大一点之外,并没有什么不同之处。

不过，他的府邸里面却非同一般。这方面我不是专家，我自己在克罗伊登东区有一套房子，那房子有六个房间，还有花园什么的，就足以令我自豪了；而且身为一名警察，管家什么时候举止真像管家，什么时候像一出客厅喜剧中的演员，我还是知道的。这名管家让我很不舒服。他带我穿过一个很宽的走廊，走廊里拴着很多长毛马，又带我进入了一个小房间，房间的陈设是所谓文艺复兴的风格。然后，他优雅地拿走了我的名片，去问韦德小姐愿不愿见我。

我等的时间不长。外面的走廊里传来了沙沙脚步声和窃窃低语声，然后，一个果断的声音把这些声音都盖过了："我来对付他。"话音一落，门帘就被人一把掀开了，我所面临的是格里戈里·曼纳林先生的冷笑，他出场的姿态就像大鼻子情圣西哈诺·德·贝热拉克[1]。

"哟，是老兄啊？"他说，"有何见教？"

---

1. 西哈诺·德·贝热拉克，法国剧作家埃蒙德·罗斯丹（Edmond Rostand, 1868—1918）根据历史同名人物重新创作出的人物形象。贵族青年西哈诺聪明机智，既是诗人又是剑客，但他长了一个大鼻子，成为人们嘲笑的对象，因此只能将对表妹罗克萨娜的爱意藏在心底。他为克里斯蒂安代写情书，助其得到了表妹的爱情；但一番波折之后，在他临终前，表妹终于明白了自己真正爱的是谁。

第 22 章

米利亚姆·韦德去地窖的原因

我知道此人必是曼纳林，因为不可能是别人。他走进了房间，脸上是一种满不在乎的神情，用手指弹着我的名片。而在这种漫不经心的神态背后，流露出来的是憎恨——原因嘛，我说不上来。不过，我相当仔细地把他从头到脚端详了一遍。他个头很高，肩非常宽，腰却很细，不过他的那身浅灰色西装并没把这一点突出表现出来。他的穿着打扮，菲尔见了也许会说，无不透着非常好的品位。他总是微微昂着头。他那轮廓分明、晒成了古铜色的脸上蒙着一种诙谐鄙夷的神色；黑黝黝的头发梳得油光水滑，而且那"乱糟糟的眉毛"——借用卡拉瑟斯的说法，是什么意思就别管它了——下面的眼睛还打量着我。至于他那"受到压抑的爱好吹嘘、活力四射和容易激动的可爱天性"，这也是卡拉瑟斯提到过的，倒是一点也看不出来。打死我也不会说他"可爱"。不过，他身上确实有一种魅力。他用肩膀顶开门走了进来，从长长的窗户中透进来的光线把他照得容光焕发，而那些看着像假货但很可能是真品的文艺复兴时期的家具则把他衬托得更加光彩照人。

他微微一笑。

"我的好先生，"他非常绅士地说道，"你了解警察是怎么办案的吗？"

这何止是放肆无礼，简直可以说是疯了。从他的态度来看，他是在很认真地发问。那天我第一次感觉到想哈哈大笑，而且差点儿就当着他的面大笑一通了。他看见我硬是咬紧牙关忍住了，于是那股莫名其妙的恨意更强了。

"噢，"我说，"本人是刑事调查部的一名警司，不过我想这个职位如何，你可以有自己的看法。你就是那个在印度还是什么地方破了暴徒谋杀案的小伙子吗？"

他来到了桌边。

"你知道海得拉巴[1]北部那个地区吗？"他客客气气地问道。

"不知道。"

"那亚穆纳河[2]上游呢？"

"从没听说过。"

"那么，"他说，"你一问三不知，你觉得你有资格讨论那个案件吗？"

不管可以用什么样的理由来反驳，但要说这个家伙没把我气坏，那绝对是骗人的鬼话。尽管如此，我还是打算不计较他的人身攻击，干自己的正事，不料他接着又开口了：

---

1. 海得拉巴（Hyderabad），印度第六大城市，位于印度中南部。
2. 亚穆纳河（Jumna，现作 Yamuna），恒河最长的支流，源于喜马拉雅山脉本德尔本杰山的亚穆纳斯特里冰川，是印度北部的主要河流之一，也是印度人心目中的一条圣河，泰姬陵就建在亚穆纳河北岸。

"我之所以问你，呃——"他假惺惺地看了一眼名片，发现我的名字念起来太麻烦，于是改口说道："我之所以问你是否了解警察是怎么办案的，是因为你想见韦德小姐。你要是懂点儿法律的话，就会知道你不能强迫她回答任何问题，而且就算是见面，她也有权要求有律师在场。"

"是，这个我清楚。所以我才想知道她是否愿意见我。"

"我之所以提出这一点，你也明白，是因为今天早上你严重越权了，把三个人叫到你的办公室，没完没了地问一些你无权问他们的问题；结果他们怂得很，全都回答了。上帝哪！"他嗤之以鼻，"他们把我的忠告当成了耳旁风。我跟他们说过，要是非去不可，就带上一名律师……我说过了，你设下了什么愚蠢的小圈套，又是怎么威胁他们的，我不知道。不过——"

门帘一阵窸窣，哈丽雅特·柯克顿跑了进来。跟在她后面的是一个小伙子，他身体粗壮，行动笨拙，一头扎眼的红发，让人一眼就认出他是谁。萨姆·巴克斯特穿着一件松松垮垮的晨礼服，手里拿着一瓶威士忌苏打水。他那淡红色的眼皮下，一双呆滞的棕色眼睛显得很憔悴；他看曼纳林时，脸上是一副极其厌恶的表情，这把性情随和的他本人都吓了一大跳，让他不大敢相信自己会厌恶他到这种程度。

"格雷戈，别犯傻了，"哈丽雅特看起来很理性地说道，"他是我们的朋友，知道事情的真相——"

"真相，"曼纳林重复了一遍，笑了笑，从鼻孔里哼了一声，"是啊，我也知道真相，你明白的。所以我才要想办法掩盖呀。"

巴克斯特端着杯子做了个手势，反对道："岂有此理，她是想见他的！不管怎样，她都打算见他的。听我说，警司，要不是我放纵了一把刚刚清醒过来，我今天早上就过去见您了。您想问什么尽管问。我是公子艾布，您知道的，"——听到这里，曼纳林咧嘴笑得更厉害了——"也许帮得上忙。"

"关键在于，"我说，"曼纳林先生愿不愿意回答问题。"

"我当然不愿意啦。"曼纳林回答说。

"为什么不呢？"

"因为我没有这个义务，也不想回答。"他冷冷地一笑，对我说道。

"你是愿意回答我的提问呢，还是验尸官的讯问？"

他哈哈一笑。"老掉牙的问题，老掉牙的套路，警察永远都会威胁这一招！我亲爱的哈德利先生，你觉得你能传唤我去接受审讯吗？"

"我亲爱的曼纳林先生，"我已经非常不耐烦了，"就是坎特伯雷大主教，只要他们认为他与案子有牵连，也照样可以传唤他。如果他们能够证明主教大人至少在一个方面撒了谎的话，那就更不消说了。"

我以为这一下可以让他张口结舌，可是只略微产生了一点效果。我第一次看到他眉毛皱成一团，这让他看上去都有点像对眼儿了；不过，他的态度接着就转为异乎寻常、彻头彻尾的鄙视，嘴巴像希腊面具那样张得老大，然后又淡淡地笑了一下。

"真能传唤我？"他的口气很嚣张，"拿这老一套吓唬谁呀！事实上，我没撒谎，我还懒得劳那个神呢，我说完了。"

"事实上,我也懒得劳神来吓唬别人。传讯你完全是多此一举,因为你已经向卡拉瑟斯巡官作过一些供述了,现在都记录在案呢。我就是不知道你会不会翻供。"

"什么供述?"

"明白了。看来你终究还是愿意回答问题了?"

"你心里清楚,你那是很牵强的狡辩。我想回答就回答,不想回答自然就不回答。"

"说得很在理。言多必失,有罪的人哪能多说啊,对吧?行。星期五晚上,你跟卡拉瑟斯巡官说过,你10点40分去过蓓尔美尔街的摄政王公寓大楼。守在电话交换机旁的小伙子告诉你楼上正在开派对;可你跟他打了个马虎眼,还是上去了。"

说这些时,我的语调很平淡,没有起伏变化,只是照着笔记本念了出来。他微微耸了耸一边的肩膀,目不转睛地看着我,但一个字也没说。

"引用这段话的目的,"我解释道,"并不是要说你撒了谎,而是要确定说实话的是你,还是其他所有人。柯克顿小姐今天早上在我办公室告诉我,他们是11点过了好大一会儿全都从博物馆回来之后,才交代那个小伙子,让他对外说楼上正在开派对的。在那之前,小伙子压根儿就没接到对外说什么的指示。他知道他们全都出去了,而且他只知道这一点。那么现在问题来了:难道除了你之外,整个教堂的人全都唱错了?——对了,你是这么说的,对吧,柯克顿小姐?"

那个姑娘坐在一把高背靠椅上,两眼不自在地东张西望。

"我不知道她是不是这么说的,"巴克斯特突然灵机一动,

"但是确实如此。我的意思是说,我记得那事!那小子说我们整晚都待在上面,他还得了两英镑赏钱呢。"

曼纳林的笑声变得单调空洞,听着会让人联想到小孩子在玩具放映机上循环播放的有声影片。不过这笑声非常刺耳,而且显然令哈丽雅特很不安。

"你就了解到了这些啊,哥们?"他兴味盎然地问道。

"不,不止这些,还有别的。比如说,你去那个地方的真正时间,你到那里的真正时间。"

这话戳到了他的痛处。"哦?所以你不相信我去过那里?很遗憾。因为,要知道,我的确去过。"

在这个问题上他是无懈可击的,而且他心里有数,但他显然是把全天下的人都当傻瓜了。

"我并不怀疑你去过那里。我只是在问:是几点去的?不管怎么说,肯定不是 10 点 40 分去的。看电话的小伙子说了,你不是那个点儿去的。不到半个钟头前,卡拉瑟斯巡官找他问过了。"

曼纳林稍稍耸了耸肩,绕桌子走了几步,站在了一个背光的位置,好像在左思右想。他太狂妄自大了,从我身边走过时,居然还用手肘把我推开了。

"看来你还真有两下子呀,探长先生,"他说,"但事实上,那小子是怎么也不会看到我的,因为怕人看见,我是走后门从后面的楼梯上去的。你想知道我为什么要避人耳目,又为什么要去善良的霍姆斯先生的公寓看看吗?我的好长官,到了适当的时候,你会知道的,但甭想从我嘴里知道,因为我这个人喜欢吊人胃口,让人坐立不安,因而也就选择了不回答。唉,阿拉伯人说得好啊:*Lahm elkhanzeer yuhfaz muddah izâ mullih!* 你这个喋喋不休的大骗子,容我解释一下这句话,好让你记在你的笔记本里吧。这句话的意思是:腌过的猪肉能久放。我向你推荐这一处理方法。另外,你是见不到韦德小姐的。"

这时传来了一个女人的声音:"为什么见不到?"

她是什么时候进来的,我没看见。她双手搭在一把椅子的靠背上站着,此时我终于见到了米利亚姆·韦德的真容。从哪个角度去评判这个姑娘才理性、切合实际而又符合常识呢?

她的长相无疑很好看,而且除了有黑眼圈外,看上去也非常健康。我猜得出来我太太对她会是个什么看法,但这样的看法在我自己的证词里没有立足之地。说她很健康,是因为那是她给我的第一个印象:当时她穿的是一件粉色的晨袍,或者说睡衣什么的;虽然我一向认为粉色是一种不圣洁的颜色,但这颜色却跟她极其相称。见到她,你就会联想到粉色,明白我的意思吧?卡拉瑟斯就会联想到。而且,在一定程度上,我理解是什么东西让大家都对她趋之若鹜了——即使她不倾国倾城,不搔首弄姿,而且(确实)不聪明伶俐。她进来后,房间里的整个气氛都为之一变。不,不,菲尔,我可不是一个老色鬼,也没陶醉于充满诗意的想入非非之中。我是个实在人,只不过是在陈述事实而已。她站在那儿,双手搭在那把深色椅子的椅背上,黑头发,黑眼睛;而且我相信,在伦敦看到任何别的女人在下午1点,穿着睡衣走进一间接待室,那都将是一件令人震惊的事情。你根本就意识不到会有这样的事,只会因为注意到了你的确注意到的事情而感到愧疚。我说清楚了吗?

她颇没好气地说道:"他为什么见不到我?"

"他想把你送上绞刑架,就是这样,"曼纳林冷冷地回答,"如果你觉得无所谓……"

"胡说八道!"米利亚姆露齿一笑,用力喝道,还扬起了一只手,"另一位警官呢,和善的那位?绞刑架!哎哟,我说,多无聊的蠢话!"

曼纳林倏地转过身去。

"我只是在提醒你,亲爱的,"他依旧以冷冷的语气对她说道,"如果我叫你别干的事,你偏要干——唉,我们势必分手,是吧?而这件事曝光后,你到哪儿再去找一个丈夫啊?"

她的脸唰的一下变白了,但没吭声。曼纳林的这番表演冷静沉着,举重若轻,我在任何舞台上都没有见过;他冷酷无情,是个疯子,却说出了那样的话——这句话,要是换了别的男人来对任何女人说,或是在任何人面前说出来,肯定就变成破口怒喝了——但他的语气搞得谁都无话可说,更别说质问他了。他转过身来,冲我漫不经心地眨了眨眼,点了点头,一句话也没再说,就优哉游哉地走出了房间。

而在米利亚姆·韦德眼中,我看到的是恐惧。她挪动了几步,一屁股跌坐在椅子上,突然失声痛哭起来。

嗯!我明白,在回忆这一幕并将其完全勾勒出来,以便菲尔了解情况的过程中，我可能超出了一个务实者的限度。不过，情况就是这样。我把其他人都送走了，告诉他们我想单独向米利亚姆问话。然后我拉上了门帘。但我有一种感觉，眼下我除非每一招都慎之又慎，否则就会满盘皆输。

她已经走到一扇高高的窗户旁边，坐在了一张长椅上，椅子的皮革靠背上有一些图案，饰有黄铜钉扣。她向前倾着身子，一双大眼睛死死地盯着我，微弱的光线洒落在她的脸上、脖子上，还有裹在她身上的粉色睡衣上；虽然我愿意发誓她不是故意的，但她那向前倾身的样子，任何一个女陪审员只要看了都会赞成绞死她。无论如何，我还是谨慎地挑了一张跟她有一定距离的椅子坐了下来，亮明了自己的身份。

"所以，"最后我果断地说道，"你千万不要被他吓着了。"

一阵沉寂。可我看不太懂她的表情。她正打量着地毯。

"噢，他没吓着我。只是——我不清楚自己是怎么想的。我搞不懂他！他——他今天早上骂我是一个卑鄙的小贱货。"

"他知道我们其余的人都知道的那件事吗？"

"我不清楚，"她很坦率地看着我说道，"我没跟他说过，而且我觉得别人也不可能说过。也许说了也无妨。有时候吧，我喜欢他，可有时候呢，他又让我心里发毛。我——"她突然停下了。

"柯克顿小姐今天早上来我办公室时非常担心，生怕整个事情——你明白我指的是什么——弄得满城风雨，人尽皆知。对此你是什么看法呢？"

她又看了看我，表情令人捉摸不透，那种不加掩饰的表

情看起来有点局促不安,而且还可能含有一丝厌倦甚至是些许幽默。然后她把头偏向一边,仿佛在思考,接着又同样坦率地说道:

"唉,说实话——假如孩子的事没被捅出来,我是说假如,当然;捅出来会很可怕——那么说实话,我是不会这么在意的。我不明白哈丽雅特有什么好烦的。当然,这事之前没人知道时,我很怕家父饶不了我。可现在他都已经知道了,也没把我怎么着——而我担心的就是这个。至于别的嘛,什么满城风雨、人尽皆知之类的,我看不出有什么好担心的,您说呢?"她睁大双眼,一脸轻松地笑了,"我们应该坦诚一点,对吧?"

她的回答真是有点儿令我震惊,不过我没露出来。

"这样的话,"我说道,"你就没有理由不告诉我全部实情了吧?"

"可我不知道啊!"她高声喊道,并且攥紧了双手。

"'不知道',你什么意思啊?"

她任性地说:"就是字面意思。您想问我什么呢?"

"首先,星期五晚上大约10点18分时,你和柯克顿小姐从博物馆的馆长室出来,接着你到地窖去了——名义上是去取钉子了。是有这回事吧?"

"是的。"

"在地窖里,你碰到了雷蒙德·彭德雷尔。也有这回事,对不对?"

她的脸色又发白了。虽然我尽量摆出了好像了解所有这一切,只是随口一说的样子,但还是把她吓了个半死。

"对!这,这对我没什么不利吧?对了!您是怎么知道这件事的?"

"我还是先问完吧。你是约好了跟他相见的吗?"

"约好——哦,对天发誓,不,不是!"她站起了又坐下,那种急切和她的坦率一样令人惊愕,"不。请相信我,我压根儿就不知道他来了伦敦。家父和我都不知道。这是我碰到过的最令人震惊的事情。我下去时,他就在那儿,站在电灯下面欠身向我打招呼。我一时都没认出他是谁,因为他留着黑络腮胡,戴了一副有色眼镜,变了样子不说,还显得老多了。不过,他走到我跟前,摘掉了眼镜,说道:'晚上好,亲爱的。不认识我了?'"她打了个哆嗦,"而如今他已经死了。"

"接着说。后来呢?"

"我说:'你怎么来这儿了?'——我是指伦敦,而他却说:'我是博物馆关门前进来的,亲爱的,又在看守没注意的时候,像只小老鼠一样溜到下面这里来的。'接着他又说,'咱们的——'"她停下了,接着又急切地说道,"这正是我要请教您的,哈德利先生。他们问我时,我必须把孩子的事说出来吗?这一点很关键。哈丽雅特说您跟她说过并不是非说不可。难道我不能只说他想要钱就了事?"

"能,如果你想这样的话。他有没有告诉过你他是演艺经纪公司派来的演员?"

"没!他只是一个劲儿地说个没完:尽是些讨厌的事情。他要钱——狮子大开口,要一万英镑,把我都气疯了。我对他说:'你最好从这儿滚出去,因为——'"她又一次停下了。

"因为？"

"因为，"她显然硬生生地改了口风，说出来的已不是她先前想说的话了，"因为我说我会喊人来把他扔到……他哈哈一笑，说他觉得我不会。我当时想的是：'噢，天哪，要是我再不拿着钉子上去，他们全都会下来的。'我匆忙地冲进那个大工作室，拿到了钉子，又跑了出来，而他则一直跟在我后面说个没完。他跟着我又回到了楼梯边；我永远也不会忘记他那一脸黑色的络腮胡、那顶高顶礼帽，还有他那张幻梦般在我肩头忽沉忽浮的脸。

"然后，我冲他尖叫，让他滚出去。'不管怎样，现在都先给我滚出去；就算非见我不可，也等只有我一个人时再来，这儿不是地方。那边有个窗户，'我说，'出去！'说完，我就急匆匆地顺着楼梯往上冲。我以为他会跟着我，但他没有。上楼后，我把钉子交给了林基——他正好要下来取钉子——之后，我在主楼梯前面来来回回走了一会儿，以防他从地窖上来。还好他没有，而我呢，则想找个地方静一静。我当时是什么心情，您是能够理解的。所以我就去了波斯展厅，那儿黑灯瞎火的，没人会看见我。可我一直在想：'假如他真上来了，或者说，噢，天哪，假如——'"她说了一半，又停住了，"别管我是怎么想的，反正我决定最好下去看看他究竟走了没有。于是我就又下去了一趟——果不其然，地窖里空无一人，虽然灯还亮着。我感觉到有一股风正从正对面的一扇窗户吹过来。于是我就想：'唉，他至少是暂时离开了，这就不错了。'接着我又想：'呸！他居然蓄起络腮胡来了！'

"可我还是很心烦意乱,不说您也能想象得到,于是我又往楼上跑。就在走到楼梯顶端时,我迎面碰上了一个人,当时我还以为是演艺经纪公司派来的演员呢。不过我没停下来,而是像哈丽雅特跟您说过的那样,继续上楼,跟其他人会合了⋯⋯"

现在整个案情逐渐明朗起来了,各方面的情况正在缓慢却水到渠成地汇集到一起,拼成一个紧凑的图案,我一开始就知道必然是这么个结果。我不禁产生了一种兴奋感,那种将千头万绪、毫无意义的碎片拼成一张全图时才会产生的兴奋感。

"后来我知道他死在了那辆马车里,看到他躺在马车外面的地板上——唉,我该作何打算呢?"她自问自答道,"我想给哈丽雅特打电话,请教该怎么办或怎么说,因为哈丽雅特很聪明;可是——"

"请再等一下,韦德小姐。我们漏了几件可以把一切都弄清楚的事情⋯⋯你第一次去地窖时,把匕首和假胡子带下去了,对不对?请你别否认这一点。柯克顿小姐说你不反对让人知道此事。你为什么要带这些东西下去?"

她还是死死地盯着我,两眼睁得更大了。

"我说——"一个新冒出来的想法把她吓坏了,"他不是我杀的!天哪,我没杀人!您认为是我杀了他,是不是?"

"不,我一点也没这么认为。好啦,别紧张!也许我可以帮你回答你把它们拿下去的原因。不过,你要是现在不愿回答这个问题的话,那就让我接着提问吧,你后来把它们怎么着了？"

"可我说不上来啊！真的，我记不起来了，彻彻底底，忘得干干净净了！下地窖后，它们去哪了，我丝毫印象都没有了。看见他在那里，我震惊不已……过了很久后，我才想起它们来，虽然我想啊想啊，脑袋都快想破了，可我还是没法——"

"其实啊，韦德小姐，你把它们落在地窖里了，对不对？"

"肯定是落下了，"她无精打采地说道，"因为我记得我上楼时两手空空，没拿着它们。"

我把身子向前凑了凑，说道："那好，最后一个问题！那天晚上你们一伙人打算捉弄曼纳林先生，对这出恶作剧，他真的一直一无所知吗？"

"对！"

"请再想想。难道你没有提前给他通风报信，让他有所准备，免得出丑丢人？你把他吹得神乎其神，难道就没想过要想方设法保全他的面子？

"难道不是直到星期五晚上，你才知道，而且是才能知道计划的全部细节？为了防止出现新的情况，难道你没要他在那场恶作剧开始之前来博物馆的地窖见你，两人商量商量？难道不是为了这个目的，你才从霍姆斯那儿借了一把开后门的，也就是一直锁着的那扇门的钥匙？难道他没去阿伦德尔街上的博尔顿锁具店另配一把吗？难道你没叫他从后门进来——并透过博物馆地下室的窗户跟你说话吗？你那么心急如焚地冲下地窖拿外套或者钉子，而且还不让别人代劳，不就是因为这个吗？

"就在你要下地窖的时候,你看到了楼梯上的匕首,心想给他看了这件他们'干掉'他要用的工具后,你们会大笑一场,难道不是这样吗?难道不是出于这个原因你才捡起那把匕首的吗?你抬起头来,看到柯克顿小姐正看着你后,你不是说过'把这些东西交给萨姆'之类的话吗?另外,为了让她觉得一切都很正常,你不是把假胡子也和匕首一同捡起来了吗?你难道不是把这两样东西都带到地窖里去了吗?可进了地窖后,你却遇到了彭德雷尔。

"你难道不是把这两样东西都落在那儿,并且抛诸脑后了吗?最终,也是必然的结果,按照你的计划待在地窖窗外的格雷戈里·曼纳林肯定听到了你与彭德雷尔交谈的每一个字。是不是这么一个情况?"

长长的一阵沉默,你只能听到房间里嘎吱作响的声音。然后,她像个小女孩一样用双手捂住脸,哭了起来。

"是的。"她说。

两天后,在那场轰动却毫无结果的审讯之后,在搜查了某个公寓之后,我们找到了某些证据,而且网也织好了;两天后,凭借着对犯罪过程详尽的、层层递进的分析——稍后我会让诸位一饱耳福的——我申请了一张逮捕证,准备以谋杀罪将格雷戈里·曼纳林逮捕归案。

第23章

公诉理由

星期三下午,我如约来到了赫伯特爵士的办公室,来见警察厅长、检察长以及赫伯特爵士。在那里,我第一次一步一步地向他们讲述了我经办此案的情况,讲述时我尽可能做到了逻辑严谨、简明扼要,现在我也打算这么做。

因此,为了把问题彻底说清楚,我请诸位忘掉米利亚姆·韦德的那番证词,把诸位目前知道的一切证据抛诸脑后,和我一道来回顾一下那些事实,按照它们一开始就呈现在我们面前的样子。我不要求大家把注意力集中在某个人或某件事上,诸位只要密切关注我对证据的直接叙述就行了。

那天晚上,案发现场第一个登场的演员是格雷戈里·曼纳林,他接受的讯问及其回答已记录在案。说到那个从墙头跳下来,袭击了霍斯金斯巡佐的貌似疯子的家伙嘛,我们对他一无所知。关于曼纳林的情况,我们倒的确掌握了一些。

星期五晚上11点10分,在那个疯子凭空消失和巡佐离开之后,曼纳林在詹姆森警员的眼前现身韦德博物馆,还因为芝麻大的小事大吵大闹了一通。我们尚未下定论,说这通吵闹是大可不必的,我们只是记录下来了这一事实。詹姆森要他来警局就一起"失踪案"接受讯问,他二话没说就跟来了。据描述,他当时没有大惊小怪,但显得"非常古怪",而且还试了好几次,想从詹姆森嘴里套出点什么来。

卡拉瑟斯也向我们描述过他当时的样子。他六英尺出头,宽肩细腰,有一张晒成了古铜色的脸,一头黑发,还有一双蓝眼睛;他身穿晚礼服,外面套了一件黑色的大衣,头上戴着一顶高顶礼帽,手里还拿着一根手杖。他讲述自己的经历时,显得有点紧张不安,他说那天下午米利亚姆·韦德给他打过一个电话,邀请他去博物馆参观一个预展,看完预展后,他们要去"盗墓",可当他赶到时,博物馆却不知为什么关着大门。然而,他并未出现任何异常,直到卡拉瑟斯说出了下面这番话:

"鬼会戴假络腮胡吗?这个鬼呀,当时静悄悄地躺着,然后在这名巡佐的眼皮子底下凭空消失了,他让人给弄走了。"

接着,曼纳林就莫名其妙地晕过去了。

我们还是只把这事作为一个奇怪的情况记录下来了,因为卡拉瑟斯当时正调查那个戴白络腮胡的疯子。随后卡拉瑟斯就前往博物馆,在那儿跟普鲁恩交谈了一番后,有了第一个发现:一串脏乎乎的沾有煤末儿的足迹。这些足迹从博物馆正门延伸了几英尺远,然后就渐渐没了,不过,留下的这串足迹并不清晰,所以毫无用处,不能用来确定身份。

接下来,卡拉瑟斯在出游马车里发现了一具尸体,这具尸体脸部靠在车门上,所以车门一开,就摔了出来。检查尸体时,他注意到了一个事实,这个事实似乎没给他留下多少印象,但却非常重要,重要到了怎么强调都不为过的程度。

这一事实就是：

被害人的鞋底上不仅沾有一层煤末儿，而且还是厚厚的一层。

这一点，我请诸位好好寻思寻思。某个鞋底沾有煤末儿的人走进了博物馆——在白色的大理石地板上留下了脚印，走着走着，鞋底上的煤末儿就少了，不足以留下污迹，结果呢，脚印也就渐渐不见了。可是出游马车里面却躺着一具尸体，尸体的鞋底上沾了厚厚一层煤末儿。所以我们可想而知，不管走进博物馆，在地板上留下了那些脚印的人是谁，都绝不可能是被害人。这是合乎常理，甚至可以说是毋庸置疑的一点，我们的推理必须以这一点为起点。

一个鞋底上沾有厚厚一层完好无损的煤末儿的人，眼下正躺在一辆封闭的出游马车里。这个人，不管是死是活，怎么去得了那里呢？他是不可能走到那里去的，因为他四周都是大片的白色大理石，只要他在上面落过脚，就无疑会留下脚印。可是博物馆里除了从正门延伸过来的那五六个脚印之外，别处没有任何沾有煤末儿的脚印啊。好极了，是有人以某种方式将死者搬到发现他的地方去的。

是从哪里搬去的呢？由于博物馆是集中供暖，加上别的地方也没有火炉和煤箱，所以必定是从地窖搬过去的。

我们检查了尸体，这人留了黑色八字胡，却戴着黑色的假络腮胡。我说"戴着"，其实并不是很贴切。虽然他的下巴和脸颊都因涂过快干胶水而发亮，上面还有些纱布，可见络腮胡曾完全粘在上面过，但现在却只靠下巴上一块顶多六便士硬币大小的地方挂着了。络腮胡并不是在厮打中被别人用力扯掉的,因为没有撕扯的痕迹,也没有生拉硬拽必定会造成的毛毛刺刺和擦刮伤痕。看来络腮胡是被小心翼翼地取下的,但并没有完全取下来,还有一小块地方粘着,挂在脸上。

是谁以这样的方式把络腮胡几乎完全揭了下来呢?显然不可能是死者自己。这副络腮胡又大又沉,就算这家伙活着的时候愿意只靠下巴上一块硬币大的地方粘着这副络腮胡四处走动,用这么少的胶水把它们粘住也不太可能。结合我们认为死者是被搬到马车里的观点来看,这件事显然是别人——凶手——在被害人遇害后所为。

理由呢?

请注意,关于凶手具体是怎么干的,有两种可能。第一种可能是,凶手小心翼翼地从死者脸上揭下络腮胡,但没全揭下来,而是只留了那一小块,让它们挂着,一如我们发现时的样子;第二种可能是,他将络腮胡完全揭掉了,后来又匆匆忙忙地粘了回去,由于太仓促,所以只粘住了那一小块地方。

我们暂且把这两种可能性放到一边,来看看其他证据。死者脖子上有一根黑色的带子,上面挂着一副有色眼镜。可这根带子没有直接挂在脖子上,而是挂在大衣衣领外面。这一点,诸位,也请你们好好想想。一般说来,戴眼镜的人是不会把眼镜带子挂在大衣领子上的。就算是有人忘了拿眼镜,穿上大衣后才把它挂在脖子上,他也不会让那根宽宽的带子像牧师的圣带一样碍手碍脚,他会把它塞到大衣甚至是上衣里面去,那才是它该去的地方。所以说很显然,死者身上的眼镜肯定是别人放上去的,而且是在他死后才被仓促地挂到脖子上的。

可是如果我们认为是第一种可能,也就是说,除了下巴上的那一小块之外,整个络腮胡都被人小心翼翼地揭掉了的话,那对眼镜的分析就讲不通了。因为这样的话,凶手无异于是在做加法的同时又在做减法,让人匪夷所思。他把一副眼镜挂在死者的脖子上,却又揭掉死者脸上的络腮胡,尽管没完全揭下来,还让它挂在脸上。所以,如果我们认为是第二种可能,络腮胡先是被彻底揭掉了,后来又被粘了回去,只是因为太仓促,才只粘住了那一小块,那这一切就完全可以解释得通了。因为这样一来我们就会明白,同样的情况在眼镜上肯定也发生过。眼镜也被人从死者身上摘下来过——后来又被仓促地挂回去了,挂到了死者的大衣外面。

我们的结论就是:一名男子在地窖里遇害了,随后有人将他的尸体从地窖搬到了出游马车里。死者活着时戴过有色眼镜和黑色的络腮胡;有人把眼镜和络腮胡从他脸上取下来过,后来又放了回去。最后,鞋底沾有煤末儿的另一个人于那天晚上的某一刻走进了博物馆。

目前,根据这些分析就说第二个人是凶手,这一步未免迈得太大了,而且逻辑上也没有根据。但从另一方面来说,考虑到只有这两人鞋底沾有煤末儿,是可以将这两个人联系起来的,说第二个人很可能了解一些案情也是不成问题的。在我们到目前为止得出的所有推论中,只有一个给我们出了一道具有挑战性的难题,那就是:凶手为什么把络腮胡和眼镜都从死者身上取下来,然后又放了回去?我们可以两眼望着青天,幻想星星给出一个答案来,但最靠谱也最合乎逻辑的答案却是:凶手自己需要这些东西,需要用它们来乔装打扮一番(一副络腮胡,还有有色眼镜,差不多就夸张地暗示了这一点)。可要是他自己需要这些东西的话,那他为何又非要把它们归还给死者不可呢?这个问题回答起来也不是很复杂:因为必须造出一个从没有人动过死者这些东西的假象。归结起来,可以得出以下两点:第一,他需要这些东西来乔装自己;第二,他又务必让人认为这些东西从未离开过死者。于是我们就得到了一个简单的结论:他想把自己装扮成死者,想扮演一个死去的人。

我们先把这个情况搁到一旁,继续往下看。听过卡拉瑟斯的证词后,我们于第二天听取了伊林沃斯博士和普鲁恩的陈述。这些几乎让我们对外部状况有了一个完整的了解,可以顺着我们的逻辑思路继续追查。

我们很快就了解到了关于"另一个人",也就是在地板上留下脏乎乎脚印的第二个人的一些重要情况。这个自称是彭德雷尔的人,10点45分出现在博物馆门口,并获准进去了。这就验证了我们的推理:这是一个戴着彭德雷尔的眼镜和络腮胡,把自己装扮成彭德雷尔的冒牌货。由于他戴着这些玩意儿,所以我们推算彭德雷尔已经死了,在10点45分之前的某一刻叫人给干掉了。

在讨论这个冒牌货可能是谁之前,我们还是先设法确定彭德雷尔遇害的确切时间吧。普鲁恩称他"第一次"到达博物馆的时间是在9点50分前后。我们有理由相信他在地窖藏身过,而这一点现在可以支持他是在地窖里遇害的假设。他不可能是在10点15分之前遇害的,因为10点15分时,匕首被当众放到了楼梯上,而且还没失窃。他也不可能是在10点45分之后遇害的,因为当时那个冒牌货戴着他的那两样东西,来到了博物馆正门。我们有办法把这半小时的范围再缩小一点吗?

有的。如果他是在10点15分到10点45分之间在地窖里遇害的,那么他的尸体是什么时候被搬到那辆出游马车里的呢?尸体是巴特勒差一两分钟11点时在马车里发现的。好极了。由此可见,把自己乔装成彭德雷尔的凶手,是断不可能在10点45分到11点之间把尸体搬上楼的。因为要做到这一点,他得走到博物馆大厅后面,在普鲁恩的眼皮底下走下地窖楼梯,搬起受害人的尸体,把那个庞然大物——彭德雷尔是一个六英尺高的大汉——扛上楼,还得穿过就在普鲁恩眼皮底下的地窖门,把尸体放进马车里,并且逃之夭夭。这简直就是天方夜谭,我们可以毫不犹豫地不予理会。因此,这15分钟就排除掉了。现在,我们知道彭德雷尔遇害以及他的尸体被放进马车的时间,肯定是在10点15分到10点45分之间。

不过,如果在10点45分到11点之间,一个人扛着那么个庞然大物从地窖门上去势必被人看见的话,那么在此之前的任何时候,他也照样会被普鲁恩看见——因为当时普鲁恩也同样在值班,整个大厅他可以一览无遗。只有10点40分到10点45分之间的那五分钟,那个人才可以躲开普鲁恩的视线，因为当时普鲁恩的注意力完全因为别的情况而被转移到了大厅之外。这是普鲁恩唯一一段脱离了岗位的时间，也是那个人唯一一段可以将尸体神不知鬼不觉地搬上楼并放进马车的时间。

因为什么情况呢？普鲁恩听到东方集市展厅传来了撞击声，就跑去查看，发现有人扔了一块煤，砸在了墙面高处。普鲁恩东寻西找，什么也没找到，白费了五分钟的工夫。而他却忽略了一点，这一点按说应该是很显而易见的，可其他人似乎也都忽略了。大家的推测好像都是煤块肯定是待在东方集市展厅里面的某个人扔的。可普鲁恩说得明明白白，除了巴克斯特之外，根本就没人进过那个展厅；而如果说是巴克斯特扔的话，那他一整个晚上都没去过地窖，又是从哪儿弄来煤块的呢？事实上，恰恰是这块投掷物的选择，势必把我们引向一个绝无仅有的方向，让我们第一次想到了一个假设，那便是：煤块必定是从远处扔过来的，而且必定是从地窖门的方向扔过来的。只要去博物馆看看——甚至只要看一看平面图——你就可以看出点儿门道来，明白这一点是确切无疑的。煤块不偏不歪地砸在了那面墙上，是呈直线飞过去的。如果背靠煤块砸过的那面墙站着，你就会看出来，只有一条线可以让煤块直直地飞过来：到地窖门的那条斜线。要是从别的门飞过来的话，煤块就得像回飞镖一样画出一个圆圈或半个圆圈来。

另外，地窖门正好有一半被离得最近的那辆马车挡住了，普鲁恩看不到。地窖门和最近的那辆马车之间的空间很宽敞，还有（最后）一点，在大厅里从前向后看时，这扇门是朝左侧的那面墙打开的。所以，肯定是有人把门开了一条缝，弯着腰溜出来，然后直起身子扔煤；这段距离比普通的板球场长了顶多二十英尺。趁着普鲁恩去查看的工夫，凶手把尸体搬上了楼——之所以选择了出游马车，是因为就这一辆是全封闭的——藏起来后，他又回到了地窖——干什么去了呢？咱们来瞧瞧。

因此，尸体是10点40分被放进那辆马车的。在推断死亡时间上，我们就又排除了五分钟。我们可以再进一步。如果那把象牙柄匕首在10点40分的时候已经插在了彭德雷尔的胸口，那么它是什么时候，又是怎样到了地窖的呢？博物馆里只有一个人进过地窖（因为除了那五分钟，别的时候普鲁恩都没离开过岗位），这个人就是米利亚姆·韦德。所以说，不管是存心还是无意，肯定都是她把匕首带下去的。由于在接受赫伯特爵士的讯问时，普鲁恩只在一点上，也就是这个姑娘第一次下地窖这个问题上，老是哼哼哈哈、吞吞吐吐、闪烁其词，所以匕首很可能是在她第一次去地窖时被盗的，时间在10点18分左右。如此看来，彭德雷尔的遇害时间是在10点20分到10点40分之间，于是，令我们头疼的半小时已经缩短到二十分钟了。

棒极了。这看起来对米利亚姆·韦德是不是非常不利呢？因为毫无疑问，匕首是她偷走的。请注意，如果是她杀了彭德雷尔的话，那她十有八九有一个帮凶，就是那个把自己伪装成彭德雷尔，并在10点45分进入博物馆的冒牌货。而且，这名帮凶肯定是个局外人，因为博物馆里的每一个人在关键时段的行踪都能说得清楚。不过，我们还是暂时把这个问题搁到一边，先思考一下：她去地窖时，为什么带上了那把匕首？难道说她知道彭德雷尔在那儿等着，于是带上匕首想把他干掉？我们没有一丁点儿证据可以证明她知道彭德雷尔在伦敦的方圆千里之内，除了这一点之外，该推论还有很多严重缺陷，经不起推敲。假如她下去时预料到了会碰见彭德雷尔，或者说预料到了匕首会派得上用场的话，那我们只能说她肯定是彻头彻尾地疯了。因为她让别人注意到了她要去地窖这件事，吵吵嚷嚷地坚持要去拿钉子，还在普鲁恩——后来我们了解到，还有其他人——的注视之下，明目张胆地从楼梯上捡起了那把匕首。你见过哪个打算杀人的家伙会费那么大的劲，以一种轻松搞笑的方式引起人们的注意？不，我们只能假定，她把匕首带下楼完全是没有恶意的，至少是没起杀心的。

可她为什么要带上那把匕首，为什么那么急于去地窖呢？是要去见某个人吗？这让我们马上就想起了后来冒出来的那个假扮成彭德雷尔的冒牌货。一个局外人；很好，咱们就来看看能否把这个局外人的形象勾勒出来吧。

彭德雷尔，真正的彭德雷尔，卡拉瑟斯已经描述过他的形象了。彭德雷尔身高六英尺，宽肩细腰，一头黑发，面色稍微有点黑，一双棕色的眼睛，留着黑色的八字胡，身穿晚礼服，头戴一顶高顶礼帽，外面还披着一件黑色大衣。本案中，有没有哪个人可以将自己的本来面目隐藏在一副络腮胡后面，用有色眼镜遮住自己眼睛的颜色，冒充成彭德雷尔从老眼昏花的普鲁恩面前蒙混过去呢？普鲁恩，不消说，之前从未见过彭德雷尔，所以等后来尸体被发现后，只需要让他相信他之前看到的那个人跟死者是同一人就行了。而在整个案子中，只有一个人符合这个描述，此人就是格雷戈里·曼纳林。服装符合，身高符合，头发符合，古铜色的脸与脸色发黑符合；眼睛被眼镜遮住了，脸有一半被络腮胡盖住了，所以也都没问题。乍看之下，只有一个难处：彭德雷尔蓄着一嘴真正的黑色八字胡。就算曼纳林可以侥幸搞到络腮胡戴上，可八字胡上哪儿去弄呢？所以关于这副难觅踪迹、令人费解、似乎与案情没有任何关系的黑色八字胡，我们现在找到了答案。

八字胡的事回头再说，我们还是先来看看曼纳林的体貌特征与我们正在勾勒的局外人形象有多吻合吧。米利亚姆去地窖见某个人——有没有理由猜测这个局外人没准儿就是曼纳林呢？很显然是有理由的。去见他，原因呢？那么明显，就不用我多嘴了吧？捉弄曼纳林的一场好戏就要上演了，而把他吹得神乎其神的米利亚姆呢，必定不想看到他表现得很差，于是早就给他通风报信过了，而且还安排好了会到地窖里来见他，告诉他最后的细节。这一推论与物证是否吻合呢？确实吻合：因为地窖是她能够偷偷见他的唯一场所，而且也有窗户方便他进出。另外，卡拉瑟斯的证词也支持这个推论，他说自己在发现了尸体后向米利亚姆讲述当晚的情况时，她咕咕哝哝说了"地窖窗户"几个字。为了从窗户里进来，曼纳林有没有可能进过博物馆的后院呢？有这个可能，因为我们知道，米利亚姆有一把后门的钥匙。所以说，她把那把匕首带下去，是想让他看看他们会拿什么东西来"干掉"他；这很可能是她的一时冲动之举，只是因为看到躺在楼梯上的匕首后觉得好玩而已，而且她把假胡子也一同捡了起来。

下一个问题是：这两人安排好在地窖见面，是为了一起干掉彭德雷尔吗？这种可能性必须排除，理由与认为是米利亚姆一人作案是一样的：如果她真的打算行凶杀人，言行就不会那样惹人注意。一切的一切都表明，整个凶案都不是有预谋的，只怪彭德雷尔出现在了地窖里，那是最不期待他光顾的地方。

把我们发现的事实和得出的结论按顺序整理一下，现在可以得出这样一个案发经过：

米利亚姆没想过要去杀人，但作出了在地窖见曼纳林的安排。彭德雷尔在谁都不知道的情况下来到博物馆，并藏身于地窖之中。10点18分或10点20分时，米利亚姆带着匕首和胡子进入地窖。五到七分钟后，她从地窖上来。又过了五分多钟后，她再次进入地窖；然后很快在10点35分的时候，重新回到了楼上。10点40分时，有人——几乎可以肯定是曼纳林——扔出了一块煤，目的是想分散普鲁恩的注意力。将尸体搬到楼上的马车里后，曼纳林回到地窖，从通到街面的煤窖洞口爬到街上，摁响博物馆的门铃，演了一场冒充他人的大戏。他必须将络腮胡和眼镜归还给死者。他背对着普鲁恩顺着大厅往里走，然后自个儿"嘶"了一声后停下来，还朝马车方向张望了一番，想给普鲁恩留下一个这声音是别的什么人发出来的假象。他一闪身躲到马车下面，打开了另一侧的车门——尸体仍躺在里面——但他只能草草把络腮胡往死者脸上一贴,将烹饪大全往死者手中一放,把眼镜往死者脖子上一挂。最后,他还把自己脸上的假八字胡摘下来扔掉,后来被人在马车下面找到了。这一切只用了几秒钟的时间,然后普鲁恩就又听到了曼纳林急匆匆的脚步声。接着就是一片混乱,他可以趁机走下地窖,然后从窗户和后门溜之大吉。

为什么有必要上演这出冒充他人的大戏呢?

这正是问题的关键所在。在判断谁是真凶这个问题上,我们有两种选择:

一、虽说这起杀人案并非是有预谋的,但米利亚姆和曼纳林在地窖里发现彭德雷尔后,还是联手把人杀了。他俩当中的一个人用匕首把彭德雷尔捅死了。接着,曼纳林为了让米利亚姆有一个不在犯罪现场的铁证,就上演了这出冒充他人的大戏——而她则刻意上楼去找自己的朋友。

二、行凶杀人和冒充他人都是曼纳林一人所为,而米利亚姆对这两件事情都一无所知。

乍一看,从概率上说,倾向于第一种选择的几乎占压倒性优势。我们可以提出非常强有力且令人信服的理由,让人觉得这种选择似乎是毋庸置疑的,因为从表面上看,它为究竟为什么要上演那出冒名顶替的大戏提供了唯一合理的解释。米利亚姆知道有人看见自己大摇大摆地带着匕首去了地窖。她是唯一进入过地窖的人。所以,一定不能让人在地窖里发现尸体,那样的话,她的罪行就昭然若揭了。要冒险去演一出那么危险的冒充他人的哑剧,肯定得有一个非常强烈的非此不可的动机，否则，曼纳林也就没有必要把头往绞索里面伸了。

还是再研究一下这个问题吧。我一直强调寻求最合乎常理的解释的必要性，但如果这就是目前为止最合乎常理的解释，那么毫无疑问，我们将在这种解释的基础上继续讨论这两个同谋所采用过——或有可能会采用——的最不合乎常理的手段。这种解释到目前为止是完全可信的，可接下去就会变得很荒唐。因为：

如果是米利亚姆，或者说是米利亚姆和曼纳林联手捅死了彭德雷尔的话，那么作案时间只可能是在米利亚姆第一次去地窖的五到七分钟之内。如果说她参与了这桩凶案，那就一定是那段时间的事。因为不可能出现下面这种情况：她带着匕首下了地窖，遇见了彭德雷尔，同他交谈了几句；又上楼来思考了一番，可能仍带着匕首，也有可能把匕首留在了地窖；想了一会儿之后，又在普鲁恩的眼皮底下再次下去，随后在这短短的几分钟里捅死了彭德雷尔；然后又对等在一旁的曼纳林说了声"继续"，最后再次跑了上来——这种设想是不合乎情理的。

很好。那么如果她跟杀害彭德雷尔一事有什么干系的话，时间应该在10点18分到10点25分之间。彭德雷尔就是在那时，在一场疯狂的争吵中被杀害的。她对要么无意中看到了此事，要么后来参与了此事的曼纳林说："你得帮帮我。"于是他们两人当中的一个（在这个假设中，很可能是曼纳林）就想到了冒名顶替之计。当务之急是，必须神不知鬼不觉地将尸体搬到楼上去。

这自然是整个计划中最危险的环节，其危险程度甚至超过了冒充他人。处理尸体时必须想法将普鲁恩的注意力转移开。如果这两人是串通一气的话，那么他们就会干一件很自然甚至是必然的事情；采取别的任何行动都将是疯狂之举。那就是在曼纳林搬尸体的时候，米利亚姆必须去转移普鲁恩的注意力。由于普鲁恩对她心存仰慕，所以这件事对她来说是小菜一碟，而且还会为她提供一个求之不得的不在场证明。只要把他引到东方集市展厅、波斯展厅或者随便一个什么地方，大厅就有一两分钟没人盯着了……

可她做了什么呢？10点25分刚过，她从地窖上楼，来回闲逛了一会儿，去了波斯展厅，又回来下了地窖，然后又上来——去跟楼上的朋友们会合。他俩仍在准备那场冒名顶替的把戏吗？如果是那样的话，那她为什么没有在任何一刻去转移普鲁恩的注意力呢？说她惊慌失措了是站不住脚的，因为她第二次下地窖时，并没有丝毫迟疑；那天晚上在其他任何方面，她都没有胆小过。还有最后一点，只跟普鲁恩说说话，何来风险？况且她也不会丢下曼纳林不管，因为朝不保夕、岌岌可危的，是她自己的脑袋。

思来想去，末了我们发现，选择这个推论还有第二道难关：冒牌货如何混进博物馆，归还络腮胡和眼镜，然后再度消失？假如普鲁恩坚持要跟在他后面呢？假如普鲁恩吵吵嚷嚷，或是叫人呢？那曼纳林就会完蛋了。要是有共犯的话，那么这个共犯肯定会在场确保事情进展顺利，让普鲁恩不起疑心，并在冒牌货开溜时再次分散他的注意力，这并不是什么很牵强的想法。而且,这么做不会给米利亚姆带来一丁点危险,相反,还会为她提供一个绝佳的不在场证明。

这一点,诸位,是我在星期日梳理了所有报告后得出的结论。我研究了整个案情,但可以指证米利亚姆是共犯的证据,我一处都没找到。这起命案,在我看来,凶手似乎只有一人:一个身强力壮、行事夸张、极度自负的胆大妄为之徒。照我自己的分析来看,事情的经过肯定是这样的:

米利亚姆去了地窖,在那里出乎意料地碰到了彭德雷尔。曼纳林早已到达窗外,而且听到了一切,但并未暴露自己的行迹。曼纳林肯定听懂了他们是什么关系,但这种情况下很少有人会马上跳出来的。米利亚姆担心别人随时都会下来问她为什么迟迟没有拿到钉子,于是命令彭德雷尔离开后,她就冲上楼去了,把匕首和胡子都落在地窖里了。然后曼纳林便翻窗而入——动手了。他在东方国家待过很长时间,应该了解用一件东方武器刺中心脏的招数。他动手的原因呢?要我说啊,可能是出于真爱、虚荣心,或者想破罐子破摔,或者是三者兼而有之;还有,像曼纳林这样的人,一旦意外地发现了一个令自己极为不快、大伤虚荣心的真相后,势必会突然怒不可遏,与彭德雷尔当面对峙,并且决定(咱们不妨发挥一下自己的想象力,虽说我个人并不赞成这么做)"用东方之刃宰了这个东方无赖"。为藏尸灭迹,免得有人下来看到,他会将尸体拖到唯一可以藏尸的地方:不远处那个有高高的栅栏围着的储煤柜。这时洋溢在他脸上的英雄色彩依然会很夺目。然后——他听见有人下楼来了。是米利亚姆,她环视了一下空荡荡的地窖,以为彭德雷尔已经走了,就独自匆匆上楼了。

为这家伙说句公道话。我不喜欢他,甚至可以说很讨厌他的胆量;但不可否认,他的确表现出了自己的勇气。在地窖里第二次看到米利亚姆时,他意识到了她势必会因为这起命案而受到指控。是她将匕首带到了地窖,谁都知道她在地窖待过,而且彭德雷尔曾是她的情人。不管曼纳林是不是真的爱她,他都很清楚有个被指控犯有谋杀罪的未婚妻,会将自己置于一个尴尬境地。他决定来一个精彩而戏剧化的惊人表演,这对他来说是家常便饭。只有曼纳林才能想得出来这么疯狂而又成功的计划,只有曼纳林才有把尸体搬上楼的力气,也只有曼纳林才具备冒充成死者的条件。要移花接木,把那些道具弄到自己的脸上来,他需要一样东西:一面镜子。那么,他对博物馆有充分的了解,可以让他知道接下来具体该怎么办吗?有,我们有证词证明,霍姆斯曾带他四处参观过,"连地窖都参观遍了"。而地板上就摆着可以助他完成伪装的东西:一副很像彭德雷尔的真胡子的黑色假络腮胡。那他后来在警局里晕过去又是怎么回事呢?我们不是听说过一次类似的情况吗?几天以前,扛着一口死沉死沉的大箱子上楼后约过了半个小时,曼纳林不是也晕过去了?星期五晚上,他心脏出问题又晕过去是因为扛过一具死沉死沉的尸体。

我说过,我是在星期日得出了上述结论;星期一,我开始对它们进行检验。既然我的中间名叫"谨慎",那我就不会完全排除米利亚姆·韦德是共犯的可能性,不过我作出了一个决定,如果她毫无保留、痛痛快快地回答我的讯问,对带匕首到地窖和在那儿见到了彭德雷尔这两点也毫不掩饰的话，我们就可以基于我的推理，把她排除了。关于这一点，你们已经知道结果了。

现在要向大家展示的只剩我们搜集到的关于曼纳林犯罪的物证了，这些物证我已于星期三呈交给警察厅长和检察长过目了。地窖里的煤仓已经被清空检查过了，在那里发现了大量血迹；这不但证明了凶案发生在地窖，而且还显示出死者最初是呈佛陀打坐的姿势靠在墙上的，所以死者鞋底有厚厚的煤末儿，衣服上却很少。搜查贝里街曼纳林公寓的搜查令也下来了。在公寓里，我们找到了一双白色的羔皮手套——案发当晚他穿的晚礼服配的就是这双手套——上面有一层煤末儿，指尖上还沾有血迹。还找到了一张他身着波斯民族服饰的照片，照片上的他，腰带上挂着一把跟本案的作案凶器近乎一模一样的匕首。

巴特勒在马车里发现的那把钥匙，经查，是他拿着米利亚姆·韦德手上的那把，去阿伦德尔街上的博尔顿锁具店配来的。

那一枚清晰的指纹，我跟诸位说过，已经被杰弗里·韦德从地窖里的镜子上抹掉了；我们发现了另一枚不怎么清晰的指纹，专家们查验起来可能会很头疼，但作为呈堂物证还是不成问题的。最后一点，曼纳林的不在场证明根本就不堪一击。我们拿到了摄政王公寓大楼两名侍应生的证词，证明他不仅星期五晚上 10 点 40 分时没去过那里，而且一整个晚上都没去过。当然啦，曼纳林说他是从后门上去的，可这个说法根本就无从证实。甚至正相反,弄不好还会对我们有利。因为据公寓的门房回忆,后门整个晚上都是锁着的。不过,我们愿意勉强承认他去过,因为很显然,他不是在 10 点 30 分到 11 点这段我们要调查的关键时间去那里的。

把这份证据放在赫伯特爵士办公室里的桌子上后,我就坐在一旁,让检察长和警察厅长定夺了。那天下午的情况,我是不大可能忘记的,因为没多久我们的讨论就被令人震惊的突发事件打断了。

我说完了之后,检察长率先开了口。

"我看这个够用了,"他以他那一贯很勉强的口气说道,"我可以用更多的实实在在的物证——更多的材料直接向他们开火——不过我看这个够用了。嗯?"

警察厅长嘟囔了一声,说道:

"太他娘的可惜了,杰夫·韦德把那枚指纹给毁了;我们本应该可以想点办法,不过肯定没辙了。可我没怀疑到曼纳林会有罪。你说呢,阿姆斯特朗?"

赫伯特爵士一声未吭。我可不想重提任何老掉牙的建议或过去的那些争争吵吵,尤其是冲着我的顶头上司;提了我就是该死的笨蛋。可就在检察长收拾自己的文件,我们用力掐灭手中的雪茄时,那个金不换——帕普金斯匆匆忙忙地闯了进来。他显得很着急。

"不好意思,各位先生,"他说,"可是有位——"他改口道,"杰弗里·韦德先生来了,带着曼纳林先生一块儿来的,他想见见各位。他说他有确凿证据可以证明曼纳林先生是清白的。"

第 24 章

不在场证明

再说一次,那场景,还有我们会议桌周围的那一副副面孔,我是不大可能忘记的。那是 6 月的一个明媚的下午,阳光照在助理厅长们才可以享用的奢侈品上;尽管开着窗户,但房间里还是烟雾缭绕。这个半路杀出来的程咬金让检察长很不高兴,因为他正准备出门去打高尔夫球。

但想推脱说没有预约,把人家拒之门外已经来不及了。杰夫这老东西不请自入,趾高气扬地进来了——用"趾高气扬"来形容很贴切。他身着一套招摇扎眼的西装,头戴一顶灰色的圆顶硬礼帽,上衣扣眼里还插了一朵花。他心情好得不得了,白胡子根根翘立,虽然尖声尖气的,但绝对自信。跟在他后面进来的是曼纳林,温文尔雅,像个电影明星。杰弗里·韦德走过来,把桌子上的文件往一旁胡乱一推,接着就一屁股坐在了桌沿上。

"天气不错啊,对吧?"他亲切地说道,"也许你们还有人不认识我,自我介绍一下,我就是杰夫·韦德。那个大名鼎鼎的杰夫·韦德。我想跟你们几位简单地聊几句。"

"你,真想聊几句?"厅长问,那口气啊,能有多酸就有多酸,"聊什么呢?"

对方乐呵呵地笑了,然后往衣领里缩了缩脖子,看了看桌子对面。

"你们自以为已经掌握了足够的证据,可以控告曼纳林这小伙子了,是不是?"他问道。

"是又怎么样?"

那个枯槁的老恶魔正得意着呢。他把手伸进上衣胸前的口袋,掏出了一个钱包。从那个钱包里,他拿出了一样我从没见过,也不相信会有的东西。那是一张面额五千英镑的钞票。他在桌子上将钞票摊开。

"放上一枚六便士的硬币。"他说。

"伟大——万能——的上帝啊,"检察长低声咕哝了一句,好像不敢相信自己的眼睛似的,"你是想——"

"不,诸位,"曼纳林平静而客气地插嘴道,"不是想行贿,再说我未来的岳父大人也不会舍得下这么大的本。我敢说,用不了这么多钱,就可以买通你们当中的任何一位。放上一枚六便士的硬币吧。"

谁都没吭声,因为这件事的离谱程度已经让我们出离愤怒了。韦德这老东西从桌上探过身来,轻轻地敲了敲那张五千英镑的钞票。

"六便士的险都没人想冒?"他问道,"你们肯定不会都这么小气吧?我想拿这小小的一张纸来赌一枚六便士的硬币,赌你们没有足够的证据控告曼纳林,而且就算你们想试一把,连大陪审团那一关你们都过不了。怎么样啊?"

"杰夫,"沉默了一会儿后,赫伯特爵士说道,"这也太过分了。在一定程度内,我会与你的立场一致,可这一次你简直是厚颜无耻到了极点,这哪儿像你干过或能干的事啊!你给我出去,马上出去。"

"等一下,"厅长发话了,"你凭什么这么确定我们拿不出任何有力的证据呢?——喂,外面吵吵闹闹的,怎么回事?"

帕普金斯插嘴了,因为门外传来了好些嘈杂的声音。

"我想是和韦德先生一伙的什么人,长官,"他温文尔雅地告诉我们,"他们来的人相当多。"

"都是目击证人,"韦德冷冷地说道,"一共十三人。他们都可以证明6月14日,星期五晚上从9点一直到10点45分,曼纳林都跟我一起待在迪恩街上的希波餐馆(现在叫'苏活沙图')。其中有餐馆的两位老板,即沙图先生和阿圭诺波波洛斯先生;有四名侍应生、一名洗手间服务生和一名勤杂工;有当时在餐厅用餐、互不相干的四名目击者,最后——"

"那,"厅长不慌不忙地说道,"才十二人啊。"

"噢,还有第十三个人是做别的工作的,"老头子令人费解地咧嘴一笑,答道,"你们等着瞧吧,他们全都是循规蹈矩的英国臣民,能够得到英国陪审团的认可。有了这样的口供,我就是说鱼从来都不喝水,都没人敢提出质疑。这就是你们所谓的不在场证明。你们能推翻它吗?要不要试一试?证人全都在这儿,请啦,试试吧。你们若去法庭起诉,我在法官还在法官席上举棋不定时,就会采取行动,让你们的起诉被驳回。不过,你们休想走到起诉那一步,因为可以打个小赌,大陪审团不会受理的。所以我警告你们:最好现在就撒手作罢,否则你们自己都会惹上一身麻烦的。"

赫伯特爵士说道:"你这个浑蛋,原来你买下那家餐馆——"

"拿出真凭实据来呀,"老东西说道,还冲他咧嘴一笑,"这事你别瞎掺和,伯特。你帮了我不少忙,我不想恩将仇报,倒打你一耙。"

"我想,问问你买下那家餐馆时是不是还买了别的东西,还是可以的吧?"检察长不动声色地问道。

"你问问试试,"韦德探过身来,冲检察长摇了摇头,说道,"马上就有你见过的最精致的诽谤罪起诉状送到你手上。呵呵,不过,还轮不到你吧?这儿有个家伙我肯定是不会放过的。"他用手指了指我,"我想,这位警司先生,你叫啥来着,我会让你明白想威胁我,绝对不是什么明智的事情。"

"是吗?"我说,"我们还是先来听听曼纳林先生有什么要说的吧。曼纳林先生,你敢说你星期五晚上9点到10点45分这段时间都待在那家餐馆吗?"

曼纳林点了点头,表情既毕恭毕敬,又扬扬自得。他愉快地笑了笑。

"我在。"

"可你跟卡拉瑟斯巡官说过,而且后来也跟我说过,你10点40分的时候去了摄政王公寓大楼啊?"

"您说什么?"曼纳林说,面色依然凝重,"我觉得您可能对我不大了解。当然,星期五晚上我面对卡拉瑟斯巡官的时候,请您谅解一下,因为过度紧张,我在那种场合说了一些不太负责任的话。我不确定自己当时说了些什么,而且巡官也无法证明我说了些什么,因为我没有在任何证词上签字画押。事实上,我几乎可以肯定,我跟他说过的,就是星期一我跟您说过的话,也就是,虽然我星期五晚上的确去过摄政王公寓大楼,但我根本就没打算告诉您我是什么时候去的。我只说了我是从后门去的,然后就拒绝再开口告诉您更多信息了。怎么样,您能否认这一点吗?"

"不能,你跟我说的就是这些。"

他做了一个不起眼的手势以示宽宏大量。"不过,"这个得理不饶人的家伙这下子来劲儿了,说话跟打雷似的,"现在我打算告诉您星期五晚上的真实情况了,免得您又习惯性地犯下愚蠢的错误。我之所以到目前为止还什么都没说,是因为我不想让韦德先生难堪。

"事情是这样的。9点的时候,我碰巧遇见了和他的两个——呃——开馆子的朋友一道,从滑铁卢车站回来的韦德先生,并且接受了一起去吃饭的邀请。饭后,我们本来是准备按照之前的安排,接着去博物馆的;韦德先生告诉我他已经给伊林沃斯发了一封电报,让他10点半去博物馆跟我们见面。可遗憾的是,韦德先生跟沙图先生聊波斯的事,聊得太上瘾了,于是就决定——诸位,这事咱也就不藏着掖着了——就决定放伊林沃斯博士的鸽子。可是他不想让这位令人尊敬的博士伤了感情。于是,他就问我愿不愿意去一趟博物馆,见见可能在那儿候着的伊林沃斯博士,并找个说得过去的借口把这事给糊弄过去。我离开餐馆时,正好是10点45分。餐馆的其中一位老板阿圭诺波波洛斯先生,一般都把车停在蓓尔美尔街后面的小巷子里;当时他正要回家,于是就主动提出来把我捎过去。可是,途中我突然想起来出错了。我们最初的打算,你们也知道,是要在11点钟去博物馆举办聚会的。韦德先生是给伊林沃斯发了一封电报把时间改了——但他在早上告诉大家聚会取消后,忘了通知他们晚上还是要来聚会的,只是换了个时间。他们没接到电报,所以博物馆里就会没人。我进不去,此时肯定已在门阶上等着的伊林沃斯博士也进不去。不过,我记得霍姆斯先生住在蓓尔美尔街。于是我就叫阿圭诺波波洛斯先生把车从后面的通道开到小巷子里去,这样既不影响他把车停在老地方,又可以方便我去找霍姆斯先生。下车后,我就穿过摄政王公寓大楼的后面,来到了后门(给某人下达了一些指示),见到了管理公寓的乔治·丹尼森先生……"

听到这里,赫伯特·阿姆斯特朗爵士拍案而起。

"一派胡言!"他咆哮道,"杰夫,那栋公寓大楼和餐馆一样,也是你的!普鲁恩跟卡拉瑟斯说过——"

"拿出真凭实据来呀,"韦德冷冷地说道,"我再警告你一次,伯特:别瞎掺和。小伙子,接着说。"

曼纳林又摆出了一副温文尔雅的冷漠姿态。"好的,没问题。对了,丹尼森先生就是韦德先生提到过的第十三个证人,他让我进了大楼,并陪我从后门上楼,去了霍姆斯先生的公寓。不过,公寓里一个人也没有,接着我看到的那些迹象,使我相信大家肯定还是去了博物馆。这时应该已经是11点左右了。我就又下了楼,跟丹尼森先生打了声招呼,就步行赶往博物馆了。当时博物馆黑灯瞎火的,但我觉得其他人一定都在里面,于是就不停地按门铃。按着按着,就让一个警察给打断了。当时他误会了我的举动,我自然不能向他坦白韦德先生——对不起,长官——韦德先生怠慢贵客伊林沃斯博士一事,所以,我要为自己辩解一下。"

曼纳林又露出了微笑,但他的眉毛却皱到了一起,而且他看人时的客气眼神更像是在讥笑对方。

"我想我要说的就是这么多了。顺便问一下,你们要不要现在就把我拘留了?"

"我还是喜欢,"厅长好奇地看了看他,说道,"走一下正式手续。"

老头子探过身来,脸上写满了欣喜之情。

"你们打算抓人了?"他问道,"好啊!哎呀,诸位,有人要跟我赌一把吗?"

那空洞的咯咯笑声,又一次像脏水一样泼在了我们身上。而他也有这个资本,笑得起。

三周之后,大陪审团宣布不受理我们的起诉。

说到这里,菲尔,我的讲述也就基本上接近尾声了。现在你可以明白我一开始所作的声明了吧?尽管我们有些人也许认为,彭德雷尔利用米利亚姆·韦德喜欢及时行乐这一点占了她的便宜,就被谋杀了,这样的谴责和报应是过了头,但没有人会为他的冤死而痛苦得捶胸顿足或深深地诅咒凶手。可整个案子吧，就是一记冲着眼睛打来的直拳，无法回避啊。你明白我们的处境了吧？

我们拿曼纳林没辙，不能以谋杀罪审判他；也拿韦德没辙，不能以作伪证罪把他送上被告席。我们坚信，所谓曼纳林一直待在餐馆的那一整套说辞，从头到尾都是瞎编出来的鬼话。我们坚信这一点——而且我看到你点头了，说明你也是坚信这一点的。然而，我们把吃奶的劲儿都使出来了，还是一个证人的证词都没能推翻掉。（对了，杰夫指控我们使用了包括填料橡胶管在内的各种方法严刑逼供，这是无稽之谈，不过话又说回来，这是我这辈子唯一很想用橡胶管的一次。）老东西带了一大群律师在身边，为自己把关补漏；他暗示记者，是我们心术不正，老想通过给别人定罪判刑来掩盖自己的无能，所以我们才自认为掌握了足够的证据。

我们能想到什么办法吗？让曼纳林逍遥法外了，但我们也不能回过头来，设法指控那个姑娘有罪啊，尽管我们认为这是事实。不管谁有罪，曼纳林都是整个案子的主谋。这个结局真是让我们狼狈不堪，没脸见人——而那个老东西对此却早就心里有数了。这个自吹自擂的大骗子，一辈子都没吃过亏，不费吹灰之力就猜出了我们的意图，害得我们只有甘拜下风的份儿了。这事让他的老朋友，在场的赫伯特爵士，也大为不快。

我们之所以要用一整个晚上讲述这个案件，原因就在这里。这倒不是说我们很在意是否能将杀害彭德雷尔的凶手绳之以法，虽然说彭德雷尔起码也曾经是一个大活人。但是，那个老恶魔大言不惭地吹嘘，说他已经将法律玩弄于股掌之间了，而且他的这种大话正在带来麻烦。我们只好使出最后一招——而且很可能扭转不了败局——交给你来定夺了。想必你和我们一样，相信曼纳林就是凶手且韦德犯了伪证罪吧。可是有没有什么法子可以将他逮捕归案呢？

三个多月过去了，总结起来，只有几点需要补充。我们严密监视了每个人的行踪，清楚后来发生了哪些事情。有件事说不定你会感兴趣。在大陪审团未能作出正确裁决，所有的喧嚣也都平息下来的一个月后，米利亚姆和曼纳林分手了：显然是双方同意后才分的。曼纳林已经去了中国，不过比以前更有钱了。通过私密的渠道，我们已经不露痕迹地打听到，在他离开之前，老东西把一张整整两万英镑的支票存入了他的账户。依你看，这说明了什么呢？

至于其他人嘛，情况都和原来差不多。我们摆平了赖利太太，但这等于帮了老东西的忙，并没让我们有多高兴。现在参观韦德博物馆的人比参观杜莎夫人蜡像馆的人还要多；普鲁恩依然是夜间接待员，霍姆斯还是助理馆长。由于在审讯中情绪失控大发了一通脾气，巴克斯特只得从公使馆离了职；不过，他们这一小伙人似乎比原来走得还要近了。杰里、巴特勒，还有哈丽雅特·柯克顿，他们的样子跟我们最后一次见他们时没多大区别。伊林沃斯，对了，伊林沃斯还一度成了大英雄呢。

说到米利亚姆呢，我只能告诉诸位，我一个月前见过她，没想到她并没有受到多大的社会排挤。事实上，她看上去好像比之前过得还要愉快一点。我是在一个酒吧——我曾在那里抓过一个犯伪造罪的家伙——见到她的，她穿着一套华丽的衣服，坐在一个高脚凳上，看上去比以往任何时候都要漂亮。我旁敲侧击地问起了曼纳林，她说她有段时间没听到关于他的消息了。起身要走之前，我又对她说：

"私下里，坦率地跟我说说你对曼纳林的真实看法。"

她照了照吧台后面的镜子，露出了梦幻般的微笑。"我觉得，"她回答道，"可以用萧伯纳戏剧中某个角色的一句台词来形容：'漂亮！精彩！绝伦！啊，多妙的一次金蝉脱壳啊！'对了，要是您见了那位英俊的年轻警官，请转告他：星期四晚上没问题。"

于是我们的故事，以卡拉瑟斯开场，也以卡拉瑟斯收尾。

尾声

"嘿!"卡拉瑟斯说,"天亮了!"

这间四面都是书的房间的窗户是灰色的,桌子上方的电灯的光线看着是既刺眼又虚幻。虽然不住地添加燃料,但壁炉台下巨大的石头炉口内,炉火还是又一次化成了一大堆余烬。烟雾腾腾,空气浑浊不堪,坐在桌子周围的人看起来都有点儿邋里邋遢的,他们的眼睛都被熏得看不清东西了,但黎明的曙光还是给他们带来了一丝惊喜,让他们纷纷吱吱嘎嘎地动起身子来了。房间里又冷又闷。助理厅长睁开了眼睛。

"这是一招蠢棋,"赫伯特·阿姆斯特朗爵士咆哮道,每到这样的时刻,他总是容易急躁,"熬了个通宵。呸!"他把手伸进口袋,拿出了袖珍日记本,走马观花地翻了起来。"三一主日后的第十七个星期日。日出时间是早上6点20分。我们昨晚挤在一起听了那么多遍,这一点你应该也听明白了。我也可以明确地告诉你,你的米迦勒节火险,如果你有的话,明天就可以取消了。你们这帮懒鬼,有要上教堂的吗?卡拉瑟斯,你也不害臊,'要是您见了那位英俊的年轻警官',你听听——"

"抱歉,长官,"卡拉瑟斯满腹狐疑而又谦恭地答道,"我什么也没说啊。警司——"

只有哈德利一人显得精神焕发、泰然自若,在那儿使劲儿抽着早就灭了的烟斗。

"我把那件事说出来,"他以令人疑虑的严肃语气解释说,"只是为了给这个故事画上一个句号。关键是,我们费了一晚上的时间把案情又捋了一遍,得到了什么神谕呢?对于这整个案子,菲尔最后的看法是——该死,他睡着了!菲尔!"

方才,菲尔博士一直都窝在自己的宝座——那把最大、最舒服也最破旧的皮椅——上面,他的眼镜垂吊在胸前,双手则蒙在眼睛上面;这会儿,从他的指间露出了一只不耐烦的眼睛。

"我没睡着,"他很有尊严地回答道,"你这话我听了很不舒服,也很惊讶,哼。"他喘息片刻,双手在太阳穴上揉来揉去。这一刻,他看上去不像那个庞大的"今日圣诞幽灵",而是显得疲惫不堪、老态龙钟。"我只是在问自己,"博士清了清嗓子,继续说道,"那个在每个案子结案时我都会问自己无数遍的问题:何为公正?时光,就像取笑耶稣的彼拉多[1]一样,是不会为了一个答案而停留的。哼,没关系。你们这些人啊,早上

---

1. 本丢·彼拉多(Pontius Pilate),罗马帝国犹太行省总督,曾多次审问耶稣,原本不认为耶稣犯了什么罪,却在仇视耶稣的犹太宗教领袖的压力下,判处将耶稣钉死在十字架上。彼拉多听了耶稣"我为此而生,也为此来到世间,特为给真理作见证"的回答后,取笑他说:"真理是什么呢?"(《圣经·新约·约翰福音》)

这个时候需要的是来点儿浓红茶,里面最好再加点儿白兰地。休息一会儿吧。"

他吃力地挺直了身子,呼哧呼哧地喘着气,拄着两根拐杖费力地走到了壁炉边上。一张小茶几上面堆着一堆对开本的书,这堆书后面藏着一个煤气炉。菲尔博士拽出一把水壶来,摇了摇,以确定里面有水。他点着了煤气炉,黄色和蓝色的火焰发出了微弱的嘶嘶声,这个昏暗的房间里亮起了唯一的光。菲尔博士像中世纪传说中的炼金术士一样,在那团摇曳的火焰上方弯着腰忙活了一会儿。黑暗中透出的那缕光照亮了他那层层重叠的下巴、蓬松的花白头发和土匪般的八字胡,还有那副垂着黑丝带的戴上去让他像猫头鹰的眼镜。

然后,他摇了摇头。

"首先,哈德利,"他若有所思地嘟囔道,"我要恭喜你完成了一件杰作。就像画人体素描时必须做到的那样,你点对点地把每一点都对上了,当你把那些线条连起来时,画作也就大功告成了。"

"这个就甭提了,"哈德利半信半疑地问道,"问题是,你同意我的观点吗?你认为我的结论对吗?"菲尔博士点了点头。

"对,"他说,"对,我认为很对,就目前的情况来看。"

赫伯特·阿姆斯特朗爵士丢下日记本,惊讶地坐直了。"就目前的情况来看?"他咆哮道,"别跟我说这案子还另有玄机!我受不了啦!停,马上打住!我们发现了一个用形形色色的神秘人物装点的谜盒,打开一看,里面还有一个谜盒。再打开一看——嘿,魔术师已经开枪了,鸽子也终于飞走了。别的啥也没有了,难道不是吗?"

"您歇口气,长官,"哈德利像往常一样谨小慎微地说道,"说来我们听听,菲尔。都这个节骨眼上了,可别讲什么该死的笑话了!你到底什么意思?"

博士耸了耸肩,给人的感觉类似于发生了一场慢地震。他在煤气炉旁的一把大椅子上坐了下来,接着掏出了烟斗。他冲着烟斗眨了一会儿眼睛,除了水壶下面的火苗微弱的燃烧声音外,房间里别无声响。然后,他突然说道:

"依个人浅见,诸位,你们永远也无法证明格雷戈里·曼纳林犯了谋杀罪,而且永远也无法证明杰夫·韦德犯了伪证罪。如果有什么能聊以安慰诸位的话,那就是我有这个自信,可以设法让那个老滑头生出恐遭天谴之惧念,从而助你们挽回败局,这似乎是诸位所企望的吧。不过,至于此法是否明智——"

他又揉了揉太阳穴。

"对,哈德利,你干得很漂亮。嗨,有一个古老的成语很适合用来形容我这个人,那就是:丢三落四。这些古老的智慧真的是被东丢一点,西落一点,弄得现在俯拾皆是。我就像一个对眼儿的猎人,端起猎枪就是一通横扫,把漫山遍野的野兽打得一个不剩,猎物的毛都没给别人留一根。有一个老笑话说,有个人因为皮卡迪利大街光线好一点,就跑到那儿去不知疲倦地寻一先令的硬币,其实那枚硬币是在摄政大街丢的。这个人不是别人,就是我。不过,有不胜枚举的例子都可以证明，去一个你以为没有线索的地方去寻找线索，往往会有意想不到的收获，你会看到一些从来都没注意到的东西。

"诸位，你们给自己出了一道题并且已经给它下了明确的定义。你们干得很漂亮，可是你们却在问题的一部分是什么都没搞清楚的情况下，就给出了一个完整的答案。我认为，这个问题的其中一个部分你们并没看清楚：姑且称之为'不必要的不在场证明之谜'吧。在我看来，曼纳林的不在场证明是伪造的，这一点咱们心中不可能有丝毫的怀疑。见多识广堪比基督山伯爵的杰夫·韦德，恐吓或买通了十三个证人，让他们为他编一个无懈可击的故事。这些证人中有十二个确实是少不得的，换言之，他们编的这个故事是非常必要的，即使大可不必弄这么多的人来讲这个故事。但第十三个就是画蛇添足了。这第十三个证人的说法甚至在很大程度上与另外十二人所作的伪证相互矛盾，他是一个局外人。为了获得此人的假口供，杰夫不管是出于什么原因，肯定遇到过相当大的困难，付出了相当大的代价——如果我们完全认可哈德利的分析的话。

"现在就容我谈谈自己的看法吧。我认为，哈德利对于案情的还原是非常正确的，除了一个小小的甚至可能是微不足道的细节之外。这个细节就是，干掉彭德雷尔的，其实并不是格雷戈里。

"在我看来，真正的凶手显然是年轻的杰里·韦德；不过，对于诸位能否拿出足够的真凭实据来起诉他，我表示怀疑。"

"恐怕我把诸位都吓着了吧。"沉默了好长时间之后——其间只有哈德利骂了一句难听的粗话——菲尔继续说道。这位博士悠闲地坐在一片幽暗之中,只有煤气炉的火光映在他脸上,他若有所思地喘息着,点了点头,说道:"在跟诸位讲述这个案子的过程中,为了突出某些事情,请允许我习惯性地采取反常的方式,倒过来从案子的结尾说起。此外,我还要用一个类比来开头。

"咱们先假定这位卡拉瑟斯先生受到了指控,有人指控他于晚上11点到零点之间在伊斯灵顿[1]谋杀了自己的祖母。你,哈德利,与赫伯特爵士和我勾结在一起,为他伪造了一个11点到零点之间的不在场证明。我们找到多切斯特酒店的经理(我们收买了那个恶棍)及其合伙人,又找到七个服务生和三个在酒店用餐的局外人(也是有奶就叫娘,拿了我们钱的人),这三个人我们就以劳合-乔治、鲍德温和张伯伦[2]称呼吧。所有这些人都信誓旦旦地声称卡拉瑟斯11点到零点之间待在餐厅,零点才离开。

"这样一来,他的嫌疑就彻底洗清了。没有人在乎零点之后他去了哪里,因为显而易见,他不可能是在零点之后杀掉他的祖母的。何况,不管怎么说,他午夜后从公园路[3]前往伊斯灵顿都需要用很长的时间,这就为他的不在场证明提供了

---

1. 伊斯灵顿(Islington),大伦敦下属的自治市,位于伦敦中心偏北,是内伦敦的主要住宅区。
2. 劳合-乔治、鲍德温和张伯伦三人都曾任英国首相。
3. 公园路(Park Lane),又译公园径、帕克巷等,是海德公园东部的一条街道。

更充分的余地。因此我们不必冒极大的风险，再买通另一个证人来证明他零点一刻去萨沃伊酒店找经理聊过天。这完全是多此一举，这样的不在场证明未免谨慎得过了头。如果我们把这份证明也放进去，那必定是有非常重要的理由。

"曼纳林在本案中的情况也是这样。杰夫证明曼纳林直到10点45分才离开希波餐馆——分秒不差，那个冒牌货就是在这个时候走进韦德博物馆的。所以，有了这份证词，按说就绰绰有余了。既然如此，为什么还要精心编造一个故事，让曼纳林必须坐阿圭诺波波洛斯的车去一趟摄政王公寓大楼，必须见到公寓的管理员并且从后门上楼呢？答案呼之欲出：因为务必证实曼纳林称自己那天晚上去过公寓这一说法，这一点至关重要。

"可为什么如此重要呢？正如哈德利所言，只要能证明他10点40分没从正门进去过，那他究竟去没去过那个地方，这一点诸位根本就不在乎。在这个问题上，诸位甚至连逼问都没逼问过他：你，哈德利，在韦德府邸找他问话时都没多问几句。不过，有一点你肯定是很清楚的——曼纳林也很清楚——他一口咬定说自己在某个时刻去过公寓，说明这是他试图让你信以为真的最重要的一件事。

"说到他的行为表现，如果说有一件事给我们留下了深刻的印象，那就是他不厌其烦、近乎疯狂地坚称自己去过那个地方。哪怕是没人产生怀疑时，他也会在别人面前提起这一点，从他第一次跟卡拉瑟斯交谈开始，直到他在赫伯特爵士办公室里搬出证人为止，每次都是如此。他希望自己的说法在所有细节上都得到证实,这很正常,可是在与罪案毫无关系的一点上这么偏执,似乎让人觉得非常不可思议。好吧,按照他的供词,他在摄政王公寓大楼到底干了些什么呢?他上楼后,发现霍姆斯公寓的门开着,就进去东寻西找了一番,然后从壁炉前的地面上捡起了一张折着的字条,字条没写完,出自杰里·韦德之手……

"诸位,全部的秘密就在这儿。(他说)他在壁炉前的地面上捡起了一张从别人口袋里掉出来的字条。这张字条在警局里从他自己的口袋里掉出来时,他声称他是在那儿发现的,所以对此他必须给出一个解释。

"现在,我们清楚了,曼纳林在撒谎,他压根儿就没去过摄政王公寓大楼。那么,他到底是从哪儿搞到这张字条的?又为什么必须声嘶力竭地坚称自己是在公寓里发现的呢?我们看到字条的一面脏乎乎的全是煤末儿时,就明白了他肯定是在案发现场发现的。为了解释那些煤末儿,曼纳林犯了一个巨大的错误,说自己是在霍姆斯公寓生着煤火的壁炉前的地面上发现字条的。卡拉瑟斯去过那间公寓,两个房间也都看过,他压根儿就没看见里面生有什么火,煤火柴火都没有。你们这些家伙应该认识到,那些提供清洁、膳食等服务的旅馆式公寓只配备电暖器,这对我们的文明来说简直是一种莫大的耻辱。

"那张写着'亲爱的G,得搞到一具尸体——一具真尸'的小字条,恐怕没有引起诸位足够的注意,原因很简单,因为它实际上只与一场恶作剧有关。由于它被当作恶作剧来解释了，所以也就没人多想了。不过这不是重点。重要的是，尽管字条上的内容无关紧要，但字条的下落却事关重大。这张字条儿是不是杰里·韦德写给一个医学院的学生，请他帮忙搞一具尸体，这一点无所谓。但这张字条是丢在霍姆斯公寓子虚乌有的煤火旁，还是丢在韦德博物馆地窖里的一具尸体旁，差别可就相当大了。搞清楚了这一点，很多令人费解的疑点也就迎刃而解了。搞清楚了这一点，杰夫·韦德为什么那么煞费苦心地为曼纳林开脱罪责也就不难解释了：因为他实际上是在为自己的儿子开脱罪责。我认为，搞清楚了这一点，甚至连那张让曼纳林踏上更加精彩、离奇的东方冒险之旅的区区两万英镑的支票，也可以得到解释了。

"哈德利说得没错，我有个与众不同的毛病，就是拧，是块犟骨头，这不，就拧着先把结果告诉诸位了。不过，在听诸位讲述案情的过程中，我的确已经确定，彭德雷尔肯定是杰里·韦德杀害的……

"诸位一直在谈论明显的嫌疑对象。诸位一直在说，既然米利亚姆·韦德绝对是唯一去过地窖的人，而且除了地窖门之外，没有别的途径可以下地窖，那么凶手如果不是米利亚姆，就是某个翻窗而入的人。问题是，还真有另一个途径可以下地窖。有一部巨大的电梯可以下去。也许是我天生不愿乘电梯的缘故吧，在我心目中，那部电梯有着火一般的颜色，很抢眼。这个案子不管你从哪个地方入手，都会让那部电梯给绊倒，不然就会撞在它上面。那部电梯总在我脑子里嗡嗡作响。而关于那部电梯，我们知道的第一个信息是——出故障了。

"卡拉瑟斯是第一个听说这一情况的,是案发当晚从普鲁恩口中听说的,当时他在找伊林沃斯非常滑稽地从电梯里逃脱的证据。对了,普鲁恩当时还说了一句应该引起诸位注意的话(和他说的其他一些话一样)。普鲁恩说,老爷子发誓说肯定是有人故意做了手脚,把它搞坏了,因为他用电梯时往往很粗暴、随意,有两次脑袋都差点儿因此搬家了。

"我就纳闷了,谁会把那玩意儿搞坏呢?有了:杰里·韦德,他的老爹亲口跟阿姆斯特朗说过,他曾经是一名电气工程师……

"我希望诸位好好看看那部电梯以及星期五晚上案发期间与它相关的讲述。伊林沃斯在这方面给了我很大启发。我想,我是从伊林沃斯进入博物馆的那一刻开始留意杰里的。当时是10点35分,米利亚姆正从地窖上来。(这是她第二次去地窖,她发现地窖好像已空无一人,以为彭德雷尔已经离开了,就又跑上楼来了。)伊林沃斯从她身边经过后,转身朝馆长室走去。就在这时,馆长室的门猛然开了,杰里·韦德戴着醒目的络腮胡,神色紧张地大步跨了出来。他告诫伊林沃斯,说这位老博士不应该在那边浪费时间瞎扯淡;伊林沃斯'干吗要在这里磨磨唧唧瞎扯淡',这是杰里·韦德的原话。

"这里有一个小地方,又没有引起诸位足够的注意。从伊林沃斯那里,我们已经知道了许多与馆长室和电梯相关的情况。馆长室的门,已经被多次提到,是钢面的,门外的动静一点儿也听不见。电梯门很厚,伊林沃斯被关在里面时,听不到杰里和霍姆斯在馆长室的谈话内容。大厅里的谈话,只有在电梯门开着的情况下才能听到,同意吧?话又说回来,透过那个大通风口也是可以听见的,但除此以外,一个字也休想听见。

"伊林沃斯进入博物馆后,在大厅的远端跟普鲁恩说过话,没走多远又跟巴克斯特交谈过。那么,杰里·韦德是怎么听见他说话的呢?事实上,如果杰里·韦德当时确实是在这样一个既看不到外面动静也听不到外面声音的房间里,那么他究竟是怎么知道有人来了的呢?于是我们就得出了下面这个不是很令人难以置信的结论:他肯定是在电梯里面。舍此,别无他法。他一定是在电梯里面,而且肯定一直站在那个箱子上朝外张望。

"一开始,我就觉得这件事非常离奇。因为伊林沃斯进入馆长室的时候,他注意到——他提起过是在他想逃出去的时候——注意到电梯门是紧关着的,而且上面还很细心地挂了一块牌子,上面写着'故障'两字。要是杰里当时在电梯里,那他何必要不嫌麻烦加以隐瞒呢?天哪,诸位!——他隐瞒的还不止这一点。咱们跳一大步,来到案发第二天,听听指纹鉴识员在确定伊林沃斯是否真在那部电梯里待过时都说了什么。伊林沃斯是在里面待过,他们发现了他的指纹。奇怪的不是这个。奇怪的是他们没有发现任何别的指纹。

"没有别的指纹。哼,杰里一准儿在电梯里待过,他一准儿碰过什么地方,可是整个地方就是没有一丁点痕迹。那就只有一种可能,那就是,他仔仔细细地把它们擦掉了。一个人为什么要擦掉自己的指纹呢?他为什么要隐瞒自己在那部电梯里头待过的事实呢？他干掉彭德雷尔后掉在地窖里的那张以'亲爱的G'开头的字条，会给诸位答案的。

"看出来了吧，我对他那天晚上的任何行为都心存疑问。他乖乖地相信了伊林沃斯博士是演艺经纪公司派来的演员，这一点就让我顿生疑窦。我在心里对自己说：世界上大概没有哪个大活人会在跟伊林沃斯聊了半个小时后，还真的相信他是演艺经纪公司派来的吧。杰里·韦德不会那么容易上当受骗的。他假装相信伊林沃斯，顺水推舟上演了一出帮伊林沃斯一把的好戏，因为要想保全自己，他最好装出一副相信伊林沃斯是演艺经纪公司派来的样子。他丝毫不能露出半点破绽，让人看出自己知道真正的演员已经横尸在地窖，那可就前功尽弃、彻底完蛋了。窃以为，这位业余演员在刚刚一刀结果了那名专业演员的性命后，就为伊林沃斯表演了一出绝妙好戏。

"哈德利，把你对本案的看法套在我的上面，你瞧瞧，咱俩的看法多吻合啊，就像一个模板印出的画一样，完全对得上。我想试着用我自己那种糊里糊涂的方式概括一下。由于我们手上还有另外一条线索，也就是星期一下午，就在杰夫·韦德擦掉镜子上的指纹之前，他和伊林沃斯下地窖时，你无意中听到的那一小段对话……"

哈德利从椅子上僵硬地站了起来，两眼盯着桌子对面，指着菲尔博士说道：

"你是指伊林沃斯对老东西重复了什么？伊林沃斯说的好像是：'可要是真有哪个浑蛋偷走了你桌上的手套。'杰夫的回应是：'是的，还有一把螺丝起子……'"

菲尔博士点了点头。

"哼。一字不差，老弟。有人从楼上杰夫的桌子上偷走了手套和一把螺丝起子。这意味着什么呢？咱们无头苍蝇一般的思绪直接回到了那部所谓坏掉了的电梯上，没准儿有人已经把它修好了……

"杰里·韦德自米利亚姆和哈丽雅特于10点18分离开他那一刻起，直到10点35分为止，都是独自一人待在馆长室的。他一个人待了有十五分钟多的样子。他在戴络腮胡，不是什么很费工夫的事情，因为哈丽雅特说过，她和米利亚姆离开前已经快完事了。米利亚姆已经出去了，说是要去给他取——什么来着？从地窖里取一件老爷子的外套，让他扮演得惟妙惟肖。哈德利，我可以告诉你他当时是怎么想的，就像我是他肚里的蛔虫一样。'老爷子不在，好极了，没机会用那部电梯把自己干掉了。楼上的那伙人马上就要把那口大铅棺搬下楼，既然他们要把棺材搬到这里来，我就助他们一臂之力，让他们省点劲儿呗。我来把电梯修好——有一两秒钟的工夫就行，因为就是我把它弄坏的。'他从老爷子的桌上拿了一把螺丝起子，怕这活儿搞得满手是油，又拿了一副手套。他进了电梯。'得了！举手之劳，易如反掌。运行一下试试看。去哪儿好呢？嘿，管他娘的，就让电梯下到地窖，正好咱自个儿去拿一件老爷子的外套……'

"下去后，他走出电梯，他所在的用隔板隔出来的地方就是老头子的工作间。然后他听到了说话声。

"米利亚姆拿了匕首和胡子后,本来是下来见曼纳林的。可是她没见着曼纳林,倒是碰见了彭德雷尔。而他俩的对话,身在暗处的杰里一字不漏地全听见了……

"哈德利,这个小伙子摘掉愤世嫉俗的面具后是什么样子,你是见过的,而且还见过好几次。咱们听到过他们嘲笑他无能——一个嗡嗡响着的刺耳的声音:'闭嘴,你这个老气横秋的侏儒!'咱们听到过他自嘲,知道他在背地里折磨他自己,因为他只是一个连对一只鹅都不愿大声说个'不'字的'老好好先生杰里'。可是你也看到过他在你的办公室里,听到你说不会把米利亚姆孩子的事公开时的那副表情。这个性情温和的小妖怪,可以变得比任何一个从黑暗中跳出来的妖怪都更加凶残。而他的确从黑暗中跳出来——扑向了彭德雷尔……

"米利亚姆冲彭德雷尔尖叫了一阵,要他离开,然后就冲到楼上去了。心里或多或少获得了一些满足的彭德雷尔迟疑了一会儿,思忖着如何是好。杰里则从隔板的另一边跨了出来。我可以想象出摇来摆去的电灯下方的整个场景。那把匕首,横卧在地板上。或许只说了一句'见鬼去吧',这位无能的哥哥就纵身一跃,扑向了彭德雷尔,其身手之快,与后来他为了引起人们的注意,让人觉得他有不在场证明,而同伊林沃斯要的那出骗人小把戏中所表现出来的敏捷旗鼓相当。他一匕首就刺穿了彭德雷尔的心脏,可能是碰巧得手,也可能是因为他从朋友兰德尔那里学到了使这种玩意儿的一些窍门;要我猜,是瞎猫碰到了死耗子。但不管怎样,彭德雷尔倒下了,像哈伦·拉希德一样死翘翘了。'得把尸体搬走,免得有人下来看见了。拖到——煤仓去。'难道你觉得他没那个力气？他能把无论是块头还是体重都不相上下的伊林沃斯拖到电梯里去，有这个力气。时间呢？不早不晚，恰好是10点半。'得离开这里了……'

"他回到那个工作间，将手套和螺丝起子藏了起来。'得回楼上去了；得把电梯弄成还没修好的样子。'他坐着电梯到了一楼，接着开始擦除自己留下的所有指纹。他必须将这件事情干好，而且必须把电梯再次弄坏。就在他做这些的时候，他听见大厅里有人在说话。把电梯里的那口箱子竖起来，他就可以看到外面的情况了。伊林沃斯。这家伙到底是什么人？他确定不了，但他最好假装认为此人就是演艺经纪公司派来的演员。他将电梯再次关上，走了出来，一两分钟后就神定气闲地在门口见伊林沃斯了……"

菲尔博士气喘吁吁地抽了几口已经灭了的烟斗。

"可地窖那边呢？曼纳林已经透过窗户看到了整个事情的经过。他看见了米利亚姆第二次下楼——就在杰里上去了之后——也看到她离开了……

"曼纳林的想法？你们瞧！哥哥杀人了，而且妹妹也很有可能会受到怀疑。我已经听你们解释了曼纳林的动机，但我的理解是这样的：凭借一次英勇的孤注一掷，也就是在那天夜里扮演一个危险而又愚蠢的角色，他不仅可以摆脱被嘲弄的处境，还可以让这位嘲笑过自己的老兄欠他曼纳林一个大大的人情，毕竟要不是因为他的机敏与勇气，兄妹俩都可能会因谋杀罪而受审。这正是曼纳林在无法控制自己的虚荣心时会有的表现。叫他们把吐出来的唾沫再自己舔回去？他会让每个人收回自己说过的话，把它们乖乖地吞到肚子里去。然后他会对米利亚姆说：'谢啦，我已经证明自己了，再见。'记得那个跳进斗狮场捡起夫人的手套，只是为了再把手套扔到她脸上的小伙子的故事吧？曼纳林发现自己在愚蠢的号角声中，以惊人的面目处在了那个位置。他为此而感到自豪。他干了——你说他干过的事。他从煤仓旁的地板上，捡起了从杰里的口袋里掉在那儿的那张该死的字条，这张字条就是杰里·韦德犯下这起谋杀罪的最后一个证据。

"当然，曼纳林事后就惊慌起来了。所以杰夫这老油条出手相助了。我想，这一点对于解释他从这位感恩戴德的父亲那儿得到的那两万英镑会大有帮助。最后还剩下一个不解之谜。那就是即使其所作所为受到了纯粹的虚荣心的激励、鞭策和驱使，但曼纳林究竟是一个高尚的豪杰呢，还是一个虽有个性，但本质上却跟彭德雷尔一样的彻头彻尾的无赖呢？我说不上来。我有点儿怀疑，直到他爬上喜马拉雅山脉的最高峰，或者是在赫勒斯滂海峡[1]被鲨鱼追咬的那一天，他自己是否能够说清楚自己是个怎样的人。他始终都是一个聪明人，能够把像他自己那样的家伙的一切都展示给我们；而且，就算我们解开了最后这道谜题，我们可能依然说不上来他的真面目。"

窗外灰蒙蒙的天色正在渐渐亮起来。菲尔博士在一片鸦

---

1. 赫勒斯滂海峡（the Hellespont），达达尼尔海峡（the Dardanelles）的旧称。

雀无声中站起身来，迈着沉重的步子走过去，打开了其中的一扇窗户，呼吸了一口清晨的清爽空气。

"可是没有任何证据——"哈德利突然说道。

"目前当然是没有啦，"菲尔博士爽朗地同意道，"否则我就不会把这一切都告诉你们了。我希望你们不要去抓捕那个小伙子。这个案子已经搞得够鸡飞狗跳的了。喜欢的话，吓唬杰夫·韦德一下——但是（套用一个令我作呕的比喻），让那只听到魔术师的枪声后从最后一个盒子里飞出去的鸽子衔一根橄榄枝，放到你们的良心上。"

大家面面相觑，接着哈德利哈哈大笑起来了。

"正合我意，"赫伯特爵士一边说，一边搔着后脑勺，"我会三缄其口的。"

"上帝在上，我也一样，长官。"卡拉瑟斯也表态同意。

菲尔博士笑容满面地转过身来，迈着沉重的步子走到壁炉旁的煤气炉前。"你们老是怀疑我分析得对不对，"他对他们说，"其实啊——咱们私下说说——我也一样。不过，这壶水烧的时间已经够长了。"

他关掉了煤气炉。只听"啪"的一声脆响，水壶就不再嘶嘶叫了。接着，大家都胃口大开，准备进早餐了。